陆天明 著

桑那高地的太阳

在一个好了伤疤忘了疼的年代，唤回和恢复记忆，是一种能力。没有记忆的民族，容易在现实的灯红酒绿中狂欢。

WUHAN UNIVERSITY PRESS
武汉大学出版社

图书在版编目(CIP)数据

桑那高地的太阳/陆天明著.一武汉:武汉大学出版社,2012.2
黄土地之歌
ISBN 978-7-307-09288-4

Ⅰ.桑… Ⅱ.陆… Ⅲ.长篇小说—中国—当代 Ⅳ.I247.5

中国版本图书馆CIP数据核字(2012)第001013号

责任编辑:张福臣　　责任校对:黄添生　　版式设计:马　佳

出版发行:武汉大学出版社　(430072　武昌　珞珈山)
(电子邮件:cbs22@whu.edu.cn 网址:www.wdp.com.cn)
印刷:武汉武铁印刷厂
开本:880×1230　1/32　印张:12　字数:275千字
版次:2012年2月第1版　　2012年2月第1次印刷
ISBN 978-7-307-09288-4/I·516　　定价:28.00元

编 委 会

他用生命的不断求索在吟咏

——题记

总　序

叶　辛

40年前，中国的大地上发生了一场波澜壮阔的知识青年上山下乡运动。“波澜壮阔”四个字，不是我特意选用的形容词，而是当年的习惯说法，广播里这么说，报纸的通栏大标题里这么写。知识青年上山下乡，当年还是毛泽东主席的伟大战略部署，是培养和造就千百万无产阶级革命事业接班人的百年大计，千年大计，万年大计。

这一说法，也不是我今天的特意强调，而是天天在我们耳边一再重复宣传的话，以至于老知青们今天聚在一起，讲起当年的话语，忆起当年的情形，唱起当年的歌，仍然会气氛热烈，情绪激烈，有说不完的话。

说“波澜壮阔”，还因为就是在“知识青年到农村去，接受贫下中农的再教育，很有必要”的指示和召唤之下，1600多万大中城市毕业的知识青年，上山下乡，奔赴农村，奔赴边疆，奔赴草原、渔村、山乡、海岛，在大山深处，在戈壁荒原，在兵团、北大荒和西双版纳，开始了这一代人艰辛、平凡而又非凡的人生。

讲完这一段话，我还要作一番解释。首先，我们习惯上讲，中国上山下乡的知识青年，有1700万，我为什么用了1600万这个数字。其实，1700万这个数字，是国务院知青办的权威统计，应该没有错。但是这个统计，是从1955年有知青下乡这件事开始算起的。研究中国知青史的中外专家都知道，从1955年到1966年“文革”初始，十多年的时间里，全国有100多万知青下乡，全国人民所熟知的一些知青先行者，都在这个阶段涌现出来，宣传开去。而发展到“文革”期间，特别是1968年12月21日夜间，毛主席的最新最高指示发表，知识青年上山下乡，掀起了一个前所未有的高潮。那个年头，毛主席的话，一句顶一万句；毛主席的指示，理解的要执行，不理解的也要执行；且落实毛主席的最新指示，要“不过夜”。于是乎全国城乡迅疾地行动起来，在随后的10年时间里，有1600万知青上山下乡。而在此之前，知识青年下乡去，习惯的说法是下乡上山。我最初到贵州山乡插队落户时，发给我们每个知青点集体户的那本小小的刊物，刊名也是《下乡上山》。在大规模的知青下乡形成波澜壮阔之势时，才逐渐规范成“上山下乡”的统一说法。

我还要说明的是，1700万知青上山下乡的数字，是国务院知青办根据大中城市上山下乡的实际数字统计的，比较准确。但是这个数字仍然是有争议的。

为什么呢？

因为国务院知青办统计的是大中城市上山下乡知青的数字，没有统计千百万回乡知青的数字。回乡知青，也被叫作本乡本土的知青，他们在县城中学读书，或者在县城下面的区、城镇、公社的中学读书，如果没有文化大革命，他们读到初中毕业，照样可以考高中；他们读到高中毕业，照样可以报考全国各地所有的大学，就像今天的情形一样，不会因为他们毕业于区级中学、县级中学不允许他们报考北大、清华、复旦、交大、武大、南大。只要成绩好，名牌大学照样录取他们。但是在上山下乡“一片红”的大形势之下，大中城市的毕业生都要汇入上山下乡的洪流，本乡本土的毕业生理所当然地也要回到自己的乡村里去。他们的回归对政府和国家来说，比较简单，就是回到自己出生的村寨上去，回到父母身边去，那里本来就是他们的家。学校和政府不需要为他们支付安置费，也不需要为他们安排交通，只要对他们说，大学停办了，你们毕业以后回到乡村，也像你们的父母一样参加农业劳动，自食其力。千千万万本乡本土的知青就这样回到了他们生于斯、长于斯的乡村里。他们的名字叫“回乡知青”，也是名副其实的知青。

而大中城市的上山下乡知青，和他们就不一样了。他们要离开从小生活的城市，迁出城市户口，注销粮油关系，而学校、政府、国家还要负责把他们送到农村这一“广阔天地”中去。离开城市去往乡村，要坐火车，要坐长途公共汽车，要坐轮船，像北京、上海、天津、广州、武汉、长沙的知青，有的往北去到“反修前哨”的黑龙江、内蒙古、新疆，有的往南到海南、西双版纳，路途相当遥远，所有知青的交通费用，都由国家和政府负担。而每一个插队到村庄、寨子里去的知青，还要为他们拨付安置费，下乡第一年的粮食和生活补贴。所有这一切必须要核对准确，做出计划和安排，国务院知青办统计离开大中城市上山下乡知青的人数，还是有其依据的。

其实我郑重其事写下的这一切，每一个回乡知青当年都是十分明白的。在我插队落户的公社里，我就经常遇到县中、区中毕业的回乡知青，他们和远方来的贵阳知青、上海知青的关系也都很好。

但是现在他们有想法了，他们说：我们也是知青呀！回乡知青怎么就不能算知青呢？不少人觉得他们的想法有道理。于是乎，关于中国知青总人数的说法，又有了新的版本，有的说是2000万，有的说是2400万，也有说3000万的。

看看，对于我们这些过来人来说，一个十分简单的统计数字，就要结合当年的时代背景、具体政策，费好多笔墨才能讲明白。而知识青年上山下乡运动中，还有多多少少类似的情形啊，诸如兵团知青、国营农场知青、插队知青、病退、顶替、老三届、工农兵大学生，等等等等，对于这些显而易见的字眼，今天的年轻一代，已经看不甚明白了。我就经常会碰到今天的中学生向我提出的种种问题：凭啥你们上山下乡一代人要称“老三届”？比你们早读书的人还多着呢，他们不是比你们更老吗？嗳，你们怎么那样笨，让你们下乡，你们完全可以不去啊，还非要争着去，那是你们活该……

有的问题我还能解答，有的问题我除了苦笑，一时间都无从答起。

从这个意义上来说，武汉大学出版社推出反映知青生活的“黄土地”、“红土地”和“黑土地”系列作品这一大型项目，实在是一件大好事。既利于经历过那一时代的知青们回顾以往，理清脉络；又利于今天的年轻一代，懂得和理解他们的上一代人经历了一段什么样的岁月；还给历史留下了一份真切的记忆。

对于知青来说，无论你当年下放在哪个地方，无论你在乡间待过多长时间，无论你如今是取得了很大业绩还是默默无闻，从那一时期起，我们就有了一个共同的称呼：知青。这是时代给我们留下的抹不去的印记。

历史的巨轮带着我们来到了2012年，转眼间，距离那段已逝的岁月已40多年了。40年啊，遗憾也好，感慨也罢，青春无悔也好，不堪回首也罢，我们已经无能为力了。

我们所拥有的只是我们人生的过程，40年里的某年、某月、某一天，或将永久地铭记在我们的心中。

风雨如磐见真情，

岁月蹉跎志犹存。

正如出版者所言：1700万知青平凡而又非凡的人生，虽谈不上“感天动地”，但也是共和国同时代人的成长史。事是史之体，人是史之魂。1700万知青的成长史也是新中国历史的一部分，不可遗忘，不可断裂，亟求正确定位，给生者或者死者以安慰，给昨天、今天和明天一个交待。

是为序。

固守明天（代序）

——灵魂的守望者陆天明

我们的今天到底怎么了？它到底是什么？这是夜深人静、花凋叶落、寒星寂寥的夜中，端坐孤灯下，我们每个人心底的独白。破灭，说不尽道不明的破灭啊。任你风度翩翩，稿约不断；任你在媒体之中红红绿绿；任你男男女女，风光无限；任你醇香肴美，杯觥叮当，腰缠万贯，手执数国护照，抬手轿车即来，美妇绰约回眸，一切的一切，无法使你真正避开心底深藏的寂寞。你不能够对我们所共有的昨天平静地正视。虔诚地热爱过的，被否决了，执信不存在了，厚重的书籍落满尘土。那一片片引出我们无限遐思的旧土上，日新月异地矗立起新而又新的现代建筑。钟情于文学，以此作为生命启蒙点的守望者多么希望从不断漫散、已像酒池肉林一样的文学作品中找回使我们心跳、使我们血流加速、泪流满面的作品。然而这样的话音会招致无谓的嘲讽，这样多少次地让人欲说还休。更多的人在说，考虑那么多干吗，就这么活着吧。到了世纪末，真到了世纪末了，我们像是只有今天的末日儿女。所有生活过、思想过的人，就是经历过破灭的人。我们这个曾用不屈服的后背撑起过一次又一次巨大灾难的民族的子孙，我们不想生活得这样，这样热热闹闹又无精打采。我们渴望走出世纪末的落魄，我们直面着今日的困惑，希望把这场破灭解透，走出破灭，去争取属于自己的明天。

把明天还给我们。

一个声音一路传了过来，我们听到作家陆天明泣血的声音。从 80 年代初的小说创作始，他以十几年不辍的努力在驱赶着我们灵魂中的阴霾。

陆天明这个名字，对于相当一部分有识之士来说并不陌生。铁饭碗解体，下海潮出现，出国热等等社会变革一次又一次毫无例外地在波及文学界，文学界许多人总在选择又选择，掀起各种热潮，引领数年风骚。能沉得住气的陆天明，始终在做一件事——一心一意写他的小说。他的攀援似乎比一般人要艰辛得多，也寂寞得多。

知交王蒙先生这样评价陆天明："他是一个思想型、信念型、苦行型的人。他忧国忧民，他期待着热烈的奉献和燃烧"（王蒙《泥日·序》）。的确，你可以在迄今为止的任何一部陆天明的作品中找到这样的性格影像。就是说，这幅速写是很像的，是陆天明自己能认可的。在相当程度上，这是他的经历和性格的写照。

陆天明早年的经历，似乎已和我们相隔很遥远了。1957 年，正在读高中一年级、年仅 14 岁的在校生陆天明跟随一个上海知青代表团到安徽太平县作考察，那是一个赤色的诗情时代。天空中翱翔着新鹰，读了书又到农村做有知识的新农民成了人们追逐的榜样。知识加纯朴，一种清新，一股火热，最适宜渴望冲破樊篱走到整个社会最前列的青年人的激情和想象。他走出上海，看到了农村的现实：贫苦、落后，但这恰好作为一种挑战打动了陆天明。考察的形式走完，大多数人回到上海，陆天明却和一批青年留了下来。从一开始，他就是一个身体力行的信仰者。

陆天明被安排在芜湖的山区教书。他的学生中有比他年长的农村孩子，还有十六七岁的女学生课余为这位小先生洗衣、照料饮食起居，好像他是个被寄托的孩子。但在课堂上，他负担着教授四个班的小学课程，而且，这位少年教师还是严厉的师长。在那个荒僻的山村里，留下了他一千多个日日夜夜。他目睹了人民公社，吃大锅饭的农村大食堂运动和饿死的农民。陆天明似乎是一个生来就需要坚定信仰支撑的人，不过当时，他没有能力对于信仰本身作理性的体察。眼前的每一种现象、细节，每一个事件，都被他真切地记住了。理性之门是厚重的，怀疑与分析的时代尚未到来。三年之后，年轻的躯体终于敌不过严重的营养不良和过量的体力支出，他患了严重的肺结核，只得回到上海。60 年代，他养病的同时在街道上负责团委的工作。1964 年，曾在南泥湾大生产热潮中名噪一时的 359 旅旅长，后来的新疆生产建设兵团司令员王震将军来到上海，用热烈豪放的语言鼓动上海青年到西北边疆去，做新一代的开垦者，做那里万亩荒田的主人。

一个动人得令人目眩的童话，一次冒险的诱惑。它又一次打动了无数颗年轻的心，激起了他们胸中汹涌的诗情，陆天明被这股诗情搅腾得睡不着觉。次日一早，他就爬起身挨家挨户，一个个地动员，热烈交谈、串联，一遍遍地传播这个动人的寓言。汽笛一声长鸣，他们挥动着无数双年轻白皙的手，告别了父老，告别了大上海。陆天明作为领头人，率领着浩浩荡荡的支边青年大军，踏上了西去的长途。那一年他只有 19 岁，肺结核未愈，还在咳血，当然他还不明白，他和他的同道们，从此走上了一条多么严峻的人生道路。

他成了新疆奎屯农场中的一名普通农工。

未曾亲身经历过那种生活的人很难明白，陆天明走过了怎样艰难曲折的心路历程。如今，你只需看一眼陆天明那双像竹节一样骨节粗实、粗糙有力的大手，就可以想见他曾经历过怎样骇人的强体力劳动。这些使我们很自然地联想到长篇小说《桑那高地的太阳》中，领头人谢平遭受一群不能返城的上海知青们狂怒的暴打、诘问，那谢平脸上、头上流着血，咬紧牙关一声不吭，可以想象陆天明心中曾经流过怎样的血。不错，人是他动员来的，十多年之后，他们发觉自己被骗了。他们的理想之血，被踏进了泥淖中，他们成了谁都不需要的零落人。他们不找你谢平发泄、算账，又能找谁呢？可被打的谢平又该去找谁呢？他只能伸出青筋暴露、满是血污的双手仰问苍天：我们，我们真的错了吗?！我们青春、理想的鲜血真的白流了吗？真得一钱不值吗？

这一腔淤血成了他宝贵的文学蓄积。

但后来当了农场干部，利用空余时间躲在寒气袭人的仓库中开始文学创作的陆天明，当时还没有这份自觉。那时的文学氛围还不允许他掏心倾肺，他还未曾领悟真正的文学应当是咯血之作。不过虽然最初他只是仿照当时的写作模式摸索，却也情不自禁地渗入了一些自己的热泪。30 年后，作为一名重型坦克式的作家，陆天明回顾自己的早期写作时说："尽管那时也有这许多政治框框的束缚，但我的写作是投入了真情实感的，这真实情感来自对于人的关心和感动。”1975年，他的剧本《扬帆万里》作为新疆惟一来参加全国话剧调演的剧目，在上海演出，引起了轰动。他被中国广播文工团看中，调到了北京。兹后，在机构的改调中，他又成为中国电视剧制作中心的专业编剧。

回到大城市了，对一个初次闯进京都的青年作者来说，头一件事似乎应是在京都文学界露一手，在场面上站稳脚跟。然而感觉敏锐、思维快捷的陆天明却压根儿没有想到这一点。在一间斗室中，陆天明关起窗户，摈绝一切诱惑与喧嚣，潜入了他自己心中的那片文学海洋。

茨威格说过：“艺术家的选择总是预先决定了的。”陆天明非常重视自己的历史。他的选择是他在西北荒漠中体力和精神饱经艰辛和折磨的岁月里已经命定了的，那里的人生感受对他来说刻骨铭心，永生难忘。

1986年，他向他钟爱的文学交出了第一张答卷。长篇小说《桑那高地的太阳》一出手，便在文学界的同道者们心中引发了一场地震，引起了一种悠长的泣血的思绪，但可惜，由于当时的文学仍与市场处在隔离状态，这部像重磅炸弹一样的作品，这部“文革”后出现的堪与《浮躁》《古船》《金瓯缺》《心灵史》相匹敌的、十多年后被人民文学出版社评为优秀长篇一等奖的扛鼎之作、这部只印刷了两千来册的岩石一样沉重坚实的小说，没有引起文学圈外的读者的注意。虽然如此，当年与陆天明一起奔赴新疆，后来回到上海的老知青们，仍然被这部作品震动了。以至于十多年后陆天明赶赴上海参加他的下一部长篇《苍天在上》的首发式时，在书店门口，居然围满了手捧陆天明的书，渴盼见他一面，请他在书上签名的男女老知青！毫无疑问，陆天明是他们心中的代言人，他说出了他们积压许多年无法表达出来的心里话。

《桑那》是一个苍茫的故事。一个朝气蓬勃的、不谙任何世俗利害关系的热血青年，来到艰苦的西北边疆，对那片土地竭尽所能奉献赤诚，却一次又一次地被他所信赖所热爱的人们打翻在地，踩进泥泞中。他崇高的精神信仰渐渐地幻化成荆棘编成的桂冠，刺穿了他的头颅。这个激昂的领袖般的人物站起来，摔倒；再站起来，再摔倒，一次比一次摔得更惨。后来他甚至被遣送到一个最远最穷的分场——骆驼圈子，那里只容许无脑袋的苦力——不思想不反抗，如牛马一样只知劳作的人存在。惟一可以表现残存的一点不屈的方式，就是在遭受狼一样的前犯人的凌辱和袭击时，以牙还牙，以野蛮对付野蛮的厮打。人的自尊一旦遭受高倍压抑，便转化成加倍的野蛮反抗。他吞泪咽血，竭力使自己变得比当地人还要当地人，他成了当地首长——场长“老爷子”的手足。14 年过去了，时代变了，农场也“开窍”了，人们要往好日子奔了。这时的谢平，却因为过于木头呆脑而突然被“老爷子”甩了出去。无论对“老爷子”一伙，还是对同到新疆的同学们，对上海的亲友，对所有的人，谢平都永远地成了局外人。

谢平性格的核心是什么？拒不世故。如果他在许多关乎自己前程生计的关头，能稍稍让一点儿步，附和一下，苟且一次，或者哪怕装聋作哑认个㞞，那么，很多的苦就是可以避免的。一切关心他、深爱他的人无不带着些羞愧而又焦急地这样劝告过他啊，甚至那个在不幸中已习惯以苦作乐、活泼而又坚强，在内心深处永远深爱谢平的上海姑娘“小得子”，宁愿以出卖自己为代价帮他稍有解脱的时候，也都被他坚决地拒绝了。十几年的农场生活，所有的青年都已务实，学生气早已被岁月掠去，惟有谢平一人，仍坚守品格，显得格外不合时宜。同伴们对他彻底失望了，生存都顾不了了，你还讲究什么尊严?!跟着他走，太可怕了，他是个无可救药的傻瓜。

傻瓜？不！他比一切人思考得都要深得多。他无可悔悟，他誓不低头。在充满荒谬的世界上，他绝不幻想做一个赢家，却也绝不放弃自己的一寸阵地。人啊，我早已认识了你们，可是，你们何时认识我呢？他看清了人类的一切弱点与卑污。他在愤怒地挥动拳头乃至匕首来抵抗砸向他的利器时，内心却在替他们流泪。他知道他和他们同处于一池苦难之中，只不过他是个先醒者而已。

谢平们的这次冲锋，最终悲怆地陷落了，沙漠中的绚丽高楼消失了。回来时，已是衣衫如褛，伤痕累累，身心俱疲。

今天，在琳琅满目的消费品中成长起来的年轻一代，他们能精细地分辨出美、澳、意、法式冰淇淋的区别，熟悉各种世界名牌，他们听到这样古老的故事，会嗤之以鼻：那时的人，怎么那么傻啊！那些搅和着一代人的血和肉、泪和汗的故事，就算多么动人，也像保卫圣杯的圆桌骑士一样，远离了人们的生活，远离了人们生活的真实感。

英雄的时代过去了。人们不再有幻想，不再有热血，不再有那样的青春了，所有的，只剩下实惠与享乐？

那个时代孑遗下来的理想主义者是寂寞的，他们心中深埋着铅一样沉重的忧伤。

“我们这一群忧郁的，很快就要为人弃却的人们，将要无声无息地在这个世界上走过”（莱蒙托夫语）。但是，生命的流星，真的就这样一闪而过，落入黑暗而寂寥的现实长夜吗？不！我们的生命，属于我们自己。无论对于历史，对于理性，它的得分是多少，但我们珍视它。属于我们的那个时代可以过去，但我们的屈辱我们的自尊，我们身体中的精血，我们心里流过的泪水，却不会随着那个时代一起葬送。无论属于我们的那个时代多么荒谬，无论后人怎么看待我们这一群人，我们都会在心里牢牢记住，我们付出的是鲜活的生命，是青春的真挚，我们不会轻易地全盘否定自己，而去认同后来的时代的现实准则。剥去远去了的那个时代的荒谬外皮，深埋在其中的人类理想主义的精神，是永远鲜嫩、永远不死的。在历史学家视野中消失的时光和生命将被鲜活地保存在一些隽永的文学作品中，这就是那些具有大作家水准的人们的使命。

有人看完这部小说后不解地问，什么太阳？没有太阳啊。陆天明回答说："我始终觉得，我是写了存在于'桑那高地'上的那个'太阳'来的……只有我们自己，才是我们自己的太阳！"只要人类不灭绝，理想的太阳就永远灿烂，永远会从黑夜深处重新升起！

一位能干有见识的女导演，在《桑那》出版不久；便看中它，当她找到陆天明时，这位原著者又拿出了他的呆劲，直截了当对她能否拍得出《桑那》表示怀疑，"你太年轻了。"他说。后来因其他方面的原因，已经搭起了班子的摄制组受挫未拍成。这位不服气的女导演过了若干年之后，仍决定起拍《桑那》电视连续剧。这时她已拍出了许多优秀的成熟的电影，她问陆天明："你看我还'太年轻'吗？"

看完《桑那高地的太阳》，人们在想，他要再来一个长篇，会是加倍的困难。在《桑那》中他把自己的内心与灵魂已完完全全地摆在了作品当中，他的困惑，他那隐秘的愿望，他的迷失，他的无奈，一切一切似乎都写尽了。如果要突围，就只有先把旧有的自己打碎，必须要在精神上有了他自己能认可的飞跃。他自己正是这样说的，他做到了。

1993年，《泥日》出版了，历时三年有余。《泥日》一出，行家马上说话，评价不甚相同。不少人对他在作品中的“革命”表示鼓舞，为之称奇。当然也有人对小说的结构与技术价值进行了有保留的分析与批评，虽然见解各异，但都在“力作”这一点上对他表示肯定。又由于某些客观原因，表面上文坛对之有些沉默，但文坛大将心里都很注意他的这个更大的长篇。

实际上，《泥日》的革新是彻底的，应视为陆天明创作的新里程碑。如果一定要套用有没有现代意识来评断的话，《泥日》无疑不离其宗。前后现代主义的核心，就是关于文明对人性的扭曲的否定，是对生命意义荒诞性的关注。《泥日》中的事件好像是近代的，又好像是远古而来的，故事是复线的。但无论哪一条线的故事，其悲剧性都是由冒失的人们自以为是的行为造成的。充满明确理智和目标与荒唐甚至残酷的手段的离奇组合，其结果就是灭顶之灾。在这一场荒唐与恐怖之中，人物来由也就常常是非理性的、神鬼难辨，先现实与非现实的模糊，表达了一种非道理能说清的直觉。

在《泥日》中，我们不是特别容易找到作者自己。作者在“人性”的镜头下，视野里有了更广阔、更深远、更生动的人物世界。

陆天明似乎有意要解开人性的密码，比《桑那高地的太阳》更进一步的是，《泥日》中有一种更明确、更浓烈的集体过失感。小说几个事件一个套一个，叠进到最终事件——美丽的、养育着众生的阿伦古湖在一种蛮横的开发计划下瞬间消失在荒僻、神秘的阿达克库都克西部大裂谷之中。这是一个被反复警告过却无人能制止的人为灾难。灾难环生的世界为灾难所制止，结局与寓言可怕而又合理。

我们不能不由此想到这百年来历史真实地发生过的灾难，究其根源，竟是出于某一种意识上的模糊甚至一念之差，于是便造成万劫不复的自然资源的毁灭，千千万万的生灵涂炭。大多数人的生死，皆系于某个人的意念。这不是神话，这个人的意念有如此法力，是因为他坐在权力的宝座上。权力，这个魔方，使陆天明长久地困惑、困惑，他顽强地注视着它，穿过它的表面意义一次又一次地向它的核心逼近，并从这里发现我们自己罪孽的根源。权利神秘是因为我们愚昧，权贵高大是因为大多数人跪着。而这下跪，并非由于天性卑贱，却实在是因为人的善良，我们有人欲，甚至因为我们爱自己的亲人而宁愿赴罪。我们中的许多人注定要在什么都看不清的时候就祭上自己纯洁的心，这就是我们的命运。

我们没有理由把一切推给历史，我们不能把昨天当成一页过时的日历一下撕掉，扔得远远的，我们每个人必须对所有这一切，昨天、今天的一切负责。路就在自己脚下。在被告与审判者中，没有决然的界限。

在为《桑那高地的太阳》《泥日》中的人性痛哭，为自己的人性痛哭之后，我们从匍匐的大地上站起，看到了神性的光芒重现，那便是明天更完满、更丰富的人性的微微曦光。

接下来的，就是他的《苍天在上》。

陆天明说，一个作家真正应该追求的，是那些能留得下来的作品。就在文坛上耐不住寂寞或渴望早日出人头地、引起注意的作家们一潮又一潮地推出所谓新派作品时，陆天明却一头钻进了他的地下室，一钻就是几年。除了个别的几位作家旧交之外，他很少与人交往，绝不在场面上抛头露面。这不是因为他生性矜傲，不，凡是与他交往过的人都知道，他是一个非常朴实诚挚的人。为了承受写长篇所必须支付的巨大体力与耐力，陆天明长年坚持长跑、洗冷水浴。只有他自己知道，今后的跑道还有多么长，跑起来多么艰难。他永远不搞表演赛，他要的只是马拉松运动员式的沉默而匀速的奔跑，这是真正的竞力。一部《苍天在上》，他居然六易其稿。尤其不同寻常的是，他的每一稿，都是抛开原稿，打第一行第一个字从头写起，直到最后一个字！这哪里是写一部长篇，他付出的，分明是写六部书的气力。这样锤炼出的作品，没法不好。果不其然，《苍天在上》在上海一问世，便轰动大上海！购书者如潮似涌，第一批印刷的书，数日内被一抢而光！二次印刷随后又告急，这还仅仅是东南一隅的发行，整个北方，至今尚未见到呢。同名电视连续剧于元月在中央电视台播出后，亿万观众击掌叹息，以为是近些年来罕见的一部掷地有声的精品。

陆天明说，文坛对于文学作品，对于作家包括文学史中的作家的评定一阵风一阵雨的，好的就是一朵花，坏的就提不上牙，这说明了一种不成熟。他说，我们应该追求真文学，真文学中必须有真正的人。换句话说，真文学必须具有批判现实、超越现实，指向未来、指向人的个性自由的审美精神情操。真正的人永远不回避人性的弱点，对自己保持诚实，不断清洗自己的灵魂，使自己成为一种觉悟的真正意义上的自由人。

《苍天在上》之后，人们陆续看到他的《省委书记》。陆天明似乎愈来愈多地将目光凝聚在权力和权力之中的人这些领域，现在看好像他开始“食人间烟火”了，因为这些主题往往是时下世人关注的题材，但是在陆天明却并不是为赶时髦而来的，这不是他的性格。细细品读他写的这类作品，你会看到他的独树一帜，而这又是他一以贯之的旗帜。在这些你叫反腐也好，叫政治权力题材也罢的故事中，总有一双张望的眼睛在寻求，希望看到即便是在难以逆转的秩序之中，那人性之光在夹缝中、在扭曲中顽强地闪动，几乎每部作品中都会出现各种怀有博大的哀悯情怀的救赎者，他们在几乎毫无希望的现实中艰难前行，宣读着用自己的心血书写就的福音。这样的呼唤在历史的长河中可能非常微弱，但是在我们渺茫的人生的现实中却非常宝贵，因为我们都是自己生命之途的独行者，我们需要的就是那些切实感受得到的温暖、期待和鼓励。

看着陆天明依然向着艰辛的荆棘丛林开拓，让人不由得在想，这个世界上是不是有些人就是衔着使命而来的，如果不是，那么为什么有些人虽然有了名誉有了地位，有了世人所希求的优厚的一切之后，并不在意去享受那些辛苦换来的安逸生活，仍然探求不止，严格地拷问着自己和世界，在那些很难找到准确答案的题目中耕耘不辍。陆天明真的是那样的苦行者吗？他在将自己一次次置于思索的困境中，从而获取继续前行的生命动力。这样的担当将鲜有同行者，不容易得到喝彩与赞誉，然而他从不后悔自己命定的抉择。

岁月在流逝，引航人驶向远方不断地点亮灯塔，对未来怀有信念的人们向它张望，不会迷失明天。

吴　汀

1

假如白的是雪，那么，黑的呢？

到擦黑那会儿，他说什么也要往回颠儿了。干部股张股长劝不住，只得由他走；一头绵绵地笑着，一头鼓起笼在蓝旧棉袄袖筒里的手，指指他那身稀脏的黄棉袄裤，问：“这一身走夜路怕不中吧？待我上家去给你取件皮大衣……”

他没要。不好意思。说实话，他这会儿也没那份心思去在乎窗外那点轰轰轰认真较上劲儿来的狂风暴雪。一待马爬犁拐过场部水房，再回头瞅见小个儿的张股长拉灭了股里的电灯，缩脖子驮一件剪绒领的黑布面皮大衣，捏住左右两片忽忽地挣着直想飘去的衣襟，用小碎步紧着往后头家属院出溜，他还笑了，并用力踹了头前那匹油黄色的儿马一脚。

出场部，两厢一抹漆黑。林带先是稀疏，而后便出现一骨节一骨节的断条；再而后，只见残的土埂、残的树桩和被雪埋住大半拉身子的苇子草。如不是夜晚，这时，旷野便能一览无余。但这会儿却只能感到风的硬，劈头兜脸地压来，但声音倒不似先前那般喧嚣，反而低沉混沌。天呢，倒是越发旷达空阔，灰白的地皮起伏、涌动，好似跟风雪一起向自己身边奔汇而来……

暴风雪整持续了一天一宿。起昨儿个，高地西北厢就翻腾开来。一大片直上半空的吓人的深灰色的烟幕，向着只配长些秃头秃脑的梭梭柴的沙包群压去；逼进到羊马河的那瞬间，撞住场部子女校十二间教室里忘了关的窗玻璃。哐哐啷啷，啷啷哐哐，一阵又一阵碎玻璃碴的声音在拂晓前那阵寂静中，久久地久久地战栗，叫黑暗中偎缩在被窝里的人惊乍。场部招待所后身伙房上的铁皮烟筒管哐啷一声被吹折，兽医站的草料堆呼啦一下被扫空，屠宰场圈羊的木栅栏嘎嘎吱吱被推垮半拉，三支渠渠帮上十几棵蓝花海碗口粗的旱柳咔咔嚓嚓、连根带土、七歪八斜倒一片。高地上，那弃置了百十年的古驿道不见了，干涸报废的采油树不见了，稀稀落落而又极为古老的胡杨林不见了，夏窝子不见了，兵站不见了，道班房不见了，黑不溜秋、脏不兮兮的交通食堂不见了。不见了，不见了……所有这一切等等种种都让位给了那一片白，那一片灰的和黑的、深的和浅的、暗的和亮的、飞动的和冻僵了的白……

但他高兴，虽然冷。场里发给的黄棉袄和从上海带来的短围巾，这会儿都跟纸片儿似的不顶事，简直跟光着身子似的。颧面冻得跟生牛皮一般硬实，早觉不着疼了。他一刻不肯让早已精疲力竭的儿马蛋子有稍许的懈怠。张股长告诉他，场部想调他到政治处帮工。他的心扑腾：住机关，面向全总场工作！一股巨大的喜悦伴随着种种可以想见的憧憬，深深攫获住了他。自己又迈出一大步了，从某种程度上来说，这一步的意义不小于他从上海走向桑那高地的那一步。如果那一步只是表明某种开始，那么这一步便证明他确实已经在这条路上踩实了。才一年，不，确切点说，才八个月，十九岁的他又迈出了一步！他马上给上海街道党委的老顾和区团委的书记李萍琴各写了一封信，他俩是他入党的介绍人。他要向他们汇报，让他们也高兴高兴。但两封信都没发走，走到场部邮政所门口，他没勇气把它们投进那只掉了许多块漆斑的铁邮筒里。赵队长肯不肯放他到场机关来，还很难说。自打外头有风声场部要调他，赵队长就一口咬定：你这会儿就想去住机关，太早。心别恁活，老老实实跟我在试验站再待些年。你放心。我没恁大的闺女，不会死拽你在试验站，做我倒插门女婿……

再待些年……依你说，我还得在你身边待多些年？我到底还欠什么？怎么还显得稚嫩？是不能说所有的活儿我都会干了，更不能说所有的苦我都吃遍了，我也从没想说我这会儿就能跟你这样的老干家比肩。我知道，我跟你，在各方面都还差着十几二十年的一段距离。但能因为这些，就不放我走？一年来，就算是八个月吧，所有的事实难道不都已经充分证明了我是肯吃苦、能吃苦，是决心要在羊马河干一辈子的？干一辈子，就得不断朝前踩出几个漂漂亮亮的脚印。那脚印让人看着，得觉得是石匠凿的，而不是懒牛在烂泥地里稀稀拉拉的。这次场部从上海青年里只调用了我一个，我是全场四千七百九十五个“上海鸭子”的总代表。为什么就不能让我出去试一试？我们出了上海市门，向西都敢走这一万里，你怎么就不能放我再往外走这一二十公里？我这是去场部，你当我是去劳改队呢！

一路上，谢平在心里一遍又一遍地重复着这些准备回去后用来说服赵队长的话，默默地做着种种慷慨激昂的演习。好几回眼角都热热地湿润了，甚至哽咽起来。

离开上海前，他在上海团校集训了一个月。结业前，区团委书记李萍琴专门去叮嘱过他：今年全市被批准光荣支边的一万六七千名青年里头，只有你们四五个是党员。我们和兵团来接收和护送你们的同志商量过了，要把你放到上海青年最多的羊马河总场。其用意，不用我细说，你也该明白。希望你不要辜负了上海党团组织的期望，在青年中发挥你应有的作用。要对全总场四千七百多个伙伴发挥作用，还有什么地方比场部对我更适合呢？赵队长，你能明白我吗？

爬犁子驶近试验站。黑暗的暮云正在这片洼地上空聚合。赵队长的家在站部后身的一个小高包上。谢平没进站部，径直向小高包驶去。

路况极糟，爬犁子颠跳得很厉害。这达的路面，交错散布着许多冻硬实了的辙沟。这些辙沟好深，一到夏日下罢雨，便积满没处去的碱水，黄黄的跟牛尿一般。干了旱了，又似粉坊、磨坊的底脚，起老厚一层灰面子，经不住车马一趟，便纷纷扬扬地撒土，叫路近边的林带全蒙上层萎黄和窒闷。任你什么车的驾驶员，稍不留神，都能在这达把底座的弹簧片颠断。谢平这时只能紧紧扽住皮缰绳，控住儿马蛋子。

油黄色的儿马蛋子口吐白沫，歪拧过脖，把灰蓝的眼珠斜支到后眼梢，恨恨地瞪谢平。谢平把皮缰绳扽得太狠。它要不拧过脖来，那粉红色的稀稀地长着些黄茸毛的唇角真会被铁嚼勒出血道。

这时，猛见得从林带里蹿出一高一矬两个人。他们先在马头前三四米的地方张手喊叫“停下停下”。因为离得太近，谢平又冻僵木了，一时没反应得过来，马爬犁噌的一下便过了他们跟前。要不是他们躲闪及时，儿马蛋子还真踩住他们了呢。

“谢平、谢平……”赶上来气喘吁吁、奋力一把逮住马嚼铁，连连喊着的，是谢平的副手、青年班的副班长计镇华。随后一把拉住爬犁子后梢、恨不得斜躺在雪地上，用全身力气拽住向前滑行的爬犁子的，则是青年班记工员龚同芳。他俩已经在这儿等了好大一会儿了，脸冻得青白黑紫。

“场里派人来抓……抓……抓……抓赵队长……”龚同芳从地上一骨碌翻起，没等站直，便跪行着扑到谢平跟前，扒住他的双膝叫道。

谢平起先没听懂这话，紧接着便觉着浑身一胀，无数汗珠一起往外滋。他真想踹小龚一脚，再啐他一口。冰天雪地，就跟我开这么个玩笑？但小龚眼角里分明滚着惊惶的泪珠，双手扒得那么紧，以至叫谢平冻麻木的膝头隐隐疼痛起来。

“瞎嘞呢？胡说八吣！”谢平迟疑地反驳，同时斜过眼去打量一贯稳重的计镇华。镇华拉住马笼头，不知所措地站那儿，把自己的脸贴住马的脸，瑟瑟地抖。

那么，这是真的……逮捕赵队长……谢平觉得自己也瑟瑟地抖了起来，竟再也制不住。他把皮缰绳撂给小龚，想下爬犁，穿过林带，直接奔站部去。但不想挣扎几次，都没能从爬犁子上起来一点儿。

“你怎么了？”镇华和小龚一起喊道。

“腿……”谢平使劲用拳头捶着冻成木棍似动弹不得的腿杆，慌急地叫。还是镇华先镇静下来，卸下套具，牵过马，跟小龚一起用肩膀头把谢平拥上马背，而后用力给了儿马蛋子一树条，冲着疾驰而去的谢平背影喊叫道：“你快去呀，赵队长非得要见到你，才肯跟场政法股的人走呢……”

赵队长，你到底怎么着了……

站部门口围挤住好大一群人。儿马蛋子在人群后头猛仰起颈脖，坐住后蹄，急煞住，谢平便嗵的一声跟个木墩似的从马背上砸到雪地上。他没爬起来，他也爬不起来。他根本没想到要爬起来，赶紧用手在地上支起上身，便迫不及待地从人们给他闪开的一道窄窄的空当里去寻赵队长。八个月来，是你带我们青年班在劳动，一直是你这个一九四七年的老兵、前总场党委委员、前鸦八块分场副场长、羊马河最早一个机耕队的创建人、全桑那高地头一个拖拉机驾驶员兼机车组组长、技术最好的老家伙、黄河边拦羊出身的“臭小子”……在带我们劳动。你是为了我们才调来试验站的，你在试验站不兼任何职务，你只是我们青年班的“教师爷”、我这个青年班班长的班长。我们只知道你曾经为了点什么被免去了所有的职务。你并不愿意来当这个“青年班班长的班长”，来住站部后身小高包上那个黢黑的地窝子。我早觉出场部有些人不喜欢你。今天下午我问过张股长，如果赵队长不放我来场部，怎么办？张股长沉吟了好大一会儿才抬起头，先不回答，却从眼角里放出一种很奇怪的神色盯住我，似乎想竭力观察出某种他早有所猜忌的什么来。过后才淡淡一笑，并叫我大惑不解地长喘口气答道：“我看不必跟赵长泰说什么了吧，我们已经跟站领导打过招呼了。”真怪了，要调我离开试验站青年班，怎么能不跟你说一声？我当时心里就紧着打鼓、犯愣，现在他们又要抓你走。为什么对你竟然也要用到……用到“抓”这个字眼？

赵队长在站部门口两条疙疙楞楞的阶沿石上站着，身后还站着两个政法股的助理员。其中一位，背着支步枪。赵长泰看到谢平从马背上被颠下来了，但没去搀他。等青年班女生组组长裴静静和班里年岁最大的马连成等人忙去扶起谢平后，才对政法股两位助理员中那位不背长枪的说了声："我去跟谢平打声招呼，啊？"也没等那位颇有些尴尬的助理员表示点啥，便照直走了过去。

人们完全被这意外的事件震慑住了，惶惶地怀着某种惊恐，同时又潜意识地庆幸自己没犯到政法股手里。有人在小声叹息，惟有一坨子人声息全无地沉默着，他们便是青年班几十个娃子。

"你答应那个张万鹏去场部了？"赵队长问谢平。虽然有站部办公室透出的那点昏黄的马灯光，还有雪地的一些反光，谢平还是看不清赵队长脸上细微的表情。也许是阴影太重的缘故，他觉得他双颊下陷得厉害，黑胡茬恁长，使不见他才两天一个夜晚的谢平觉着在这段时间里他已瘦去好些。还没给戴铐子，但也没戴手套，两只大手就那么光着，垂耷在腿的两旁，一只手里还抓着他那顶黑布面尖顶的狗皮帽。薄薄的大嘴虚开，露出很长而又很不整齐的牙齿。牙根根脚里都让烟油渍黑了。问完话，嘴唇依然翕张着，微微尖噘起上嘴唇，那样专注地盯着谢平，等回话。

谢平只是沉默，开不了口。他心里乱极了，他只想知道，眼面前正在发生的到底是怎么一回子事，但这会儿又能问谁？

赵长泰也没再追问。为了避免这一时沉寂给所有在场人带来的紧张、难堪和不安，他斜过眼去看看在人堆前头嘤嘤哭泣着的老婆渭贞和八岁的大女儿。十岁的大儿子建国脸色煞白，懂事地搀扶住他妈。这么冷的夜晚，抢出门来送他，建国他却只穿着件夹袄和一条破单裤，拖着一双并不配对的旧棉鞋，瞪大的眼睛里流露着恁些跟他年龄不相称的忧郁和困惑。赵长泰早就跟渭贞商量过，再咋地吧，也得给儿子买双囫囵鞋了。虽说十岁还不能正经算个人，但也毕竟十岁了，在子女校大小还是个少先队的干部，老让孩子趿着爹/或妈的旧棉鞋过冬，也实在叫孩子在同学老师跟前挂不住脸。孩子自己也说过："妈，下一回食堂里分大肉，我那一份就别领了。看到明年能凑够双跑鞋钱不。给我买双白的……穿双毡袜也能过冬。官的！不信，你试试！"啊！白跑鞋。儿子，我对不住你……

赵长泰再回头看看青年班的丫头小子们，歉疚地笑笑，并用他干裂的嵌着许多油泥的大手抹了一把自己的瘦脸，叹口气。青年班的那一帮子却把头都低了下去，仿佛立马要被押走的是他们而不是他。这使他的背好像突然罗锅了，随着一阵痛绝的战栗，他脸颊微微抽动起来，整个身子不易被人察觉地晃动了一下，一阵哽咽从胸膈底里涌来。为了压住它，他拧转头，恰巧遇见谢平正凝对住他的视线。谢平见赵队长回过头来了，忙向他伸过只手去，赵队长却没对应地伸手。政法股的人已经等得不耐烦了，脚冻得也实在难受。因为坐吉普车来的，都没穿毡筒。有一位的翻毛皮鞋里甚至都没穿毡袜，只好在一旁直跺脚。碍着赵长泰这么个老熟人的面子，他们又不便紧着催，就故意跺得背上的长枪在大腿根上磕碰，响出许多串哐啷哐啷，去提醒老赵。这些，赵长泰心里自然有数。他再没说话，只是去重重地拍了拍谢平的肩头，又看了他一眼，而后一低头，从人群闪出的那条夹道里朝吉普车走去。上了车，他们才给他上了铐子。谢平忙摘下自己那副黄军布里的连袖长皮手套，撂给计镇华，叫他赶快跑去交给赵队长。

人群渐渐散去，惟独青年班的人还呆站在黑魆魆冷飕飕的天底下，雪光所反映出来的林带犹如一堵厚重的狱墙。站长教导员劝青年班的人回屋去歇着。谢平要带镇华、静静和班里的几个团员去赵队长家安慰渭贞嫂。教导员把他拉到一旁，埋怨了他几句：“你已经是场部的人了，咋恁不注意影响？渭贞的工作，我们站领导会出面去做的，你还是把你那一伙伙安顿回宿舍……”

后半夜，风平雪霁，四下里异样的安宁。月光从云缝里漫出，把一绺绺修长而清晰的树影一折一弯地铺排到青年班男生住的半地窝子的土墙和泥抹的房顶上，也落到了窗户纸上。谢平自然是睡不着，又不敢翻身。稍一动弹，身下用红柳把扎的床铺，便会咯吱咯吱。又一会儿，计镇华悄悄撑起身，叫他，想问问赵队长的事。镇华刚一开口，地窝子里几乎所有的红柳把子都不约而同地咯吱起来，谁也没睡着，谁都想知道这到底是怎么回事。谢平就没敢应声，他能跟他们说什么？他自己到底又知道多少！他早就有这样一种感觉：在这世界表面的宁静背后，还有许多许多事情是他们所远不知道的。有的，也许就这么掖着藏着遮着盖着，露一点儿又不露一点儿地永远也不会让他们知道了。他明白，自己有朝一日也会跟许多老职工一样，在铁锹和砍土镘把上磨硬茧皮，晒黑油皮，但难道因而也会跟他们中的一些人那样，便从此再不会也不敢去过问那些别人不想让他们知道而实在又是应该知道的事情了吗？

赵队长临被带上吉普车前，那么用力地拍了拍自己的肩膀头。他注视自己的眼神，那一刻里变得那样温和、那样迟疑、那样心事重重，又那样的……那样的充满了某种令人困惑的难言之隐，同时又不无自嘲和愧意。他有力的掌从自己肩头顺着自己的胳膊往下滑溜，滑落得那么缓慢。与其说它是在滑落，还不如说它在抚摸，似乎是要透过这迟涩的接触，要传达给自己某种至关紧要的叮嘱……

他要告诉我什么呢？

谢平怔怔，觉得赵队长那只指甲盖大得出奇也厚得出奇的手依然在他的胳膊上抚摸着，是那样沉重。周围已经是很安静了，连红柳床也不再咯吱了。惟有月光，依旧是那般的清亮、寡淡、悠远……

2

过一天，谢平到场部去报到，带走了他从上海带来的全部行装。说起来也挺简单：一个灰蓝色的断了拎把的旧帆布箱，一个裹着条廉价毡毯的铺盖卷，再加一个网线袋，装着零七八碎的日用品和两捆小说书。就这些，全带上了。干部股通知要全带上，他就全带上了。因为“全带上了”，青年班的伙伴们就认定他不可能再回试验站了。头天晚上，男生女生都到他那半地窝子里来了。先是男生，又吃又喝。各人把自己从上海带来的罐头都开了，谁也不说一句谢平走的事。喝晕乎了，敲脸盆。后来听见门外窸窸窣窣老有声音在响，谢平开开门去看，见裴静静带着所有的女生站在月光地里，一直不好意思进屋来。“祝贺你……”静静真诚地伸出她那胖胖的冰凉的小手。她的爸爸妈妈都是教英文的，哥哥在清华当助教。她考了两年上海外语学院，就是考不进，也真怪。

第二天黑早，扫雪。吃罢早饭，青年班全体得去场院里码苞谷，还要抽几个男劳力去脱粒，所以，都不能远送，只得高矮不齐，一字排开，站在屋檐下，目送谢平，并一口长一口短地呼出许多条白气。

每人一副粗布手套，场部后身的小高包上，戳着几个灰淡的人影。不用问，便知是渭贞嫂和孩子们。在这几点灰淡的人影背后，有一棵高大的老杨树。在稀薄的晨曦里，它也灰淡淡。

赶车的是一九五六年从河南支边来的一个汉子，矮矬个儿，却披着件过分肥大的光板子老山羊皮袄。后襟上撕了一块，龇出一撮撮黑黄黑黄的山羊毛；搂着个老大不小的向日葵盘，一路都在剥生葵花子吃。他骂牲口跟骂人似的："我操你哥一回，还想跟我使奸耍滑？耶！你还真能得不轻哩！骚包货！"

谢平一路上都没心思搭讪，抱住膝盖，靠在车后的那根梢棍上，由着车慢腾腾地颠簸，体会晨雾擦住脸面的那点清阴。马车上了公路，试验站便被它自己周围的林带遮去，加上汇集在洼地里的雾气漾开，很快它便模糊成一个扁平的灰坨坨。公路下边有几间小小的土屋，暗褐色的一面坡屋顶从雾里挣出，像孤岛。荒野的西半拉还青黑着，使视界里的一切携带上了某种特殊的空旷、凄寒。而底色，则是一整块越来越亮、越来越白的白。绵延数百公里的南山在这一刻瞬息万变，逐渐清晰地从无可奈何隐退的晨霭中摆脱，再次显现自己的块垒叠嶂、潇洒跌宕，并以自己的伟岸、奇崛，给这四境里浑然的单调、冷寂添进一注凝固永恒的活力。八个月来，为了"偷"凌晨的这一点空闲多少看点书，他曾多少次躲到这块空旷地里来。但常常地，把书摊开了，却又看不进去。他喜欢看这早晨，他喜欢看世界从这红与黑、夜与昼、明与暗的交界处重新走出来。它默默地再度出现了，那样的沉静、自信，那样的多灾多难，而又那样的坚毅持久。他喜欢这种静静的伟大，默默的喧嚣，不知不觉的巨变，低下头的迸发……十九岁的自己在来到这世界上之前，曾是这天地的一条无形无影的精气。一百年以后，自己又将重归土地而再返太真。在这有我之年，能给这世界留下什么？留下什么？他真想剖开血管，而由着那里边燃烧着的液体去写一部十九岁的《天问》。

教导员昨天告诉他，他一走，站里便要解散青年班，把这帮“娃娃”编入老职工班去。班里得知后，一下炸了锅，闹到下午三四点，都没上工。年纪最小的杜志雄涨红了脸抱住谢平的箱子，喊道：“侬倒好，自己拍拍屁股走掉了。要把我们打散了跟那帮‘老甲鱼’去过，没那么容易！要走，大家一道走。我跟牢侬姓谢的了。怕啥？反正有侬谢平八两，总有我杜志雄半斤，饿不煞我！”到晚上，谢平把全班三十九个人都召集到半地窝子里，讲了两条：一、事先他不知道站里有这么个打算；二、这种事迟早要发生的，从离开上海那天起就该想到。“我们早已经不是上海人了！要一天三遍三十遍地对自己这么说。说不听，就喊。喊不听，就拿刀刻在自己手背上！”他激动地叫道。挂在木柱上的马灯微微地晃动。没有人再做声了，只有女生堆里有人在低微地抽泣。“这一点，八个月前别人敲锣打鼓给你们戴大红花、发军装时，就应该想通了嘛！”他避开马灯刺眼的光焰（他离它太近），对那些正在哭泣的女生喊道。于是，再过了一会儿，连抽泣声也渐渐收敛住了。青年班的伙伴们还是听他的，有些女生甚至还有点怕他。

这一档事和赵队长的事，使他无法轻松地走向场部。身后的雾和身前的雾都使他还不能清楚地捉摸到正在等待自己的究竟是什么，他真羡慕天和地的执著、单一，羡慕它们的广大和无所不容……但我是人，可人为什么只能是人呢？

3

太阳又一次升起。面对着它，你有把握说，这决不会是昨天那次的机械重复?

有人敲窗户。他一惊：我睡过头了?到机关的头一天就让人从被窝里提溜起来?怎么搞的嘛！他忙竖起头颈去看，屋里还灰暗得很。除了办公桌上那个白搪瓷缸，别的都模糊着呢！昨天，组织股的中心助理员陈满昌，把他领到这间破旧的大活动室里，叫他收拾出来，既做他的办公室也做他的寝室。他连中午饭都没顾得上吃，清出了原来搁在屋中央的一张断腿的乒乓球案子，一摞陈列图片用的三合板和恁些垃圾，四五簸箕陈年炉渣烟灰。到晚傍晌，才整出个眉目，让人进这屋，说话，有个站脚的地；歇着，也有个落屁股处。掏净火墙，砌起炉子，在火墙背后架上床——正经一张单人木架床；再生着炉子，填进红山拉来的煤。(这煤好，块儿大，乌亮。在试验站，只有站长教导员家能烧到它。红山远啊。一般的平头百姓，也就上自己场的小煤矿拉点烧烧，谁给你出恁多的成本去红山。到底是总场机关，连一般的工作员也都能烧上它。日后，青年班的伙伴上办公室来看他，见他也烧上了红山煤，他们笃定会笑着刺儿他：“嗨！你小子行啊，享受营级待遇了，蛮可以嘛！”)他把垃圾全清到林带后边的大坑坑里，点上把火，就着那烧垃圾的火烤个冷馍充饥。一边看着那火光透过林带，把这一趟房子十几个已经暗下来的窗户全映红，一边他却累得都没力气咽最后一口干馍了。

说实话，这一觉还真没把骨节眼里那点连着几天积攒起的酸软困乏睡过来呢。但既然有人来敲窗户，总归还是有事吧。他便懒懒地坐起，漫应道："来了……"

"咚咚咚"又是三下，人影一晃。

"什么事，吭个气嘛……"谢平叫道，"我这不是起来了吗。"

外头咯咯一笑，回话了："大懒猫。还睡呢？"

嘿！是秦嘉！谢平高兴得"哇"的叫了一声，掀开被子，就要去开窗。但马上看到秦嘉身边还站着个十七八岁的大姑娘，想到自己赤条条上下就只穿着个短裤头，窗上也没遮个东西，便白条条一晃，赶紧又钻进被窝里，只露出个头来喊道："别急，我这就穿衣服开门。"

秦嘉在窗外头早已背过身去，刷地红起脸，骂道："你们这些男生要死啊！连窗帘也不挂一个，未免也太大方了吧！"

谢平笑着索性拱进被子里，三下五除二，穿上衬衣、长裤，趿鞋，去把门开了。秦嘉还不肯进来："去！穿整齐了。别不三不四的。"这时，谢平已经看清，在秦嘉身后站着的是齐景芳。她的脸也微微红着，捂起嘴在偷笑。他们三个离开上海时，坐的一趟火车，编在一个中队里。谢平是中队长，秦嘉是中队副，也是个预备党员，比谢平还要大两岁，是从戏剧学院退了学报名来农场的。眼下，她在园林队青年班当班长。齐景芳严格说起来算不得上海的，地道一个"山东大葱""侉娘"。她姐夫是南下的干部，在上海一个街道党委里做书记。她上初二那年，出了一档事，气愤愤地只身跑到上海来找姐姐、姐夫，正赶上动员青年来农场。她宁愿过火焰山，也不肯再渡渤海湾。虽然没有上海户口，不在兵团招收的范围内，但由姐夫出面，给有关方面通融了通融。毕竟有志“建设边疆、保卫边疆”，是件大好事，各方面开了绿灯，也跟着上了火车。她倒是比谢平还小两岁，今年满打满算也才十七。子鼠丑牛寅虎卯兔……她就是亥猪年生的人。属猪好，有得吃，省力，她常笑着这么说。别看“侉娘”小，心眼多着呢！她一到羊马河就让场部协理员看中，留在场部招待所了，一天没下过连队。八个月前，甭管谁，哪把她放在眼里过？既不是党员，也不是团员，当然也没在团校受过培养，没人把她当骨干。可八个月后的今天，她在招待所照样当上了服务班班长。这服务班班长你觉着好当？你知道服务班里供着的净是些什么“神”？谁的老婆、谁的小姨子能进了场部招待所的服务班？三十好几的大老娘儿们在场部一待恁些年，什么样的事没经历过？什么样的人、什么样的场面没见识过？什么样的亏没吃过？什么样的便宜没占过？你就把十个脚趾头一块堆搬尽来数数吧。她们能服了谁？嗨，偏偏她——十七岁的齐景芳，就当了她们的班长，把个服务班调理得挺顺溜。今天，她跟秦嘉一起来看“中队长”，叫他上她那儿吃早饭，另外还有话要说，有事要跟他商量。

“快点、快点……”秦嘉急性子，一边催，一边动手就要给谢平去叠被子。嘴里含着牙刷的谢平跟触了电似的，一个箭步蹦到床跟前，一脸尴尬相地护住还绞成一团的盖被和棉毯，不叫秦嘉碰。满嘴牙膏沫，呜呜哇哇又说不清。其实不说也罢，秦嘉早看出他的尴尬所在。一床自打离开上海就再没拆洗过的被窝能叫女生碰吗？那被头油黑锃亮，裁成条，发给剃头师傅去蹭剃刀倒蛮合适！妈耶！秦嘉扑哧一声笑着，浑身便腻味起了一层鸡皮疙瘩。

“我抱去替你拆洗吧，你这床被子倒不怕招雨。”齐景芳笑道。

“别别别……”谢平涨红了脸，又往床跟前靠了靠，“咱们别再说我这床被子了。别让它扫了咱们今早起见面的兴头了……”谢平含含混混嘟哝道，加上那副从没见过的尴尬相，惹得秦嘉、齐景芳再也忍不住，捧住肚子，哈哈大笑起来。

“天哪……这些男生还晓得难为情。别跟我现世了……哎哟……你瞧他，还挺认真……哎哟……”秦嘉擦擦笑出来的眼泪，歪一边去呻吟了。

谢平趁她俩只顾在那厢捧着肚子哼哼，赶紧把铺盖整个一卷，只剩半拉光铺板，趁便又把床前撂着的一双衬里既黑也破的布鞋朝床肚里一踢，草草抹了把脸，便紧着催她们：“走吧走吧……”怕她们再发现了什么必须是“内外有别”的物事，来寒碜他。这些女生也真是的！少见多怪。

天又亮出许多，能分清一坨坨架在树杈中间的鸟窝了。出得门去，谢平打了个寒战。“什么重要事，天不亮把人吵醒！”谢平问，重新整理了一下颈脖里的围巾。

“你着什么急呀！反正跟我们走，不会亏待你的。’秦嘉笑道，还故意跟齐景芳交换了一下眼色。齐景芳会意地笑笑，挽起了秦嘉的胳膊，特地去偎紧她的肩头。

谢平见她俩卖关子，故意俏得厉害来气他，就装出一副满不在意的神态，不再追问。

路上已经有拉水的牛车走过。林带背后的家属区里也有了响动：开门关门，抱柴火撮煤，咳嗽尿尿，倒尿盆，所有这些响动似只是种试探。试探一夜过后，始终被人们拒绝在屋外的严寒，态度是否有所缓解，肯开怀接受人们这新一天的奔波。在短促的突发的接触之后，人们立马又缩回厚的门帘黑的窗户里，再要安静好大一会儿；直待所有的烟囱管再度示威性地一起排放大团的浓烟，这才标明，他们真正活了过来。

露天电影场空关起，夏日里留下的海报还在斑驳的土墙上残破地张挂着。路这边，是独一家的商店、独一家的照相馆、独一家的理发室、独一家的修理铺。它们自然还都关着门，上着老厚的护窗板，中间用铁条一横地锁连着。即便到白天，也不去下这些木板。整个冬季都是这样，要忙过春播，商店的人才会想起给它轻装。其实，就是卸下了这些板子又怎么样呢？橱窗里也没什么好瞧的。几件生了病似的式样老旧的褂子裤子垂耷在木架上，满是灰尘，历史悠久。陈列不陈列，反正你也得进这门。很长一段日子，谢平都拧不过弯来，总觉得它不是商店，是转运站，只是不办批发业务。以往的八个月里，谢平来场部的次数很有限，但每一次来，场部都能激动他。在上海时，他想象过，农场的场部一定是一节破旧的废弃的火车车厢，歪在刚被开垦的处女地上，从车厢的一角伸出许多根电话线，连接遥远的连队……他完全没想到它竟有这样集镇似的规模。办公室里同样有那么些人坐着抽烟聊天打算盘。分到试验站待过一段，再到场部，每回他都有“进城”的感觉。许多人要他带东西——最讨厌的便是那些女生。她们跟他一样，也是整日泡在大田里，可对一二十公里外场部商店柜台货架上出现了什么新玩意儿一清二楚，好像她们在那达派驻了记者似的！他嘲笑过自己的这种感觉：这算什么“城”？两条烂泥路，几幢破平房，把它看做“城”，你眼界未免也太低了吧！还是上海人呢！但每回依然摆脱不了这种“进城”的感觉。在连队待得越久，这种感觉便越强烈。

而今天，他将不再只是“进城”来转转，他要在这“城”里住着了。他是这达的人了，他将面对整个羊马河，等待自己的会是什么？他在路中间站住，抬起头来看天。

“怎么了？想咬月亮一口呢？”秦嘉笑着啐他。

他脸一红。哦，是的，太阳已经露头，可月亮还在那厢悬着，多么瑰丽奇谲的瞬间……

进了招待所西小院，齐景芳从腰间掏出一大串钥匙，挑出一把，开开一间高干房，这是专门置备了来招待师团级干部的。秦嘉“哟”的一声叫起来，眼睛陡地亮了：“小得子（齐景芳的小名），你到底偏心。单请我几次，都没让到这高级地方。谢平一来，规格就恁高……”

“谁跟谁偏心？这间房今天正好空着了，叫他交好运。”齐景芳笑着进里屋端出早预备下的几样吃食点心，又沏出高级绿茶，一人面前筛上一杯，说：“也不能光叫他们享受了，今天咱几个开开洋荤。”

“还是为了谢平吧，齐班长……”秦嘉还在叨咪，取笑。

谢平卷起一摞旧报纸抽秦嘉，秦嘉笑着往齐景芳怀里躲。齐景芳红起脸把秦嘉直往外推：“别找我！活该！没人心疼你！”

秦嘉便笑得更响：“好嘛，你们连档麻子！专门欺负我！”

这时谢平真恨不能把这位大大咧咧、什么都不忌的秦嘉从窗户里扔出去。他烦别人说他跟齐景芳，这确实是桩没影儿的事。到农场才八个月，哪是哪呀！谢平上学上到高二，校医检查出他肺部有结核病灶，先休学，过了期限，便退到街道里。在居委会搞了一段团支部工作，小有名堂，调到街道团委当副书记。常到区里听报告，结识了不少别的街道的干部。齐景芳的姐夫跟他不在一个街道，也是这么认识的。因为有谢平自己带头，他所在的街道报名到农场来的青年很踊跃，他所在的团委一再被表扬。他常被邀去在各种座谈会和报告会上介绍经验体会。齐景芳的姐姐、姐夫不放心她，在他们出发前，把她托给谢平，要他多照顾他们的这位小妹妹，大家伙儿就老拿这事儿寻谢平开心。

见谢平真的恼火了，秦嘉知趣地煞住了口，帮齐景芳收拾茶几，准备吃饭。谢平便四顾着打量起房里的陈设来。无论怎么说，这都得算是一套豪华的房间。拱形的雕花木槅上挂下一幅土黄色的丝绒帷子，长长地宽宽地垂落，分开里外间。那边厢，还带个独用的小盥洗间，竟然有白瓷的浴缸和洗手池。墙壁刷着豆青的油彩，红漆地板，全包三人沙发，玻璃面腰鼓形的硬木雕花茶几，一色景德镇细白瓷青花茶具。谢平特地撩开那幅起着百褶的丝绒帷帘，张了张里间。双人铁架弹簧床上，铺着那样耀眼的丝光印花床单和大花粉底锦绣绸缎被。宽大的两头沉写字台上安着一部专用的电话机。床头柜上还给准备着梳子、面油、手纸等小件，还架着一面鸡心形的不大也不小的镜子。床前搁着一方踏脚的羊毛地毯，地毯上齐齐整整并放着一双棕色的小牛皮面软垫“喜喜”底的拖鞋。

他呆了。

这时，齐景芳从床头柜里摸出一瓶白酒，朝谢平使劲晃了晃，真心地问：“喝两口吗？”

谢平能喝，这也是从小在他爸爸的筷头上熏出来的。他那在华达公司当职员的爸爸别无嗜好，一张《新民晚报》、半斤烫得热热的黄酒、两块五香茶干，收音机里再来一段王盘生的《碧落黄泉》，要是再有一只煮得红红的清水大闸蟹放在眼面前，有一碟切细碎的姜拌在鲜酱油里，滴上几滴麻油一道来佐餐，掰下只蟹脚来慢慢嚼着，看着抿着听着哼着晃着晕着……“就是去当个市委书记又还能怎么样?”他爸爸常大喘着气这么笑道。

谢平一眼掠过齐景芳手上那火红的瓶签，觉得眼熟，再看那正向上翻腾的酒花，既多又密且久久不散，便料定是瓶难得的好酒，忙拿过瓶子一看，果然是“西凤”，惊问：“原装的？你哪来这么高档的酒?”也是的，连队里的人即使想买散装的、两块二一公斤的白酒，也得求到连长指导员门上，批了条，到加工厂仓库里去领，这已然是相当难得了。有人偷喝掺水的酒精，三角庄子分场的卫生员好些年来一直这么干。后来让他们的会计告发了，还给判了刑。

“人家喝剩的，咱们扫尾。”齐景芳笑道，说着便斟了三杯。一杯满，两杯不满，把那杯满的递给谢平。她知道他能喝，她姐夫请他到家里来过。那晚上，一老一少在电灯下喝得还蛮滋润，把齐景芳跟她姐姐都看愣了，直乐。

“园林队要提拔秦嘉姐当妇女队长了。祝你们二位高升。”齐景芳端起自己那杯一口干了，白皙的脸庞立时潮红了，眼珠湿湿地亮。

“别瞎封官!”秦嘉沉静地笑道，“他们调我去学习……”

“学习？哪儿?”谢平放下酒杯问。

“你不知道?”秦嘉意外地反问。

“不知道。我们这些乡野之徒哪里知道你们场部的事……”谢平笑道。园林队属场直单位，故有“朝野”之分。

“行了，你就只顾自己那青年班的一块天地了，把大家伙儿都忘了！”秦嘉狠狠地啐他。

谢平赧然地低下头去抿了口酒。过一会儿，等秦嘉不那么记恨他了，又去问：“说嘛，咋回子事？”

“场里在上九里分场办了个干训班，培训一批人将来当连队的会计、统计、文教和副连职干部。点到我了，还点了一批上海青年……”

“多少？”谢平急问。

“多少？”秦嘉回头去问齐景芳。齐景芳在场部人缘极好，消息也灵。

“七十来个吧。”齐景芳合上两只指尖，捏起一块豆糕，慢慢嚼着。

“七十来个？”谢平惊喜。

“先别太激动，激动要变长方形。这是件好事，但马上要带来一系列新问题……”秦嘉的脑袋里有个“逻辑机”，什么事上那儿一转，一正一反，咔咔咔，就给弄出几条来了。她老说谢平：“你嘛，太容易冲动。我嘛，太理智。老师就说我不能成为斯坦尼的好门徒，你应该学戏去的。我真替戏剧学院可惜，没招到你……”

“你担心这七十多人一走，剩在连队里的四千多人就会波动？”谢平紧着问。

“这七十多位全都是青年班的骨干，百分之七八十的班长都要走。”

“动了这七十，晃了那四千。这倒是不能不考虑……”谢平端起酒杯。这回没抿，只是闻了闻，他不舍得一口接一口地喝。

“得赶快想个办法，中队长。”秦嘉催促道。

“倒是不能等闲视之……”谢平眼前浮起昨天他离开试验站时，青年班那一排失神的黯淡的眼睛。他想了想，说道：“先把各青年班的现任班长、骨干找来开个会，凑凑情况。”

“要快。得赶在这次大调动前……”

“你什么时候去上九里报到？”

“今天。”

“那怎么来得及？’

“他们叫我当干训班班委。叫我先去几天，帮着干点杂务，大批人马的报到还在以后呢。”

“这就行了，这件事交给我。”

“也只能交给你了，也应该交给你。”

“把他们找到场部来碰头，我给你们找地方，管吃管住管招待。”齐景芳说道。

“我们今天找你就为这事。”秦嘉对谢平说道。

“你们跟阿屠商量过于吗？”谢平又问。阿屠是羊马河上海青年中另一位党员，原先是黄浦区团委的年轻干部。

“阿屠走了，你不知道？”秦嘉反问。

“走了？”谢平惊道。

“他的肝炎发了，腹水，脚背肿得跟馒头似的，皮肤又黄又亮。就那样，他还要去干活。大家怎么劝也劝不住，把他们青年班的几个女生都吓哭了……现在场里同意他回上海。当初他那样的身体，就不该批他来。要个带头的，把人带成这样！跟上海联系，上海还不肯接收，还怕会影响已经走的和将要走的十几万青年。说上海户口只能出不能进，外地也有药，也有医生，不能一生肝炎就回上海，他家里只好把他接到苏州外婆家去养病。他前天走的，他知道你要来场部，还让我转告你，羊马河这四千多伙伴，就拜托你多多照应了……”说到这里，秦嘉的声音突然低下，哽咽地涩住了，齐景芳的眼圈也陡地红了。

“这件事，上海也做得太绝了嘛！”谢平说道，把牙关咬得铁紧。阿屠是个好样儿的，年纪跟他们差不多大。放着在编的国家干部不做，跟大伙儿一起到兵团来当农工。

“阿屠青年班里的人都替他伤心……”

“我不好。我要是早两月分出身来，常去看看他，卡着点儿他，他也不会垮得这么早这么惨……”谢平感到沉重、内疚。

“我们都有责任。明明知道他有病，没有照顾好他……”秦嘉喟然。

“碰头会赶紧开，赶紧摸摸情况，再不要垮掉第二个第三个‘阿屠’了……”谢平一口喝干了杯底那点滚烫的液体，把杯子拍回到茶几上，决断地说道。

吃罢早点，秦嘉回园林队去收拾东西。齐景芳忙了一阵，恢复房间原样，见还不到上班时间，笑着邀谢平上她屋里坐会子：“认认门。住大机关的，以后有什么事要差着使着我们这号臭当兵的，也知道个路啊！”

谢平说：“你要那么说，我就不去了。”

齐景芳拿着钥匙在门口等着他，撅起嘴笑道：“人家还有事求你呢！”

招待所分东西中三院。中院最大，能停二十多辆卡车。晚间，水箱里的水一放，就成一片冰场。四周一圈平房，全是大房间，搁双层叠叠床。屋里除了床，连个暖瓶也不搁，喝水洗脸都请劳驾到东南角的大水房去。房门上挂着一色的白布门帘，门帘中央呈半圆状印着一圈窄长的大红的宋体美术字“羊马河中招”。拧着头转圈看，倒也鲜亮划一。这是招待所盖起最早的客房。原先就只有它，东西两小院，都是后添的。东小院十二间平房，招待来场部开会的干部，招待机关各股室介绍的客人和招待所自己的关系户。无论四人一间，八人一间，就没有双层床这一说了。屋里自然摆得有桌椅板凳，窗台的犄角里，还给搁一盏备用的煤油灯。西小院便是刚才谢平去的，那里接待团级以上领导干部，拢共才盖了那么三个套间。院当间砖砌的土坛上，花木扶疏，月洞式的院门平日上锁，绝对是个安静的去处。齐景芳带着谢平过中院，出边门。北墙的后身还盖得一排平房，那便是招待员宿舍。也有围墙围着，这叫后院。院里栽着几排木桩，拉上铁丝，是个蛮实用的晾晒场。

齐景芳屋里住三个人。那份整洁劲儿，甭提了。凡是能铺上挂上彩色塑料布的地方全铺上挂上了。光滑的、明亮的、粉红的、天蓝的、苹果绿的……便成了这“闺房”的基调，再加上脂粉气。走廊上有几个丫头在洗床单，年纪比齐景芳还小。看见齐景芳拿着暖瓶出来打水，便把她拉到一边悄悄问道：“那是‘姐夫’？”一头还毫无顾忌地瞟屋里的谢平，咯咯偷笑。后来，齐景芳索性把房门插上，她们还不时隔着玻璃窗朝里张望，冲着齐景芳挤眼。所有这些，加上晾在房门背后的女内衣内裤，晾在横越头顶的那根铁丝上的精美的小手帕和花女袜，都搅得谢平如坐针毡。

八个月来，谢平总是尽量避免跟小得子直接打交道。时不时，至多也就打个电话来问问她的情况。上场部办事，能不到招待所去看她，他尽量不去。这样做，第一，自然是避免让人说闲话。就他这方面来说，既没有这份心思也没这空闲把时间往这上耗，这是实情。第二，怎么说呢？第二就很复杂了。自己也说不清是咋回子事。特别是秋收完了的这一个来月，空闲时间多了，处理完班里的事，到站部开过班组长碰头会，回到半地窝子里，把铺头那盏用罐头盒做的独杆儿油灯点上，从网线兜里摸本书来看看，有时就看不下去（往往看不下去）。摸好几本，都不对劲。想着要干件事。上门外转转，看看站部门口旗杆上吊着的高音喇叭，想半天，发觉……自己还是想打电话。给谁？给阿屠？不是。给秦嘉？不是。给加工厂青年班班长宋长根？不是。他妈的，到底想给谁打嘛！虽然自己竭力想否认，但到了还得承认，是想给这位小得子打。她姐夫托付我了嘛！要我常用着点心，管着她点嘛！他给自己找理由。理由是充分的，光明正大的。但脸红什么？“精神焕发”？

不是……

他惶惑。

那天，在区里跟区劳动局、区团委的同志研究了出发编队问题，推着自行车出区委大院，时间不早了，本该直接回家。但车是街道办事处的公车，得先送回街道；再说，出来一天了，也得回团委办公室看看留言板上别的同志留下什么要办的事没有。他虽然不是街道办事处正式在编干部，跟街道里数以千计等待就业的青年一样，是个“社会青年”，但在担任街道团委副书记的这两年里确实把这儿当成了家。他骑着车刚进街道办事处那黑铁门，就看见二楼的大阳台上有人招呼他，是党委书记何治平。一个半秃顶的小老头，绍兴“杭唧头’，嘴大得吓人，心眼好得要命。就是他，力主在谢平离开上海前务必要解决他的入党问题。也是他，开几次党委会，都下不了决心放谢平走。谢平赶紧锁了车，跑上楼。何书记招着手对他说：“来来来，愚谷坊街道的陈书记等侬一个多钟头了。过去见过吧？不用我介绍了。”陈书记就是小得子的姐夫。那天他带着小得子亲自来找谢平，那时的小得子还没恁高（老天，这些女生一吃苞谷馍就发，也不知是咋回事），脸也没恁白恁圆，尖着个下巴，低着头，躲在她姐夫身后。天好热了，还穿件旧的深色两用衫。平平的刘海儿一直遮到眼眉上，头一低，恨不得就遮去半拉小脸。倒是翻在两用衫外头的一点白衬衣领和白袖口，还显出这小姑娘内心的一分活气。听说她想去兵团，决心很大，他先对她有了三分好感。在那段日子里，他就是拿这个尺度来衡量周围的人的。再听陈书记说，她二姐死了，按乡里的习俗，家里要她退了学嫁给比她大十六岁（她自己当时才十六岁）的二姐夫做填房。她死活不肯，又踢又咬又闹地挣了出来，跑回县中，由老师和同学们帮衬，凑笔路费，来找大姐和大姐夫给撑腰做主。谢平听她小小年纪，能这么自强，又深深同情和佩服。陈书记的意思是要把她编到他一个中队里，将来分到一个农场，离得近些。但他那个中队全是团校的学员，非团员恐怕插不进去。陈书记说：“这由我去办。”他便说：“那好……”“那好”二字刚出口，下边他还想说点例行要说的谦辞，却看见一直在陈书记肩后低着头的小得子突然抬起头，微微翕张嘴，那样感激、那样兴奋地用那样专注的湿润的眼神光看住他，倒叫他格愣了一下，咽住了后半截话，不好意思跟她和她姐夫客套了。“景芳，现在你该开个口，请人家谢平上家去坐坐了吧。”她姐夫笑道。她真就说了，依然用那样明快的眼神光看着谢平说：“俺姐（那时她还老一口一个俺呢）说，俺小，脾气又倔，她得好好跟你说说。请你上俺家，她给你烙俺们山东的大面饼吃……”把何书记笑得捂着个秃脑袋直喘喘。待跟着她姐夫要回家了，走到大门口，在爬满常青藤的拉毛水泥墙角，她又回过头来看了谢平一眼，那意思好像是在问：“你说话算话吗？俺可是信得过你，才跟俺大姐夫来找你的。俺早就听俺大姐夫说起过你了，信吗？”他叫她看得脸直发烧。这丫头胆真大。

上火车开车前一分多钟，站台铃一惊一乍叫起。广播里响出《共青团员之歌》：“再见吧妈妈，别难过莫悲伤，祝福我们一路平安吧……”戴红袖箍的站台工作人员把所有送行的人都拦到安全线外。为了防止开车的一瞬间，家属们向车窗口扑，还特意增加了一两倍的工作人员手拉起手，构道人墙。路队临时党支部要求全体共产党员、共青团员、中小队干部做到开车时不哭不叫，高唱战歌，笑着向上海告别，每个人都拍了胸脯。但这一刻都挤到车窗口，把身子远远探出，向妈妈、向爸爸、向同学、向老师、向兄弟姐妹招手。有的一边叫：“等着……等着我们的好消息！”一边就不知不觉地哭。谁都想最后再看一眼亲人，但许多人都只顾着哭，忘了再去看一眼。有的瞪大了眼，但视线全模糊了。谢平没往前挤，他看到妈妈哭倒在站台人字形防雨棚的水泥柱子跟前，便赶紧朝车厢深处走去。他是上火车前两天，得到通知，被批准为中共预备党员。他得对得起这个信任，配得上这个称呼。他静静地站在完全空了的车厢的另一边，等着列车启动。他估计还有三十秒钟，列车就会带着他们离开上海，永远离开上海。但这三十秒钟是多么漫长啊，多么难挨啊。他再待不住了，他看见有个人孤孤地独自站在黝暗的车厢连接处。他怕发生什么意外，便走了过去。一看，原来是齐景芳。他问她：“你干吗待在这儿?”她来不及作解释，一把把谢平拽到身边，扒开车厢连接处防雨篷上的一条旧缝，让谢平看。就这样，在这个没有人想得到的地方，谢平清清楚楚地又看到了妈妈，看到了因为找不见他而急得直跳脚的姐姐，最后看了一眼在这一刻里如痴如癫的上海……等火车风驰电掣般掠过站台上最后一面红旗，车厢里头原先一直还有所控制和压抑的哭声便跟垮了坝的水库似的，轰然而起，他得赶紧去做工作。但又想谢谢齐景芳刚才那一点的好心和细心，转过身来，却发现她已不在自己身后了，远远地躲在车门处，倚住冰凉的车壁，低声地呜呜地哭着。她在哭谁呢？她又有什么好哭的？她的爸爸妈妈老师同学又不在上海。他本想走过去说她两句，但终因车厢里的哭声太响，秦嘉急得直冲他发脾气：“你怎么可以这个样子的啦？独杆子躲在那里厢不来管管大家！侬这个人呀……快来呀！”他只好去了。等他再次发现她，她脸上早没了半点泪痕，一左一右搂着两个依然还在哭的女伴，用自己的脸颊轻轻摩擦着她们的头，款款细劝什么。到羊马河，宣布留她在招待所。他希望她跟大伙儿一起下连队接受锻炼，过好三关（思想关、劳动关、生活关）再考虑别的。她一点不肯让步。她说：“俺是农村长大的。俺还没锻够炼够？那怎么才叫个够？’他说：“你跟我们一样，也是学生出身，只不过没在上海上学就是了……”她却说：“你们上车都发了军装，就没给俺发。为啥？俺跟你们就不一样嘛！”她还是留下了，叫他恨得无奈。因为这一点，后来，他也有意不去看她。

屋里火墙烧得太热，加上窗外那两个小丫头的窃笑，叫谢平浑身没法不冒汗。他甚至后悔来这一趟，便催齐景芳："有什么事，你就快说吧。"

"别管她们，疯惯了，真没办法。"齐景芳给谢平沏了杯糖水，"两件事……"

"你刚不还说只有一件事吗？"谢平反问。

"行善还在乎那点？"她抿起嘴笑。

"说吧。"谢平闷闷地吐口气，敞开棉袄。

齐景芳从铁丝上摘下她那条洁白的洗脸毛巾，撂给谢平，让他擦汗，然后笑道："第一，你来了，可不能跟场部的人说，我不是上海人，对谁也别说行吗？"

"你要这虚荣干吗？"

"我没要你去吹我是上海人，也请你别跟人说我不是上海人。反正他们都知道我是跟你们一路来的，我现在上海话说得也蛮灵光。"她调皮地笑笑。

这鬼！

"第二，明年场部子女校办高中班和师范班。头一年，怕招不满，没恁些初中嘛。动员上海青年里头十六周岁以下的……当然也包括十六周岁的在内去报考。"

"你想考？"

"是的。"

"你超过十六了。"

"还不到十七嘛。"

"场里同意了？"

"我找政委了。协理员、所长、校长、主任……找过一圈。我跟他们说，再咋的，也得给我最后一个机会。我不是不要念书才没上完学的，也不是念不起书。可我这一辈子，刨去这一回，就再没机会上学了，我得考一次。要让我考了考不上，路死路倒，沟死沟埋，从今往后我小得子就再不说上学这件事，一门心思当我的招待员。领导叫干啥就干啥，决不三心二意，挑肥拣瘦，这山望着那山高。他们全答应了……”

“主要考初三的功课，你没上过初三呀。”

“所以才找你呢！这一直……你也不管我，说话不算话……”

“我管，也得要有人肯听呀。”

“这回我听，保证，你就放心大胆帮我补习。”

“真听？”

“真听。”

“不听咋说？”

“打。”说着她还真从抽屉里捡出一根竹尺，往谢平面前一放。

还怎么说？谢平无奈了，只有笑笑。这时再仔细打量齐景芳，越发觉得她跟八个月前简直像是换了个人：一件进屋来照例早该脱去而不知为什么一直没脱的八成新的军皮大衣（她们为了俏，是既耐得住冻，也耐得住热的）。齐耳的短发乌黑油亮，拂着她白嫩红润的脸，自不是八个月前那个黄白中略带些忧郁的小丫头可比的了。她那圆腴的小手轻握住竹尺，唇角边浮现的微笑里，流露着那么一种自信和期望，多少还掺和了些八个月来对他隐藏着的怨艾和嗔责，这些又都融合在一种不由自主渗透出的信任和托付中。她呢，当然并没自觉到此刻竟还对谢平流露了这样的信任、托付。他呢，也还意识不到这种叫他头发热发慌的眼底的光到底是咋么回子事……慌慌地不知道该往哪儿看，却把目光移到了她高高挺着的胸脯上。有片刻工夫，他依然不知道自己盯住了什么，而后惊醒了，脸大红，忙车转身去……

“喂，跟你说话呢，听着。”齐景芳忽而放低了声音，靠近了他，“你们试验站的那个赵长泰，每日让人押着上我们招待所小食堂后头来吃饭，要见他很容易，我跟看守所的警卫挺熟。人都说，他对你们青年班不错，是这么回子事吗？”

“你知道他犯了什么事吗？”

“听说他跟去年叶尔盖农场那批转业战士闹事有关系……”

“叶尔盖？叶尔盖在哪儿？”

“老远！国境线边儿起。”

“他怎么会挂到那头去犯事，未免也太神了点吧？”

“谁知道呢……我又没审过他的案。”

“能给我打听来个确实的情况吗？”

“干啥？”

“不干啥。”

她迟疑了好大一会儿，但还是点了点头。

4

回到机关，圆圆脸、黑黑皮肤的陈助理员在办公室门口等着他呢。他忙道歉，就要去翻窗户进屋给陈助理员开门。陈助理员笑着一把逮住他，从端着保温杯的那只手掌心里挖出一把钥匙交到他手里，并告诉他这就是这屋门上的钥匙。

“你带着钥匙，干吗要在过道里冻着。”谢平忙开门，让进陈助理员。陈助理员耸耸肩膀头上披住的蓝棉袄，一边细细打量拾掇过后的办公室，一边笑嗔道：“钥匙虽说在我手里，可这间办公室的主人已经是你了。主人不在，我怎么好擅自闯进来呢？”

“怕我那火墙上烤着的半个白面馍丢了说不清，是吧？”谢平笑着，忙搬过张椅子，叫陈助理员坐。陈助理员也就三十出头一点，听说是个老机关了，刚提的中心助理员。组织股没股长，就他主事。谢平今后搞劳动竞赛工作，这项业务归组织股管，他也就是他的顶头上司。他给谢平的第一印象还是好的，起码来说，年轻，有涵养，这两点错不了吧。

“今天休息休息，洗洗衣服，写写家信，领领饭菜票，熟悉熟悉环境。起码来说，先得把食堂门、厕所门认认准吧，别走两岔了去。对，再去看看上海老乡，这可要紧。”他笑道。到晚边起，又派他老婆、商店的裘副指导员来叫谢平上家去吃顿饭，备了酒。因为是头一天头一顿，谢平自不敢放开量喝。陈助理员两小盅落肚，脸便紫涨得跟快焐发的猪肝一般，眼神光散了，舌头大了，再扒得两口饭，喝两口汤，一撂碗筷，只顾自己躺到帆布躺椅上喝茶去了。直待谢平吃完，端起进门时裘副指导员给沏的这会儿早已凉透了的花茶末，咕嘟咕嘟一口喝见了底，陈助理员才折身站起，放下几乎吃饭时也不离左右的保温杯，长出口气说：“走，陪你去见见政委。”走到路上，他忽然提醒谢平：“政委家没请帮佣的。所以，待一会儿，出面来招待你的，就会是政委的爱人。她本人，她……”

“我该注意些什么，你尽管放心大胆说。我这个人就是粗……”

谢平见他忽而变得不痛快起来，便主动问。

“待人接物，你们南方人是最讲究的，一套一套，没挑的。就是……她要沏茶上来，每次喝……是不是得留个半杯再等她来续。一口见了底……总是不太那个……”

谢平陡地想起刚才在他家就是“一口见了底”的，脸马上微红了，忙说：“对对对，刚才我就没太注意……”

陈助理员忙说：“在我跟前无所谓，无所谓……我们俩，还谁跟谁呀！”这句话倒把谢平的心说得呼呼热。

政委家在机关家属区的西头，机修连和加工厂之间的一个小果园里，路不近。这时节，果园里的葡萄藤、苹果树早埋了，一丘一丘地坟起，被雪盖住，更见一片白净、空阔。因为是通往政委家的路，也就修得格外标准。不太宽，一抹平，两面坡，露个“鱼脊背”。路面上铺有卵石，卵石不单是拉来一撒就完事，而是个个砌进土里的，灰白的花斑，在朦胧的夜色下看去，像是用水磨石铺起来的，只是脚底的感觉还有几分差异。

政委家附近林木森森。政委正忙着，在客厅里跟鸦八块分场的两位领导说事儿。陈助理员没敢去惊扰，只是在客厅门口，拱着腰悄悄给政委做了个手势，让政委知道他来了，在后边等着他呢，便赶紧带谢平径直上里头去了。谢平以为陈助理员总要跟政委提一句：试验站的那个谢平也来了。但他偏没提，也许紧张，疏忽了。

小院四四方方，带一圈抄手围廊。院子里积雪恁厚，埋起了片儿石铺砌的甬道，也严严实实地把两棵黑枝八杈的樱桃海棠孤立在当庭中央。樱桃树下堆着好些板皮钉的硬纸壳糊的包装箱和一大堆铁皮条，还有些柳筐荆槐篓。政委不让扔，说万一要调动工作，这些还是要派大用场的。他这大半生，东挪西调，用他自己的话说，屁股底下一直是安着轱辘的。

北屋一趟三间，一明两暗。政委的爱人在东头一间里，打毛衣，辅导上初中的儿子做作业。屋子很白，灯很亮，家具很少，几乎只有北墙根前放着一张大方桌。红木的，四边带小抽屉，旧时给搓麻将的人搁码子。还有四张方凳，两张他娘俩占了，还有两张一东一西相对贴墙放着。那是种很老式的大方凳，硬木料，细木工的手艺，擦漆。凳边沿挨着屁股的地方，漆早被蹭去，因此些微地凹下，也因此被蹭得恁光滑，红里发乌。

一进门，谢平就呆住了，心里甚至有些发毛。眼前的景象是如此的熟悉，绝对是哪儿见过的。哪儿见过的？他分明是头一回上这儿来。但确实见过，特别是那白墙、墙根前一东一西对放着的那两张大方杌子，还有那女人，少年，两用铁炉，长长高高的绕屋一周的铁皮烟囱管，那女人织毛衣的姿势：跷起腿，斜着眼瞟儿子的神情。这个儿子，也仿佛是见过的：长了个大人身胚，瘦瘦长长，却一副明显的小孩脸，小鼻子小眼小脸盘。确实见过，否则不会恁眼熟。甚至充塞在这屋里的某种气息，也仿佛是闻到过的。他完全被自己的这种感觉迷惑住了，蒙怔着——因为他在此以前确确实实没来过，也没听任何人谈起过政委家的这个屋。可这种似曾相识的感觉又是缘何而来的呢？整个晚上他都没摆脱掉这梦魇似的纠缠……

陈助理员拱着腰，撩起那幅用旧军用毛毯做的门帘，踏进高高的门槛，搓了搓冰凉的脸颊，才站直了问道："警卫班今天咋没派人来扫院子里的雪？怎么回事？"

政委的爱人没抬眼皮，黄白的小脸上布满浅褐色的雀斑，病恹恹的。“是我没让他们扫。扫了，到处都一色干黄干黄，更腻味死人……”她长叹口气，无奈地笑笑，这才停了一小会儿手里快速扭动的毛线针，跟陈助理员打招呼；但对谢平连个正眼也没给，接着更加快了手里的扭动，结束这一针，把陈助理员带到西厢房的一间大偏屋去，谢平也跟了过去。

今年年初，师劳资处让场里派人到上海又接一批支边青年。政委托这些干部到上海旧货商场淘买来一个老式的铸花铁床，又从去年来的青年的家长里头找到一位，请他把铸花铁床架做番精加工：除锈、油漆，床架上端各种饰物抛光、电镀，四条腿上都安能多向转动的小黑轱辘。托运单前天寄到，昨天供销股派辆“解放”牌卡车，上乌鲁木齐车站货场把它取了回来，顺便又到二级站拉回一车百货。

“老头恨不得今天晚上就用上它……”政委的爱人伸出她那穿着鸭舌轻便棉鞋的脚，轻轻踢了踢那又扁又大的包装木箱，说道。

“准保用上了！装起它来，费什么劲？”陈助理员脱掉棉袄，挪过早预备在一边厢的管钳、扳手之类的工具，说道，“您别管了，去检查儿子的功课吧。二十分钟后来验收我的活儿。”

“他就喜欢这，让人到旧货摊上淘换东西。谁知道原先是哪个下三滥使过的？想着都叫我膈应得慌……”

“那倒也是……”

“他就那么着急！昨晚上就想让警卫班小伙子来相帮着装起它来瞧瞧，这不是开玩笑吗？那些小伙子都是睡土炕和红柳把子床长大的，连见都没见过这种床，能装得了吗！”

“那倒也是……”

议论到这儿，谢平以为陈助理员会趁便向政委的爱人介绍一下他，也以为政委的爱人顺口会问一问他这么个在一旁戳着的大活物究竟是谁，但他俩都没这么做。

个把小时后，政委送走客人，听说铁床已经架起，呷口浓茶，烧上颗烟，便兴冲冲奔偏屋来了。

谢平头一回见政委。他也就五十来岁吧，干瘦，个儿中等，原先是京津唐一带什么部队的仓库主任，转业好些年了。但来羊马河的时间不算长，三个年头吧，实打实地算，也就二十来个月，场龄比谢平他们长些。政委转业时，没能就把家带来。他爱人不肯来，她那会儿在京郊一个什么县的农校教书。直到这次政委调羊马河，她才松了口。主要还是想到政委走得更远了，年岁也一年大似一年，没人贴身照料生活不行；再说农场跟自己的业务也对口，就来了。来之后，一直干黄干黄，直线地瘦下去，六味地黄和驴皮阿胶都不管事儿。她老苦笑着说："这是因为吃不上炸酱面的缘故啊！"倒也是的。这达也种黄豆，可这豆怪了，磨豆腐可以，做酱不中，做一切要经过长毛发霉而后才成的东西都不行，有毒，比如就不能用这达种的豆做酱腐乳。她在子女校当副校长，上半天班。卫生队队长主动跟子女校支部打招呼，得让她全休才行，队长甚至亲自去找过政委。政委笑着挥挥手说："她的事，我不管哦。管不了那么多哦。别找我。"她还是全休了，但依然瘦，病恹恹的。她说得一口地道的京腔京调，嘣脆儿，真跟水萝卜似的。全休下来，她狠抓了两件事：一、管儿子。功课上的事不用说了，对儿子的口音要求尤为严格。儿子一直跟她在京郊生活，她不能想象她的儿子满口河南腔味晃进她这安静的小院子里来。农场河南人居多，学校里通行的"国语"是河南官话。不管你本人出自何处，你的儿女在农场说的则一律是河南话。这正是她最担心的，最难以忍受的，她不能让儿子彻头彻尾地变成“农场小子”。她想着，无论是她，还是儿子，终有一日还是要跟着离休了的政委回那吃得上炸酱面的京郊县城去的。第二件事呢’，她把院子改造成了改良型四合院。取暖都不使火墙，而是托她老家的人进北京城到广安门外日杂品商店，买来那种老北京人最为称道的两用铁炉。银亮的烟囱管从窗户上方探出头去，日逐地在廊檐下淡淡冒缕青烟。管口还吊个小罐儿，承接沥下的烟油，以免玷污了大青方砖铺起的抄手围廊。

他们三个足足又用了四十五分钟的时间分析评论那巍然架起的铁床。政委不时从床身上能发现一点儿包装箱里带出来的草棍和刨花屑，细心地去吹或掸掐。陈助理员手里攥一团湿抹布，紧着在政委刚吹过或掸掐过的地方再给以深入地擦抹。

到收尾，还是政委提了谢平一句。他对陈助理员说：“你可不能只图轻省，就把劳动竞赛那一摊儿全撂给这个小伙子了。”谢平心里一阵慌热，感激地斜瞟了一眼政委。

以后的几天，谢平时不时地追问自己：到底是在哪儿见过政委家那个屋子的？空空荡荡的白屋，老式精细的方桌、大机凳，乌黑的，磨损的。他不安，忐忑，一定要把它想起来。翻江倒海地搜寻记忆的每一个角落，细细地过筛，最后还是只剩下一个个空白的筛眼，想不起来。他逼自己回答：如果你没进过那屋，怎么会显见得那么眼熟？如果进过，那么是什么时候去的？回答不上来，空白。后来他又悄悄从政委家门前的林子走了两趟。门前去，屋后回。所有的印象都表明，那天随陈助理员拜谒政委，确实是他头一回进这白屋。既然是头一回，你怎么会感到那样地眼熟？问题又回到了质疑的出发点上去了……想不起来就想不起来嘛，干吗还要“不安”呢？就连这一点，他也回答不了自己的追问……

这几天里，陈助理员从组织股的档案柜里抱给他几大包历年来总场下发的文件，让他在正式开展工作前，进入点情况。这几天里，他还结识了几个人。一个是他们组织股的保密员，外号“老哈”。一个是宣教股的老宁，再就是生产股的老严，还有总机班的几个小丫头、大食堂的老班长、菜地的王铁头……这么数，就多了去啦。他从老哈、老宁、老严三个人嘴里得知，机关除了干部股、财务股、行政股和机关支部，有正式任命的头儿，其他那些股室都还没任命头儿，大不了搁个中心助理员，在那达暂时主个事儿。这局面，从二十几个月前，政委一上任，就开始了。场长原先是要抢在政委到任前，把所有股室的头儿都重新任命一遍的。但政委在师部得到这消息后立马跟师干部科打了招呼：羊马河营职干部的任命，一定要等他到任以后再定。干部科当然得尊重他的意见，便把羊马河当时报上来的一摞提升报告全压下了。据说，这个消息就是陈助理员透给政委的。这以前，政委并不知道羊马河还有个陈满昌的。陈助理员的“密报”，使政委感到羊马河还是有识大体顾大局的同志的。但因此，场长和政委的关系便日趋尴尬；政治处和司令部的关系也搭了僵，以至于相互戒备。老哈对谢平甚至还说过这样的话：“你是政治处调来的，将来是政委的人。上九里那个干训班，实际上是场长要办的，他们将来就是场长的人。所以，你得注意哈，见了干训班里的上海老乡，嘴上也得把把牢哈。你听我说哈！”

老哈其实姓白，是个回回，不知道为什么三十出头了还独身着。因为任什么话从她嘴里说出来，便要带七八个“哈”，大家就管她叫“老哈”。巧的是回族同胞里确实有不少人姓哈，所以她对这外号倒也不那么的嫌弃。她个子很矮，皮肤黑而颧骨高，有一张相当大的嘴，大伙说，那是让她“哈大的”，她也跟着直乐。陈助理员老说她：“别瞧着黑，还是经得住细琢磨的。”谢平怎么弄也体会不出，她怎么个经琢磨法，这里的奥妙又在哪里。到底该从哪个视角去看，才能觉得老哈的那张螳螂脸是“经得住细琢磨”的。倒是常看到陈助理员推出自己那辆刚买不久的“飞鸽”车让老哈学着骑，还不厌其沉重地去扶她教她，听她惊恐万状地嘻嘻哈哈叫嚷，并最后总以歪倒在他身上结束。有几天，他索性不把车推回去，存在谢平的大办公室里。有一天裘副指导员气呼呼地来把车推走了。因为谢平没看住这车，陈助理员还埋怨了他几句。后来两人用政治处的公车，远远地躲到子女校大操场主席台背后的小空地上去互教互学了，谢平窗前便安静到空寂的程度。

有一天，陈助理员让谢平试着起草一份关于今冬明春在全场开展社会主义劳动竞赛的文件。他就请老哈提供几份以往类似的文件作参考，到保密室跑一趟，当面说要求。老哈说：“这么点事，你打个电话吩咐一声不就行了，还跑哈呢?”谢平只是笑笑，没做声。前回，也是为一份文件，他给老哈打了个电话。第二天，陈助理员就得知了，绵绵地细笑着捧着保温杯，把他肥厚的后腰斜靠住谢平办公桌，斜眼，绵绵地告诫谢平：“办公室与办公室，才几步路，有事，最好还是亲自走一趟。起码来说，也表示了你这年轻后生的勤谨和诚恳吧……初来乍到，千万千万注意影响噢！政治处的人啦！”

第二天黑早，谢平用最快的速度漱洗完毕，整理好床铺（住办公室就得有这点“臭讲究”。那时在试验站青年班的半地窝子里，他们十六个男生睡地铺，谁叠它？一吹灯，从绞成一团的被堆里拽出一条来捂到天亮就得），给干燥透了的方砖地泼了点水，急急忙忙拽出皱缩在蓝罩衣里的棉袄领子，带上老哈给的那几份文件去找生产股的老严。他想，劳动竞赛最好还是跟生产股商量着办。老严是一九六〇年毕业于扬州农专的高才生，五年来一直是场长最得力的左右手。按场长的心思，早就想提他当生产股股长，甚至当个副场长也不为过，现在也只能是生产股的“中心”技术员。为这事，场长对政委也一脑门子火。

谢平去恁早，是怕严技术员一早跟场长下连队走了。场长常常是这样，背个军用水壶，带支步枪（他喜欢打猎），让驾驶员小王带足了备份汽油，一出去三五天，下边的情况他了解掌握得比股长、参谋、助理员们还多还细还及时。所以听各股室汇报，听得没趣了，他就老站起来走动，看窗外，或折腾在座诸位手里的打火机，免费给修理。

老严没想到政治处这么早就有人堵到家门口来找他商量起草文件。

“坐呀，快坐……”严技术员的爱人正在外间梳头，见谢平突然闯进，忙把隔断里外的布帘放下来，遮去那起早来不及收拾、还摊得乱七八糟的里间，邀请道。她也是扬州农专的毕业生，有了孩子，跑连队不方便，就改行到子女校教生物和农业常识，做了政委爱人的下属。据说，政委的爱人待她蛮不错。因为，政委的爱人不掺和那些，不管谁是谁的老婆，谁身边睡的是司令部的还是政治处的人，只要能给她教好书就行，她能一视同仁。

谢平说明来意。正在做早饭的严技术员往炉膛里添进一勺泥煤，慢慢拉着风箱，问道：“你……来找我……跟你们陈助理员商量过吗?"

"是他分工让我搞劳动竞赛的嘛。"谢平解释道。严技术员浓重的扬州口音，叫他感到亲切。上海市里扬州籍的人不老少，小弄堂里，理发馆里，到处能听到"辣快辣快"的"法语"。

严技术员听出谢平没悟到他问话的意思，猜度这小伙子初来乍到，还没弄清楚机关内部的龃龉；但又不忍心这会子就点破个中细处，给满腔热忱的谢平当顶浇一瓢凉水，便沉吟了一下，还是应允了，同时关照道："那些文件你带回去。政治处的文件是不能随便给我们这些司令部的人看的。"

谢平说："嗨，你不看文件，不掌握精神，上午我跟你咋研究方案?"

严技术员笑了笑，翻开卷宗，随便抽出一份，撂在案板上说："先看一份吧。多了，也消化不了。"案板上还撂着几只没洗的隔夜碗。

事情办得还算顺利。谢平到齐景芳那儿要了点茶叶，准备老严来研究文件时给他沏水喝。老哈却哑着嗓子喊进来了："文件用完了吗?"

谢平拍拍卷宗，回答道："上午用一下，就还你。"

老哈翻翻卷宗，数了两遍，问："咋少了一份哈?不对头哈!"

"我请严技术员看去了。"

"啥?谁同意你把政治处的文件捅给他们的哈?"老哈的脸陡地变色了，黑黄黑黄，紧着又把文件全从卷宗里倒出来，数了第三遍。

"怎么了?"谢平困惑，翻翻空卷宗壳。

"怎么了!不懂，虚心问问哈!"她一把从谢平手里把卷宗壳抽走了。

谢平火了："老白同志，这是我的业务范围！"

老哈沙哑的嗓门也尖细起来："陈助理员让你去找他们生产上的人了？"

谢平觉得她已经到了不讲理的地步，便说道："只要把竞赛方案制订好，我该找谁就找谁。你收走了我文件，方案制订不出来，你负责！"

老哈气得哆嗦起发黑的嘴唇，把卷宗撂还给谢平，连连说道："你找嘛，找嘛……找个痛快！"攥紧了两只小拳头，噔噔噔回保密室去了。

吃罢早饭，谢平几乎已经把这件事给忘了。陈助理员捧着茶杯，慢悠悠踱进来，把一份文件撂在谢平面前。谢平拿起一看，正是他留给严技术员的那份，他不明白它怎么又到了陈助理员手里去的。谢平刚想解释几句，陈助理员摆了摆手，说道："咱们独家搞吧。死了张屠夫，不吃活毛猪。"

"可是……我想……两家商量商量……"谢平结巴起来。

"商量什么？他们开现场会，找我们商量了吗？他们从乌尔禾拉鱼来分，给政治处留了吗？"陈助理员温和地反问，眼睛里闪现着宽谅的神情，"算了。你就参照以往的文件搞。"

"我们不能一年年老抄下去。"谢平急了。

"什么抄？"陈助理员的脸色渐渐紫了，慢慢端起茶杯，让它贴住冰凉的下巴，诧异万分地看着谢平，好像不认识这小伙子似的。

"真有你的……"他最后宽谅地笑了笑，给了这么一句，走了。

屋里留下谢平自己。过了好大一会子，他才平静下来，拿上记事本和那许多文件，去找严技术员。

生产股在走廊那头，是个有四扇窗户的大房间。可严技术员已经跟场长走了，给谢平留了张便条，说："小谢同志：你的热情，难能可贵。我原料你并没跟你们的陈助理员把这事谈透，看来，确实如此。文件由白保密员取走，必已回到你手中。我跟场长这回还要去皮坊。我看你身上没一件皮货。住机关，常出差，没皮衣可不行。如果你需要，给我打个电话。我让皮坊给你弄一件，价格会是优惠的。"

谢平不无失望，回到自己的办公室，见老哈竟在屋里，坐在他床沿上，背靠被褥，把两只细巧的脚蹬住火炉角，一头嗑着她自己特制的葵花子——用加糖的五香盐水煮熟，又在火墙顶上慢慢焙干——一头朝办公桌那边抬了抬她尖尖的下巴，说道："给你的。"

谢平开始还以为给他送椒盐五香瓜子儿来了呢。再一看，是陈助理员给他的一张便条。又是一张便条："我跟政委走了，得几天工夫。既然蹲点，就得蹲住，这是政委一贯的主张，也是我一贯的主张。我经过反复考虑，今年这份劳动竞赛的文件，还是我自己来起草吧。你刚调入我股，多花点时间，多进入些情况，看来是必要的，磨刀不误砍柴工嘛。先不急于开展工作，工作还是有得你做的。这几天，你就在办公室值班，做好电话记录。来电人姓名、单位、来电时间、内容摘要和处理结果，都要一一记清、备查。一般情况下，你不要擅自处理，都转给有关部门的有关人员去承办。转给谁了，他是怎么答复你的，也要记清。机关里的事，一是要勤，二是要清。勤就是勤快，清就是清楚。这是政委经常强调的，我认为这是个高明的归纳。电话记录本挂在我办公桌左手墙上那一排钉子的第三枚上，老白同志处有我办公室的钥匙。从老白同志处拿的文件，请从速如数归还。切！切！"

5

我必须生活在他们中间，但他们真的需要我吗？

现在，谢平终于体会到场部晴明的白天，是多么寂静了。天蓝得像纹丝儿不动的湖面，秃溜溜的白杨树枝上结满了茸茸的树挂，显见得那般粉妆玉琢。到中午时分，路面开化，成了一摊稠黏的烂泥，连白脖子乌鸦都不敢往下落。人也只好贴着墙根，拣阴冷硬实处下脚。吃罢午饭，停了广播，四周围又好像再度沉到湖底里去了似的，什么声音也听不到。而后，就只能看到运空奶罐的牛车从窗前缓缓走过。而后，才有从屠宰场回来的车，车厢板缝里滴着血水。还有拉草的牛车，它们一步三摇地在泥坑里挣扎，晃荡的车厢撞击在轴上，发出令人心惊肉跳的哐当声和吱嘎声。那高高堆起的草垛，好像每时每刻都会崩散，却奇迹般地团结住了自身。车把式们还躺在那晃动的草垛上头，从光板子老山羊皮大衣里边，懒散地伸出稀脏的脚和带着红布条缨络的鞭梢，眯盹着，享受那暖洋洋的太阳的抚爱。

傍晚晌，谢平去打饭。走过机关篮球场，他看见渭贞嫂和建国了。他们起先待在球场边，等着谁，见有人，出溜一下，躲闪进被暮色笼罩得分外幽暗的林带里。林带外头，停着一辆拖车。没熄火，突突地发动着，还亮着车灯。谢平认得，是试验站的车。他料定，渭贞嫂和建国是来探望赵队长的，便追过去，喊了声：“渭贞嫂！”没人应。追出林带，见渭贞嫂和建国慌里慌张紧着往拖车上爬。他又叫了声：“我是谢平。”渭贞嫂手一软，脚踩了个空，从车厢板上掉了下来。建国原本就不想躲。这时，跳下地，先搀起娘，回头叫声：“小谢叔叔”，想朝这边跑来，但被渭贞嫂一把拖住。渭贞嫂都没顾得上去揉揉腿面上蹭肿了的地方，拢拢散乱的鬓发，只是搂定了建国，缩回到车厢板投下的阴影里，直到谢平走到跟前了，才抬起头，红着眼圈，看着谢平，说了声：“是……你……”她显得那样的恭敬谦卑，又显得那样的陌生。谢平心里好一阵难过。

“来看赵队长？”谢平问。

“不是！”她触电似的答道。

“还没吃饭吧。看巧，场部大食堂刚开饭……”谢平说道。

“不用不用……”她紧张地摆摆手。

这时，机车上的两个驾驶员不知从哪达子弄来一块两米来长的松木寸板，抬着，往拖斗里一撂，过来招呼渭贞娘俩上车。她不再说什么，赶紧先把儿子推上车，而后，车就开走了。

林带里暗得厉害，远远近近亮起许多灯。谢平看着拖车开远，回头向黑暗深处走去。走着走着，不知不觉来到招待所小食堂跟前，他索性再往前走。后边有块开阔地，开阔地上有个隆起的小高包，其实，那是场部大菜窖的顶盖。那大菜窖里住部队，睡一个连不愁。大菜窖的西头，有个大坑，一半，棚了些树干、树枝、苇箔、干草，另一半露着天。露天的那一半里，背阴处积着稀脏的雪，撂着两条用整段圆木挖成的猪食槽。棚上顶盖的那一半里，黑魆魆地躺着几头架子猪，在哼哼唧唧。猪圈和菜窖后身是一条稀稀拉拉的沙枣林带。沙枣林带后身，才是那大空场子。空场西边是场部警卫班和托儿所的窑洞式平房。空场后头东南角，那铁皮烟筒里冒火星子的，是马号、鸡场，再往后是一片高低起伏的老碱包。碱包的中间，有几小间成品字形向里一起对着门脸的小屋，四处有些歪歪倒倒的锈铁丝网象征性地围起，那便是场看守所。

此时，大菜窖顶上站着两个穿皮大衣的看守，倒背起枪，侧身对着呼呼刮来的西北风，把手插在皮大衣口袋里，斜起眼，看着蹲在小食堂后墙根前吃饭的人犯。风把他俩的皮帽护耳吹得忽闪忽闪，吹青了的脸面麻辣麻辣。

"报告。"一个人犯吃完了，撮起一碗雪，擦过碗，又把筷子夹在胳肢窝里使劲捋过，便毕恭毕敬地，上前两步，独自在风里站着了。这家伙原先是下九里分场的一个教员，糟践女学生娃子。还戴着副黄框子老式眼镜，风一吹，筛糠似的颤。但为了讨好看守，这混蛋竭力用垂下来的双手贴紧腿杆子，似乎这一来便能叫自己站稳当了，尽符监规。接着站起第二个，打着饱嗝，支起大衣领，点烟抽。他叫李裕，鸦八块分场二队的司务长。一九五六年带支边青年来羊马河前，在河南地方上认真当过两年乡长。那时还年轻，能干。按说，他这一号的，来羊马河恁些年了，再不济事，也不能只当个司务长啊。当年由他带来的那一拨里，能力上远不如他的，也有当副队长的了。但他啃筋儿就啃在过于能干，过于聪明，过于不肯安生上，瞎倒腾。私种紫皮蒜和黄烟，拿到老乡公社集市上去卖，据说还倒卖皮靴、小刀、旧瓷器、袷袢和耳坠、项链之类的小玩意儿，还带着别人这么干。他是全场"社教"的重点对象，双开（开除党籍、开除干部队伍）是板上钉钉的了，现在就等着师社教总团讨论，交不交给政法部门处理。第三个站起的，赶马车翻车砸死马。第四个还是个中学生，据说偷了学校食堂存放饭票的木匣子，拿饭票跟人换纸烟抽。四个人里，只有那个糟践自己学生的教师上着手铐。看守最恨这一号的，上罢铐子，还得紧他一圈。最后站起的，便是赵队长。

吃罢饭，他很久都没往起站。小食堂的人来收菜盆和馍筐，跟他打招呼："吃完了！"他还笑着跟人家点了点头，然后照旧蹲那儿，脊背抵住土墙，卷了根烟。看守也不催他，那四个也不看他，木人似的，只管自己戳在风里。待烟烧着了，他才站起来归队。那学生贪馋地看着他嘴上一明一灭的烟头，他还真让他吸了两口，过了过瘾。然后，毫不客气地从那学生嘴上把烟又夺了过去，一点不怕烫地就用自己粗硬的指头把烟头捻灭了，红亮的烟粒便随风飘散。谢平给他的那副黄军布里的连袖皮手套，挂在他壮实而略有些佝偻的身板两旁，跟风一道晃荡。他好像没看见谢平，或者，装作没看见。只待走到礼堂门口，再往前走，就再见不着了。这时，他突然站下，回过头来划根火柴，点烟。火光映红他干黑的脸面时，谢平看见他眼珠子忽地挤到这边眼角，很亮地闪了一下。等那人犯的小队伍完全消失在礼堂山墙那厢，其中一位看守远远地催他了，他又着意地朝谢平张了一眼，戴上手套，毫不动声色地跟上了小队伍。

后来的两个星期，过得很平静。陈助理员的老婆常找谢平相帮去鸡场取蛋（扛上个纸板箱，先到加工厂锯木车间去装锯末），到畜牧队去拿酸奶疙瘩，相帮她家泥煤堆、翻菜窖、掏火墙、栽晾衣服桩子……

有一天，谢平正替陈助理员汇总各连队交来的党费，陈助理员兴高采烈走进来，从他那个用了多年的黑人造革拎包里，得意洋洋地取出一对破马蹄铁。磨得极薄，锃亮，钉齿秃圆秃圆。贴着掌子面的那边，锈老厚，往起一提溜，直往下掉红皮屑，真是撂路边也没人瞧的烂脏玩意儿。陈助理员却跟托着个碰不得、摸不起的宝，赶紧让谢平从文件柜里替他抽个崭新的牛皮纸大信套，先一口气，把信套吹鼓了，连手一起探进，小心翼翼把那两片蹄铁安到袋底，好像它是什么在册的出土文物似的，叫谢平立马送政委家，交政委爱人，并用毛笔字在信皮套上工工整整写上："面交袁校园校长亲启"。

这怎么了？左宗棠西征时胯下那匹追风马使过的掌铁？恁金贵？我在汇总党费哩！谢平心里嘀咕，把算盘珠拨得山响，说："待会儿吧。或者，干脆，老陈，你自己跑一趟吧。"这些日子，谢平已经发现这位陈助理员有这毛病，爱支派人。连那位白老哈屋的烤火煤，也得让谢平去扛（机关里一星期分一回烤火煤），还得给他妈的码齐了，还得把煤屑扫净。但谢平觉得这些还能忍，今天要是政委的爱人犯病要送卫生队抢救，掀了床板去抬，谢平也没意见。可这算个鸟玩意儿？破铁掌比党费还要紧？

谢平的态度恁生硬，陈助理员吃惊。但想到几十个单位的党费汇总错了也不好办，他便说："那好吧。总数打出来之后，再麻烦你跑一趟。我找张股长说件事。"

十几分钟后，他转回来，见那包东西还撂在窗台上哩。这阵子，太阳爬到林带上头，从玻璃窗上融下的冰水，淌恁大一摊，把牛皮纸信套的一个角儿润得湿透。他救火似的抱起信套，大声惊问："你是故意的还是怎么的？"

"这包东西不是你自己放窗台上的吗？"谢平反问。让陈助理员几搅几不搅，党费总数打三遍都对不上，还有两三个单位没交，还得催。有个完没有？

“刚才窗台上哪有水？”

“这么说，是我往上戽的？”

“我让你看着哩！”

“那纸包里装的是糖稀？恁怕水？”谢平觉得已经有些控制不住自己了。

“你不想替我干，开口。撂那儿故意不管，跟我要什么心眼呢？”陈助理员抱着那纸袋的手都发颤了，他真上火了。

谢平哭笑都不是，便“砰”把算盘一推，喊道：“你要是觉得送他娘的破铁片儿，比收党费还要紧，我这就给你跑腿去！”

等他从政委家回来，桌上的钱、算盘和表格都不见了。一惊，忙跑到组织股办公室，找陈助理员，他在看报。

“钱你收了？”谢平问。

“我不收谁收？”陈助理员答道。

“还有两个连队没催上来呢。”

“不麻烦你了。”陈助理员翻过报纸，继续看另一版。

“袁副校长说，谢谢你。”

“她来过电话了。”他又把报纸翻过去，继续看曾经看过的那一版。

谢平看见陈助理员脸虎起，铁板一块，心里怅怅然，饶不是滋味，但觉得自己该做的都做了，没什么对不住他的，便一转身退了出来。

有一天，吃过晚饭，他站在机关大门口，呆呆地看落日。老宁过来把他叫到宣教股屋里问他：“咋搞的？你跟那个姓陈的家伙关系弄恁紧张?”

谢平心里烦，不想跟别人谈这档事。他叹了口气之后，只是反问老宁:“你知道政委的老婆要那些破马蹄铁干吗使?”

“袁副校长有那癖好，专门收集那玩意儿。家里专门有一个房间，挂那玩意儿。养病嘛……”老宁淡淡一笑，无意多谈这破铁片。从床底下拖出一个熏得黢黑的钢精锅，揭开盖，对谢平说:“吃点。”锅里有十几个煮熟了的土豆和鸡蛋。鸡蛋可不好觅，在连里，坐月子，指导员的批条，才给百十个。病号饭里卧两个水波蛋，也都得有指导员批条。老宁这小子路广。别看他大学生，跟马号、鸡场、屠宰场的几个老汉走得都挺近挺紧，他那“黑锅”里常有这些别人捞不上吃的东西。自然不是靠批条得来的，一物降一物，卤水点豆腐。天底下哪有绝人之路?谢平拿了个凉土豆。

“有高蛋白不吃，嚼呼那淀粉?傻小子。你这么活着可不行。”老宁笑道，“我那厢还有呢。”他掀开床头前一个广口缸上的草茬垫盖。里厢果然圆咕隆咚还有多半缸白壳蛋。他屋里什么家伙都有，锣鼓家什，破乐器，万能电表，电烙铁，收音机空壳，装胶卷的暗箱，放大机，成套的炊具，成排的报架。就是没有书。他的床铺也搭在火墙背后，搭得很高。老宁那矮个儿坐在上边，脚够不着地。至于床底下堆着的东西，就更杂了。有两只板箱里究竟还收着些啥，怕没人闹㞞得清。

过会子，生产股的老严走了进来。“哎呀，乖乖隆低咚……”他跺跺脚，拍打拍打肩膀头。原来外边又下开雪了，还挺密。从老严进来之后不久，谢平就觉出，今天他俩相约好了来专找他说事的。

老严解下围巾，先去烤了冰凉的手，紧着就蝗虫似的去锅里抓挠。熟门熟路，也果然不同凡响：有高蛋白绝不吃淀粉。他还能找出个小碟儿，倒些黑稠黑稠的酱油在里头，捏着光皮鸡蛋，蘸来吃。不说话。先一气吃了五六个，才喘喘，端起老宁的茶杯，连连呷了几口，过了过嘴，才落座在高脚方板凳上，啜着剩余在牙花缝里的“蛋黄素”，问老宁：“你跟小谢谈了？”

老宁扔一颗“恒大”烟给老严，答道：“等你呢。”

“操！我算老几！”老严笑，顺便还瞟了一眼谢平。

“今天我老大，你老二。”老宁在高铺上晃着两条短腿笑道。

“你才‘老二’！”老严点着烟，坐在小马扎上，顺势朝两头沉办公桌上一靠，笑道。在农场里，“老二”是个脏词儿，指男人的那玩意儿。

“说吧，少客气！吞了我半打鸡蛋，够你十天营养的了，还不痛快些！”两人打着哈哈，调剂着开场白里难免要有的尴尬气氛。谢平听来，心里却格外难过，他明白好心的他俩今天要跟他说啥。最近机关里对他来场部没几天就跟中心助理员闹毛了，颇多微词。对这，他又能说个啥呢？

“他叫我干什么，我基本都干了，包括他老婆叫我干的事……”谢平内心的委屈使他脸顿时烧热闷涨。

“基本。在这儿，只做到‘基本’，是不行的。小老弟！”老宁坐起来，用力拍了拍他那条绝不比谢平床上那条干净多少的床单。

“你要想在机关待下去，就得先过这一关。要做到十分听话，别再老干那种出格的事。自己脱了光腚让人去揍，干吗呀？”老严说。他那深陷在鹰钩鼻子两侧的眼窝，虎虎生光。

“我怎么出格了？”谢平忿忿不解。

“政法股派人去抓赵长泰，你干了什么？你挺‘仗义’，乖乖隆低咚，还给了他一副手套。有这桩事吗？”老严问。

过了一会儿，老严又追问道：“前些天，你到小食堂后边去看过赵长泰了？”

“我无意的……”谢平咽了口唾沫辩解道。

“谢平啊，你不小了，十九了，还在组织。你该让自己时刻处在‘有意’之中，进行自己生理和心理上的新陈代谢了……”老严细长的脖子挺得很直，嘴抿得很紧，“什么叫‘无意’？我们是动机效果统一论者！”

“去找赵长泰把手套要回来。赶紧。”老宁一边说，一边又躺了下去。

“你明白我们的意思吗？”老严追问道。

谢平看看老严，看看老宁，觉得刚才吃下去的那个凉土豆鲠在胸口里了，便抽噎了一下。

齐景芳在招待所西小院的空房间里等着他。雪已经下得很大，密密沉沉，无声无息。

“出吗事儿？吊丧起脸？”她没等他敲门，就忙跑来开开门，吃惊地问。

“没事儿。”他摘下皮帽。

“瞧你的样儿，还没事。”她把一盆明火端到他跟前。屋里没住客人，生炉子，目标太大。谢平每天晚上来上课，她就给他准备一盆明火。

谢平在火盆边坐下，弯起腰，把胳膊肘支撑在腿面上，伸出两只手向着火盆。肩头上的雪化了，棉袄便湿了几摊。脚底的雪化了，稀脏的水淌到地板上。齐景芳赶紧拿来个脚垫，叫他垫住，他却只看着盆里的炭火出神。齐景芳推推他。他这才看见齐景芳拿着棕垫，单腿跪在他脚边哩。他忙站起，给她让个位置。齐景芳叫道："老天，别动了！你再动窝，就把我地板全踩脏了……"可那朱漆地板上已经踩下不少湿漉漉、泥稀稀的鞋脚印了。

"对不起……"他赶紧脱掉棉胶鞋，去拿墩布，却被齐景芳夺去。

"别给我恶心人了！"她把棕垫往那头干净地面上一撂，让他站上面，别冻着脚。而后，用湿墩布擦净鞋脚印；待干了会子，又用油墩布光了光，并扔给谢平一双绒布衬里的棉拖鞋，笑嗔："越帮越忙！你啊！"

谢平没即刻去穿那棉拖鞋。他不感觉脚冻，也忘了袜跟上的破洞会叫他在齐景芳面前造成窘困。那棉拖鞋落地的一声"啪"，激起他心头一团热。刚才在老宁屋里积起的许多委屈和不明白，也在这一声中，得以慢慢软化、消融。这段日子，他已经越来越想往这西小院跑了。齐景芳的勤快，以及从她举手投足、言谈笑靥的种种细枝末节里，不由自主地流露出的温存体贴，包括她的任性，都使他感到从未有过的一种新奇和感动，他甚至为自己日渐摆脱不了这种新奇和感动、日渐向往这种新奇和感动而惶惑。每天，他都尽量推迟动身到西小院来的时间，但越走近西小院，他却总要越走越快。而齐景芳也往往不等他敲门，就出来开开了门。许多人都只知道谢平干事火爆，但很少人知道他内心的这种敏感和多疑，不知道他常常为没有勇气摆脱那种过分的自我约束而难过。他这种内心的脆弱，养成自初中阶段。那时，因为家里住房太窄小，他只得住在叔叔家里。叔叔在国棉厂当工会副主席，新婚，搞到一大一小两间房，其中一间亭子间本满可以暂借给侄子住一住，叔叔担心“请客容易，送客难”，就没让他使用那个亭子间，而是在三楼的楼道里，支靠楼梯扶手，搭了个铺给他。三楼是厂技校的女生宿舍，那些女生们虽然比谢平大得多，但门外住了个十三四岁的男孩，总不方便。只是碍着厂工会副主席的面子，不好说，将就着就是了。自己的困境，谢平是明白的。他既不能到爸爸妈妈面前去叫苦，增加他们心理上的痛苦和负担；也不能在叔叔面前有所表示，而惹得他讨厌；还要处处谨慎，不要给门里厢的大姐姐们增加不便。放学后，他宁愿一个人待在学校里，一直待到天黑，待到要关校门了，估计那些大姐姐们把要办的事都办妥了，才回到那楼梯间的高铺上去。到夏天，短衣短裤洗呀涮的，就更不方便。他常常钻到体育室，蜷缩到体操垫子上过夜，而不再回三楼楼梯间去。这样的日子，一直持续到生肺结核，不得不退学。当时他是那样地留恋母校，留恋那厚厚的体操垫子和校园路灯下的宁静……

齐景芳搬出个大盆，里面泡着一条被面，一条被里，一条床单。谢平仔细一看，全是自己的，脸火烧火燎了。“你……什么时候去偷来的?”谢平头发根里直冒热汗，惊问。恁脏的东西他自己都没决心洗。

“谁偷什么了?”她装糊涂。

“你让我今天盖什么?”他不敢朝那盆黑水张一眼，盆里岂止是黑，什么颜色都占了。

她“扑哧”一声笑了：“盖棉胎呗。”

“那我就盖你的。”

“瞎说八道。”她脸一红。

“你有两床盖被……”

“三床也不行！”

“棉胎一蹬就穿洞，你知道吗？”谢平做出副要去她屋里抱被子的样子，他当然只是吓唬吓唬她。没想到，齐景芳真急了，跳起来叫道：“谢平，你别胡来！男人不能用女人被子的，你怎么连这一点道理都不懂？要生孩子的！”

“什么什么？”谢平大愣了。他还头一回听说这种“理论”。

齐景芳满手肥皂沫，紧贴住门板，护住暗锁的拧手，脸涨得跟煮熟的龙虾那般，咬住嘴唇，看定谢平。那狠劲儿，是要咬人呢！

齐景芳动身到农场来之前，她大姐特地找了个时间，候她大姐夫不在家，跟她叮嘱了许多作为一个姑娘出门在外必须注意的事项。这些话过去不可能跟她说，她也从来没听人跟自己说过。比如：不能让男人随便接近自己，不能坐男人坐过的热板凳，不能叫他们碰自己的奶子，不能让他们睡在自己的被窝里……诸如此类，都会使一个姑娘生孩子。姐姐警告她。她臊得连脸都端不起来，心跳得那么厉害，哪还敢再细细盘问。她相信，在自己一辈子远离大姐的前夕，大姐说的，总是真心话，是真为自己好，绝对不会错的。聪明的她，引申开去，自然的，连被子也不能让男人使的了。

谢平发了一会儿愣，突然大笑起来：“好一个中学生……你们县中没开过生理卫生课？”

“这跟生理卫生课有什么关系？”她被他笑糊涂了。

谢平擦着眼泪问：“你先说吧，你们到底学过生理卫生没有？”

“我们女生不听那课。能请假就请假，不准假，也低着头干别的……生理卫生课老师讲那些，最不要脸了……”

“那是科学！生理卫生课是讲……”

“不听不听！”齐景芳跺着脚，捂起耳朵，背过身去，嚷嚷。

过后，两人反倒都有些不好意思起来，都低下头去翻复习提纲。课讲到一半，她们服务班的一个丫头来敲窗户。齐景芳出去了一会儿，回来匆匆收起提纲说：“今天就讲到这儿吧，来客人了。”从她的神情里，谢平觉得这客人非同寻常。她显得有些慌张，同时也有些兴奋。“什么客人？”谢平问。

“林场的。他每次来都要住这个套间，惯了。咱们快收拾。”

谢平今天跟陈助理员之间闹了那点不愉快，这时实在不愿意回到自己那又空又大的黑屋去，独自待着。但既然是林场的客人，他不好再耽搁齐景芳了。林场的人是农场的人最惹不起的，木头，要命的木头啊。

一会儿，又来了服务班的两个小丫头跟齐景芳一起收拾房间。谢平也想帮忙。齐景芳从壁橱里抱出一条早准备在那达的公家的八斤棉被塞给谢平，说道：“越帮越忙。走你的吧。”

两个小丫头今天也不开他玩笑，叫他“姐夫”了，忙得只有工夫抿着嘴暗自偷笑。

谢平没要那被子。他觉得自己突然被冷落了，不是滋味。走的时候，从大盆里捞起自己的被单、被面，准备带走。齐景芳正忙着在给漆器烟具里装烟，直起腰诧异地问：“你这是干吗？”

“还是我自己来吧。你得伺候大人物……”谢平这么说。

“你自己洗。你早干什么去了？现在来跟我抢手夺脚！”她不由分说，夺下湿床单，把大盆推回到小储藏间，“咔”的一声，上了锁，把那床棉被重重地往谢平怀里一蹾，说道：“没人告你占用公物的，放心使吧。”但谢平还是没要。他自己也不知道，忽然就那么地想跟谁憋一口气，不想要，便悻悻地、踽踽地走了。

6

第二天天粉粉亮，齐景芳来敲门，又把被子送了来，说：“这两天，我怕都不得闲洗你那‘油’被子，委屈一下吧，中队长。”被子里夹着一条雪白的床单，在灯光下晃眼，还掉出一副手套。黄军布里的连袖皮手套，正是他给了赵队长的那一副。谢平好不吃惊，问道：“这是怎么回事？”

齐景芳说：“昨天你刚走不一会儿，老宁打电话给我，跟我说了你这副手套的事，叫我务必替你去把这件事了啦……”

“你就去赵队长那儿讨手套了？”谢平只觉得自己浑身在打颤。

“我跟赵长泰说，你下连队了，让我找他讨手套……”

“我让你去的？你就这么对他说的？”谢平吼了起来，“狗抓耗子！你简直就是狗抓耗子！”谢平急得在屋里直打转。

“老宁说，再不去要回来，就晚了。赵长泰今天去师里，师里提他。你干吗要落这么个把柄在人家手里？”

“干吗？”谢平冲到齐景芳面前，“你们替赵队长想过没有？这种时候，连我……都要向他讨回这么一副烂脏手套，以示自己的‘清白’，这不等于在抽他嘴巴吗？”

“他已经是那样了……”

“什么‘那样’?”

“他有事，他确实掺和进那年的叶尔盖事件里了。我问过了……那年他被派去支农，帮老乡公社搞春播，他待的老乡公社就在叶尔盖农场跟前……”

“他就是该吃枪子儿，也可以戴副手套吧?宪法上没说吃枪子儿的，就得活该冻着!”

“那你为什么偏偏要给一个该吃枪子儿的人送手套?多心的人不问你这一条?”

为什么……

为什么……

谢平不想跟齐景芳再多缠。

但齐景芳一反手却把门给插上了，堵着门不让谢平走。她说:“你得听老宁的。他说得对，你不能小看这件事。一没事儿的时候没事儿，但凡有事，新账老账都算到你头上，你就怎么也描不白了!”她急得都快要哭了。

谢平担心师里的人不等天大亮就把人带走，便用力一拨拉，把齐景芳踉踉跄跄甩到一边厢，想去看守所。齐景芳扑到电话机跟前，抱起电话机，威胁道:“你胆敢再往外走一步，我就给陈助理员打电话，告你。”

谢平夺过手套，对齐景芳说:“你告吧。你告了，我才知道你齐景芳也不是个东西!”

但没等他跑远，齐景芳追上他，掏出几张钞票说:“手套就别还了。悄悄给他点钱，让他到师看守所托人另买副戴戴……”

“人家这时要的不是几张票子!”谢平叫道。但等他拿着手套跑到看守所，赵长泰已经被带走了，同车被带走的，还有那个叫李裕的人。

齐景芳再没敢跟谢平来横的。他对于她，始终还是个“街道的团委副书记”和“中队长”。这种印象始终还在约束着她，叫她在他跟前不敢过于“撒泼”，也不敢过于放纵。这使她常常感到困惑、不服气、自卑，有时还会被由此而生的一种莫名的苦恼所困扰。当然，此时的她还远不能理解自己的这种苦恼和困扰，也不懂得这种苦恼的价值和它的真谛……

她打电话叫来了老宁。待他俩慌急慌忙一道赶到看守所，师政法科的“嘎斯六九”车早已不见了影踪。她看见谢平还站在小碱包上发呆，心里也感到一阵愧疚；可看到手套还在他手里，又不觉暗自庆幸，把一颗无处落脚的心轻轻安放了下来。但这同时，她依然感到一种酸涩在心里涌动，叫她沉重地站了下来。她知道谢平这时不会来理她，便拉过头巾，包住还不住在喘息的嘴和鼻子，往后移了两步，又想起还得赶回招待所，给林场来的那位年轻的黄之源科长送洗脸水，便悄悄转身走了。

7

一圈又一圈，一圈又一圈，我到来的地方去。我从去的地方来，一圈又一圈，一圈又一圈……

黄科长起得早。要是在林场，他起得更早，这是他多年跟随林场的老场长养成的习惯。每天三四点钟，老头子就在屋里折腾开了，咳嗽、放屁、打嗝、抽烟、挪箱子……沉重的软皮靴把陈旧的地板来回踩得嘎吱嘎吱。他起床，也非得把你拽起来（他老伴不在山里），并非有什么大事。隔一会儿，他得叫喊："黄之源，你小子把我的花镜塞哪儿了？"再隔一会儿，他又得叫喊："你替我记着点，上午通知伐木二队曹队长让他带人在道口等着我……昨晚我让你收着的那几份统计报表呢？我说你年纪轻轻忘性咋恁大？快找找……"再隔一会儿，又是"你替我记着点……"老场长老喜欢在众人面前骂他记性不好。不过，林场的人心里明白，在老场长和起小跟在他身边的小黄之间，究竟谁的记性更差些。挨老场长骂的时候，黄之源从来不还嘴。他清楚，老场长这人就是一张嘴臭，除过这，遍天下再找不到恁好的老头。他离不开你，这还不叫你高兴？年头一多，他骂归他骂，黄之源呢，早把他下边所要的东西给找出来悄悄放在手头了，待他二回再叫喊，就可以马上递到他手上，叫老头吓一跳："你小子有长进啊！头年冬天吃啥来着？吃山核桃补了脑浆了吧……"老头把眼珠鼓老高。黄之源今年还不到三十岁，已经当了三四年林场计划调度科的科长，加上跟老场长这么一点非同寻常的关系，在林场，整个儿一个大拿！他这回来羊马河，是想请这儿弄个基建队上去，给他盖几间房，他要接家属了。

自己收拾完床铺，到院里活动过腿脚，做做各种转体和下腰的动作，齐景芳送来了洗脸水。

"黄科长，您又自己叠被了……"齐景芳清倒杯子里的残茶。

"我常来常往，麻烦你们的日子多了，你们可别把我当那些大家伙看待……”

“大家伙来，我们场的首长还不一定每顿饭都陪着呢。可您……”

“啊，那是你们场的首长相中我手里那几根木头了。”

“您这么没良心！回头我告诉我们场首长，让他们每顿都只给你上苞谷馍！”

黄之源笑了：“我当着你们场长政委的面也这么说。不信，你问问去。”

齐景芳挑起细黑的眉梢，瞟了黄之源一眼，她不相信黄科长会当着场首长的面把话捅到那一步上去。捅到那一步上了，人跟人之间什么都白了，还有啥意思？还能好得起来？可她觉得场里的几位首长待黄科长是真好。不光当着他的面，就是在背后，他们也常关照服务班的人，千万别怠慢了他，是真把他当一回子事。有时连政委都亲自给水库上打电话，让他们砸冰下网给黄科长抓鱼，还专要小头大肚子的武昌鱼。她常常拿这位黄科长跟羊马河机关里的股长、中心助理员相比。从年龄上来说，羊马河的这些股长、中心助理员没一个不比他大的，可论及场首长的器重，却又没一个及得上他的。十年后，谢平能到这一步上吗？也许还不止……冷不丁地，她要朝这上想。可我干吗要为“古人”担忧呢？喝大河水了？管恁宽！要你来为谢平操心？哪是哪呀！啧！啧！她自责。而后心慌慌地跳，却又松快舒服得发紧。这会儿，她也这样，呆呆地看着黄之源宽厚的脸盘和细小的眼睛发了会儿愣，咯噔一下，脸便烘烘地烧热起来，赶紧低头避开黄之源追寻的视线，提起那把高腰细身长嘴的马口铁水壶，哗哗地向脸盆里倾出一长条翻滚着热气的细水柱……

政委亲自过问谢平的情况，叫陈满昌不舒坦、不自在，甚至多少有些紧张。政委的特点，他清楚。今天使用你，并不表明他真器重你。今天把你晾在一边，也并不表明他对你的潜在的能力缺乏明晰的估价。他不断地在掂对、测试，掐着指头计算，这正是政委厉害的地方。他办事用人都十分讲究时机，时机不到，决不动声色。只看他在袁副校长和儿子跟前那副随和、琐碎的劲头，就以为他是个婆婆性子，或只看他跟场长扭咬得恁凶，一丁点儿都不肯退让，就以为他刚愎狠辣，那你就都错了，简直是错到了家，错出了圈儿。政委当仓库主任前，在部队一个兵种总部当过秘书，是海军总部还是陆军总部，闹不清了。他自己不说，你也查不到他的档案，他的档案在兵团干部部铁皮保险柜里锁着呢！密码锁，你开得开？后来因为什么，下来当仓库主任，也闹不清。但能在总部当秘书，这能耐还咋的？政委自己现在已很少动笔了。但无论是老严还是老宁，虽说都是正宗的拿“人民血汗”灌了十五六年的大学生，写的讲稿，起草的总结，呈到他手里，他都要给你打发回来三四次，叫你自己改。而后，他再亲自给你改，能给你改得面目全非，再把你叫来，一句一句跟你说，为啥要这么改。你问老严、老宁服不服？“这一点上，政委真是没得可说的！”这两个臭不唧的大学生都感叹呢！但，陈满昌起草的文件，政委从来没给打发回来过。“行，搁这儿吧。”第二天去问，画了圈了。“打印下发。李”，那一笔流畅粗大的红字！每次都这么顺当。政委看不出来，满昌起草的文件，只是拿去年发过的，加上今年师里刚下达的揉一揉、搓一搓再顺一顺？他看不出，比起老宁、老严，满昌的文字功夫差好大一截？那你又错到了家、错出了圈。政委心里贼清楚。但为什么不打发你去改？不为难你？因为他刚到羊马河，他需要几个像你陈满昌这样的人。也因为，他看透了你。你那一碗，到底了，没必要那么样地为难你。挖耳勺里堆满芝麻，又能榨出多点儿油？“就这样吧……”所有这一些，陈满昌心里全明白。就说对这一拨“上海鸭子”吧，别看政委平日很少说起他们，兵团群工部、师知青办来要情况，他都懒得出面去谈，总打发政治处主任去应付。但陈满昌很清楚，谢平他们这最后一批上海团校来的学员一到羊马河，政委立马就让干部股、劳资股找出他们的档案送他那儿去过。调谢平，还是政委亲自给张股长交办的事，政委还不让张股长跟任何人说。所有这一切，都表明政委对谢平是有打算的，这正是陈满昌时时也得掂对的一件心事。自从谢平调来后，政委从不在满昌，也不在政治处人面前谈谢平，好像完全把他冷落一旁。（对此，谢平还迷惘过好一阵。在街道团委工作那一阵，无论是街道党委的何书记，区团委的李萍琴，或是团市委地区工作部的宋部长待他都很热情、知心、坦诚。他习惯了这种关系，也需要这种关系。）两天前，政委突然找满昌，说谢平的事：“小伙子有点毛病，是吗？给你添不少麻烦。你考虑考虑，（政委总是用这种口气跟满昌说话。但政委越这样，满昌越不安。要是真心，他一个五十来岁的人，用得着这么谦和地对待他这个三十才出头的部下？）是不是把他搁宣教股去。老宁那人大大咧咧，倒是什么都不在乎……”陈满昌没放谢平，他听出政委暗指他不如老宁那么容人。他不能让政委对他产生这样的印象，更不能让谢平带着对他的“成见”，到另一个股室去，这样实际上是在机关，又是在政治处内给自己增加了一个对立的力量。不，现在不能让他走，得过一段……看看那时的情形再说……

过了两天，机关抽人下去分片包干，督促检查冬季的备耕备料工作。组织股抽的，是谢平。宣布名单的当场，许多人偷偷拿眼角瞟谢平。他们料到陈满昌会这么干的，想知道谢平的反应，想看看陈满昌面部的表情。但他俩都没什么异常的表现，这不能不让他们扫兴。

谢平乐意下连队，只是受不了那些含意复杂的瞟睃。所以，等协理员一宣布“散会”，他起身就走，让别人去议论和猜测去。他估算，这次蹲点总要蹲过年去了。组织股里又调来个上海青年，跟他一起搞劳动竞赛，股里的工作倒不用他操心了。但齐景芳的补课和原定跟秦嘉说好，找各青年班的人碰头，这两件事得在走之前安排妥了。而且，他也急于想见到秦嘉。他想说服她，能同意他向领导打报告，调离机关，他不想这么窝窝囊囊地在陈满昌跟前待下去。事情越来越清楚，陈满昌需要的只是一个能替他本人办事的“小伙计”。但谢平自忖，他不是单为了做谁的小伙计，才不远万里跑这农场来的！有一次在电话里，他跟秦嘉透了点风。秦嘉那番惊讶，在电话里哇啦哇啦大叫。“到底出什么事了嘛？说呀！出什么事了？”她追问。他说：“你别叫唤呀，有些事电话里不好说（总机房的守机员经常监听上海青年的电话。尤其是一男一女打电话时，她们更爱听）。见面再说吧。”放下电话，他细想想，是啊，出什么大事了？没有啊。干吗那么脆弱？得适应各种环境的考验嘛！都要别人顺着你，那就别离开上海。在上海万事就能恁柔顺？不照样年年有人在单位里寻死寻活地闹吗？人心不足蛇吞象。哪儿没有一本难念的经？这么想想，平静了，但老也平静不了多久。但凡一走近陈助理员办公室的门，他的脚就沉重，他的心就慌涩。他就不想往里走，但又必须往里走。“回试验站去吧。”他无数次对自己说。但一次又一次地问自己：“到底出什么事了？没有啊！我患得患失什么呀？”

正因为这样，他更是常常想到齐景芳屋里坐坐。哪怕听服务班的小丫头跟他开几句玩笑呢，似乎也要比待在陈满昌跟前强。但这几天，连齐景芳也不好找了。她真那么忙，有两晚上都不叫他去上课了。昨天中午，见到她，她正从牛牛车上的大水罐里往水房的开水锅里放水。裤管挽得老高，露出两截葱秆儿似的白腿子。半旧的解放鞋和黑紫红的丝袜，都叫水溅湿了。上身只穿件宝蓝色的高领毛衣和旧黄军罩衫，大声地跟班里的两个小丫头开玩笑。谢平走过去，她好像不无尴尬似的，那两个小丫头也赶快走了。她红着脸说，这几天，服务班评五好，协理员催着报名单、报材料，恐怕还得个三五天才能上得成课。

“已经塌了两天课了。”谢平提醒她。

“不才两天吗？”她调皮地歪了歪头，然后很快拉着牛牛车走了。他想再跟她说说习题的事，她却说：“你没见我一脚水一脚泥的，裤腿管上都结冰坨坨了。这会儿怎么跟你说？”那大气，能冲他一个跟头。

而且……而且谢平还感到，这两天，齐景芳跟他说话的腔调也不同以往。急躁，不耐烦，甚至有些慢大。前天，她打电话叫他去，他对她说：“我还没打饭呢。大食堂快关门了。”她却说：“大食堂关门，还有我这儿的‘小食堂’哩！怕我还供不起你一顿饭？”他去了。她在西小院的月洞门边等着他，却没让他上院里去。“哎呀，你怎么这么磨蹭！”她把他拉到院墙后边，嗔责道，“你怎么又跟人家老白疙疙瘩瘩了？人家老白是政委老婆的老乡，陈助理员都让她三分。你不知道？你要这样……我可警告你，在机关可待不长。”就这味儿。

出会议室。谢平在空空荡荡的林带里转了两圈，又到邮局去等了会儿邮车。邮车从福海县来，结果没他的信。向邮局的老宋借了几份投递剩下的旧报纸和旧杂志，靠在窄小的木制柜台上，走马观花地掀了一遍；又隔着装有铁条栏的窗户，看一些妇女在下午的阳光里，在邮局门前的洋井旁边洗被子。她们把湿淋淋的被单拎得老高，呼嗵一下，又使劲摁到大盆里。然后又拎起，又摁下。圆活粗壮的手臂冻得通红，瘦削的脊背和肥大的臀部支在木桩似叉开的两条腿上，水珠在她们腰间的油布围裙上结成晶亮的冰块，褪了色的旧头巾由风吹落到肩上，她们便用潮湿的胳膊把它们扶扶正，又一次挺起有力的腰肢，拎起那早已发黄的白床单，用力把它们摁进满满一大盆的水里。虽然是冷水，这时也从她们结实的光胳膊上袅袅地冒起一股股白花花的热气。

给秦嘉要了两次电话，又都没要通，他便去找放电影的小刘。场部没新华书店，一直是由放电影的兼卖书。老宁早吵吵着想张罗个书店。基建办公室也给看定了地皮，还给放了线，但到了也没盖得。墙起来八九层砖，撂那儿了，说是没木料，上不了梁，棚不起屋顶。计划内的那点木料，这一冬天给各配水点修理朽坏了的闸门，都还嫌紧巴巴的。所以，仍还是卖书跟放电影一起流动。谢平在小刘的书库里挑了一本许莼舫的《几何习题集》，一本夏丏尊和叶圣陶的《文心》，一本清人潘荣陛写的《帝京岁时纪胜》，便向招待所走去。月色，把招待所大院染得幽幽的蓝。那树影、车影、房影黢黑地落在雪地上，衬得谢平的脚步声，格外清寂。

业务室只有两个值班的老娘们儿，捏摸着对方的衣襟，在议论今年场部商店卖的棉花的质量。齐景芳宿舍里有亮。他透过窗玻璃朝里张张，警卫班的一个小伙子在这儿串门，还有跟齐景芳同屋住的小金，再就没人了。那二人也不知在夺什么，小伙子腿骑着腿，把小金压在铺上，使劲掰她的手。小金扭动着身子，似在笑，又好似在骂。但听得出，没敢放开声来叫。谢平皱了皱眉头，心里叨咕了一声："像什么话！"便敲了敲窗户。床上的二位吓一跳。小伙子先黄了脸，松开手，连连退到墙根前，呆那儿了。倒是小金顶事儿，翻身坐起，拢拢散乱的鬓发，嚷道："不就是块破表吗？好像人家没见过似的，还你！"说着，真从手腕子上抹下一块钢丝弹簧带的半钢上海男表，扔铺口上。大概借此向窗外的"不速之客""表迹明志"：他们扭在一起，无非为了这么点东西，别无他意。

"看见你们齐班长了吗？"谢平歇了一会儿，隔着窗户问道。

"是你呀！"小金听出谢平，忙出来开门，一边还在装腔作势地揉捏着手腕，回头给那个依然跟个木鸡似的呆站着的小伙子鼓白眼。谢平反而觉得不好意思正眼瞅人家，便讪讪地看着她那还趿在脚上的鞋，问道："晚上评五好呢？"他本来是无心随口找这么句话来"填空"的，却不料从小金的回答里得知，服务班早五天前就评过了，名单和材料都报支部去了。

"谁这么诓你呢？我的姐夫同志……"小金取笑道。这时她已经完全恢复了平静。

没评五好？齐景芳在撒谎？她为什么要诓我？平日最受不了人骗的谢平浑身一下发热发胀了，心里像打翻了五味调料瓶。他几乎是立马猜到，这一刻，她准在西小院。他快步跑去。

果不其然，他俩都在……

他——那位黄之源站在小黑板前。她，坐在沙发上，那么恭敬、认真地看着他。小黑板上画了个测定磁力线方向的右手定则示意图，他在给她讲初三的物理。

原来是这样。

他推开门去，抽出两本刚买的书，撂在齐景芳面前的茶几上，便出了房间，连门都没关，他真想把书撂到齐景芳脸上。

谢平刚走到月洞门前，齐景芳穿着大衣，追了出来。

“谢平，你听我说……”她喘息。

谢平没停，也没听，照直朝机关走去。过了大食堂，走到篮球场跟前了，齐景芳一把拉住谢平，跺着脚说：“就是该死罪，你也得让我上个状子，说几句吧！”

谢平说：“别耽误你功课，谁教都一样。人家是科长，还在等你呢……”

齐景芳快急出眼泪了：“你到底让不让我说话？”

谢平说：“还说啥？”

齐景芳说：“要说！”

谢平冷笑笑：“那你说吧。”

齐景芳说：“在这儿说，露天唱大戏？”这时，球场那头有人结伴走过来。齐景芳忙竖起大衣领，裹上头巾，把谢平的衣领也翻起，挽起他，半拽半推，朝畜牧队方向走去。

不一会儿便出了场部。面前是一片休耕轮作的老苜蓿地，掠过旷野的风卷起沙沙作响的干雪粉，擦过他俩的身躯，又悠忽地向半空中飏去。他俩笔直穿过苜蓿地，谢平不肯再往前走了。干涸的渠道两边净是黄细的干苇子，一多半被压在雪里，露头的也让风吹折了。有那几根不肯折的，戳起，却叫谢平想道："要有人在这达放一把火，多带劲！"

他俩默默相对着站了好大一会子。

"说呀。"谢平催促道。

"火下去了没有？"齐景芳半是愧疚半是讨好地问道。

"火……"谢平冷笑笑。

"我说什么，你还信吗？"齐景芳凝视着谢平竭力想躲开她目光的眼睛，问道。

"不可能再信。"谢平斩钉截铁地回答。他得气气她，"回敬"她一壶。

齐景芳一下迸出了眼泪，扭头跑去，跑了十几步，又回转身来冲着谢平喊："你就看见我蒙你了。可你为什么想不到，是人家老黄主动提出要帮我复习功课，你叫我咋办？他能在这儿待几天？咱们干吗要得罪人家？我早知道你会误会的。我知道跟你解释不清，所以我不想让你知道。反正就几天的事，他一走，我们还是我们，可你……小肚鸡肠！"

"对，我小肚鸡肠……"谢平继续冷笑。

"你就是小肚鸡肠！"齐景芳跺着脚嚷道。

"狠狠地哭吧。这野地里，干的都能冻裂，你再给自己添一脸湿，正好！"谢平看她真哭，心又软了，便想开句玩笑，逗引她。

"不要你管！"

"好。不要我管，我走。"

"走！你说得倒怪轻巧！把人诓这儿了，拍拍屁股，自己倒想溜了？走，也得把话给我摆明了撂净了再走！"

谢平这下可真火了："我诓你？是你请我当'家庭教师'，又用瞎话蒙我。你追着要跟我解释这一切，把我拽到这鬼地方来。你跟我，到底谁该把话摆摆清楚，撂撂干净？你说！有你这么不讲理的吗？怎么不说话了？没气了？哑巴了？"谢平冲到她面前，恨不得一口啃掉她半个脑壳。他没穿大衣，这野地里的风又透心刺骨，他觉着自己简直就跟光着身子戳在这里一样，心里又窝憋得不行。

谢平一吼，齐景芳反而不哭了。她怕的、担心的就是谢平不理她，冷淡她，蔑视她，居高临下嘲弄她。而这一刻，他蹦得越高，吼得越响，越烦恼、愤慨，越表明他心里有她。她是这么理解和分析"局势"的。

齐景芳注意谢平，已不是一天两天了。离开上海前，她大姐背着她大姐夫，还偷偷跟她作过这样一次交代："跟你说实在的，大姐我是不想让你走的。我跟你大姐夫吵过，要他给你在上海落个户口，他反把我训了一通。你积极，你大姐夫积极，我拖不住。说句你不爱听的话，论过日子的舒服，你还不如回老家……跟二姐夫……现在说这些，还有啥用呢？我想着，不管那些批准你去农场的人现在嘴上说得多么好听，在他们眼里你总是跟那些上海学生娃子不一样。将来有政策照顾成千上万的他们，不会有专门的政策照顾单独一个的你。你得靠自己……"讲到这里大姐唏嘘抽泣了好大一会子，而后说道："再说句你不爱听的话，到了那边，留心身边的人。见到实诚的、可靠的、能体贴你的，哪怕年岁大些，相貌丑些，文化低些……只要能托付自己终身，风风雨雨能有个安稳的去处，你就趁早……"当时大姐抽抽噎噎哭得说不下去，齐景芳也没让大姐说下去。她羞红了脸，啐道："姐，你说些啥呀！俺还小哩！"但大姐的话还是起了作用。

这使她一上火车，就存下许多戒备，比任何一个女生，更多个心眼；在跟男人的接触中，也更大胆，又更谨慎。她当然绝不会像大姐说的那样将就个“年岁大的、相貌丑的、文化低的……”要那样，将来还不被那该剁该剐的二姐夫笑掉大牙？让老家的熟人、让支持过自己的县中的老师同学难过一辈子，哼哼一辈子？心志比天高的她，当然要挑个实诚的，但必须还得是个有能耐的。她得让老家的人瞧瞧！这决不能含糊！于是，自然而然地，她注意上了谢平。几乎从那一刻，在火车站上，谢平被大队部指定为带领全大队一千二百个同伴向团旗宣誓的领誓人起，她就开始在掂量他了……到羊马河以后，她更感到周围这一片低洼的“沼泽地”里，谢平显然是一个不可多得的“小岛”。至于黄之源喜欢她，她早觉察到了。这段日子，黄之源常往羊马河来，住招待所。三天的事，他非办一个礼拜，时不时到她们服务班宿舍来聊天，给她们带东西。种种这一些，她心里有数。拿谢平跟黄之源比，那么，应该说，谢平那小岛目前还是“荒芜”着的。而黄之源，则已是“树木蓊郁，气象万千”了。但齐景芳并没有因此让自己心灵的天平偏向黄之源，他是有老婆的人，她决不干那种缺德的事。她接近他，是因为他懂得多，能干，她希望自己多一个保护人，多一个老师，多一个哥哥。当然，毕竟还只有十七岁的她，也为有这样一个男人能喜欢自己而心跳，朦朦胧胧地感到一种自得，一种喜悦。因此，她也不愿冷淡了他，不忍心因此伤害他。她还不明白男人的“喜欢”里包含的全部用意，她只感到了其中动人的成分，或者她一厢情愿地把它规定在十分单纯的界限内。在这一点上，她跟许许多多女孩子一样，在相当长的一段时日里，总是只生活在自己给自己编造的童话里的。她又本能地不想让谢平得知她在接近黄之源

（或者倒过来说：黄之源在接近她）。这两个晚上，她都极度的忐忑。她为自己在谢平跟前说了瞎话而不安。她害怕谢平来找她，闯到西小院来。黄之源这两个晚上给她讲的东西，也不知听进去有三成没有。在更多的时间里，她总偷偷地瞟着窗外，又不便去放下窗帘，又不愿顶上门。她祈望平平安安地过去了这些夜晚，以后再不做这种“蠢事”了，却没想到……

“我明天走，替你在那两本书上勾了些题。你跟老黄商量商量，如果觉得合适，就挤出点时间来做做……”谢平把两只手都插在裤兜里，用胳膊夹紧了自己的腰眼。似乎这样，就能暖和些。

“你走？上哪儿？”齐景芳一惊。

“下连队蹲点。”

“组织股还去谁？”

“就我一个。”

“陈助理员恁狠！”她突然愣愣地说，因为冷，嘴唇灰白了。

“下连蹲点，是正常的。”

“正常的？”她叫了一声。诧异，不平，耸起黑细的眉毛。

“我的被子洗出来了吧？”

“还得带行李？”她又吃惊了。

“不带行李，睡什么？又不是一天两天的工夫。”

她低下头不做声了，一口长一口短地呼出许多条清香温热的白气。过了一会子，她说：“回吧。我给你拿被子去。”

她端来的是一盆湿被单。今天才洗，还带来个铁丝编的烘笼，架在炉盖上。

谢平说：“我来烤吧。”她只不做声，好像没听见似的，呆呆翻动被单，被单上不断汩汩地冒出一大团一大团烫手的热气。陈助理员那么快又往组织股里调进个人，齐景芳已经为谢平担着心了。这次又独独把谢平弄下连队，更证实齐景芳的担心不是过敏。齐景芳跟自己二姐夫这一号的人打过交道，了解他们。她二姐夫在镇办厂当生产办公室主任，这一号人官虽然不大，但对自己所要的一切，却把得尤其严紧，谁来插一腿，说个“不”字，都是不能相容的。正因为这样，她佩服黄之源，那么年轻，就能在林场、农场许多地方应付自如。她知道，那是不容易做到的。她看出谢平将后的日子不会过得顺当，这倒反而激起了她一种天性——要去保护谢平，作出牺牲。不管他将遇到什么艰难，都跟他在一起。她被自己这个冲动所打动，并且感受到一种异样的充实和兴奋，甚至微微地战栗起来。但怎么开口呢？

“还生我的气吗？”她低声问道。腾上来的热气把她脸灼得通红。

他不想回答她。

“我真恨你跟木头似的。”她突然抬起头。

“我怎么跟木头似的了？”

现在轮到她不做声了。过了好大一会儿，她嗫嚅道：“谢平……有件事……不知道能不能跟你说得……”

“我洗耳恭听。”

“你不笑我？”

“你有什么好让我笑的？”

齐景芳把被单翻过一面来，叠整齐了放在烘笼上，重新坐下，便慢慢地把临行前她大姐对她说的那番话，照搬了一遍。齐景芳是想借姐姐的心思试探他。如果谢平也注意上了自己，她想是能从他的反应里听出那点意思来的。如果他也有心，她索性就把事说开了，说定了，省得别别扭扭再闹误会……

说完后，她心跳得那么响，那么厉害，简直要把炉盖上的烘笼架子也拍下地去。

“你姐姐怎么能这样？”这是谢平的第一个反应，“咱们到农场来就是为了找个男人？笑话！你找了？”他瞪起眼问。

“没有没有……”她连连叫道。

“我们要指着政策照顾，就不离开上海了。上海人、山东人，这都是次要的。这两年，十来万青年进西北。十来万啊。小得子，咱们要是不下定决心好好干一番，在历史面前怎么交代？怎么对得起这一个大行动？又有什么面目，重见江东父老？”谢平十分激动地还说了许多许多诸如此类的话，齐景芳便不再吱声了。

8

第二天上午，谢平给郎亚娟办移交，郎亚娟就是新来组织股的那个上海青年。郎亚娟能继谢平之后成为第二个调进机关的上海青年，毫不夸张地说，震惊了全场的上海青年，也震惊了她自己。郎亚娟在上海跟谢平住一个街道，她是谢平动员来的。到羊马河的头几个月，她表现很一般，普通班员嘛。但后来回想起，她确也有过人之处。上火车时她就不哭，好像横死一条心了。到连队，就不爱跟上海人在一起，只串老职工的门。帮连长指导员的老婆结毛衣，倒贴毛线，还不发牢骚。开会必到，哪怕是宣传结扎、戴环的计划生育会，但凡是喊了她的，她必到。但有一条老样：不管什么会，从来不发言，这叫只带耳朵，不带嘴。到秋收，她冒尖了，跟火山爆发一样：日拾棉花一百斤，而且连续一个半月，天天如此。脸肿了，手背冻裂了，还是一百斤。一百斤啊！一朵花算它三克，拾够一百斤要抓一万六千六百六十六又三分之二下，而且还得保证每抓一下，就抓下一朵棉花。不包括抓余留的“羊胡子”，不包括剔去沾在棉花上的那些枯叶的动作，不包括直起腰喘喘气，不包括去倒兜清袋（挂在脖子下的花兜只能盛七八公斤花，塞满了得往篓里倒），不包括喝水尿尿吃饭——净算，也得十三四个小时。她竟整整坚持了四十五天。成了，她是全场四千七百九十五个上海青年里头一个成为“百斤拾花能手”的，她进了机关……

老白也来帮郎亚娟点收谢平文件柜里的东西。老白给郎亚娟讲政委爱人正在打的毛衣上的花式，郎亚娟让老白以证人的身份在移交清单上签字。有二十个胶卷，买来准备给竞赛优胜者照光荣相的。但怎么点，也只有十八个。谢平把抽屉兜底倒出来找，奖品柜出空，没有。“床底下，柜子底下再找找。”郎亚娟坚持道。她戴着一副毛蓝布袖套，穿着件橘黄色棉袄罩衣，前刘海儿和辫梢上都做着大花鬏。“枕头底下。再找找……”

“我把它放枕头底下干什么？想藏起来私用？”谢平气恼地说道。

“我只不过请你再找找嘛。”她声色不动地重复道，并且跟老白交换了下眼色。郎亚娟恨谢平。是谢平，一趟又一趟动员她，非要她报名到农场来。要不是他，她会到这狗屁“桑那高地”“羊马河”来吗？就是他，逼得她永远离开了“兰心”、“美淇”、“朋街”、“大世界”……

“我没时间找了，路一开冻，我就没法走了，这两个胶卷我赔。”谢平“乒里乓啷”把东西往抽屉里扔。

“赔不赔是你的事。找不出来，就请你在清单上写明只移交了十八个。”郎亚娟推过来一张纸、一支笔。

“什么意思？要我变相承认私藏公家胶卷两个？”谢平口气也硬了起来。

“什么意思我不管，反正少了两个。”郎亚娟又和老白交换了一下眼色。

如果不是谢平突然想起来，胶卷是老宁借去的，这一上午真要让她们全占了。郎亚娟马上给老宁打了个电话，老宁回答道：“是啊是啊，胶卷在我这儿。师报社约我们搞几张‘雪地送肥’的新闻照片，袁副校长还想拍几张雪景给她二姑寄去。怎么？你要急用？我给你送过去？”

郎亚娟忙说：“送啥呀！咱们都是政治处的人，组、宣还分家？以后我还要拜你做老师，学拍照呢……”她微微红起脸，扭了两下腰，笑道：“你要不够用，再来拿。我这儿还有十来个呢。”

路过上九里分场部，谢平到干训班去看了看秦嘉。秦嘉问谢平：“郎亚娟怎么样？”

谢平说：“会讨人喜欢的。”

秦嘉笑道：“你呢？讨得到你喜欢吗？”

谢平叹口气：“恐怕没那福气。”说着也笑了。“消化不了……吃不消她……我动员过她。她好像对我有点那个……”

“别以小人之心度君子之腹了。没一点男子汉肚量！”秦嘉又问，“喂，最近你自己情绪咋样？”

“还过得去…”

“什么叫还过得去？死样子！你怎么也学得吞吞吐吐了？”

“秦嘉，我实在不想在场部待下去了。”

“你就那么点适应能力？咱们在团校不是讨论过这个问题的吗？要学会适应，才能谈得到改造，况且我们本身对生活也得有个再认识的过程……”

“秦嘉，我觉得……觉得，对于我，已经不是适应的问题了。我觉得……我已经到了不改变自己，就无法再在场部待下去的地步了……”

“如果值得这么做，为什么还要犹豫？”

“这正是我在犹豫的。秦嘉，这么做值得吗？完全改变自己来适应、来求一个‘太平’……真的，再待下去，我就要变了，就要像民间故事里讲的那个吞下了夜明珠的儿子一样。他渴，他心里冒着一大团火，喝多少水也不管用。他把家里的水缸喝空了，把老宅里的水井喝干了，他又喝光了村前的那条河。可他还是渴，心里的那团火还是在烧灼他。他发现胳肢窝下边已经长出鳞片，他的一只脚已经变成了爪子，他的腮边在往外长龙须。他跌跌撞撞向大海跑去。他要变了，他再找不到原来的自己了。他只有变成一条蛇，钻在潮湿的草丛里，或者索性变成一条龙，潜进深海，才能避免被自己的心火烧枯……我觉得我也是这样……”

“你这情绪很危险……”

“秦嘉，我不想变……我没想到要做这种改变……付这样的代价……”

“你到底出了什么事？”

“没有……”

“瞎说。没出什么大事，你怎么可能……”

“什么大事也没出。”

秦嘉定定地看了谢平一会子，连着咽了两口唾沫。那头敲开饭钟，她从枕头底下摸出饭票盒，从洗脸盆里拿出两只搪瓷饭碗，打饭去了。吃饭的时候，干训班里别的上海青年知道谢平来了，便都用筷子插着个苞谷馍，端着碗煮白菜帮子，上这头来看他。刚才去打饭前，秦嘉就关照谢平：“等一会儿，他们来了，你说话注意点，不要影响大家的情绪，那些男生还是很相信你的话的。”谢平答应了她：“你放心。这些话，当然只有在你老阿姐面前讲讲。”

吃饭的时候，谢平果然很稳静，询问了各连队青年的情况。大家都觉得有必要找个适中的地点，把各连的骨干找来聚一聚。各青年班的骨干队伍八个月来已经发生相当大的分化。原来在上海时认定的骨干，一多半虽然表现仍然不错，但有一部分，由于各种原因，变消沉了。同时，也出现了一些新的骨干。其中有些表现确实出色，不仅自己干得很好，还能团结伙伴。大家建议，应该把这两部分人都找来，哪怕只是见见面，也能鼓劲。碰头的时间和地点，便委托谢平确定。为了郑重起见，大家还举了下手，表示全权委托。

谢平往上九里十二队去的时候，秦嘉送了他一阵。刚才伙伴们一致举手时，两人都受了感动。

送出半里地，谢平执意不肯再让秦嘉往前送了。秦嘉握住谢平的手，叮嘱道：“千万沉住气。阿屠病倒了，上海青年中的党员，只剩你我两个了……”

谢平握住秦嘉瘦弱细长冰凉的手，心里一阵颤动。他想说句什么，但觉着自己眼眶里痒痒的，有股热热的涩涩的东西往外涌，便赶紧松开秦嘉的手，车转身，背着行李卷，大步流星地走了。

路面泥泞。林带都退得很远。渠岸向阳的一面存不住雪，便湿塌塌露出土的本色，在天的蓝和旷野的白中间拉出一条焦黄的直线。谢平就在这条直线上走，像一个蠕动的黑点。渠帮上栽着一行高大的旱柳，那是张扁平的网。

十二队的环境没有良种试验站恁些精心经营的人工味儿。给人的感觉，似乎它之所以出现在这片土地上，纯属偶然，好像地震的裂缝里突然咕嘟出来的一个泉眼。既冒水，还冒沙。白杨树稀稀落落，树上结满了一黑坨一黑坨鸟窝。根本没经过规划的条田，还以“原始”的状态呈现着：高低不平，弯弯扭扭，夹在一些高包和碱包的中间。但真要能把它们混同起来，构成一个整体，从心底加以认可，你会觉得它们竟也显得那般的辽阔、粗拙、旷达而又质朴、执著。它能把天拽得很低很低，让漫步在这达的人产生恁些无聊的遐想和可爱的邪念。

到十二队没几天，郎亚娟给他打电话，催他回场部。他问她什么事。她淡淡地笑道：“叫你回场部还不好？多问啥呀。”那语气腔调越发像老白。

谢平真不想走。十二队的队长指导员真把他当回子事，什么事都跟他商量。他觉得真要半年待下去，他准能学会怎么当队长指导员。他要悉心剖析一个基层连队，这在试验站时还做不到，没法得到必要的超脱。现在呢，他有时间了。他每天都记《十二队一得录——蹲点札记》。上午跟队长下地转，下午的时间便全归自己，晚上帮指导员处理杂事，跟队长研究劳力调派。最难为情的是处理男女关系。指导员审问，他给做记录。谁先动手，怎么解的扣子，脱了几个裤腿……问得那么细。谢平不敢抬头。他问指导员，有必要问那么细吗？指导员摇着头，叹气道：“这帮子都滑着呢！要由着他们自己，女的一老说是强奸，男的一老说是通奸。不问细了，这案没法断，那些货还会爬你头上来做窝！咋办？”学问啊！到处都是学问。到清早，不等天亮，他赶紧起床，裹着棉袄，挟起个茶缸，一溜小跑，冲进奶牛房挤奶间，那里黑咕隆咚，潮湿温暖，充满着牛粪烂草气味，等待第一桶刚挤出的奶子……听黑白花奶牛雄壮、低沉、威严的吼叫；听那牛奶从硕大的粉红色乳头里，有节奏地喷射到木桶桶壁上。他真不愿意走……但紧接着，秦嘉也打来了电话，催他立即按郎亚娟的通知办，即刻返回场部。说干训班全体上海青年也奉调到场部集中了，还从各青年班调了人。

“到底什么事嘛！”谢平急得直跳脚。

“电话里不便说。”

“试验站青年班有谁去场部？”

“计镇华。”

“就他一个？”

“别问了，动身吧。把行李扛上，这段时间你回不了十二队了。”秦嘉说道。

谢平到场部，天麻麻黑。

情况是这样的：上海要来慰问团，场部组班子筹备接待工作。此事由政治处牵头，筹备领导小组组长是政治处主任，陈助理员是领导小组副组长兼接待办公室主任。这些，大家都没意见。问题出在接待办公室副主任的人选上。陈助理员宣布的是郎亚娟，大伙炸锅丁，大家觉得这副主任怎么也得从谢平和秦嘉两人里出。郎亚娟是拾花能手，不简单，这一点，大家佩服。但这次是接待上海亲人，要能代表全场四千七百九十五个上海青年，去反映大家的意见、心愿。郎亚娟一到农场就不理大伙，只顾自己过“三关”。“你们要提拔她当什么官，我们不管，也管不着。可是要由她代表我们接待上海来的亲人，那我们就得提几毛钱意见了。”大伙嚷嚷。准备找政委。攒足了劲儿，只等谢平回来表态。还有件事：办公室下设了三个组，一组管材料，二组管宣传，三组管总务。一组组长由郎亚娟兼，二组组长秦嘉，最微妙的是三组的人事安排，组长计镇华，副组长谢平。“这不是明摆的在难为人！”计镇华叫道。

临时奉调来场部的青年一律住礼堂后台左右两侧的化妆间，水泥地上铺麦草。秦嘉、计镇华在路口接着谢平，没让他到机关去，直接把他带进礼堂，大约近三十个伙伴在礼堂里等着他。

礼堂里空空洞洞，回音很响，光线也很暗。舞台上尤其暗。空气里漂浮着过多的尘粒，让人感到干呛。

谢平在路上悄悄问过秦嘉：“你什么态度？大家不是也想推举你当副主任吗？”

“都在等你回来拿大主意。别往我这头推。”秦嘉只管朝前走，不肯多说。鼻尖冻得铁青。

上了舞台，气氛也还是有点沉闷。秦嘉到那几个女生中间坐去了。镇华到侧幕条里捡来两块红砖，扔给谢平一块。两人垫着它，盘腿在台口脸冲着大伙坐了下来。

谢平笑道：“就等着我回来，到政委跟前，跟郎亚娟去争那个副主任？”

有几个人说："只要你表个态，政委，我们自会去找。"

谢平沉吟了一会儿，说："我想不出这个'副主任'究竟有多么重要……"

"你说的！'又有几个人七高八低地喊道，"她当了那个副主任，她就可以按她的意思向慰问团汇报了。'

"我过去一点不晓得汇报的厉害。嗬，现在才晓得，你可不能小看了它……现在我一看见有人朝队部跑，心就怦怦跳……"有个女生在黑暗中悄悄跟谁说道。

"我说点反对意见。不过，你们别说我是得了那个操蛋的组长的乌纱帽，才说这个反对意见的。操！组长算个鸟！"镇华红红脸说道。满嘴"荤腥"。

"嗨，组长没大小，气死光棍佬！"有人笑谑道。

"计镇华，你嘴里放干净些。这里不光你们这些臭光头呢！"秦嘉恼恼地说道，"不学老职工好的，净学这些！没出息！"

男生们全笑了。

"好，改正。不说'操'了……"镇华脸又红红。男生们大笑起来，女生也笑了。

"别笑别笑。开会呢！"镇华严肃了。"我看还是别去争那个副主任，一、争是争不来的，争也白争。二、争副主任，显得我们这一帮官瘾多大，让领导对谢平印象更差。三、汇报怕啥？她汇报她的，我们汇报我们的。我不相信慰问团只听她一个，不听咱四千。"

谢平听了真是喜出望外："镇华，你口才还真行！我看应该让你去当这个副主任。操！"

"谢平，你也不三不四！今天你们怎么了？是不是都要拿草纸来擦擦你们的嘴?”秦嘉来真格的了。

大伙又笑了，但笑声有控制得多了。

“我补充镇华一点……”秦嘉把短发掖到耳廓后边，一本正经地说，“我们还要正确对待郎亚娟。她有那么坏吗?我们不要太主观，太形而上学。一个半月，天天拾一百斤棉花。我做不到，在座诸位仁兄，你们怎么样?不服气去试试。这儿是农场，谁活儿干得好，理应受尊重，我们得有这个观念。我们跟她计较什么?我们得支持她工作。说一千道一万，她总还是我们中的一个嘛。我们都是自觉自愿到这儿来的……”

“郎亚娟是谢平动员来的……”不知谁，故意补了这一句，又引起一番哄堂大笑。

“二毛!”谢平听出是他一个街道里的一个青年，便厉声呵斥。

“争嘛不要去争，意见嘛还是要去提两毛钱的!”一个青年浪声浪气地冒一句。

“我看这个建议可以考虑。”秦嘉马上表示附议，并伸直细长的脖梗，用很明亮的眼神光来回扫视大伙，征询。

没人反对。

定了。

9

朝前走的向后看，向后转的朝前看，人这个东西偏这么古怪、麻烦。

续后，天便连着阴了好些天日，像要下雪，又终于没下得成。倒是有一晚上，蔫不出溜地闷下了两个小时的雨夹雪，待大伙清早起来推门一看，原先的那点积雪化了个一干二净，把个场部搅得既泥泞又烂糟。黑水淌得满世界，连机关过道的砖铺地上都给沾来恁厚一层烂泥，叫人根本下不得脚尖去。但紧接着来场大冻，又像彻底给场部放了血似的，偌大个场部倏忽干瘪了，冰硬了，灰白了，冷清了。砖瓦厂后身的榆树林里，静得连黑老鸹都一只不见了。一整夜只听着冻裂老树，咔吧咔吧折响。没人赶这当口出门。惟有烟囱管里的烟，还标志着曾经活在这高地上的人，现如今依然还愿意活着……

谢平喜欢站在窗前看这一大片直筒筒向那颜色淡得不能再淡的天空升去的烟柱。

谢平原先使用的大办公室给了接待组。他搬到宣教股那一趟里，重占了个小间，门上还挂"劳动竞赛办公室"的牌子。郎亚娟常来找他。她也知道，无论是接待办公室，还是劳动竞赛办公室，都得要有人替她支撑。不是谢平，也得有别人，只靠她自己，这场面是做不下来的。办公室毕竟不是棉花地，起草汇报提纲、编写情况通报跟替政委爱人打毛衣也不是一码事。那天她又来了，她讨好地微笑着，手按住办公桌的一头，身子一浪一浪地，用腰眼轻轻地触碰桌沿。"又在忙啥呢?"她一边问，一边斜着眼睛打量谢平正在写着的材料，"老乡，又要麻烦侬了……"这一段日子，她倒是在会上常常发言了。头两次下来，她自己也感到，她的发言远不如接待办公室里那些下属讲得精彩，虎虎有生气。她倒不一定想那么精彩，但必须全面，有条理，多少得有点理论性。后来就找谢平，也不说写发言稿，只说："有这么个问题，你替我列几条。"但谢平很快发现，他列的那几条，便是她会上发言的底稿。谢平写的时候，她倒也肯替谢平收拾收拾房间，清清炉脚底，干点什么，有时也给点小吃玩意儿。有一回，给三小条金糕条，说是政委的老丈人从北京捎来的。"尝尝。蛮好吃的。"说着，她还嘬了嘬拿过金糕条的那两只手指尖。谢平一下把三条金糕条全放到嘴里嚼了，引起她一阵惊呼："不好这样吃的呀！要像上海人吃盐金枣那样，一点一点咂味道的呀！侬要死！哪能这个样子吃东西的！"

"又要我列几条啥?"那天谢平笑着问她。

"老烦的！师里又要汇报。吃饱了没事情干，一天到晚要汇报。自己不好下来看看!"她也忿忿地发牢骚，到底还是在棉花地里待过的。

"汇报啥?"谢平问。给她递了个凳子过去。她把师里来的通知递给谢平。谢平还没看两眼，陈助理员进来了。"又在忙啥呢?"他也这么问（郎亚娟这句口头禅就是向陈助理员学的）。谢平忙站起来给陈助理员让座，应道："没忙什么。"郎亚娟没料到陈助理员这当口会闯进这门里。刚才她看准了他去主任屋以后，才溜过来的，她当然不想让陈助理员看到她来求谢平帮忙。因此她这时不仅尴尬，而且着慌。一头忙站起来招呼陈助理员，一头侧转身子，想挡住摊在桌上的那份师政治部的通知，但陈助理员跟郎亚娟一样，到谁屋，不问你高兴不高兴，也不问你同意不同意，都要伸手拿起你正在写的材料看看；倒也不是存心怎样，只是习惯了，觉得他应该了解你正在干什么。这自然急煞郎亚娟，但她又想不出招数来支开陈助理员。她也不敢这么做，还特别担心谢平趁机在陈助理员跟前“臭”她。一时间，她脸色紧张到发灰。她看到，谢平急忙把一份鸦八块分场报上来的年终总结典型材料递给了陈助理员，并不露痕迹地用一份《人民日报》把她的那份通知盖了起来。陈助理员走后，她好久好久呆着，脸还灰白。过后，十分真诚地，红着脸，低声对谢平说了声：“谢谢侬……”

“这算啥，都是上海人嘛。”谢平随口说了这么一句市井气很浓的话，竟想不到再一次打动了郎亚娟。她眼圈竟红了，走的时候，说：“过两天，机关里要派人跟车到南山羊圈里给场长的试验田拉肥料。你就不用去了，我去跟助理员说……”

哦，她在“报恩”。

但到那一天，谢平也没闲着，整打一天电话，通知各青年班派人来谈情况。由于要来慰问团，这件事越发拖延不得。七个分场、四五十个连级单位，再加上像配水点之类的分散执勤小单位，全通知到，真不易。许多地方的电话线，架在一些歪歪扭扭的树杈棍上，通过一望无际的戈壁滩，要让对方听清，贼费劲！得喊。一句话喊三遍四遍，躲到桌肚子里头，弯起手掌心，捂住嘴和送话器喊。一天下来，“心力交瘁”，索性坐到地上不肯起来了，嗓门沙哑得像个“麒派老生”，惹得接待办公室的那些伙伴从山上拉罢肥回来，都忍俊不禁哈哈大笑。笑罢，倒也晓得凑钱到场部营业食堂买二斤包子，犒劳他一顿。

第二天，陈助理员通知谢平，叫他马上到主任屋里去一趟，有要紧事。谢平草草结束手头的杂事，把各青年班确定要来聚会谈情况的名单，分个男女，汇总个人数，告诉齐景芳，好让她安排食宿，便去主任那屋。他原以为，只是主任自己找他谈事儿；进了屋，见陈助理员也在屋里，就有些意外。再一会儿，协理员也来了。协理员是机关党支部书记，也往火墙跟前一坐。谢平就觉得气氛很沉重、很正板。

“又在忙什么呢？小伙子。”主任颔首指指炉子边上预先放好的一把椅子，笑道。炉盖边上还放着一杯事先沏得的茶（主任找人谈话，都要预先给人准备好一杯茶）。从预先放好椅子和沏好茶来看，这次谈话是经过“筹备”的。

“今天，我们三个人找你谈一次话。”主任微笑着解释着，并且侧过头去，用征询商量的口气，问陈助理员，“这也是党委的意思。我没理解错吧？”陈助理员捧着茶杯，只是笑了笑，没说是，也没说不是。谢平的心怦怦地猛跳起来。三个人谈？什么事？协理员在捅炉子。他是个坐不住的人，五十来岁，从早到晚，忙忙叨叨。过一会儿，他又在打量主任这屋的窗框了，他觉得该通知基建队派人来油油它了。为了证实这个判断，他还探身去抠了抠窗框皮。

“听反映，你要召集全场青年班的班长开会？”主任和蔼地问道。

“开会？”谢平一时还没转过弯来，便反问道。

“你不是已经通知下去，要各青年班班长准备情况，向你汇报吗？”陈助理员扶起靠在椅背上的身子，向谢平前倾着，探问，语调到这会儿，还是温和的。

“向我汇报？谁说的？只是一起情况，碰个头，说聚会可以，但不是开会……”谢平解释。

“不要抠字眼了。你们这些学生出身的小年轻，聚会和开会，死抠啥嘛！”协理员直爽。他使劲晃了晃窗框，掉下些腻子块。

“跟各连指导员打招呼了吗？”主任耐心地问。

“老同学见见面，也要打招呼?”谢平嘴里在辩解，心里已经意识到问题严重了，他们断定他在从事“非组织”活动!

“是见见面吗?”

“确实的。大家感到青年中有些情绪波动，想主动做点工作……”

“想主动做工作，这很好，但要事先打招呼。党团工作，一直是陈助理员分工在抓。你跟他打了招呼吗?你喝茶嘛。”主任指指那杯煮浓了的茶末。

“我想我们只是碰碰头……”谢平结巴了。

“你怎么还转不过弯来?”协理员火了，棉袄从他肩上掉了下来。

“这么说，我们让你打招呼，是错了?”陈助理员问，“你已经到了农场，你以为你还是什么中队长、什么街道团委副书记?你就可以不要接受农场组织的领导?你就可以不打招呼，想做什么就做什么?你把农场各级领导放在哪里了?”

“照你这么说，我是想谋反了?”谢平冒出一句，眼珠鼓老高。

“不要上火，不要上火。”主任忙把茶端到谢平手边。

“我以后打招呼。”谢平忍住气答道。

“这一次就可以不打招呼?”陈助理员“嗵”的一声放下手里的茶杯，脸色变紫了。

“这一次也应该打……”谢平咬着牙，低下头。

“谢平，你刚才的态度是不好的，很不好的。年轻啊，年轻啊……”主任摇了摇头，“今天是党委让我们来跟你谈话。跟你一起工作的陈助理员，机关支部书记，还有我。这表明，党委很重视你，也很重视这件事。希望你成熟些，再成熟些。你怎么可以说，组织上认为你想谋反？你采取这样一种对立情绪，怎么能成为机关的好工作人员，党委的好助手？你得好好端正自己的态度啊。”

谢平想哭。

“你回去再想想。想通了再来找我。”主任说。

“我想通了，我错了，我应该打招呼的。”谢平说道。

“不要匆忙，思想转变总有个过程。强扭的瓜不甜，这才是唯物辩证符合事物本来面目的。你好好再想想。”陈助理员说道。

这件事，是几个连队的指导员反映到场部来的。青年们找他们请假，他们就问问政治处，安排了这个会没有。得到指导员们的报告，陈满昌心里老大不痛快，却还没把这事看恁严重。他都没向主任汇报（他不怎么把在他看来脑子不怎么够用的主任放在眼里）。只是偶尔地跟政委提了一下，也只作为一种牢骚，旁敲侧击地想向政委说明，不是他不容谢平，而是谢平这人太难拢，叫人太难带住他那“笼头”。但没成想政委会这么看重这件事，在连连追问此事的详情后，立马给主任打了个电话，要他以党委的名义出面，找机关支部和组织股的人一起，跟谢平谈次话，作一次正告。

“太不懂事了嘛！”政委颇有些失望。

出了主任办公室，谢平并没有立即回自己屋。回屋也躺不住，便顺着被月光照蓝了又被夜寒冻硬了的土路，漫无目的地朝招待所荡去。招待所大院里空空荡荡，人都到礼堂里看电影去了，所有的窗户都黑着。声音在月光下显得那等的脆亮，听起来跟碎玻璃碴似的。忽而，他看见齐景芳从西小院的月洞门里急匆匆走了过来。谢平想叫住她，她却只当没瞧见，一侧身，拐进林带，贴墙根走了。这些日子，她常常这么躲他。刚才想给她打电话，告诉她青年聚会的人数，也找她不着。有一天，在商店隔壁的照相馆门前，见了她。她穿了件很新的黄军服上衣，雪白的衬衫领头翻在外边，海蓝布单裤，干净挺括。大概是刚照完相，披着军皮大衣，由那位黄之源陪着，回招待所。看见谢平，她脸一红，赶紧把头一低匆匆踅回照相馆去了。

他不明白她干吗要躲他。从十二队回来，有人告诉他，她跟黄之源去林场玩过两天。还有人说，黄之源想把她要到他们林场机关去，放在行政股培养培养。还说：都已经跟两头的干部人事部门和场首长说妥了，等等等等。谢平去找过她，问她功课温习得怎么样了。她很客气，拿出不少山货来招待谢平，床前放着一双崭新的中帮黑牛皮女靴，是谢平没见过的。黄灿灿的铜拉链和小巧的后跟、柔软光亮的皮面，都是那等的扎眼。她注意到了他的目光，拿起皮靴，笑着问谢平："我穿这，好看吗？"那笑，多少有些尴尬，又有些故意要炫耀的意思。

"大概吧……"谢平说。

"大概？"她挺直了身子，像摸烧红了的熨斗似的，用尖细的手指很快摸了两下那镜子般的靴面，不高兴地说道，"有人说，我穿啥都好看。"

"可能吧……"谢平说，"你作业做得怎么样了？我留给你的那本几何参考书上的题，做了多少？"

她默然一笑，拎起一只黄军包的角，往床上一倒，里边倾出十来本不重样的参考书：复习指南、综合练习汇编和升学辅导……书面上都有黄之源的题签："与景芳小妹共勉。'

"不错。"他讪讪地走了。她也没往外送，但他感觉到她在看着也，房门也久久没关。他不明白她为什么待他那么客气，为什么要向他炫耀，当然也就更不明白，那点尴尬又是从何而来……他回头想再看看她，就在这一刻，她却把门关上了……

后来，她就渐渐躲着他了。特别是前两天，那个黄之源又来了之后……

月光下，谢平追了上去。

“听说你要调到林场去了？怎么连老乡都不认了？”谢平问道。

“我一个‘山东大葱’，跟你攀得上老乡吗？”她冷冰冰地说道，背对住谢平，不转过身来。

谢平问：“没放弃复习吧……”

齐景芳用肩抵住树干，深深地低下头，不再说话。不一会儿，谢平竟听见她低声抽泣起来。

“怎么了？你家里……”谢平惶惑起来。

她不答，只是哭，忽然间显得那么瘦小。这时，谢平才注意到，今天她没像平日那样穿得新鲜。一件服务班统一发给的白上衣褂子里，只衬着一件很旧的也许还是她姐姐的花布袄。短发扎成两小把，但没编辫，只是用橡皮筋松松地箍了一下。因为头发长，稍稍往上箍了箍，这样两头更显得有些蓬松。脚上穿的，是从上海带来的黄翻毛皮鞋。

“小得子，怎么了？”谢平愣怔着。他有些束手无策。

“齐景芳，有话快说呀。哭什么！”他着急地说道。

齐景芳不哭了，抄起头巾梢子擦了擦眼泪，头一低走了。谢平没再追。他想：这些小丫头，心里咋恁些疙瘩？典型的小资产阶级！啧！

10

过罢阴历年，随着上海慰问团来临的日子越发迫近，接待办公室一摊人忙得脚后跟直打后脑勺。这期间，谢平却闲了个把月。政治处发函到上海外调他情况，陈助理员重翻他的档案，发现他的入党志愿书上只签署了街道党委审批意见，而没有所属支部的讨论意见，便打了个书面报告给政委，政委批了两个字“查清”。谢平本人不知道发函外调去了，他要求还回到十二队去蹲点。主任说：“等一等吧，给你点时间学习学习还不好吗?”看着机关门前杨树上黑黑的枝条上那一个个圆锥形的芽骨朵渐渐膨大，颜色日逐褪浅，掠过林带的风益见湿润。拉水的公牛从烂泥路上走过时，叫声里掺和了更多的不安、骚动和热情。他着急，伙伴们还上他办公室来，但都不说什么，怕无意中再给他添了麻烦事，触了他心境。谁都只当无事一般，嘻嘻哈哈翻一阵报纸，陪他打打牌。谢平的牌艺极差，要是“拱猪”，“猪”最后总归到他手里。要是打“杜洛克”，他总当“杜洛克”，但伙伴们从不让他钻桌子。有一回，他火了，把牌一扔，吼道：“这样打牌还有什么意思？输了就输了嘛!”伙伴们红红脸，都坐着不动了。最后，还是他，抱歉地去把牌重新一张张捡起来……倒是郎亚娟还不时给点事让他做做，主要是让他修改润色各连队报来的典型材料。他问她：“你怎么还敢托我这个想‘谋反’的人做事?”郎亚娟扬起极细极弯的眉毛，故作惊异状地说：“你别这么说话，没有人对你有啥看法。陈助理员在背后经常讲你能干，聪明，是个好脚式！不过让你有段时间定下心来总结总结自己。最近让你修改这些材料，也是请示过他的。我好自做主张的?”后来就让他给各连队的五好个人、四好班组填写奖状，颁发奖品。

有一天，骆驼圈子分场卫生员淡见三上场部卫生队领药，捎带着，到谢平这儿来领奖状和奖品。这骆驼圈子分场是羊马河最偏远的一个分场，只说它是羊马河的“西伯利亚”，还没表达透它在羊马河人心目中所具有的遥远感。这分场拢共才三十来户人家，百十来个劳力，评了五六十个五好个人，所有班组都评上了四好班组，场里居然也批准了他们这个评法。谢平觉得这么评“五好”“四好”，真他娘的滑天下之大稽。淡见三拍着他肩膀说：“小伙子，别眼馋。你要上咱们那儿走一趟，你就明白场里这些头头们干啥对咱骆驼圈子特别开恩了。要按我们分场人的心，骆驼圈子有一百评一百，有一千就得评一千。能在骆驼圈子那地方待着，他就是好样儿的。不信，咱们换换岗，轮着去待待。”谢平觉得有趣，就跟他多聊了会儿。送走淡见三，他端起缸子，喝口凉茶，刚想去商店找仓库保管员核对一下实物数，陈助理员带着一个穿得鼓鼓囊囊、浑身散发着呛鼻子烟油臭、棉袄衣襟跟皮板子一般油亮黑腻的矮胖子，走进屋来。那矮胖子的眼睛跟猪的一样小，说起话来喘得厉害。谢平认得他，他是林场的一个施工员。黄之源这两个月连着到羊马河来，谈了几笔生意，其中有一笔协议：冬天快过去了，林场有两百个壮工闲下来，白拿工薪，羊马河把扩建的酿酒分厂土建工程包给他们。到秋后，这头劳力闲下来了，也抽两百人上山帮着林场清山，清山所得的木头，三分之一归羊马河。

为照顾这些林场工人，也为和林场搞好关系，场里决定给他们也发一部分奖品。

“这种奖，还有什么意义？他们才干了几天？”谢平问陈助理员。

“对他们，不能像对我们自己场里的人那样。”陈助理员说。

“好吧。只要领导批了，我就发。”谢平伸手向陈助理员要批条。

陈助理员说：“这事，是刚才在政治处碰头会上定的。由我给你签字……按特殊情况办理。”

谢平搬出一厚本条例、规则的合订本，翻了半天，翻到一页，对陈助理员说：“文件规定，特例都得有主管领导签字。”

“我不行？”陈助理员口气一点点变硬了，在这一点上他尤其敏感、计较。

“陈助理员，这文件是你起草的……”

“我问你，我签字管用不管用？政治处碰头会的决定管用不管用？”

“陈助理员，你要是能算主管领导，你的签字当然管用……”

“你这是什么意思？是挖苦我还是嘲笑我？”陈助理员脸色又一次发紫了。

“陈助理员，谁都拿个白条来从我这儿领走半马车东西，以后我咋交账？我一月工资才三十来块，十年不吃不喝不要老婆，也包赔不起……”“好，我给你去搞首长批条。”陈助理员铁板着脸走了。这是那天上午的事。现在，他带着政委的批条，带着林场的施工员来领东西了。

政委的批条上写道：“小谢：请尊重陈助理员的意见。”

谢平问陈助理员：“酿酒分厂扩建工程谁主管？政委还是场长？”

陈助理员这下可真火了："政委的批条都不灵了？你行啊！"

谢平说："酿酒厂扩建工程如果是场长主管的，加上他一个签字，是不是更妥当一些……照顾双方面子，以后也好说话……"

没想陈助理员一下蹦了起来："谢平！你……你还知道自己吃几碗干饭吗？你是什么玩意儿？"

谢平一下惊呆了。出生入世，还没人这么说过他。什么玩意儿？他一下冲上去，指着对方吼道："陈满昌，你说我是什么玩意儿！"

这时，老宁闻讯赶来，忙分开他俩，打着圆场说："算了算了。从这个口袋里掏出来，往那个口袋里搁，反正'李先念'倒霉。发，谁签字都发！"从谢平抽屉里取出竞赛办公室的橡皮戳子，连连哈了两口气，从那矮胖子手里拿过领奖单，盖了个半红半不红的印子，说："走走走，我代小谢替你们上商店去提货……"

人散去后，谢平哭了。无声的，没出息的，但又是怎么也止不住的。咸的、苦的、涩的、委屈的、愤慨的、滚烫的、冰凉的，他把嘴唇咬破。

接待办公室所有的伙伴都来了。他们都听见也都看见了，这时都默不做声地站在门口，不敢进屋来惊动他，也不想去惊动他。

他收拾东西——名册、收据、批条、提货单、账本、橡皮戳、钥匙串……去找主任。他决计不在这儿干了，伙伴们没一个拦他。

他看见秦嘉在林带里站着，低着头，苍白着脸。她也一定都看见了，听见了。她为什么独自站在林带里呢？不管她。今天谁也别想来拦我，他决定快步从秦嘉身边走过去。

"谢平。"秦嘉在叫他。

他只当没听见。

“谢平!”秦嘉叫了第二声。

他只得站住了。

“谢平……”秦嘉的声音忽然颤抖起来。他看见她哭。他走过去，她身后是块砖砌水泥面的照壁，红漆底子上录着毛主席手书体的“保卫祖国，建设祖国”八个黄字。谢平以为秦嘉跟他说刚才的事呢。憋了半天，秦嘉告诉谢平，齐景芳出事了，她被黄之源搞了，怀娃娃了……

那天，黄之源来签换工合同。场长狄福才亲自派车，去南山接他。车开到招待所，按了几下喇叭，慢慢拐到西小院月洞门前，齐景芳已经在套间门外的台阶上等候着了。屋子自然是先已收拾妥了的，烧得暖暖和和。黄之源说，他不喜欢招待所那些壶盖、杯盖上用红漆注上“羊马西招”字样的茶具，完全破坏了“宾至如归”的气氛。他对齐景芳说，你拿你的茶缸给我沏茶吧，亲切些。齐景芳拿来个白搪瓷茶缸——不过不是她自己用的那一个。她到商店另买了个一模一样的，把自己用的那个，藏箱子里了。她还是遵循大姐的训诫：不能轻易让男人使用自己的东西。那天在老苜蓿地头试探过谢平之后，她隐隐地失望过。她深感谢平跟自己，和跟秦嘉、跟他那些团校的同学、别的青年班班长态度不一样，他跟他们是平等的，推心置腹的，他肯求助他们。对她呢？就没那种平等和求助，虽然也有“推心置腹”，也有“顺从迁就”，但那却完全是另一码事，是在对付一个“小娃娃”。她要跟他“平起平坐”，她要他像对秦嘉、对他的那些团校同学那样对待自己，另外再加上……别人从他心里得不到的那一种“好”。她要让他吃一惊，就像头八个月里，已经做到的那样，叫谢平瞪大眼珠说："小得子，你真行啊！"以后她要说他一辈子：瞧你那天在地里怎么教训的我！当然，做到这一条，她需要有人帮助她。而暂时的，又不希望这种"帮助"来自谢平，她还要故意冷淡他一段。她接近黄之源，有人对她的这种接近有议论，她不怕。心里没亏怕什么鬼敲门？黄之源带她到林场，她还主动找到黄之源家去，见他老婆，跟她说："孙姐，你们收我这个小妹妹，不会亏了你们。以后我真调到林场来了，我还能替你们照顾照顾小宝宝呢！"当然，她想的，是林场再保送她去上专门学校。而黄之源也确实许诺过，并在给她使劲儿，办这方面的手续。

没想到会出那样的事，没想到黄之源是个畜生！那天晚上，合同签了字，狄场长在家里弄了几碗几碟的，又叫上老严和管工副业的那副场长陪黄之源喝了二斤。黄之源回到招待所，都快十一点了。他心里燥热，在沙发上坐了老半天，也安定不下来，便到门外雪地里站了会子。今晚，西小院里只住了他独杆儿一根，三个套间，砖砌的花坛，修长的树影和没有星光的天空。这一刻，他觉着这里所有的一切都属于他。假如他想让场宣传队那两个唱河南梆子的"女盲流"带上胡弦、的笃板，来给他清唱两段，他相信，场里会立马派人去传的。但他这会儿要的不是这个，不是。他回到屋里，几次伸手到电话机上，都没下得了决心。她在值班。叫她吗？来坐一会儿，稍坐会儿，吃点糖。这院子多静，院墙多高。如果她睡了，就算了。他要通了电话，本该先问一声睡下了没有，但一听到她清脆、温和的声音，那点酒热兜底往上翻，涌得他站立不稳，只想着要她马上来，开口便说让她马上送两瓶热水来。让她马上来，马上来……她提着暖瓶去了。

进了黄之源屋，他脱了衣服像是要睡觉了，只穿着套单薄的棉毛衫裤，裹起件军皮大衣。她一窘，本想放下暖瓶就走。黄之源指指放在床沿上的一套新买的女式长袖长裤内衣，对她说："这是你孙姐让我带给你的。你试试，合适不合适。"因为是内衣，齐景芳只拿起来在身上比试了一下，就放下了，说道："怎么好意思要孙姐掏钱……"这套内衣，实际上是黄之源给老婆买的，今晚拿来作借口而已。黄之源说："你穿穿试试。要不合适，明天带回去让孙姐找代销店的人换去。"说着顺手把门的暗锁撞上了，而窗帘是早就拉满了的。齐景芳自然不肯在他屋里试内衣。撞暗锁的声音她也是听到的，她心慌。她看得出黄之源今天晚上看她的目光有些发直，眼底深处在燃着一种不好让人捉摸得透的固执的贪婪的东西。这目光，她从场部有些男人眼里经受到过，有时那些个赶马车的也这么看过她，但那只是狠狠地热辣辣地一瞥。而他，却是久久地、肆意地、似乎在透过衣服摸什么。"上次我到你们家去，也没给孙姐带什么东西。这不好意思的……"她去拧门上的暗锁，肩头却被黄之源搂住。她的血一下冲头上涌来，恨不得迸裂开。她扭了下肩头，甩掉那只手。她要扭过头来责问他，但却看见他略有些惶惑地站在灯下，她又把话咽了下去。这时她本来是可以走得掉的，如果他再来强横的，她也是推得开他的。他没来横的——他喘着气，很快平静下来，说："小得子，这一向为你调转的事，我可是费了老鼻子力气啦……你说你是上海知青，可这儿的材料上说你不是……"

"怎么不是？"齐景芳脸涨红了。她一直告诉黄之源，她是上海人，她不想让他知道她老家的那段事。而且，那时，他无非是个"住店"的客，随口说说也无妨。

“你不是。”黄之源拉过了她手，“我得费许多口舌和手脚，在我们人事科管档案的同志那里，把材料改过来，把你依然说成是上海知青。现在优先照顾他们。这样，事情好办多了。你为什么事先不跟我说真话?”

齐景芳心慌。她为自己的露怯心慌、愧疚。

“谈谈，你还有什么瞒着我的?”他把她带到沙发边，几乎是半拽半拉。

“没有……”

“说吧。不管你瞒了我什么，我还是要帮你的忙……我喜欢有你这么个小妹妹……”他贴近她，喘着粗气。她躲开，向后退去，却靠到了沙发靠背上。他不断地说着那些颠三倒四却又叫人心软的话，一只大手从她被解开了头两粒扣子的上衣衣襟里探了进来……

他不断地喘着滚烫的热气，逼问她，“说吧，还有什么瞒着我……说吧……说呀……”

她害怕，她惊慌，她羞愧，她挣扎，她怨恨。到这时，她还不知道最终竟会出那份丢人的事。姐姐没跟她说到这一步啊！她不懂，真不懂……

看见谢平和秦嘉一起走进值班室，齐景芳知道秦嘉已经把这件事告诉谢平了，心里便轰地一炸。她一句话没说，就带他们出了值班室。她不知道该把他们往哪儿带，可又不能傻呆在院子里。她向前走去，她听见谢平喘得粗重，她不明白自己是怎么把他俩带到西小院来的，为什么还要到这该死的院子里来。直到谢平一把夺过她手里的钥匙，绷着脸喊道：“你还忘不了这房间!”她才发觉她又站在黄之源常住的那个套间台阶上。她像被烙铁烫了似的，忙缩回手，倒退两步，差一点从台阶上摔下来。秦嘉赶紧搀住她，瞪谢平一眼。齐景芳偎到秦嘉怀里哭。谢平拿齐景芳的钥匙串，另去开了个房间。进了屋，齐景芳不肯坐，也不肯离开秦嘉，只把背对着谢平，哭个不止。秦嘉红着眼圈，只好对谢平说："你先走吧，忙你的去……"

到晚饭边，秦嘉来了。谢平忙顶上小办公室门，急问道："齐景芳呢？"

"让协理员叫去了。"秦嘉答道。长时间的心神紧张，使她显得疲乏、困顿。

"协理员？你报告他了？"

"跟小齐一屋的那两个小丫头，早看出苗头了，报告了协理员。"

"她们懂那些事？"

"小金懂。又看到小齐这些日子半夜里老偷着哭，上午翻她床铺头，翻出好几包安眠药，吓坏了。先跑我那儿，又报告了协理员。"

谢平忍了半天，结结巴巴地从牙齿缝里挤出几个字来："确实是……黄之源那杂种干的？"

秦嘉向窗户拧过头去，半晌才点了点头。

不一会儿，他们看见齐景芳从协理员办公室走出来，靠在廊柱上歇了一会儿，协理员叫小金把她送回宿舍。后来政法股的人找齐景芳谈过两次，带她到卫生队做了妇科检查，取了证。政法股的人还找了些别的人，了解齐景芳和黄之源的关系，据说还打听了她和谢平的关系。最后找谢平谈。谢平火了："我和齐景芳有什么关系？你们说我们是什么关系？"政法股的人说："我们只是想了解一下，没其他意思。"谢平说："你们干吗不去找鸡场的老汉了解他和小齐的关系？"

他什么也没跟他们说，他确实也没得可说的，他甚至懊恼自己竟然什么也没得可说的。他明明看出黄之源亲近齐景芳，他“嫉妒”过黄之源，但他没提醒她。他反而生气了，有一段时间也躲着齐景芳……甚至瞧不起她……

政法股的人在谈话时，跟所有有关人员都交代过，不要向外传这件事。但没过两天，场部几乎没一个人不知道“小得子”齐景芳让人把肚子搞大了。园林队的一些老婆娘去南菜窖翻菜，扛着抬把，拿着菜刀，游游逛逛，三五成群，还特地弯到招待所来认认这个“上海丫头”中最俊俏的姑娘。

卫生队给齐景芳做了刮宫手术后的第二天，黄之源来了。他去福海县林业局办了事，回林场，路过羊马河，顺便看看在这儿施工的林场工人，也看看小得子。他还不知道小得子怀孕了，更不知道事儿发了。那天，干完那事，他看见齐景芳只是痛哭，便有些作慌，想安慰她两句。齐景芳推开他，掩上衣襟，跑了。第二天清早，他在水房边等过她，又去宿舍找过她，想作些解释，但都没找见她。后来他给她写过两封信，寄过一回钱，托人又给她捎来一大包白木耳，但都没得到小得子的回音。他的心安不下来。他无论如何要跟他彻彻底底谈一次，解释一下，取得她充分的理解……如果还能取得谅解，那当然更理想。

场机关的人得知黄之源来了，一下午没干正事，都聚在窗户前，伸长了脖子，等好戏看。他们看到政法股股长亲自去招待所了。又看到邢副场长去了一趟。跟着，政法股股长在政委和场长家各待了相当长一段时间。在这段时间里，黄之源一直在自己屋里待着，连晚饭也没出来吃。接着就传出消息，场部要修理连等天黑透后，把正在大修的那辆吉普车开出来，连夜送黄之源回林场。

这时，谢平屋里聚着不少上海青年，包括从修理连来报信儿的两个小子。他们商量着，不能轻易放过黄之源，要派人找主任、找政法股长去问问此事。

有人敲门，剥啄剥啄。

计镇华拽开门一看，竟是齐景芳。她真瘦了，脸上瘦剩一对深的眼窝和一点青白青白的鼻尖。她没穿大衣，只裹着一条铁锈红的加长围巾，从后脑勺上包下来，捂去半边脸、半张嘴，在胸前交叉起，再用白生生的手索索地扽住，在门框边瑟瑟地哆嗦。秦嘉忙搂过她到火墙跟前。她默默地站了一会儿，脸色慢慢地涨红了。大家觉得她要哭的，却没哭。她低下头，吭吭巴巴说了这么一句："我……要跟谢平说个事儿……"大家奇怪透了。她这会儿来找谢平干吗？谢平一下子脸也烘烘地烧热起来。

待大伙走后，谢平给她端了个凳子。她没坐，也没转过身来。

"求你……别去管我的事……"她低声地说道。

"为什么？"谢平控制住自己，问。

"你别管！求求你……"

"为什么？"

齐景芳浑身痉挛着，猛地拧过身来，叫道："我不是你们上海丫头，你们别管我……"说着，两颗冰凉冰凉的泪珠像冻住了的一般，淌到颧骨上，便凝住了。

满场部的人都知道她是主动跟黄之源好的，她说不清。她怕事儿闹大，怕人追问。政法股的人又向她追问过她跟谢平的关系，她更不希望把谢平再牵连进来……她已经对不住他了……

谢平当然不了解这一切，更不理解她这时的“古怪”和“倔强”……

“好。我不管。”谢平忍下一口气，指着窗台上一包东西说，“那是接待办公室几个伙伴给你弄来的一点红糖和鸡蛋……”

齐景芳青白的脸立时红了，她没拿。待齐景芳走后，谢平马上去找秦嘉、计镇华他们。他们此时已经找过协理员了，协理员说：这件事，齐景芳自己要负一部分责任。母狗不撅腚，公狗也难爬嘛！黄之源是得教育，但得考虑两个兄弟单位的关系。这儿还有他们的施工队，一批计划外的木材还得由林场提供，这关系到总场明年能不能减少二三十万亏损的大问题。场里最后决定，怎么教育处理黄之源，交林场自己去办。

谢平怎么也不相信，连自己的被子都不好意思让男生碰的齐景芳，会主动送上门把自己毁了。

“可确实也找不到证据，说明是人家强迫的。政法股的人说，齐景芳拿不出一件扯烂的衣服，身上也没伤……”站在一旁的郎亚娟说道。

谢平斜了她一眼，没搭她的话茬儿，大伙儿也没理她。等郎亚娟悻悻地走开，谢平马上对修理连那两个人说：“你们能想办法，让吉普车晚发动个把小时吗？”

那两个小子会意地看了看谢平说：“笃定！出修理间之前，它在我们兄弟手里。”

谢平又对计镇华等几个男生说：“有空跟我走一趟吗？”

秦嘉忙问：“你要干什么去？”

谢平对她和那几个女生说：“没你们的事。你们把那包红糖和鸡蛋给齐景芳送去。”说完，便带着计镇华和那几个男生朝卫生队走去。秦嘉不懂他这时去卫生队干吗，因此也就没拦他。没料到谢平带着计镇华等人走到卫生队院子里的水塔下边，确证秦嘉她们已经看不见他们了，立马折身借着黑魆魆林带投下的阴影作掩护，直奔招待所西小院。

黄之源这时收拾齐了东西，只在屋里打转，焦急地等着吉普车来。他仍然感到遗憾的是，在走之前没能见到小得子，当面求得她的谅解，他仍然相信他能叫小得子理解了他。门外脚步声响，他以为是邢副场长跟什么人来请他上车，但又不知为什么听不到吉普车引擎的声音。他在疑惑中拉开房门，见站在门檐灯黄白光圈里的是谢平和一群根本没照过面的小伙子时，某种不祥的预感先叫他心往下坠，腿根上升起股寒气，叫他抖瑟，脸色跟着煞白起来。那许多分布在脸颊和额角的小肉疙瘩，一时间似乎也干缩起来。但他依然保持惯有的那种姿态，叫人感到，他总是那么自信，那么镇静，那么的有条不紊。

“姓黄的，这就走啊？”谢平关上门。

“你们……”黄之源稍稍向后退了退。

“麻烦你做件事。把你怎么搞了齐景芳的经过，写一写。”谢平说道。

黄之源不做声。

“你搞了人家，还要人家替你背黑锅？”计镇华抄起煤堆上一根铁火钩，逼了过去，“小得子怀孕了，你知道吗？狗东西！”

“这……到底怎么回子事，还、还不清楚……”黄之源端起茶杯，想凭借自己的年龄、身份、气度镇住眼面前这群小子，而后再寻机摆脱。只待邢副场长跟吉普车一到，什么都好办了。

谢平一巴掌打掉他手里的茶杯。

“你们打人?”他暴跳起来。

“打你狗操的。”计镇华上前照准他腰眼里就是一铁火钩。

“哎哟……”他杀猪似的叫唤，捂住腰连连向后退去。摸着电话机，忙不迭地摇，双手抱起送话器，拼命叫：“杀人了！杀人了……”

谢平上前卡断电话，问他：“你到底写不写?”

黄之源手里还紧抓住电话不放，口气软了下来：“如果我有责任，那也是真想对她好……”

“如果?”计镇华身后的一个青年，一边吼着，一边从茶几上抄起一只茶杯朝他头上砸去。他闪过了这一砸，却被电话线绊倒在地上。他精明，懂得在这种寡不敌众的对峙中，自己一倒下，便会引来一阵疯狂的混打混踢，后果不堪设想。于是他不顾一切地爬起，但刚站起，后腰上立马又着了很钝重的一下，有人用翻毛皮鞋脚蹬翻了他。他就势朝办公桌的那头滚去，紧贴住墙壁，佝偻着身子，双手护住前胸，惊恐地叫了两声：“救命。”出乎他意料，谢平他们并没扑过来“混打混踢”。

“起来。站直了。”谢平冲他吼道，“你毁了我们的一个姑娘。你懂吗?你这样，叫她还能相信这世界有善意和真诚吗?”谢平他们不想打躺倒的“癞皮狗”。黄之源不懂这一条，他以为这帮小子的“三斧头”已经过去。但当他显出一脸和解的讨好的笑容，慌忙站起之后，又一次被蹬翻在地上，便死活再不肯往起站了。闷沌、麻木之后的疼痛叫他几乎憋过气去，他蜷缩在地板上一连串地干咳起来。

这时，得到总机房守机员报告的协理员，带着警卫班的几个小伙子和一个匆匆赶来的政法股助理员，跑进月洞门。谢平知道事情闹大了，便一步上前从计镇华手里夺过铁火钩，朝黄之源扬起来挡他的胳膊上重重地给了一下，说道："看清了，带人来找你的是我。用铁火钩抽你、用脚踹你的也是我。你要是像疯狗似的乱咬一群，除非你以后别从羊马河地界上过！"没待他把收尾那句话说完，警卫班的小伙子踢开门，冲了进来，一见是谢平他们，先自松了口气，耷拉下手里笨重老式的加拿大"九〇"手枪，嚷道："操！是你们几个小子？开什么鸡巴零碎玩笑！"

政治处连开了一个礼拜的会，帮助谢平认识错误，并把接待办公室全体上海青年都扩大了进来。一礼拜的会，谢平没说一句话。到末了，他说了一句："我错了。像我这样的人，再在机关里待下去，自己不好开展工作，也让组织上为难，我回试验站劳动。"两天后，陈助理员通知他，组织上同意他的请求，下去劳动，但不是回试验站，而是去骆驼圈子。

谢平回到自己办公室门前，见秦嘉和接待办公室所有的伙伴都在过道里等着他。他们已经知道这决定了。老宁也从他办公室里打了个电话过来，说："我看见你办公室里有人，就不过来了。你咋搞的吗？怎么能同意去骆驼圈子？你知道那是啥地方吵？"谢平说："放心，别人能待得下去的地方，我谢平总归也能待得下去的。"老宁半晌没吱声，最后只是重重地叹了口气，说了声："你呀……"后来男生走了。女生留下来帮谢平拆洗被子，作走的准备。她们听见有人走进过道，在门外站了会儿，出去了，又走进来……如是三回。那几个女生鼓起勇气，突然把门拉开，想看看这时还来偷听"壁脚"的家伙到底是谁。没想到，门外站着的却是齐景芳。

齐景芳来不及躲闪，只好低下头站住。是小金得知谢平要离开机关，把这消息递给了她。她觉得是自己“坑苦”了谢平，她认为谢平不会再瞧得起她，但她得来一趟。来干什么？她说不上来，也不清楚。说不上是道歉，说不上是告别……她只觉得要来这么一趟。瞧得起、瞧不起是人家的事，她得来一趟。走到门口，她听见屋里有人。她没有勇气推门，也没有勇气决断地离去……

秦嘉给女伴使了个眼色，大家抱起拆下的被面、被里，一个个都去和蔼地鼓励地搂搂齐景芳，而后，鱼贯地走了。齐景芳见大伙儿要走，心一慌，便也要走，却被秦嘉拽住。齐景芳明白秦嘉的好意。她羞愧、难过。可单独跟谢平，能说什么呢？她既怕单独跟谢平在一起，又不愿有别人在场，她只是紧紧拽住秦嘉的衣袖不放。到末了，她也只对谢平说了一句话：“都是我……”话没能说完，便哽咽得抬不起头来了。秦嘉眼圈红了，谢平心里也一阵阵酸涩。

到晚上，伙伴们又来他屋里坐。他们没开灯，幽蓝的月光染得屋里一片清白。照不到月光的角落，便黑得那般纯净。谢平对着夜空说道：“我们想到了要来吃粗粮、住地窝子、喝碱水，想到了肩头会红肿，手心会打泡起茧，准备半年看不上一场电影，一年洗不上一回澡……但就是没有一个人提醒我们，得想到，这儿的人也会有那等复杂……”

场部没有车去骆驼圈子，谢平只有等那边来车把他捎过去，据说场部已经通知了骆驼圈子。这样，有几天工夫，谢平完全清闲了下来。在这清闲里，他才渐渐意识到，他正在失去什么。如果说一年前，直到动身到街道集合，带队出发去北站，他都没想到去南京路、外滩、大世界、福州路旧书店最后地转一圈，最后地看一眼繁华和文明，那么一年后的今天，他却那样强烈地意识到自己将离开人群聚居地的最后一站了。他到商店去给自己买两条毛巾，在照相馆照了张相，去鞋铺把旧胶鞋漏水的地方补起。他默默地望着高耸的已经泛出淡青色润意的林带，望着那包围住场部的天空，他知道自己在告别。一年前，当他和伙伴们到达羊马河时，他们都松了一大口气，说：总算走完了这五千公里。旧的结束了，新的开始了。今天，他才意识到，对于他来说，五千公里的路，一直并没算走完。这剩下的一百七十公里，才是他要走的最后一站。而后，他才能说，是的，结束了……又开始了……

晚上，他去找过陈助理员，说："我的预备期满了。转正的问题是机关支部给讨论，还是到骆驼圈子以后再说？"陈助理员说："到骆驼圈子再说吧。你在这儿刚出了这么两档事，真讨论起来，恐怕不会对你有利的。"谢平想想也是的，便没坚持。

第二天，他一步没离开自己的小屋。第三天上午，回试验站看了看站长教导员，看了看渭贞嫂子，跟青年班的伙伴干了半天活。回到场部，大食堂已开过饭。想起早起还有半拉剩馍烤在火墙上，就没再去麻烦伙房的班长。刚才过来时，他看见路上停着一辆很旧的轮式拖车。他认出是那种老式的"尤特二八"，车头上暗红的漆皮掉了不老少，驾驶楼顶板重拆装过，铆着张白皮马口铁，铆口铆脚生出一圈圈锈斑。但带隐纹的白铁皮本身，却在阳光下熠熠地发亮。拖斗的厢板断裂了好几处，镶补着白板条，跟灰暗的旧厢板钉在一起，显得挺不谐调，好比老人的脸上长了白癜风。有两个三四十岁的壮汉，各穿着一件油腻的军皮大衣，戴着军用的三指皮手套，蹲在高高的林带埂子上，捧着一包从商店里刚买来的场加工厂自制的土饼干，大口大口地嚼着，干屑渣子不时从他们粗大的手指缝和宽厚的唇边嘴角往下掉。

这便是骆驼圈子分场长“老爷子”派来专程接谢平的车和人。

机关里的人一吃过午饭，便被协理员叫去菜地搞突击。又是送肥。接待办公室的伙伴们也都去了，秦嘉去了，镇华也去了。菜地在鸡场背后，路倒不是太远，但这会儿机关里所有的人都在那达，他去告别，就得招惹恁些复杂的目光瞟视，即便个中会有许多同情和怜悯，他也难以忍受，也没必要受那些。单跟伙伴们告别，又不合适。他犹豫了一下，跟总机房的守机员小马要了个电话，托她跟秦嘉他们说一声，也跟老宁老严说一声，他就不去菜地了。

“你东西多吗？我帮你扛上车吧……”小马支吾道。她知道自己说的无非是一句客套话，当班纪律不允许她此时离开岗位，但还是真心地跟谢平表达了这个心意。

“不用了。骆驼圈子来了人。另外……见了小得子，也跟她打声招呼。”谢平托付道。

“她可能就在业务室值班，我替你把电话接过去吧。”

谢平忙说：“不用了。机车还要去福海县县城办事。算了吧，有空，欢迎你到我们骆驼圈子去玩。”

“你有空还回场部来……”

“好的……”

开车时，谢平看见小马在总机房玻璃窗里向他招手。整个场部却像睡着了一般，阳光格外耀眼。

“没事了吧……”开车的于书田问谢平。他就是那两个三四十岁的壮汉中的一个，是个转业战士。

“没事了……走吧。”谢平长长地出了口气，最后看了眼场部车从招待所东北角路口拐过，谢平突然看见有个人从紧贴着招待所后墙的林带里冲到大路上，戴着红头巾。他认出是齐景芳。他从铺盖卷上站起，冲到后厢板前，探出身子，朝她挥了挥手，叫道："小齐——有事儿多找秦嘉——"

齐景芳也挥了挥手，但没叫出声来。她苍白的手在微微地晃动了两下后，慢慢地收了回去，捂住了自己的嘴……这时一阵风刮过来，把谢平的皮帽刮落在地下。

"帽子……"他喊了声。于书田听不到。他应该捶驾驶楼顶板。但"尤特"车的拖斗跟驾驶楼间隔距离大，手够不着。他还应该从车厢里随便捡起样东西，朝车头前一扔，开车的便知道后边出事了，需要停车。但这规矩，这时他还不懂。车速很快，他还想多看两眼齐景芳，着急地来回在车厢里跑了两趟。车开远了。他看见齐景芳拾起了他的帽子，追了几步，而后站下了，把他的帽子紧紧捂在胸前。

红头巾消失了。

谢平感到耳朵生疼，冻的。他离开后厢板，回到铺盖卷上。他从网兜里抽出那条短短的薄薄的只有南方人才会戴的那种围巾，把耳朵裹上。这时，于书田让副驾驶探出头来，扔了件皮大衣给他。这是老爷子头天晚上就关照了的，让他们随身多带件去。老爷子料到这个被处理到骆驼圈子来的上海小嘎娃子，自己还置备不起皮货。

11

他做了个梦，觉得自己在洗澡，好像还只有三四岁。脱光了，妈妈把他摁在大木盆里。大木盆就露天放在后弄堂里，有许多莫名其妙的人围着。不少是大人，男人。后来他们也把衣服脱光了，把脚伸到大木盆里。他嫌挤，想推开他们，这不是大人洗澡的地方。但大人们还是往里挤，居然都坐下了，好几十个，还在原来的那只旧木盆里。弄堂里好几个老太婆也挤进来，也光着身子。只有二号前楼阿婆捧着个二尺高的白瓷观音像，在弄堂里走来走去。观世音菩萨穿着衣服，是连衫裙，是大饼摊头二囡身上常穿出来卖样的那件。二囡也挤在木盆里，光着小奶奶。后来天阴了，要下雪，他们都说暖和，高兴地拍水。二囡的小奶奶在抖动。他没人管，他冷。妈妈为什么也不管他呢？他刚要哭，阿婆和二囡打起来了，揪着对方的头发和奶奶。小奶奶像面条一样，越揪越长。他要去拉架，盆里的水却全结成了冰。他的脚也冻在里头了。大人们光着屁股坐在盆里冲他笑。他想叫妈妈，妈妈却在街道团委办公室里作报告。玻璃窗全打碎了。妈妈也在笑……

他冷，裹紧了皮大衣。

12

假如黑的是人血，那么，白的又是什么？

骆驼圈子分场全体干部、职工一百二十二人，除生娃娃坐月子、回口里探家、在野地里管着畜群和生病在床上躺着到不了场的，余剩的，全部出动，列队在分场部门口欢迎谢平。两年前，场部曾给骆驼圈子任命过一个分场政委，这位老兄说啥也不肯到任，给他留的家属房，至今还空关着（任命没撤销）。从那以后，分场长吕培俭、人称“老爷子’的，就立下个规矩，不管是谁（除过刑满释放的新生员），只要你肯到骆驼圈子来，他就带着他全家、全分场的人，列队欢迎你。去年，听说场里要来上海青年，他特地赶到场部找政委：“你哪怕只给我两个，我也让我那百把个伙计高兴高兴。一来，显着场里确实看我们骆驼圈里的人（他常常这样故意在场领导面前把“圈子”的“子”字省略掉）是一视同仁，并无亲生庶出之分；二来，我这分场长做思想工作也有话可说了：你们瞧，连上海那大地方的嘎娃子都奔咱这骆驼圈里来，你们还吵吵个啥吗！我让他们再不馋别处！”他还给政委作了保证，只要分给他上海娃子，生活上别愁。多了，他不敢说。头一年，每个月单给他们宰一只羊。但到了，政委也没舍得给。骆驼圈子这地方太远，自然条件太差劲。守着阿尔津老风口，一年一场风，从春刮到冬。夏天秋天喝渠水，那水面上常漂着羊粪蛋。但等快封冻那阵子，就得赶紧清理涝坝，往里灌一大坑，冻上。再一冬一春，人和牲口就全指着它和老天爷给的那点雪。那地方，人员也太复杂。除了一二十个转业战士和他们的家属，其余的都是刑满释放的新生人员和他们的家属。师里有文件嘛，尽量别把上海青年往新生单位放。但到前个月，老爷子去场部开三干会，政委却主动跟他打招呼说，要给他个上海青年。发觉谢平背着场领导，要召集几十个青年班班长“搜集”情况之后，政委就下决心调开他。哪怕他再能干，自己身边也不能搁这一号的。政委“怕”这号人。特别是机关，绝对不能容这一号的，不能容三心二意的。哪怕“灯下黑”呢，也不能叫“灯下乱”了。黑了，“灯盏”还在，要三心二意地一乱，保不住就砸了“灯盏”。但政委还是让那几十个青年班的人到场部来开了会，不过，让郎亚娟出面主持了这个会，还通知谢平出席，谢平没去，老爷子起先当然不明这些底细，一听这会儿要给他个上海娃子，却不肯要了。他挥挥手：“骆驼圈儿再操蛋，也不能光收你们筛下来的落脚货！往我身上卸包袱？对不住，政委同志，这包袱您自己背吧。”后来，政委再度把他请到场部，谈今年的财务计划，又谈到谢平。嗨，他改口了。没等政委说什么，他答应要这个“筛下来的落脚货”了。政委好生奇怪，还专门跟他补了一句：“我可不想瞒你。这小子能干是能干，可有一身毛病……还打人……”老爷子笑笑：“打，怕啥？我那儿杀人放火的还有好几打呢！”真叫政委一时都捉摸不透他了。

原来，这一段，老爷子真还用了点心去打听了下谢平。经验告诉他，有些事，不能光听场部那几个人红嘴白牙一头叨叨。打听下来，说实在的，假如谢平不打黄之源，老爷子还真把他当“烂柿子”、“落脚货”再不肯要他了呢！老爷子早听说过南山林场黄之源那小子，不就是个三十挂零乳臭未干的黄毛小子吗？只待说要来羊马河，便搅得场部那一摊人连自己姓啥都忘了。至于吗？哪天的夜宵。不得由女招待员端着送到他屋里床头柜上？他怎么了？吃过王母娘娘厨的金丹了？操！从我党我军一贯来的政策说，打是不对，但对这一号人，打了也就打了。老爷子反倒觉得谢平是个玩意儿了！

这一切，谢平自然是不清楚的。所以，当他从拖斗里慢慢探出头来，看见那一趟破旧的平房前，竟“黑压压”地站起六七十人，他真呆住了。由于腿麻，由于惊愕，他好半天没从厢底里站得起来。

过后，他爬下拖斗，老爷子已经走到他跟前。老爷子上身穿着一件很旧的黑粗呢制服，领扣敞着，口袋盖发皱，没系扣。下身一条黄棉裤，肥大，直拖到脚背，也脏。棉鞋，肯定是手工自制的，土布厚底，围起的尖头，让谢平想到老式的铸铁熨斗。老爷子松开领着桂耀的手，捏成一个空的半拳，放在自己嘴前，似嫌太阳西下后风里裹挟有太大的寒气，在哈气暖手。他就这么凝视着谢平，好大一会儿，没有微笑，没有客套。而后，从那空拳里放出一根并不干净的干瘦多皱的手指，慢慢朝谢平点了点，说道："哦，你就是谢平……"就这一刻，也不知道为的什么，谢平猛然觉得自己已经得到眼面前这一个也包括那一大群人的原谅了，他们会好好地相待他的……

老爷子把谢平安顿在干沟边，单给了他一个泥巴小房子，独间。没檐没房坡，正不正斜不斜，刚够两米高，活像团空心泥疙瘩。到晚上，老爷子让他八岁的外甥女桂荣来叫谢平上家去吃饭。老爷子没孩子，从他多子多女的姐姐身边一男一女领了两个来。女孩是姐，就是桂荣；男孩叫桂耀，小桂荣一岁。下午，老爷子就是带着这姐弟俩，在分场部门口接的谢平。他一手领一个。四十来岁的人满头灰发，脸皮皱得那么厉害，跟稀松的麻袋片似的，一层摞着一层，耷拉在眼窝下头。头一眼，人真能把他看成个六十来岁喂鸡的糟老汉哩！

桂荣倒是比头一眼见到时，干净多了。又细又黄的小辫重新扎过，小花棉袄上的土也掸拍过，黑棉裤也往高里束过，裤管口不再软耷在脚背上。但棉袄里头，依然什么也没穿，还敞着两粒棉袄扣（那扣子的颜色也不一样。一粒是光板军扣，一粒是四眼黑扣），露着黄白黄白的小胸脯，仍然光脚趿着她舅妈的一双旧棉鞋。谢平瞧她那光露着的小肚皮，心里就寒战，忙蹲下来给她把棉袄扣儿扣上，帮她擦了擦鼻子。但没走几步，那扣儿又散了。谢平追着要重新给她扣上，她调皮地朝他笑笑，“啪嗒啪嗒”，先跑了。

骆驼圈子在桑那高地尽西北边起，紧邻着大干沟。四十年代苏军在这儿建过一个补给站。在干沟东边还真有个飞机场，用石块儿砌了个供螺旋桨飞机起落的跑道。这么些年，石块大都让近边老乡公社的人赶着毛驴车和“六根棍”起走垫房基了，留下一些坑坑和七翘八裂的碎块，却还能叫人看出原先跑道的规模。老爷子住的大房子，也是当年苏军留下的，一共三幢，都在分场部背后那小高包上。三幢一模一样，都是前有廊后有厦，双层玻璃窗，双层板——天花板和地板。大房间的墙角里还装得有一人多高的铁铸的大圆桶状壁炉，傻大黑粗，好比屋里挂了张黑熊皮。这三幢，一幢老爷子住着，一幢给业务上办公用了，一幢留给那觍着脸皮死活不肯到任的分场政委。骆驼圈子没电灯，这是预料中的。过道里很黑，桂耀早在门口拱形的铁皮雨檐下的木板台阶上等着了，一见他姐和谢平，便从栏杆上跳下来，叫道：“上海鸭子来喽——上海鸭子呱呱叫，长了胡子没人要……”

火墙烧得滚烫。谢平在过道里站了好大一会儿，才慢慢习惯了这黑暗中的闷热，这杂混着泡酸菜、烂毡袜和鸡食气味儿的闷热。在往大房间走去时，脚下依然不时踢着碰着什么硬撅撅的东西。桂荣摸着火柴，点亮灯，小心翼翼地端起几乎跟她脑袋一般大的鼓肚子铜座大玻璃罩油灯，向一头墙上的灯龛走去。谢平说：“我来放。”桂耀忙说：“你不知道咋放。”说着忙给他姐在灯龛下搁一张板凳。桂荣搁住灯，从板凳上跳下来。桂耀也爬上去，往下跳了一次。他说他比他姐跳得远。而后，紧贴着谢平的腿杆，一只小鸡爪似的黑手，悄悄伸到谢平后衣襟里，摸弄谢平挂在腰带上的一把扁刃刺刀。这把老七九步枪上的刺刀是去年夏天，青年班的杜志雄在卫生队住院，爬到水塔顶上去玩，在塔顶的青草丛里发现的，还带着个皮套子。七九步枪，大名“中正式”。“中正”就是蒋介石的雅号。也不知道这刺刀何年何月何日何许人把它撂到水塔顶上的青草丛里去的。杜志雄带它回青年班以后，正经还搅起了一场不大不小的风波。因为它是“中正式”上的刀，不少人力主马上交到政法股去。马连成的父亲在肃反运动中被镇压，他年岁又比伙伴们大，他知道这种事的厉害。女生们不管你是什么“中正”式、“中歪”式，只是觉得玩刀不正经，丢青年班的面子，劝杜志雄扔了它。吵半夜，杜志雄同意扔了它，也别去麻烦场政法股了。其实，他没扔。哪舍得呀！这么一把纯钢的刀，他藏起来了。这次谢平回试验站，杜志雄把它给了谢平，说：“谢平阿哥，听说骆驼圈子那地方还有狼，侬自家多当心。”

待谢平坐定，老爷子端来一木托盘热腾腾的手抓羊肉，肥嫩喷香。肉堆上插着三把牛角把的尖刀，放着两碟炒黑了的花椒盐末，两碟磨细了的干椒粉，两碟拌了醋的蒜泥。随后，桂荣捧来一个大黑粗瓷碗，里头堆尖放五六个对半切开的生皮芽子（洋葱头）。

老爷子对她说：“去。锅灶上那一大碗，是你和弟弟的。吃完了给我把碗刷了，手洗了，骨头撂簸箕里。别又跟羊拉屎似的，哩哩啦啦，扔满地。”

“我哪回都没扔……”桂荣委屈地撅起嘴，偷眼看看老舅。

“是我？是我？”桂耀蹦起嚷道，“坏丫头。就知道告状！”

“我没告。”桂荣红起脸。

“告了！告了！坏丫头！”桂耀叫得更响。

“桂耀，你要气死你姐?”老爷子的老伴在那头屋里的床上听见了，呵斥。她有病，常得躺着。大屋里没女人收拾，也就显见得乱。

桂荣、桂耀去厨房了。老爷子得意地打量着自己心爱的外甥女的背影，问谢平：“咋样？我那小丫头?”

“懂事……可爱……”

“可爱……不假啊，都这么说。只可惜了她！没长在你们上海!”老爷子叹息道。那由衷的赞赏和心爱，使他狭长而灰白的脸庞上布满了温柔的光泽。

不一会儿，陪客陆续驾到。会计徐到里，转业干部，是其中年龄最大的，一脸麻坑。人却最温和，老也穿着件旧军棉大衣，进屋也不脱，扣子还扣得死死板板。那还是部队大换装前发的那种，不带剪绒领的。人字斜纹面布，军黄色，快洗白了。卫生员淡见三，在场部见过，典型的中亚美男子型。黑褐色的眼睛热烈，鼻子尖挺，颧骨高突，臂弯有力，腿细长而又壮实，皮肤亮得跟上了十七八层桐油似的，头发天然地带鬈。鬼机灵，有心计，还能用扑克牌玩三十六套把戏，但至今还是个单身汉。于书田一进屋先跟谢平亲热地点了点头，表示已是老熟人了。说起了头，才知道他还是分场机务大组的大组长，少不得的大角色呢！他个儿不高，敦实，有力，在部队是个刺杀标兵。转业前，跟军教导大队政委的女儿搞上了对象，那政委还真放他闺女跟书田上这戈壁滩来了。现如今她在分场部当统计员。比他小两岁又跟他一路转业来的淡见三常跟他开玩笑：“唉！我嫂子当初咋单看上了你呢？瞧你那样，倒像倒扣起的泡菜坛子！说说，你咋把我嫂子蒙上手的，让我也学学这第三十七套戏法。”第四个来的是司务长关敬春，原先是雷达兵，江苏常熟地方人，标准的南方小白脸，也瘦。一张嘴，死也分不清“黄”和“王”，“屎”和“死”。因为是司务长，他就没空着手来。提着一个南方的竹编小菜篮，篮里稳稳坐着个小钢精锅，放小半锅开水。开水里又坐着一只海碗，海碗里，白菜打底，上边团团转放起四个四喜丸子——在南方，人称“狮子头”。不过司务长这“狮子头”是素的。“尝尝看尝尝看。上海在我江苏地盘上，阿拉也好算侬半个老乡……”他笑道。“红屁股猴子充花旦，还撅得怪高哩！你瞎拉啥老乡！”淡见三笑着挖苦他。最后来的，是大车班班长韩天有。他穿着件很旧的蓝布面子短皮大衣，缝上个棕色的剪绒大翻领，身条宽厚，像块活动门板，进屋朝谢平微笑着点点头，问声：“来了？”算是招呼过了。而后，便朝墙根前一蹲。老爷子回头对他说：“把皮袄脱了吧。”他才又站起脱衣。脱完，把短大衣横起搁自己腿面上，又蹲下了，还是绵绵地笑着，一声不吭。来的这几位，毋庸赘言，都是老爷子手下的“主将”。除过韩天有，那几位都是同一年、坐同一趟车转业来的。韩天有这人复杂些，集当兵、盲流、新生员三种身份于一身。他原先在部队上当文书。有一年被派到地方上去训练民兵，枪走火，一颗子弹穿了姐妹俩，一死一伤。他被军事法庭判了刑。刑满释放，他被递解回甘肃老家。前几年甘肃饿死人，他带了件皮袄，背了个小包袱，爬上往西的货车，“流”到这达来了。开始只说是盲流，收下了，搁在砖瓦厂打砖坯。一天打一千好几，把厂长高兴坏了，以为得了个宝。后来发函一查，才知道蹲过大狱，军事监狱也是狱嘛。隐瞒历史。先说是要把他押回原籍，也是老爷子知道了，说，我那儿没人肯去。他要肯去，我收下。有人替他担心，他还是那句老话：不就是因为枪走火才打死人的吗？我那儿还有存心拿刀砍人的呢！马靠调教，人不也全靠调教？给我！其实，老爷子是心疼他当过兵又倒了这一头霉。韩天有自己呢，也确实能干、肯干，叫干啥就干啥。只要有苞谷馍吃就行！还从不计较给多给少。今年老爷子提他起来当了大车班班长。他想想，都半夜了，还跑到老爷子家门前，捂着脸，呜呜地哭了好大一阵子！他没想到老爷子还真能把他当个人哇！

他们几个把板凳上的脏衣服、破衣服，往一边拨拉了拨拉，都在桌边坐了下来。桂荣赶紧过来相帮端走长桌子那头的针线笸箩，又把几样装在大海碗里的素菜端了来，无非都是些白菜土豆茄干凉拌海带之类的。老爷子从身后一架老式铁梨木黑橱柜里拿出一个玻璃杯，问他的这几个伙计："都吭个气，说，今天咋个喝法？"几个家伙七嘴八舌却都说着同一意思的话："您说吧。您说咋喝，咱就咋喝。""中！"老爷子高兴了。这才从橱柜里掏出个军用水壶。哗哗哗，斟了个口齐杯满。滴到桌面上的，用手指刮来也舔到嘴里。这一杯足有二两八钱，老爷子端起，"吱儿吱儿"两声，便见了底。亮过杯，哗哗哗，又是个口齐杯满。他指着这杯酒对谢平说："你的。"

"一口干。"淡见三笑着拍拍谢平。

谢平哪用这么大的杯子干过？但是他没有推辞。他惶惑、困窘、感激也内疚。这一路上，他总在戒备和猜疑，揣测自己到了骆驼圈子不知又要遇到什么样的一帮子人。他不知道等待着自己的，究竟又会是些啥。他无法摆脱地貌的荒寒、冷漠、旷远给自己造成的精神压力，他难以想象在这么一个角落里会得到热情和信任，更想不到，这里的人只凭他肯到骆驼圈子来这一点，就会这样款待他。

谢平看了看酒杯，低声说："分场长，我年轻，又犯过错误，今后……”

“别扯鸡巴蛋说那个了!”老爷子立马很不耐烦地打断了谢平的话，把酒杯又往前推了推。这时，谢平看着那在油灯光下发青又发黄的老白干，在杯口里微微晃动，他心里哽咽了。是的，别扯鸡巴蛋了！月光再亮也晒不干苞谷，咱们瞧以后的。他一把端起了酒杯。二两八钱。别说是烧酒，就是毒药，谢平我今天也要把它喝了。人要的不就是这样一种理解和以心换心的真诚吗?他咬咬牙，搁起杯子，咕嘟咕嘟几口，喝光了。离开嘴唇时，一股火兜底从胃腔里燃起，要带着他冲出屋顶。他连连哈了两口滚烫的热气，使脚趾扒紧地皮，暗告自己：“拿住点。既然喝了……就喝出个样子，这也是种开始。”他端稳了空杯，笑着把它交还给老爷子，还问了句：“行……行了吧?”老爷子忙用那牛角把的尖刀戳起块手抓羊肉，递给谢平，惊讶地连连嗯了两声。

回到自己的小屋，本想给各方“人士”写信通报自己的下落，但他已拿不住笔了。他吐了，吐得一塌糊涂。

第二天黑早，他被尖厉的哨子声催醒。昨天，老爷子关照过他，这儿早起是要跑操的。让他记着点，别丢三落四，头一天就让人瞧着窝囊泄劲。他慌里慌忙四下去摸衣服，没摸着，愣了。衣服呢?再往身上一摸。笑了。操！昨天翻江倒海地一吐，根本没脱衣服，连鞋还在脚上呢！于是赶紧跳下床，外边已在吹第三遍哨了。

老爷子在队前站着，脖子里围着一大坨围巾，手里提着一盏马灯。四下里还黑得厉害，他看不清身前身后、左左右右都是些什么样的人，只听到他们喘气。他知道这达只有两种人：转业战士和新生员。他们都是受过严格管教和训练的，都是些壮汉。这会儿队伍里没有女人，她们被允许不起早。谢平尽量叫自己站直了。四路横队一个左转弯，便成四路纵队。队伍跑得很慢，简直像是在原地跺脚，但跺得很响，跺得一崭齐，徐徐绕着那不大的空场子。在房子的黑影前，谢平机械地跟着喊道："一、二、三——四，一一二二三三四——"也有人咳嗽，但没人掉队没人说话。脚步声听起来好像是从地底一个空岩洞里捶打出来的。谢平觉得自己完全消失了、融合了，剩下的只是一个喊叫和跺脚的意识，尚且是机械的。手背和耳朵冻得生疼。但他高兴。甚至激动。他在他们中间，是一体。他越发用力地跺着脚，喊道："一、二、三——四，一一二二三三四——"

马灯光照着老爷子踏动的腿。

吃罢早饭，老爷子跟谢平说："走，跟我到分场子女校看看。"

火墙跑烟，教室里呛死人。一个不到三十岁的女人，从灰蓝布的罩衣下端露出好一截旧棉袄衣襟，咳呛着，带几个大孩子在生炉子，烧的是红柳柴。

"哟，分场长来了？上办公室喝水吧？"她用手背揉着充满泪水的眼睛，跑出教室，哈了口气，说道。

"折腾你的火墙去吧！"老爷子对她很生硬，显然对子女校的现状不满。他颔首指指子女校那一大一小两间干打垒的房子，对谢平说："你先替我把这学校管起来，桂荣、桂耀也交给你。"说这话时，他都不回避那女教师。那女教师在一边惶惶地站着，老爷子忽而拧过头去对她叫道："柴火棍从炉门口掉下来了。没看见？你以为你还是在喂猪呢？"

老爷子上别处去转的时候，谢平犹豫了一下，问他："我的预备期到时间了。我是这会儿就打报告要求讨论转正，还是待段日子再说？”

老爷子低下头想了想，问谢平：“这事，你咋没在离开场部前办妥了呢？”

谢平说：“他们让我来这儿再说……”

老爷子说：“那好。我问问。”

回到子女校，那女教师还待在原地等着他。她是新生员二贵的女人，原先在猪场当饲养员。她算是有点文化吧，原先的那个男教员不肯再在骆驼圈子待下去，跑个屁子了，才临时把她从猪场拿来带这帮娃子。

二贵女人从一个土块垒的桌子洞里掏出几本用旧报纸包着的教材、一摞破烂得很的作业本、一本点名册、一本流水账，又从自己口袋里掏出一小包用花手绢包着的钱，大约有两块二毛五，是学校经费尾子，交给谢平。谢平问她：“你这是干啥？”

她眼圈红红：“我修火墙去。修完火墙，回我的猪场……”

谢平笑着问她：“你修火墙拿手吗？”

她又颇为愧疚地把头低了下去。显然她不会修。这达的新生员都个顶个地能干，谁家会让女人干那泥巴活？

谢平说：“分场长又没说你什么，你撂什么挑子。这样吧，我去修火墙，今天的课还你上。下了课，咱们再商量商量。两个脑袋瓜总比一个脑袋瓜好使。咱们怎么也得把这十来个孩子对付好了，不能让大伙觉得咱们委屈了孩子，觉得在咱们手里，孩子就没了指望，这儿到底不是猪场。分场长这话没错。您说呢？”

二贵女人笑了。笑起来还挺甜，后脑勺上的发髻松松地抖动，就是身上有股味儿不好闻。

13

我没见过这么一副脊梁骨。你呢?

清明一过，渠帮上的大叶杨和乱石滩里的水曲柳都缓过劲来，好似百足僵虫重得地气，一天比一天活泛。到谷雨边起，即便在骆驼圈子，在最背阴的地方，也再难找到半点残雪。涝坝里只剩盆大的一小坑水，早浑浊得跟马尿一样，不能喝了。干沟的沙砾层下边却开始湿润，时而爽爽地开始有甜水冒出。中午两个小时，再经不住棉袄捂了，有娘们儿到河滩里来洗头（天哪，一冬下来，头发全结饼了)。有爷们儿来擦澡（更甭提那味儿了)。有爷们儿带着娘们儿一起来擦澡洗头。脱了光膀子的爷们儿站在娘们儿的身边，挡住别人“打野食”的视线，自己却贪婪地瞅着自己的娘们儿，看她蘸湿了黑黢黢的毛巾，伸到单褂子里去搓那晃动着的雪白的胸脯。备不住，让那羞红了脸的娘们儿反过手来，在腿根子上那最经不得人掐的地方死掐一把，疼得跟狼嗥般的，冲着那终于又活过来的大戈壁嘶叫……

过了几天，眼看要立夏了。谢平想起自己小时候，过立夏，妈妈总是用彩色丝线编蛋袋。到端午，则是编香袋，插菖蒲。蘸着用黄酒化开了的雄黄，在额头上一横一横再一横地写上个“王”字。那些彩袋或者挂在窗楣上，或者挂在黄铜的帐钩上，或者干脆吊在胸前的扣眼上，让那煮熟的鸡蛋在丝线袋里得意洋洋地蹭着小肚皮，来回晃荡。而且是红蛋，搽了胭脂膏的……

他也想给孩子们编一些。没有丝线，好办，白鞋底线加广告色。鞋底线粗，好抓捏，编完了再染，那还不随你！那天，他正编着，桂荣来了。她说："老师，我来编，好吗？"谢平问："你会编吗？"她说："老师，你教我。好吗？"桂荣一口一个"老师"，一口一声"好吗"，把谢平叫得心里暖暖的。他喜欢这个懂事过分早了的女孩。

又过了几天，他带学生到五号羊圈后边的戈壁滩上去打柴火。大车班班长韩天有骑着匹光背马，疾速从后头赶上来，在马背上大声告诉谢平："分场长找你。"谢平问："什么事？"韩天有答道："没跟我说。"谢平便没再往下问。这段日子，谢平跟分场里的人处得都不错，包括这位能干的韩班长。但不晓得为的啥，他总也没法跟他进一步接近，也没法使自己真正喜欢上这个个头要比旁人高出一大截来的壮汉。而这位韩班长呢，也不让你深入地接近他，总像用一层人摸不着、看不见的薄壳儿，把自己严严实实地包裹着，还不漏一点儿缝隙。他让你瞧见的，永远只是那层壳。他乐意帮你干事，但决不跟你废话。他似乎对谁都这么随和，但谢平感到，他真正在乎的人，只有老爷子一个。

"能不能麻烦你替我把这牛车赶到五号圈去？"所以谢平从来都用这种商量的口气跟他说话。

韩天有犹豫了一下，说："成。"

谢平走了几步，回头看看。韩天有已经赶着牛车，带上学生，绕过沙窝，抄另一条近道，去五号圈了。高高的沙蒿和灰灰条遮去了牛的脊背，遮去了孩子们的头顶，但还能看到高耸在马背上的天有，在那样松弛自得地晃动着。他对这一片戈壁的熟悉，自然远胜于谢平。骑着马，别说赶一辆牛车，就是赶十辆，他也能让它们排成纵队（或横队），在一条辙沟里（或一横线上）走齐了。有一回，过“八一”节，全分场会餐。没桌子，十个人一围，一围十碗菜，两瓶散装老白干，蹲在老爷子家门前那排青皮杨下的地上干开了。划拳砸杠，吃喝到一半，只见去老乡公社拉早熟西瓜的韩天有，一人赶着三挂马车一并排散开，飞快地向分场部跑来。他呢，也跟今天一样，独自骑在一匹马上，腿夹马肚脚蹬镫，屁股不挨住鞍，一手扽住缰绳，一手挥动着长鞭，来回在三挂马车后边驱赶吆喝指挥调度。十二匹马扬起的灰土上了半空，那雨点般杂乱的蹄声、那接二连三的鞭声、那惊雷般的吆喝声、胶皮轱辘的滚动声，加上那道齐刷刷往小高包下推来的尘土的帷幕，简直叫大伙看呆了，看得心里痒痒直叫绝。连老爷子端着酒也忘了喝，只知道喊：“这小子，真他妈的！真他妈的！”……

按说，今天这情况，他应该把马让给谢平，让谢平早点赶了回去。但谢平不主动开口要，他也绝不会主动这么做，除非是老爷子，那又另当别论。

谢平大步流星、汗流浃背赶回分场部，见老爷子家门口停着两挂马车。一挂上堆着些破烂家具，还有鸡笼，刺猬毛似的戳出些铺板，都用粗麻绳紧煞住。另一挂上，空的。只在厢底里铺着厚厚一层麦草，像是坐人的。又分来了个拖家带口的？谁呀？

他进了屋。屋里有了变动。笨重的白皮长桌被挪开，一头靠墙去了。空出的地方，搭起床。床上躺着个病人。病，看样子不轻。瘦，颧骨和下巴成了个尖尖的倒三角。满脸的黑胡茬儿，跟留着高茬子的老木樨草似的，滋滋扎扎一大片，眼熟。他内心一惊，没等得及清醒，便已经喊出一声："赵队长！"

他不敢相信，恁样一个"人干"，怎么能是赵队长？他后悔这么胡叫，这么冲动，不觉茫然失措。一转身，却看到渭贞嫂。她拘谨地、疲乏地而又不无忧郁地搂着孩子们，靠墙坐在一条长板凳上。那就没错了……

赵长泰到师拘留所便要求见师首长。不见师首长，便什么也不肯说。师政法科长亲自找他谈许多次，也不管用；替师首长带话给他，嘱他先服从业务部门的安排，配合他们，搞清自己的问题。别的，不用担心，慢慢再说。他嘿嘿一笑，说，我的问题本来就清楚着哩。现下，就得跟师首长"白话"。师首长单批他一天一斤白面。早起做碗白面糊糊喝，中午晚上，蒸个"杠子馍"、"刀把子"、"银包金"什么的改善个伙食。他不要，偏跟着别的那些人犯，排大队，刮桶底。后来，他就病了，屙血。他的一些老战友，师里的几位科长，纷纷到师首长家里力保他。对于赵长泰的问题，师里一直模棱两可着，只是羊马河党委力主要判他刑，叫师里为难，下不了决断。到这地步，师首长才决心了结此案，驳回了羊马河的报告，把他发回羊马河劳动。

"我们……又凑到一块儿了……"赵长泰无力地挣扎坐起，微笑，慢慢抬起柴火棍似黑瘦的手，轻声轻气跟谢平打了个招呼。

"缘分。"老爷子感喟地笑笑。他转业来羊马河，奉命在鸦八块组建武装值班营，当营长。那阵子，赵长泰也被调到值班营管过一阵机务，他们搭档过。

"缘分……"赵长泰轻轻地笑应。

这时，两个车把式在伙房里管饱管足地吃喝了一通，粗黑的脸皮下泛着浓重的酒红，进屋来问："呃……东西……呃……东西卸哪达?"

谢平忙擦去因一时激奋而不由自主地涌上来的泪水，上前说："我去卸车吧。"

老爷子说："这事，我让淡见三安排人去干了。你别管。你准备准备，去场部。'

谢平一惊："去场部?"

老爷子说："你们上海名堂多，来什么慰问团了。"

谢平按捺住激动："场里让我见慰问团?"

老爷子瞪住他："你这是什么情绪？什么叫'让你见'了?"

谢平不吱声了。

老爷子说："你跟送赵队长来的马车去场部，我就不另派车了。"

不一会儿，淡见三、于书田、关敬春等原先在值班营待过的转业战士都来见他们的老领导赵长泰，帮着腾房子，卸车，用抬把把赵长泰抬走。眼看日头西沉，那两挂车今天动不了身了，赶车的老伙计索性卸了套，把马牵到马号里，叫人往草料里多搁些苞谷豆，小心照料着，自己便跟着韩天有他们找睡的地方去。谢平一直也没离开赵队长身边，帮着忙完，在他们家喝的糊糊，吃的苞谷面贴饼，被赵队长叫着，在他床沿上坐下。赵队长拿起他的手，翻手掌心，摸摸指节肚上平常容易结茧盖的地方，笑着问："咋搞的？老茧都消了?"

谢平不好意思地答道："分场长让我教学，劳动少了。"

赵队长问："党籍转正了吧?"

谢平答道："分场是报上去了，我估计场里不会批，大概要延长我一年吧。”

赵队长马上挣扎着撑起身，追问：“场里是这么批下来的？”

谢平说：“还没有，我自己这么猜……”

赵队长又靠回到那用旧棉袄垫起的靠枕上，叹口气笑道：“你倒是比几个月前显着有心计了……”

谢平迟钝地问：“我把手套从你那儿要回来，你骂我吧？”

赵队长笑着摇了摇头，倒也没说什么，而且也不想再说它。没意思。

但谢平似过意不去，仍说道：“那几天里，你心里一定很难过吧？觉得连我也对你这么无情无义。”

赵队长笑道：“你怎么恁婆婆妈妈，丁点儿大的事，老倒腾啥？”

这时，渭贞嫂端来碗煎药，晾温了伺候赵队长喝下。赵队长自己又从床底下一只柳条筐里翻出一个小布包，找出几个不小的药瓶，倒出一把各种颜色、大小不等的药片，拿水过来，一口吞了；闭上眼，歇了会，精神好了些，主动问谢平：“知道他们抓我的原因吗？”

谢平说：“一句半句地听说过。”

赵队长拿湿毛巾擦擦嘴边的药渣，又问：“知道叶尔盖那地方吗？”

谢平迟疑地点点头。

“大概没去过吧？以后有机会，倒是该去看一看。前年有一批老兵转业到叶尔盖，其中有百十来个就到了叶尔盖五队。那个队原先是个劳改队，后来边境紧张，劳改员后撤，把转业兵换了上去，条件自然是差些。队长指导员原先带惯劳改员，待人接物，方式方法也简单。自己呢，也是老兵，就没把这批新来的转业兵太怎么放在心上，待他们确实也冷清了点。天又下雨，地窝子里潮湿，没供上取暖的煤。弄点红柳柴吧，又太湿，只冒烟，不起火头。跟着一起来的老婆都才一二十岁，哪吃过这苦？就埋怨。四处看看，一片荒野，买卷卫生纸得走十好几里。后来其中一个的孩子，满月不多久，得了急病，又让队上的卫生员误诊，给治死了。找队长指导员说理，队长指导员还护着那卫生员。那话大意是说：谁工作能保证不出点差错？你们要样样都行，部队早留下你们提干了，凑合着点吧。这一下炸了窝了。所有带着不满周岁的孩子的女眷都吵着要起车票、回口里。那些老兵呢，去找部队带队来的干部，要求澄清，他们到底是犯了啥错误，才让部队给‘发配’到这达来的……”赵队长说得很慢，几乎是一句一喘。说到这里，还擦擦额角的冷汗，歇了一会子。“事情到这一步，本来还是有转圜的余地。但那队长一跺脚，让人把死婴的爸爸给扣起来了，说是他带头挑动顶撞领导，无理取闹。你要知道，在那地方，那时候，凭‘顶撞领导、无理取闹’这八个字，就能判你劳教，加你刑期。但那批老兵一个个可不是盏省油的灯，多一半都有七八年军龄，六七年党龄。在部队，最不济，也挂过下士领章。尿你那一壶？这儿就不是共产党天下？怎么就不能给你提两毛钱意见？提了意见你就拿大帽子压人，就扣人？哗——百多战士一起上来把队部围上了，把队长指导员扣了起来，要求场里、师里派人来解决问题。还把已经埋了的死孩子又挖出来，晾在指导员家门口了。其实到这一步，事情也还没绝了退路。队领导作个检查嘛！体谅一下这些刚从大部队转业下来的老兵嘛！把取暖的煤供上嘛！别让小孩再得肺炎嘛！你对当兵的好一分，他对你好十分。当兵的都是直肠子，秤砣心，实打实，好弄着哩。可那两个队领导就是扯不开这面子，以为这批转业兵跟劳改员一样，给点硬的，就能低头。连夜派人往师里报材料。师里得信儿，让副师长和政法科长带着一个警卫连全副武装去解决问题。一到五队，哗，把机枪架了起来，这就麻烦了……”

谢平急问：“把那些老兵都抓起来判刑了？”

赵队长叹口气道：“开始还没有。一百多个战士家属在武装押送下离开了五队，把他们拆开，分散到十几个农场后，才一个个收拾的。有两个判了刑，两个开除了党籍，有一批记了过……”

谢平又问：“怎么又把你掺和进去了？”

赵队长说：“我当时在五队附近的老乡公社支农搞春播。他们上大队部来找大夫，给那孩子看病，知道我也是个老兵，就特亲近。我呢，也给他们四处找大夫，就这么有了来往……出事以后，我又到处替他们说话……我不是还有点资格，有点身份吗？”

谢平问：“是你挑拨他们起来闹事的？”

赵队长说：“谁挑谁呀？事实是一哄而上，没头儿。我得到风声赶去，他们已经把死孩子挖出来晾那儿了。我倒是给师警卫连做工作来着，让他们把机枪收起来。警卫连老连长，跟我一起干过，很熟嘛。我还算好的。他们部队的那个护送干部，让这儿往部队上参了一本，说他同情这些闹事的大兵。部队上为了尊重地方的意见，还开除了他的军籍，送回原籍劳动。那也是个四七四八年的老兵……”

谢平问：“前年发生的事，怎么拖到去年年底才抓你？”

赵队长：“再深一步的事，就跟羊马河的一些人有关系了……他们要调治我，也不只是从这回抓我才开始的……”

谢平问：“谁死活跟你过不去，干吗呢？”

赵队长笑笑：“这，小孩子家就不必问恁细了。”

第二天吃罢早饭，谢平动身去场部。桂荣把谢平叫到老爷子跟前。老爷子给了他一包干粮，又叮嘱道："见了你那些'上海阿拉'，头脑给我放清醒些。什么该说，什么不该说，自己把住。就是跟慰问团的人，也别乱冒炮。他们转一圈，拍拍屁股就走了，你可得在这儿待一辈子。你明白我这话的意思吗？"

谢平用力地点了点头。

慰问团原计划在羊马河活动三天。但等到第三天上午，依然没见着谢平和齐景芳，决定再延迟一天走。一头恳请场部接待办催催骆驼圈子方面，一头由秦嘉陪着齐景芳的大姐夫，搭车去找齐景芳。谢平调去骆驼圈子以后，齐景芳也觉着没脸在场部待了，便主动提出要去四棵桩煤矿，到矿上代销店当了个销货员。场接待办倒是早就通知了矿上，矿上也立即把她大姐夫随慰问团到羊马河的消息通知了她本人。但她不肯来，只捎话给大姐夫，请他转告她姐姐，只当这世上没有过她这个当妹妹的……

慰问团的人那么坚决想见谢平，出乎场机关许多人的意料。他们原想敷衍一下，算了。四千七百九十五个，哪能个个见上？但慰问团领有这样的任务，不管用什么方式，是单独晤谈，还是集体会面，但凡还活着的，都得见一见。况且慰问团里有一部分在区团委、区劳动局、街道党委工作的同志，都是谢平的老熟人，自然是非见不可。再加上，来之前和来以后都听了不少关于谢平的议论，不能不信，又不甘全信，就更想见见这个当年的"小伙伴"。慰问团到羊马河，了解了阿屠的情况，立马给上海发了急电，让上海有关方面接收了阿屠的户口。这使秦嘉和计镇华他们也寄希望于慰问团，想让他们在谢平这件事上起点作用，改正场部的人对谢平的印象，改善谢平眼前的处境。为此，秦嘉和计镇华一日三次走地方邮政线，发电报、打长途电话，用接待办的名义（在这一点上，郎亚娟帮了忙）催骆驼圈子。但每一次骆驼圈子方面都回答说，谢平早动身去场部了。这就叫他们更急了。最后一次，电话里才问清，谢平搭乘的是马车。老天！一百七十公里，三百四十华里，那得走到猴年马月？秦嘉转过身就给修理连的上海青年打了个电话，让他们找辆空车，马上去路上接谢平。这样，谢平赶到场部已是离开骆驼圈子的第三天下午四点来钟。他跳下车，胡乱地拍拍一头一身的灰土，冲进慰问团住的西小院。小院里三个套间的门几乎同时都打开了，区劳动局的老谭、老岳，教育局的小周，街道办事处的老陈，还有团区委的副书记、慰问团的副团长李萍琴同志一起跑了出来，大家的眼圈都红了。这真得怪谢平。他一把拉住李萍琴的手一句话也没顾得上说，先自红了眼圈，低头站下了。也不过才三十出头的李萍琴吸着酸涩的鼻子，笑着说："这是干吗呀？这是干吗呀？就这么见面？"谢平这才不好意思地用手掌心抹去挂在脸颊上的两颗粗泪，回头去跟团团围住了他的老谭、老岳和小周他们打招呼。慰问团的同志把他让进屋去。李萍琴还亲自打来水，取下自己的毛巾，让他洗洗。谢平笑着说："我哪能洗你的毛巾。洗一回，你这毛巾就只好做揩台布了。"他把脸盆端到院子里，朝花坛边上一搁，脱掉棉袄，双手捧起水，泼到脸上、脖子上，使劲用手搓得皮肤通红，鼻子里呼呼啦啦喷气，再从随身带着的军用挎包里，抽出条干毛巾，屏住气，一一擦拭干了，翻好衬领，又狠狠摔打去棉袄上的灰土，拿五根粗直的手指插到蓬乱的头发里狠捋两下，算是梳理。李萍琴在一旁笑道："嗯，有点脱胎换骨的样子了，连揩面洗脸也不像上海人了。”谢平笑而不答。后来接待办的伙伴来找他，他也显得寡言少语。听说齐景芳的大姐夫来了，也没多少惊喜的表示。计镇华告诉他，齐景芳不肯见她大姐夫，不肯到场部来见慰问团的同志，他也只是默默地看看他，而后，只简单地应了声：“那也没必要……”晚上，慰问团同志住的几个大屋子里，挤满从远道赶来的上海青年，谢平根本捞不着机会单独跟李萍琴和老谭同志谈谈。他坐在一旁听了一会儿，便起身找到计镇华，到邮局去给四棵桩煤矿挂了个长途电话。要到秦嘉，要到齐景芳的大姐夫，最后又叫齐景芳来说了几句话。

“是齐景芳吗？我是谢平。听得出来吗？”谢平渴望听到齐景芳的声音。这种心情迫使他说话的腔调变得异常的温和亲切，但又气促、急迫，那边没有回音。他拿听筒的手，只是在颤动，手心里滋滋地冒汗。

“你听到了吗？我给你写过几封信，你都知道吗？”

依然没有回答。

“你不愿回信，可以，但你总该看一看。你把最后的两封信，原封不动地退给了我，为什么要这么做？我们没有人看不起你，你还是我们中间的一员。小得子，振作起来……”

齐景芳却把电话往秦嘉手里一撂，呜咽着跑开了。第二天，秦嘉和齐景芳的大姐夫给谢平带回了一封她的短信，信中写了一句话：“谢平：不要再理我。我对不起你，也对不起你们。”

“明天……送走你们，我到煤矿上去看看她。”谢平对她大姐夫说。

她大姐夫勉强笑了笑说道：“过些日子再说吧。让她躲到一边去猫着，平息平息也好……”

到下午，各连队来的上海青年越发得多。接待办的那一帮子嗓门都喊哑了，紧着催促进了大房子的，别赖着不走，让没跟慰问团告别的伙伴进屋去说两句。后来有人提议跟慰问团的同志合影留念。这时，在招待所大小几个院子里差不多已经聚集起一千三四百人了。

照相现场设在场子女校操场。子女校的桌椅板凳全搬了出来，站的站，坐的坐，蹲的蹲。圆心中央赫然架着两架照相馆使的大方匣照相机。照相师一会儿拱到那黑红两面的遮光布里，一会儿又拱出来挺直脖梗嚷嚷："这边……那边……中间……这么着……那么着……"连帽子都碰歪了。大家屏住气偷笑。谢平是跟慰问团的同志一起进场的。接待办的人把大伙"赶"到操场去以后，西小院才空净，谢平才得以跟李萍琴同志简单谈了点自己的情况。李萍琴问什么，他都说："放心，我自己能总结经验教训。骆驼圈子的人真还不错，我还真觉得歪打正着得了个好去处呢……"这叫所有的老熟人都觉得谢平老到多了。面对这种"老到"，他们心里虽然总有一些不大好受的东西在涌动，但又觉得可以借此慰藉，做许多欣然的微笑，再去鼓励、安慰谢平。后来，便一起去照相。

慰问团的人到场，大伙已是欢欣愉悦，突然又看到谢平，先是一阵骚动，惊喜，耳语，接着有的便叫喊起来。特别是来自试验站青年班的十来个代表，还有那些家在上海跟谢平住一个街道的青年，总有百八十来个吧，跳下桌子，张扬着、呼喊着朝谢平拥去，这种"骚乱"足足持续了十来分钟。眼看太阳光越发黄淡，树影也越发瘦长，甚至伸移到了居中的照相师脚下。陈助理员见政委已经等得不太耐烦了，便上前笑着相劝："太阳要落山了，照完相再谈吧。顾全顾全大局。"谢平跟着伙伴上后排去，老谭和小周却朝他招招手，叫他上他们身边坐。谢平“出事”，上海区里街道里不少同志和家长都很关心。老谭和小周想，让谢平坐在他们身旁照个相，带回去让大家看，本身就是最好的宣传，可以有力地说明：谢平在农场依旧生活得蛮好，一切担心都是多余的。谢平此刻只想能和慰问团的同志多待一会子，靠近一些，留下这一刻再不会有的纪念。伙伴们替他高兴，拍拍他屁股，催他快去。倒是那边的陈助理员，心里犯了膈：谢平在老谭身边的那个位置，将来在完成的全幅照片上看起来，比几位年长的股长还要靠中，等同副场长一般，自然也要比他陈助理员居中。这样的政治待遇，自然不是谢平该得的。他觉得谢平应该有一点分寸感和自知之明，婉言拒绝慰问团同志的邀请，而继续退到后排去。但没想谢平带着一溜小跑真朝老谭跑去。陈助理员便附耳对郎亚娟悄悄说：“你去提醒一下小谢，到后排找自己的位置去。”又关照道：“话说得婉转点，别让慰问团的同志听到了。”郎亚娟本来倒没想到这也是个问题，听陈助理员这么一说，想想也是，谢平确实有点不识相，便去把谢平拉到一旁，说了说。

谢平一听，心里陡地涌出一股无名的恼怒和委屈。回到场部这一天多，他处处节制自己。他知道有许多双眼睛在盯着自己，想揣测出事后的谢平到底成了个什么样的人。他不想使朋友伙伴们失望，更不想使幸灾乐祸的人得意。他要告诉他们，谢平还是谢平，骆驼圈子里住的同样也是人。但这一刻，他实在忍耐不住了，便大声对郎亚娟说：“你告诉让你来赶我的人，我只想跟上海的亲人坐一起照张相，没想要在股长副场长中轧进一只脚，我还没这么笨。”他的声音那么大，说得隔他十几二十人坐着的陈助理员，脸一块红一块青，不知是冷还是热，忍了一会儿，突然站起来，冲着谢平叫道：“谢平，你捣什么乱!”“是我捣乱还是你捣乱?”谢平涨红了脸还他一句。

“你不想照,出去!”陈助理员铁青起脸吼。

“怎么了怎么了?”政治处主任站起来打圆场。

“谢平,你发神经?”郎亚娟去拉谢平。谢平一甩手,摔她个趔趄,朝陈助理员大步走去。政法股股长站起来制止:“谢平,你想干什么?回去!”这时,刚静下的队伍便涌潮般又骚动起来。政委也站起来大声问道:“怎么了?谢平这小伙子又怎么了?”于是有很多双手伸过来拉谢平。谢平一一把他们推开,走到陈助理员跟前,对他说:“不用你赶,我明白我的位置在骆驼圈子!”说着便一扭头朝操场外走去。慰问团的同志只看见一个好端端的场面在郎亚娟来找过谢平后,骤起变故,便问郎亚娟。郎亚娟刚才在众人面前吃了谢平这一甩,也正忿恨着,一时又不知怎么跟慰问团的同志解释,只是磕磕巴巴地,半是河南官话半是上海官话地说道:“谁晓得他!瞧他那副模样,还傲得不轻呢!能个啥吗!”主任忙向骚动起来的队伍张扬手,叫:“照相了。站好。各就各位,拍了。”这边,老谭想拔腿去追谢平,却被已然觉察到一点个中微妙复杂的李萍琴一把悄悄拉住了……

慰问团离开羊马河的第二天,陈满昌把骆驼圈子报来的谢平的党籍转正报告,递到政委办公桌上。这份报告他已压了一个来月,单挑这时机呈批,也是煞费了一番苦心的。果不其然,政委很快批回了报告。批复既简单又不简单:“算了,叫他以后重新争取吧。我意,此事应郑重向全场宣布,同时还宜公布一批新吸收入党的上海青年名单,请政治处抓紧此事。”

一切都让老爷子说中了。谢平回骆驼圈子的当天,老爷子得知谢平在场部又闯了祸，拍桌子跳脚骂谢平："走之前，我怎么跟你交代的？你人扶着不走，鬼牵着飞跑！碾磙子砸到脚背上才知道疼！告诉你，你的党籍完了！"当时谢平还不信，不信场部会只凭这一些就真能取消了他的党籍。国有国法，党有党章，咱们拿这些章法来攀比嘛！他觉得自己腰杆子还硬实。但是……现在真的完了……他看完批复，浑身像筛糠似的哆嗦起来。一种绝望中产生的空虚感，使他腿脚发软，晕眩。很短的一瞬间，他几乎都站立不住了。他觉得自己突然被人抛进一个无底的深渊，再也不可能爬得起来了……而且，怎么向团区委、向街道党委、向母校的老师同学……向爸爸妈妈交代呢？是我领着一千二百个伙伴，在离开上海的前一刻，向上海一千万人民、向富有光荣革命传统的"黄浦江"宣誓告别。再早些，那天取户口簿到街道报名，妈妈跟我夺户口簿。她说："留在上海就不是搞革命？在上海就做不得共产党员？你这是为啥呀！你做动员工作，自己就一定也要报名到农场去？做动员工作的年轻人何止你一个。动员结果，把自己也动员走的，有几个？你姐姐出嫁了，你弟妹还小，你爸爸又是个老糊涂，妈身边需要你，你又不是不晓得这一点。你生肺结核，吃药打针要营养，全家人只靠你爸爸一点工资，买一只蹄髈，你吃肉，你爸爸喝几口汤，弟弟妹妹只能闻闻香。他们多少次跟我讲：妈妈，什么时候，也买一只蹄髈烧来给我们吃吃。买小一点的，省铜钿，大的让阿哥、阿爸吃。这种话，我在你面前说过没有？为啥不讲？为了让你吃得下那全家人省给你吃的蹄髈。让你早日养好身体，帮我当这个家。想不到你就这样报答我、报答这个家……"现在我又怎么对她讲呢……

如果人血是黑的。那么白的又是什么？什么才是红的？什么？什么……

谢平抓起那批复，就要去场里说理。老爷子一把抓住他，用力一摔，他竟踉踉跄跄，一跤跌出三四米。“你还想跟他们来横的！”老爷子铁青起脸吼道。

后来，谢平就回自己小屋去了，还正常地去食堂打了晚饭，早早熄了灯。但到半夜，他提着一布口袋干馍，背一壶水，揣上那批复，悄悄溜出门。他想：没别的法子了，步行去场部，步行穿过桑那高地，穿过骆驼圈子东南面的敏什托洛盖沙包群，找政委，找陈助理员，说理呀！这一年来，我冒冒失失是做了不少错事。可我积极主动报名到农场来，我劳动是好的。我一心想在伙伴中起带头模范作用，我能吃苦，我一心想改掉自己身上的上海人脾气，我真心在过“三关”。我没偷没抢，我不搞女人，我不多吃多占。我坚信党，坚信社会主义，坚信毛主席。我的大节是好的呀……你们让我转正以后，我还可以进步嘛！你们为什么就那样断了我的生路呢？他相信，他们最终会给予理解的……

谢平出得门，刚要下干沟，韩天有从一垛干草堆上爬了下来。他手里攥着根沙枣树棍，敲敲谢平的腿杆，笑着说道：“回屋去吧，分场长早算定你这一招了。再别跟弟兄们添乱了。你就让我们睡个囫囵觉吧！”

“不要你管！”谢平发狠心了，一头朝韩天有撞去。韩天有也不躲也不闪，就势抓住谢平扑前来的两只肩膀头，手里稍一使劲，谢平早到干草垛上躺着去了。谢平一个驴打滚，翻身跳起，便朝干沟下跑去，又被韩天有拦腰抱住。谢平踢，打，扭，推，叫：“不要你们管！不要你们管！”这叫声，在寂静的夜空里，听起来格外扎人心窝。“这是我的事……我自己的事……”他连连地吼叫，觉得已经完全控制不住自己了。没多大一会儿工夫，分场里的人都被惊醒。踢踢跶跶，趿着鞋，披着棉袄，套上条单裤，有的连单裤也没套，只穿个小裤衩，光着大腿跑来劝解。

“不要你们管……不要你们管……”谢平看到人全围上来了，自己绝无指望再跑出骆驼圈子去了，便扑倒在草堆上，歇斯底里地呜咽。

“你还像个男人吗?”老爷子被吵了瞌睡，恼火地训斥，“你还是个男人吗?”

再一会儿，渭贞嫂和建国也跑来了。谢平拉着渭贞嫂的手，抽泣：“让赵队长跟他们说说，放我到场部去……我得去呀……”

渭贞红着眼圈，替谢平拣走头发上的干草棍，让建国拾起布口袋和水壶。小桂荣和小桂耀从人缝里挤过来，拽谢平的衣角，哭着说：“谢老师，你别这样，别这样……”渭贞要领谢平上自己家去，老爷子不让。老爷子说：“老赵这两天刚缓过点儿精神，深更半夜的，别去吵他。”而后转身对谢平说：“在哪儿哭叫，不是哭叫?你不嫌丢人现眼，就在这达哭，这达叫！吼嘛！号嘛！吼破嗓子，号出血来，人家就把党籍发还你了!”

谢平渐渐低下头去。

二贵的女人和二贵来劝谢平：“走，上我们家歇会儿……”

老爷子说：“行啦行啦！睡你们的回笼觉去吧。”他把谢平带到自己家里。桂荣忙打来盆水，踮起脚尖，把洗脸盆搁到谢平身边的长桌上。不一会儿，渭贞嫂搀着用棉被裹起的赵队长，步履艰难地也过这边来了。老爷子忙上前去扶住，并嗔怪渭贞：“咋不听话，又把老赵弄起来了。"

"我又没聋，自己听不见！"赵长泰在老爷子让给他的木圈椅里慢慢坐下。他的嘴唇尖噘着，眼睛灼灼地乜斜，喉结不住地上下滑动，就这么一声不吭，满含怨嗔地盯住谢平。看了好大一会儿，他的眼眶里润润地潮湿起来。半晌，才回头问老爷子："怎么？想连夜给他办学习班？还是先让我把他带走吧……"

老爷子说："你想再给他念念什么藏经？念哪本，他都懂得比你多，说得比你利索！现在跟他，不是念经的事！"

"交给我……"赵长泰坚持道。

"还是让我来调教吧。你这师傅，跟你这宝贝徒弟，是一路货。都不听话！都是不见棺材不落泪的破烂玩意儿！"老爷子恨恨地，一点面子也不给赵长泰。谢平以为赵队长至少要开口为自己辩解几句，做做场面，却没料，他只是一声不吭地坐着，毫无表情地坐着。这真叫谢平意外。这几天，他看得出，赵队长和老爷子之间的关系确非一般。老爷子亲自骑着马，四处找大夫来给赵队长搭脉开方子，让淡见三带着两头宰罢剥罢的肥羊，去师部找大医院的熟人，给赵队长抓好药。他自己也是一天三趟往赵队长屋里跑，还下令固定最好的一头奶牛，挤奶给赵队长喝。但他又常常这么不讲场合、不分人前人后地数落、挖苦，甚至詈骂赵队长（但绝不在那些新生员面前骂）。而赵队长呢，每回都跟今天似的：不还嘴，不吭声，不以为然，毫无表情，尖噘起嘴唇，木木地坐着……

他们之间到底是什么关系？

"好吧。我不管。"赵队长长叹一口气，让步了，"你来调教。"他从木圈椅里站起。渭贞嫂赶紧替他把棉被裹好，搀住他。他扶着长桌，慢慢挪到谢平跟前，一手按住谢平的肩，十分艰难地微笑道：“没什么。这不才二十岁吗？要想着自己才二十岁，没什么！”他的嘴唇哆嗦了，眼睛里的那点亮很快扩大起来，闪动起来，似乎要迸出眼眶来时，却凝住了。就在这一会儿，他突然收回手，抓紧了两边的被沿，靠渭贞嫂的搀托，转身走了。

“从明天起，你给我到五号圈跟‘撅里乔’去放两年羊。”老爷子对谢平说。

“放羊就放羊！”谢平答道。

“很好……”老爷子冷冷一笑。他伸手去抓烟罐，但抓到后却又扔了。他扯开衣扣，脖子里冒出热汗，灰白的长脸泛起淡淡的红晕，起皱耷拉下来的脸皮一耸一耸地跳动。“就这么不听话！这么不争气！这么经不住一点委屈！你谢平还能干个啥？你应该回你娘老子身边，再舔两年奶头！”他吼道，“你要好好向刚才从这儿走出去的那个家伙学学！要把他轮到的事都放到你头上，你恐怕早抹脖子上吊了！就那点忍耐劲儿？别以为你们从上海来了，就是桑那高地的太阳了，人就都该冲你们下跪！告诉你，别让我再对你失望了！”

14

哦，再给一笔红颜色，响亮的红颜色，
像钟声一般响亮的红颜色……

五号圈，它的标记就是门前那棵死树。戳出两枝干硬的树杈，秃秃的，被剥光了树皮，黄白黄白。上头挂着“撅里乔”随手需用的绳子（羊毛绳、麻绳和皮条子）、砍刀，一把部队里单兵作业用的小铲子，则不知他是从哪儿给闹来的。树杈上还挎着他心爱的马鞍、马鞭。长长的马肚带垂下来，哪怕你踩它一脚，他也会立马跟你翻脸。谢平不跟他计较：瘸子嘛，离了马是不行。可以理解。自从谢平到五号圈，那群羊简直就像也都跟着改姓了“谢”似的，那老混蛋再没管过它们，全撂给了谢平。他对谢平说：“我给你在家做饭。你好好到戈壁滩上学学。”可每天回来，黑黑的锅灶上，不是昨天余下的冷苞谷馍，就是中午那老混蛋自己吃剩的半锅山羊奶煮面条，早焖烂糟个屁了，只有“面”，而没有“条”了。老混蛋人呢？不知又上哪去逛荡了。谢平不跟他计较。喝不了那山羊奶煮的面条，就啃冷苞谷馍。还是那句老话，别人能待得住的地方，我谢平就不信待不住。操！

有一天，太阳忽然打西头出了——谢平背着大皮袄，挟着两本书，吆着羊群回圈，饮完羊，补完料，点完数，扣上圈门，回到他们住的地窝子里，看见撅里乔那家伙在窝里呢，没外出。而且一肩高一肩低地围着锅灶，真在做饭。屋里还真香，弄来点清油在贴饼子呢。稀罕！谢平把大衣朝地铺上一撂，洗洗手，便赶紧相帮着去烧火。他觉得老浑蛋今天干点儿人事了，连屋子都收拾过了，豁亮多了。仔细看看，又觉得什么也没动。窗户台上撂得乱七八糟的卷烟纸和莫合烟屁股都还在。但谢平总觉得屋里少了点啥。烧着烧着火，他忽然想起来了，自己堆在地铺枕头边上的那些书不见了。他撂下手里的柴火棍，扑到地铺上，四处翻找。果不其然，少了的，是自己那几十本书。“我书呢？”他跪在地铺上，急喘着，问撅里乔。“啥书？”那家伙还在装糊涂。“我地铺上搁着的！”谢平指着被自己翻乱了的地铺说道。“喔。那呀，我替你扔了。”他下意识地向两下里抻抻嘴角。这是他一个习惯性小动作。“扔了？你开玩笑吧？”谢平从铺上跳了起来。“扔了。‘毛选’不看，你看那些鸡巴书……”撅里乔这话说到一半，谢平扑过去揪住了他的领口，叫道：“那些书都是公家新华书店卖出来的！你给我扔到哪儿了？快说！”就在这一瞬间，谢平只觉得胳膊骨节里滋出一阵钻心的疼痛，还没等喊出一声“啊”来，一股不知从哪来的巨力，已经把他击飞了出去，后脑勺重重地撞着土墙，人便倒在地铺上；不待他翻过身来，撅里乔不间断地抻着嘴角，一肩高一肩低地逼近过来，一脚踏住他想抡去的右手，抄起早已准备在一边的小铲子，朝他背上、屁股上、大腿上、胳膊上狠劲拍来。他打得那么沉着、老练，每一下都打在要打的地方。谢平每一下扭动、抽搐、喊叫、挣扎，似乎都在他的预料之中。他打得那样的痛快、舒服，就像猫儿玩弄在自己爪子下被吓昏了的小老鼠似的。撅里乔早就寻机要打谢平了，他恨谢平那种不跟他计较，不把他放在眼里，不来跟他“套近乎”的“清高劲”。他的信条就是：或者让我跪在你面前，或者你就得在我面前下跪。

这家伙解放前在迪化市警备司令部里当差，一九四九年跟着起义，秘密参加过“哈密暴动”，抢过银行，事发后被判十五年刑。前年由于减刑，才获释分到骆驼圈子来“留场就业”。劳改期间，讨好管教，常相帮打别的劳改员。有一回，到戈壁滩上装砂石料。几个被他毒打过的劳改员伙同起来，把他骗到一个废砂石料坑里，用事先准备好的面口袋，蒙住他头，系紧了，闷打了他一顿，一边打还一边叫："别打了，咋回事吗，有话说话，干吗动手……"让他搞扇不清，到底是谁打的。最狠毒的是，打到末了，那几个人用撮砂石料的铲子，把他一只脚后跟上的一根筋给铲断了，并且一起混着对他喊道："你他妈的再不识人性，下回再替你动动那只脚的手术！"从此以后，他就只能拖着那条断了筋的脚走路，连脑袋也向一边歪了过去，但人却更狠毒，好似条"人狼"。

骆驼圈子能叫他瞧得上的，只有两个人。这两个人，一个是老爷子，还一个是机务大组的新生员，原先在西藏那边工作的一个十三级干部，走私手表，被判过十年刑，前年死了。撅里乔一早看中那老家伙板箱底里藏着的那套黄呢子军服，说：除过西藏那边，通中国再出产不了恁好的毛料，那也是十三级才闹得到手的呢！

谢平真不明白老爷子为什么要把他放到这个撅里乔手下来。

牛车陷在沙窝里。沙窝边上长着许多陈年的芨芨草，干黄，干硬。热风卷着它们，叫它们拂着牛车的木轱辘，沙拉沙拉。那木轱辘足有半人高，倒是用上好的沙枣木做的，轮毂上还包着一圈铁皮。铁皮上，等距离铆着一个个秃圆的大头铁钉。铁皮和铆钉头都被磨蹭得白亮白亮，但在古往今来的必需的旋转中，起真作用的，还应该说是那不发亮的甚至有些灰暗的木毂……谢平想道……

这时谢平跪倒在沙窝里，把头靠在木毂上，趁着车厢投下的那片阴凉，歇了会儿。背上被撅里乔拍打出来的紫黑条条块块，被那七月中午的太阳一烤，活像有人在用十七八根生了锈的锯条，慢慢锯着他背上的皮肉。虽然这会儿，他热得已经在打冷战了，却仍不敢脱去外衣，他更怕那毒日直接曝晒脊背上的伤处。

撅里乔派他赶上车到二号圈去取山羊奶。过沟时，颠断了一个轱辘。虽然还没散架，但已不能再负重，他只得把奶桶扛在肩上。到再有沟要过时，他得赶紧上前，一手托住这半拉木毂的轴头，不让再颠着它。山羊奶从桶盖里晃出来，洒到他颈子里。他不喝山羊奶，怕它那种浓烈的膻味。衣领上的山羊奶晒干后，结成了硬疙疤，叫他发哕。

回到五号圈，他拆下坏轱辘，对撅里乔说："我扛回分场部修。""起开！"撅里乔把谢平拨到一边，把坏轱辘放到那棵死树下的一张土台子上。他断了根筋弯不下腰，干啥，都得搬到那张土台子上。对木轱辘，可是高级木工活。对起来后，他得意洋洋地问谢平："咋样？"嘴角使劲一抻一抻。"向你学习。"谢平一头说，一头去扛那轱辘，但手腕子却让撅里乔一把扼住了。这家伙腿瘸了，两只手却像铁钳一般有力。攥到他手里，谢平马上觉得自己的腕子好似要被撅断了似的疼痛起来，他预感撅里乔又要借这件事教训他了。他马上挪动了一下自己站的位置，让被扼拧着的腕子顺着点，不显那般剧痛；同时侧过半边身子，把另一只手探进自己外衣里，攥住刺刀柄……从那天被打后，他时刻都带着它，他发誓决不让他再打第二回。

他这摸刀的动作，撅里乔自然注意到了。这个一生中打过无数次人，也无数次让各种各样的人打过的"人狼"，对这一类的动作是格外敏感的。他果然换了种口气，只是冷笑着责问谢平："这牛车是公家的不是？这木轱辘是政府的不是？你小子，鸟毛灰。不爱护政府的东西，小心着点！"说着，用力一推，松开了谢平。

那天，这老家伙又不知从哪达搞来一副羊杂碎，洗净了，煮熟了，拌上切碎的皮芽子和花椒盐，撒了不少芥末，装在他那只简直跟尿盆一样脏的搪瓷大碗里，搁在铺头，叫谢平吃。谢平正在替捡回来的书重新包书皮，没理会他。一会儿，老家伙又端来一盆黄不黄、绿不绿的温水。他说，他煮的柳枝水，还搁了什么药草（他铺头底下，确实压着一个漆皮小箱子，里边搁着满满一箱干草、骨头、兽角、龟壳、蛇蜕、猴头。还有一小团夹在两张膏药皮中间的东西，黑漆如胶，黏稠不堪，连闻都不让谢平闻的稀罕物，他说是熊胆。至于一小团四周长毛的硬球球，他说是麝香，都是能救命的）。拿那水替谢平洗背上的伤口。“过来吧，小宝贝。你瞧瞧……细皮嫩肉的……何苦来在我跟前老摆出一副比我老瘸高一头的架势呢？你到底比我高在哪儿？”说着，他故意手下使劲，戳了戳谢平的伤口，疼得谢平浑身抽抽。“你瞧！你不跟我一个样？肉开了也疼。你有什么了不起的？你现在什么也不是，还不如我这在劳改队光荣服役十来年的‘转业老战士’。把你一个人撂在戈壁滩上，你活得了吗？你得哭死，怕死，渴死，饿死。就是有吃有喝，你也得蔫了，疯了。可我能活，还能活得有滋有味！”

背上的伤口，用他的黄水一洗，果然松快多了，也不那么灼疼了，这老家伙还真有两手。

老家伙把水往灶门里一泼，从铺底下抓把干草擦擦手，把肉碗递到谢平鼻子尖下。谢平只得挑那没沾着他碗边的，捏一块表示个意思。老瘸自己便用一把真格儿的西餐具中的叉子，一块连一块地叉吃起来。“你跟着我，听话，我错待不了你。”他说着，吃完那碗杂碎，又从铺底下拽出把干草擦擦碗，把碗撂门背后，趁势在谢平身边躺了下来，打着饱嗝，卷支烟。烧上后，他把手搭在谢平肩头，笑着说：“男人跟男人在一块儿，也有快活事呢……”

谢平不明白他这话的意思，扭了下肩膀头，甩掉老家伙那只脏手，一转头，疑惑地戒备地看看他。这家伙一闲下来，嘴里，脏话脏事特别多。

“这你是不懂。小嘎娃子，还嫩着呢……”他闭上眼睛，说他劳改队里男犯人跟男犯人之间那些脏事，谢平心里已然觉得一阵阵恶心。突然间，那老家伙半爿身子朝谢平挨近过来，手索索地顺着腿根朝他下身摸去。谢平一阵痉挛，立马倒退三步，跳了起来。本能的反感巨大的屈辱引起强烈的反胃，“哇”的一声，刚吃下去的那些羊杂碎，便全又喷出嘴。接连地，一阵痉挛接一阵痉挛，一阵反胃接一阵反胃，使他紧靠住后墙，站立不起来；下身被老混蛋抓摸过的地方火烙过似的引发出被损害的感觉，一直使谢平想叫又叫不出，只是一阵阵哇哇地干哕。

“也至于这样吗？操！”老混蛋撂过一块湿毛巾让谢平擦嘴。谢平抓起毛巾砸到老浑蛋脸上，叫道：“你他妈的，还是人？畜生——”

“骂人？我操！”老浑蛋顺手一个嘴巴，哐地扇过来，谢平便摔倒在地。

几分之一秒的时间。不会更长。谢平自己也不明白究竟发生了个么。他只觉得屋子坍了，脚底下裂了缝。他已经别无选择，从腰后嗖地抽出那柄刺刀，用双手紧紧抱住刀把，把腿上那点力气，也一起提到了手上，嘎嘎地咬着牙根，涨红了脸叫着：“畜生！畜生——”便对准老混蛋的胸口，扎将过去。

血，应该是黑的，黑的，黑的……

如果谢平背上没那许多伤，如果老瘸不是多次跟拿刀来找他拼命的人打过交道，如果谢平这一刻还能往手上给一点冷劲和巧劲，不是完全气疯了气昏了……那么这一刀，老瘸是怎么也躲不过的，恐怕连刀柄也会一起捅进老瘸那多毛的胸膛里的。但撅里乔到底不愧是“撅里乔”，他眼疾手快闪过了这一刀。只是因为太近，他来不及像以往那样躲得那么干净漂亮，让那刀还是带着点寒光，带着点气涡，擦过他腰部，划开他外衣、衬衣，在腰眼上划开一道二寸来长的口子，扎到墙上，直扎进墙泥里，有二寸多深……

红的又是什么？什么？到底是什么……

当看到老瘸捂着腰，连连退去，看到他指缝里汩汩地冒出止不住的血柱，谢平吓傻了。去拔刀时，却抓在刀刃上，差点把自己的手掌心割开。镇静的倒是老瘸，他倚在门框上，吩咐谢平：“别傻呆着，快把我那漆皮匣子递过来。你狗日的，真扎啊……”他有条不紊地极其熟练地处理了自己的伤口，才瘫坐下来，关照谢平：“咱爷儿俩也闹过了，玩过了，收摊儿吧。谁也不许跟外边人再提这档事。不值当。记住了？收拾铺，歇你的吧。”他从云南白药瓶里，挑出一粒小红珠子抿到嘴里咽了下去之后，又闭上眼歇了一会儿，戒备地提着他那小铲，抻抻嘴角，晃晃荡荡，出了地窝子，爬到马背上，逛他的去了……

谢平呆呆地去拔刀，他觉得再没法在这狼窝里待下去。他把自己所有的书都扔到炉子里烧了，跌跌撞撞，跑回了分场部。

几天后，全分场集合，修路。上边有人要去阿尔津风口看地形，让老爷子带人把骆驼圈子通老风口的那截路垫平。十六公里。全垫，绝对来不及，但总也得把恁些叫洪水拉出来的沟沟坑坑垫起来。头天晚上，政委通过地方邮政线，亲自打电话到六公里外的桑那镇，叫老爷子骑马赶去接电话。“一定得给我垫起来。明天来看地形的是各方面的首长，一路颠过来，就是谁，也受不了！要不要我再给调些劳力?”政委关心地问道。“你从哪儿给我调劳力? 等你劳力到，你们的小车也到了。”老爷子答道。他觉得政委调来羊马河也有两年多了，说话总不着边际。“实在来不赢，拉些麦草垫上。这比拉砾石料垫快当。”政委提议道。“行啊。你连夜派人给我送二百车麦草来吧。”老爷子哼哼道。“哈！你真是大懒支小懒。我让你修路，你派我去拉麦草。你畜牧分场的干草呢? 先用来铺铺路，首长又带不走。过后搂一搂堆起来，不照样喂牲口吗?”政委说道。“我的政委，牲口不吃那草，垫完路就全糟蹋了。”老爷子叫道。“那你先用上，以后我再给你解决。”“政委同志，咱们打过恁些交道了。您说以后解决，结果以后没给解决的事何止一回二回? 您就可怜可怜我那些牲口吧……”“老吕，你这是又咋的了? 在这紧要关头跟我戗戗！要只是我李凤林明天过你们那坎儿去老风口，那话还不好说? 你知道明天去老风口的是谁们吗?”政委严肃起来。老爷子叹了口气，应道：“好吧，我吕培俭尽力而为!”

这一天，谢平也去修路了。那天从五号圈回来，他没去找分场长，也没去找赵队长。反正吃罢饭我就跟着干活，反正我没闲着，你咋着不了我！反正，说死了我也不去那狼窝里跟那“人狼”一块儿过了。那是人吗? 他暗想。

赵长泰由渭贞扶着，上干沟边的小屋来看过他。他问赵队长：“你们就这么来惩治我?”

“你要学会在各种环境下生活。如果你今后还真的想为桑那高地、为中国做点事情的话，”赵队长说道，“你就得学会跟各种各样的人打交道，能对付得了各种各样的人……”

“我现在什么也不想了！我当初就不该离开上海的！”谢平对着赵长泰吼道。

“窝囊废！上海就恁干净？”赵队长突然也吼了起来。而后，便大口大口地喘，上不来气，只好一手支住窗台，佝下那薄板似脆弱的脊背，一手不住地揉搓完全给憋住的胸膛。渭贞嫂忙去虚开点门缝，让透进些风来。谢平慌得索性一拳捅破了糊窗户的塑料纸，让新鲜空气照直对着赵队长吹。

“这样他要感冒的！”渭贞嫂又赶紧脱下自己的棉袄把窗洞堵上。

“你……你……你怎么……到今天……今天……还不明白我们呢……”赵队长战栗地叫道。那叫声里所蕴涵的一个老兵的全部的失望，让谢平深深一震，终于没有力气再在赵队长跟前支撑住自己，便带着无处倾吐的委屈、怨恨、懊恼、怅惘，蹲在墙根前抱住脑壳，紧咬住牙盘，幽幽地呜咽起来。

这一天，也给子女校分了五百米的任务。当然停课。中午都没回家，大食堂负责给送饭。于书田开着“尤特”车，老爷子坐在车上，来回指挥调度，捎带送水。中午，戈壁滩上热到五十一二度，在太阳光下一站，觉得那天空蓝得发黑，地下全冒火，脸上烫起疱。下午三点，淡见三向老爷子报告，子女校有两个男孩发痧，顶不住了。“他们还剩下多少？”老爷子问。“除了垫的，没垫的就算是不该垫的了，让孩子们走吧。小车就偏恁怕颠？”淡见三也看不过去了。“你说得轻巧！那些女娃娃呢？”老爷子想着他的桂荣哩。“女娃这会儿还行。再一会儿，你就准备担架队吧！”淡见三威胁道。他知道老爷子心疼桂荣。果不其然，老爷子犹豫了一下：“娃娃们撤。把二贵媳妇编到别的组里去，跟大人一块儿撤。”“她……她刚才跟我说，她来例假了……得回去……”“不下水，怕啥哩？”“她没带纸……”“她怎么啥都跟你说？你跟我搞什么名堂？”老爷子眯细了眼，盯定淡见三，撅起满是细小纹沟的上嘴唇，追问道。“我是卫生员嘛。”“你还管到人家裤裆里去？让她找别的娘们儿想法子。这时候，谁也不能撤！这跟打仗一样，垮一个就垮一片。”他心里焦急。首长的车队很快要过来了，可还有百分之二十的路面上的坑没得手去填。待了会儿，他回头来关照淡见三：“我有件棉背心撂在书田的驾驶楼里了。那背心是新做的，絮的新棉花。去扯一团，给那腌臜女人，别告诉她这棉花是哪来的。呸！”他远远地啐了一口唾沫。

四点钟光景，车队远远地来了。一共九辆。七辆清一色的北京吉普，一辆“黑吉姆”，一辆总场的老式美式吉普。它们先是拉开距离，在大戈壁上空掀起一道弯的黄土风。那风翻滚、扩散、弥漫，紧随车队不舍，犹如变态的黄魔。老爷子赶紧挥动铁锹，在路面上来回跑动，嘶哑地催促道：“快！快！都集中到大坑边上……跑步前进……”

车队在分场部停住了，会计徐到里在那儿接待。车里下来一些脖梗子上挂着望远镜的人，从车后座上抽出几把用布条扎的掸帚分发给几位老人，周身上下拍打。拧开密封杯盖，喝两口，过了过嘴，吐掉，再细细地喝一口润润喉。他们知道骆驼圈子的水喝不得，碱重，都在车里带着暖瓶，用保险圈固定在驾驶座旁边。有人揿开军用皮背包上发亮的铜卡扣，展开地图，那几位端着密封杯的老人便慢慢走到地图跟前。这时，总场那辆美式吉普照直先开过来，打前站。老爷子整整军容风纪，跑步迎上去。干晒了一天，他嘴唇上已经脱皮起疱。

车前座上坐的是政委。他未等车停稳，急问："前边怎么样了？"老爷子喘着气答道："还有一点……""还有一点？"政委吃惊，"什么叫'还有一点'？到底还有多少？""百分之二十，或者百分之三十。"老爷子宁可多说一点。风纪扣开了，他又把它扣上。

"或者？还有个'或者'？"政委简直不知怎么说这个"老兵油子"才好。他那清秀的上宽下窄的白脸一下由红变紫，"砰"的一声用力撞上车门。人造革的车棚布上的黄土，便簌簌地往下落。

政委立刻吩咐司机启动，上前去看看路况。老爷子也立马爬上"尤特"，跟在吉普的后头。"尤特"自然赶不上吉普。政委心又急，让司机加码，快开。不一会儿，"尤特'便远远地落在了后头。

政委的车开到四号圈跟前，发现有一截路面被从四号圈漫过来的水淹了。四号圈引水给羊洗药浴，从分场部渠道上扒开口子后，人就被叫去修路了。这一天浑干，把这档事给忘了。四号圈前这一截路，原先还是最平整的路，谁也没想上这达来瞅瞅。水到四号圈，把不大点浴坑灌满，便肆无忌惮地漫散开，一直往低洼的路面上涌来，足淹了有二十来米长一截后，又越了过去，朝路西戈壁上散去。司机以为戈壁滩上全是沙石子路，见水不黏，一加马力想冲过去。没想这截是黄土加细沙，经水便成"糖稀"，车子一进去，换上前后加力挡，四个轱辘也只是在泥塘里空转，把那稀稠的泥浆甩得满车身全是，司机也恼火透了。

"熄火！"政委脸上也溅着了泥浆点子。他掏出白绢手帕擦，火冒三丈，回过头来对坐在车后的武装股参谋嚷道："去给我把吕培俭叫来，要他带人跑步来见我！"

张参谋在陷车地点后身的六百米处，遇到正急着往前赶的老

“尤特”。老爷子立即叫于书田开着车到后边装来十五个男劳力。于书田说：“分场长，上车吧。”老爷子却冲着于书田吼道：“你没听见政委的命令是跑步去吗？”

这六百米，要是在十年前，老爷子全不在乎。而今，他已是四十开外朝五十去的人了，又毒晒了一天，跑到时，他大张着嘴，出不来气，脸色刷白。政委又铁板着脸，在车上张圆了好看的杏眼，训道：“吕培俭，你对场里有意见，也不能搞这一手嘛！当了这么多年兵，责任心到哪儿去了？”老爷子一直挺直地站着。他身后十五个整劳力中，足有十一个是新生员。政委当着恁些新生员的面熊他，这叫老爷子实在忍受不了了。他的头一下垂耷了下来，干热的风吹乱了他满头灰发，双手在身前紧紧抓着破旧的军帽，身子便怎么也制止不住地一阵接一阵地战栗起来。

“前边还有被淹的路面没有？”政委追问。

“没有了……”他声音哆嗦。

“大声点。”

“没有了。”他挺起胸脯答道。

“保证没有？”

“保证没有。”

“我叫你用麦草垫，你偏不用！”

“报告政委同志，骆驼圈子不种麦，故而没有麦草。仅有的干草，都是花大价钱向附近的老乡公社买的，又从那不近的草场上往回拉。这些草得留到冬天，是牲口的救命草……”老爷子用最大的控制力克制着自己，这使他的声音发干发涩，音量也越发低了。

“我让你先用上，以后我给你解决。你偏不听话！”

“政委同志，这些……回头再说吧。您说眼下咋办……”老爷子觉得快控制不住自己了。

“回头！回头也要有人肯听才行！对牛弹琴行吗？”

老爷子的身子摇晃起来。他的脸色由灰转白，由白转青。他的牙关由于咬得过分的紧，而使他整个窄长的脸相变了形，向一半边扭去。他的背兀然拱了起来，随即，胳膊弯曲了，腰弯曲了，腿弯曲了，并哆嗦了。他似乎像一只要向前扑去的狗獾，只差龇出尖亮的牙齿来了。他竭力使自己不抬头，不去看政委，他竭力使自己不再开口。这个训练有素的老军人，此刻却那么困难地在向自己整个的生命意识宣战。他从来没想到，在这个世界上，最难战胜的竟会是他自己……他多么想看看政委此刻的神情，多么想回驳他一句：“您知道我们的一位女教员裤裆里流着血我都没准许她走！”他多么想跳起来吼一声：“你他妈的不也跟我一样才是个四七年的兵吗？”但他没有。经验、素质、纪律、意志……还有那样一种在长期的战斗集体中生活所养成的对上级的本能的尊重、服从……使他终于控制住了自己，终于战胜了自己。“还待着干啥？脱鞋！”他回头对那十五个吓傻了的人喊道。自己却忘了脱，连鞋带袜，率先向泥塘中央走去。

九辆车。他带着这十五人，其中十一个新生员，把这九辆车，一辆又一辆地抬过了这二十来米长的淹透了的路段……

第二天。全分场休息了一天，跟死了一般。一整天鸦雀无声，没几根烟囱管肯冒烟。到晚上，老爷子把谢平叫到家里，闷闷不乐，坐在白皮木圈椅里，捧着一只小桶似的白搪瓷大茶缸，问谢平：“你要真觉得自己没那本事制服撅里乔那老混蛋，那就还回子女校吧……”说话时赵队长也在场，他俩在下陆战棋。

谢平在门口小马扎上闷头坐了好大一会儿。而后，当着他俩的面，谢平脱下褂子，脱下汗背心，袒露出脊背上、胳膊上左一道右一道黑紫、深红的伤痕条。

“我的天！”渭贞嫂和老爷子的老伴（谢平叫她大婶的）异口同声叫道。

昨天谢平干到后来，褂子被汗渍透，又晒硬，跟个盐块做的搓板似的，蹭得背上的伤口实在疼得受不了，爬到于书田的驾驶楼里去歇了一会儿，跟着车跑来跑去。后来的事，他全看到了。二贵媳妇捂着小肚子，半蹲在路边向淡见三哭诉……政委训斥老爷子，老爷子眼睛里差一点迸出血来……老头儿又怎么强忍住，带着人抬那九辆车……他全看到了。抬车的时候，他也跳进泥塘去了，紧挨着老爷子，想让老头省点劲……从那以后，谢平深深地感到自己确实是个“窝囊废”：多么会委屈，多么会叫苦，多么会撒娇，多么会冲动。真他妈的整个一只嫩羊羔娃！看看人家老爷子，看看人家赵队长，就是那混球的撅里乔也有得在他跟前拍胸脯的：我一个人在戈壁滩上能活得自在，你行吗？生活对于每一个有追求、有向往、有愿望的人，每一步几乎都是艰难的。因为他们既不肯屈服于也不肯满足于现状，要不断地突破。否则，活跟不活，喘气跟不喘气还有啥两样？我走这一万里路，真的是因为在上海没饭吃了，来混日子的？现在生活已经显示，它的艰难远不止是吃苞谷馍，住地窝子……自己应该有信心去迎接所有更高一档“艰难”的挑战！那么，我首先得学会，不管在什么样的环境里都能存活得住，能对付得了任何一种人。我要咽得下山羊奶煮的面条，我要会用最原始的工具去修理那最原始的牛车轱辘，我要学会同时能赶三辆马车，学会在需要低头的时候低头，在需要咬牙的时候咬牙，但决不让任何外力压弯了自己的脊梁骨。我要学会让撅里乔那样的人怕我，让韩天有那样的人尊敬我，让赵队长老爷子对我充满希望，让生活在我周围的人都感到不能没有我……

仅仅是开始——虽然我已经跌得眼青鼻肿。

我还有整整五十年，早着呢。

他长长舒出一口气来，对老爷子和赵队长说："我要回五号圈去了。"他平静地站起，穿好衣服，对他们说："有朝一日，你们要听人说，我也在那头'瘸狼'身上漂漂亮亮地画上了这一道紫一道青一道红一道黑的花纹时，别大惊小怪，也别来管我们的事。这，就算你们两位长辈帮了我最大的忙。"

说完，他扣上衣服向五号圈走去。

太阳很亮。戈壁很静。天很蓝。他走去。

15

绿色的田野消失了，
它已被太阳烤干；
它从山谷中消失了，
那里曾有流水潺潺；
它随着冷风离去，
那冷风掠过我的心间；
它和那恋人一起走了，

往昔的梦境也随之消散。

绿色的田野在何方？

我们曾在那里把足迹撒遍……

16

我想说这一章无题，但又不忍心开口。

谢平带去两头奶山羊，强迫自己喝山羊奶，用山羊奶煮苞谷糊糊。他光着脊梁，单挖了个地窝子，跟撅里乔分开住。他想起在上海图书馆里曾经看过一本书《怎么办》，车尔尼雪夫斯基写的。书里讲到一个革命者（忘了是民粹派的还是社会主义派的）为了磨砺意志，冬天只盖粗毛毯，还故意用针扎自己的身体。他就捡来许多戈壁卵石，铺到床单下边。有时，干脆裹着棉毯，睡到干草堆里。地窝子挖好以后，一时找不来木头架梁棚顶，他露天在土坑里住了二十来天。中午恁大太阳，就找两根树棍，把棉毯支起来遮遮。撅里乔看不过去了，到近边老乡家里要来一根弯七扭八的沙枣木，找了些能当檩条用的树棍，叫他棚上。他不用，撅里乔给了他一巴掌，说："你疯了？"他跑去，把撅里乔的铺盖卷全用刀划了。撅里乔歪搭着半拉身子，手里提溜着小铲，跟头野牛似的，在太阳地里呼哧呼哧直喘粗气，瞪住他，但到了没再咋着他。后来的一段日子，这老浑蛋常是歪坐在一边，拿眼边角的余光，冷不丁地瞟睃谢平。又过了十来天，谢平自己四处找齐了材料。棚地窝子的屋顶时，老浑蛋坐在高处突然问谢平："你他妈的真是上海市里长大的？"这几十天，他俩一直没说过话。谢平不想接他的话头，冷冷地只回了他一句："我他妈的在哪达长大，关你鸟事？"老浑蛋没再言语，只是盯着谢平，脸上慢慢露出少见的恍惚、迟疑，过半天，突然讪讪地嘀咕道："哼，傻蛋！傻蛋一个，一个傻蛋……"

两个月后，老爷子把谢平从五号圈叫回分场部，接替那阵子在分场子女校代理校长职务的赵队长，主管子女校工作，因为赵队长又屙血了。"干完这一段，我还回不回五号圈？"谢平问。老爷子想了想，回答道："不回了。"于是，谢平从五号圈取回自己全部衣物，到大食堂后头一个露天砌起的大锅灶旁边，把衣服连同帆布的旅行袋，一起扔到锅里煮了十来分钟。那锅灶，冬日里，给大伙烧洗脸水。平素也在这达杀猪，烫猪褪猪毛。那破破烂烂的锅盖老大个儿，翻过身来，足以顶个大圆桌面。煮完这一锅，谢平把它们捞起，也不拧干，就往柴火垛上一摊，晒去吧；又脱下身上那一套，撂锅里，用棍子搅了搅。这一套已经多少次被汗溻过，早已发硬，也酸臭得不行，衣缝里挤满了一疙球一疙球的虼蚤。他自己便光着黑油油的脊梁，穿着条裤裆里打过几层补丁、裤腰里的松紧带早失去了弹性的三角裤衩，坐在柴火堆上卷烟抽。那大太阳地里，柴火堆上的衣服不一会儿便干了。他挑两件还算囫囵的，到柴火堆后边换上，换下三角裤衩，撂进灶洞里烧了。再等后一锅的晾起，也晒干，便敛起它们，统统塞进半干不湿的帆布旅行袋，去子女校"报到"。

到了暑假期间，正在养病的赵长泰又让他旁听机务技术课。头一阶段的课没听上，老爷子说让于书田给他补一补算了，省得老赵自己去费那劲。赵长泰还不肯，非得自己给谢平补讲。这时，赵长泰已经下不了床了，还坚持给谢平讲。讲各种型号的拖拉机，讲驾驶，讲维修，讲柴油机、锅驼机……骆驼圈子明明没什么机械嘛。一台老旧的“尤特”，一台用“尤特”做动力的“饲料粉碎机”，一台平日里很少用它的功率很小的柴油发电机，但赵长泰逼着谢平认真地听，认真地做笔记，认真地看他多年来精心搜集、收藏的各种机样图纸。这些图纸的折缝处，正面贴着透明胶纸，背面则极其精细地糊着一层纱布。有趣的是，赵队长还搜集了许多外国小汽车的彩照，五光十色。这样，谢平除了在上海马路上曾见到过的“奥斯汀”、“老福特”、“奔驰”，到了农场又见过的“伏尔加”、“华沙”、“吉姆”、“斯柯达”，现在又看到了“别儒—雪铁龙”、“雷鸟”、“野马”、“黑豹”、“马克西—1750”、“兰德罗浮”和“枪骑兵”、“308GTB”……有时，渭贞嫂也给他讲讲。她在老家那会儿，正经上过农校农机专业呢。渭贞嫂老笑着说赵队长：“就是你把我骗来的，害得我再干不成机务。”赵队长慢条斯理地笑着回她：“行，我骗你来的，还骗你给我下了恁些崽……都是我一个人不好……”渭贞嫂便红起脸啐他，躲一边去笑。

有一天，谢平骑着马，上附近老乡公社卫生院中药房给赵队长抓药。回来，从渭贞嫂手里接过一杯搁在地窖里阴透了的焦麦茶，咕嘟咕嘟喝了。赵队长问他：“我这么填鸭似的给你讲恁些一时半时不定用得上的东西，你也不问问我图的啥。你倒是来者不拒，一概照收，沉得住气。”

谢平笑笑：“你图啥都行，我学好就是了。”

赵长泰对他的回答，不禁感到惊讶，没想到他这么撒得开了。老爷子却对谢平的这个变化十分满意。到九月下旬，谢平能熟练地开上“尤特”满处跑了。子女校也开了课。老爷子把谢平叫到家里，先问了桂荣，桂耀的功课，又对他说：“咱分场那段渠道渗漏太狠，从桑那镇引过来的那点水，用不上百分之四五十。我跟老赵合计了一下，咱们要真想在骆驼圈子长期经营下去，戳住脚跟，不让人小瞧了咱们，就得在水上下本钱，眼光不能浅近了。我想从东风公社那头再挖条渠过来。工程量大些，搞好草泥防渗。不光够我们人畜用，还能找几片槽子地，种上牧草和高秆青饲作物，打算上自备的饲料基地。这样，咱们才能高枕无忧。”

谢平说：“这是个好点子，建立我们自己的饲料基地。下一步，谁又能说骆驼圈子不能长粮食呢？”

老爷子说：“对喽！我想把这事交给你办。”

谢平看看那张画得很粗劣的工程示意图，合着虎口，拃了一下那渠道的长度，问：“给我多少劳力？”

老爷子笑道：“分场里拢共恁些人。攥紧了，撒开了，也就那一把。给你十个棒劳力，每年干三个月。”

谢平大约摸估算了一下：“那就不是两三年里挖得出来的。”

“工程量，老赵算过了，六年。”

“免了我子女校的差使？”

“轻闲死你！”老爷子笑着叫道，“一早一晚那工夫你干啥？子女校那一摊，你还得给我捎上！”

谢平笑着想了想，答道：“行！”那渠道底宽八十厘米，口宽三米一，深三米。走的那地段，二米六七往下，全是黑黏土，腥臭。跟糖稀似的粘锹，难往上甩的。站在渠底里，不靠点过人的膂力，咋弄也甩它不到渠帮上去。这十个人自然是老手，全是新生员。不慌不忙，在身前挖个小埝，蓄半埝水。下锹前，先蘸湿锹头，再一脚踩住，"咕唧"一声剜出一块，撤右脚，猛拧腰，一弓一蹬斜起锹，带送带转往起抛。一天干下来，衣服裤子上溅住点泥巴的都算不得好手。

第二年，赵队长死了。死之前的五六天，也怪，突然不屙血了，竟然还能下地走动。他便让建国赶上毛驴车，驮起他，到挖渠工地上转去。看好下午五六点钟光景，早过了那阵燠热的劲头。黄黄的太阳歪到一边便见红，叫阿尔津山下那面大漫坡上两棵孤高的胡桐树，抻出老长的阴影。工地上，那十个新生员全收罢工，走了。谢平在量工方，给每人记成绩；而后擦洗铁锹，坐在高高的渠帮上，卷颗烟，吸着，独自待一会儿，送那西去的太阳进老风口。

赵长泰慢慢爬上渠帮，虚汗濡湿了他稀疏的额发。他没让儿子搀扶，只是叫他守着毛驴车，等在渠下。

谢平扶着赵队长，在渠上慢慢走了一段。

"要挖六年，耐得下心吗？"赵长泰问。

"反正不干这，就干那，总得干一样。六年、七年，对我都一样。"谢平答道。

"自己有什么想法？"

"自己？没有……"

"真没有？"

"从五号圈出来，我觉得哪儿都是天堂。"谢平眯细了眼，瞅瞅西天的火烧云，"哪都一样……"

“挺满足？”

谢平不回答。烟草太劣，嘴里发苦。他用力啐了口唾沫。

“为什么不吭气？”

“你们不就是要我这个样吗？”谢平用铁锹挑起一块拳头大的鹅卵石，狠狠地朝渠对崖一只蹲在洞口傻看的土拨鼠拍去。卵石砸在离土拨鼠几厘米的地方，吓得它哧溜一下，缩回洞里去了。

“那么，是我们让你产生了这种混账想法？”

“如果这么想的就是混账东西，那么我周围……这号的混账东西就太多了。”

“谢平，我是决计看不到你挖成这条渠的了。也许明天……也许明年……说不准在哪一个倒霉的早晨，或许夜晚，我就‘塔尸郎’了。我今天能出来走走……可但凡我那不争气的屁眼又闹腾起来关不住门，我就又不知到哪天才能出来再见天日，我总是放心不下你……”

“我……好说。土拨鼠，给个拳头大的洞口，就能猫里边窝一冬……”

“你是土拨鼠吗？你在青年班那会儿……”

“别再说那些了！”谢平叫道，咬着牙。他怕听见那些，怕人再提青年班。

“别说？为什么？”

“为什么？你还要问我为什么？”谢平叫道。

“你害怕回过头去看自己，不敢回头去算自己的账……”赵长泰不想放过他。

“我求求你了，我没有过去！”

“瞎话。”

“就算它是瞎话，全是瞎话，瞎话，瞎话，瞎话——”谢平早就想这么嚷一嚷了。今天，他总算嚷了出来。

赵长泰抿住了嘴。从在试验站那会儿，他就看中了这个小年轻。有股子刚劲儿，憨气。俗话说“南人北相，北人南相”，准有出息。他看这个上海来的娃子身上就有股北方人的火性子。赵长泰明白，自己得罪了羊马河几个头头，但凡一天不调离羊马河，他们决不会再让他抬头。而一般情况下，他们也是不会放他出羊马河地界的。他希望有成千上万个有文化的年轻人到这偏远的地方来，希望他们比他聪明，比他能干，比他有眼力，会折腾，终究能支撑出个局面来。他觉得场里那些人把他调去给这帮青年当“教师爷”，算是他们“失策”。他暗自高兴，决心在日久天长的厮磨中，把自己一二十年来的许多教训慢慢教给他们。他恨谢平耐不住性，燥热，急于去场部；也恨自己没能说服得了这小子，白叫他栽恁大个跟头。他曾料想自己后几年不会太太平平，但没料到这么快就不得不离开这帮年轻人。慢算算，自己没多少日子能待在这活人中间了。师部大医院的药方也止不住自己的“屁股眼子”，他就知道自己活不长了。一个人能有多少血，经得起这么屙？自己撒手走了，这地球还照样转，这太阳还照常东升西落。但……但……但什么呢？此时此刻，他真不知道该怎么向谢平说说今天特意上渠帮来找他的原委。能对他说：“傻小子，我这是跟你‘临终告别’呢！你还倔个啥呢？”……

他慢慢挪了挪脚跟。脚底下的烂泥粘住了鞋底片。他说：

“可你得记住我今天说的。我们……起码我，从没指望你到骆驼圈子来要变个土拨鼠！”

“那你们到底要我咋样?”谢平叫道。

赵长泰从谢平手里拿过那把明光锃亮的铁锹，轻轻地在砂石上蹭了蹭，而后，出人意料，使尽全身力气，把它朝对过渠岸的泥堆上掷去。铁锹笔直地在空中画出一道银线，“嗖”的插住在泥堆上了。赵队长毕竟力气不济，铁锹插进不深。铁锹把连连晃了几下，险些歪出来，掉渠底里。体虚，剧烈的心跳，胸口胀闷，胳膊酸软。赵长泰眼前一阵发黑，把谢平吓一跳，忙去扶住。他等自己喘定了，对谢平说:“谢平。比如这把铁锹，它是不会害怕人们用它去起圈、平地、挖渠、装车的。它决不怕跟粪、跟土、跟沙子、跟烂泥打交道。但它也决计不会在这种交道中，让自己就去变成粪、变成土。”

“起风了，回吧……”谢平抓住他多汗、冰凉、瘦骨嶙峋的手掌。

赵长泰不肯走。

“我跟你一样，参军前也是个学生……”

“这我知道了。你回吧，着了凉，又不得了了。”

“听着！那年修柳树沟水库，我是个热心分子，也是水库工地指挥部的副指挥。当时有不少同志指出，柳树沟修水库，会造成附近两个农场地下水位上升，地表土壤严重再生盐渍化，后果是难以设想的。但当时我们一心筹划开发包括骆驼圈子在内的这片敏什托洛盖荒原，以为只要我们想做的事，总能做到。柳树沟水库修起来了。从一九五八年到一九六三年，不到五年时间，柳树沟一分场，柳树沟二分场盐碱化了，两个农场上万人不得不全部撤退转移，放弃了将近二十万亩经营了多年的耕地。为了避免进一步侵害附近的三分场四分场，柳树沟水库也不得不放弃了。我承担了这工程的责任……被记大过处分……”

“你不是一老在搞机务?”谢平意外地问。他侧转身来，往上风头站了站，替赵队长挡去些风。

“不是……”他苦笑笑，“我承担了工程的责任。但当时，给我们提意见的那些同志中，有几个言词激烈，态度坚决的，早给下放了。照例，这时，我受了处分，事实已经证明他们的意见是正确的，就该恢复他们的工作，但这问题总也解决不了。有人说，当时处分他们是正确的，现在处分赵长泰也是正确的……”

“这人是谁?你们工地指挥部的总指挥?羊马河的场长?政委?”

“具体人，你就不必知道了。后来，那些要求恢复工作的同志来找我，要我写证明，证实他们当时的意见是正确的，只是就事论事，并没其他政治意图。我就给他们写了。许多同志劝我别写，但我还是写了。那些同志拿着我的旁证材料到处上访，搅得有些部门很头疼。他们要我收回材料，或者另写一份更正，认为这些同志当时是利用修水库之争，另有政治企图。我没写，这毕竟要牵扯十几个同志、十几个家庭……他们到底是不是另有政治企图，我没证据，我不能红嘴白牙说黑话。”

“有人因此就把你在叶尔盖农场跟那批转业战士搅在一起的事翻了出来，整你?”谢平急急地问道。

赵长泰没回答这个问题。他感到冷，也有些站不住了，便主动往谢平跟前靠了靠，挽住谢平的胳膊，喘了两口。过了好大一会子，又突然这么说道:“敏什托洛盖荒原还是应该开发的。但它……确实不是一般人能动得了的。要真心……要有真心的人……谢平啊，这件事要靠一大帮真心实意为了这片土地的人才行啊……”

到冬天，他的病加重了。那天晚间，他肚子骤然绞痛，疼得他头直往墙上撞。他知道又要屙血了，便拿了团棉花，摸黑扶着墙，也没叫醒渭贞，自己一个人到屋后边的土坑边上去解手。蹲下后，血跟漏了的水缸似的，一注一注往外喷，他再没站得起来。第二天早起，跟孩子睡一块的渭贞，跟往日一样，拿条干净的内裤到他床上去伺候他起床，发觉床上空了，抢出门去看。他扑倒在土坑边上，人已经僵硬了……

到第六年头上，渠道挖成时，老爷子身子骨也远不如以往了，气喘和风湿使他一冬一春都出不了门。严重的腰肌劳损，使他不得不靠一件钢的马甲来支撑上身。在生上火的屋里，他还得穿上皮裤筒子，在白木圈椅里再垫上狗皮褥垫。那是谢平用黄狗皮、黑狗皮、灰狗皮、白狗皮给他拼起来的。其中那只黑狗，还是谢平亲手用木棍打闷了，吊在机井边那棵杨树上剥的。老爷子不再去场部开会，已然受不了那一百七十公里的颠了。开会的差使便交给了淡见三，全分场的会也挪到老爷子家窗前的那片空地上开。福海县来放电影，银幕就往那青皮杨树上一钉，正对着老爷子大客房的窗户。这样，老爷子坐在屋里，也能向大伙发表讲话，也能看他爱看的影戏。到后来，他把分场里大部分的事都交给了淡见三、于书田和谢平。惟有一件，他老抓在自己手里，那就是每天晚间的干部碰头会。开会的地点就在他家的大客房，班组长以上干部全得参加。什么事都议，都在他跟前定，名副其实的一揽子会。他煮奶茶给大伙儿喝（别人喝的搁盐，他喝的不搁盐）。还让桂荣炒椒盐的葵花子给大家嗑。近两年又兴开推牌九，三十七块五一副的塑胶麻将牌，是淡见三替他从福海县卫生局后身大筒子巷集市一个私人手上买来的。逢年过节，没得说的，他是照例要把班组长以上干部都叫家来喝一通。平日呢，每个月，也总要找那么一两个由头，请些人上家来喝。还是煮一锅手抓羊肉，筛上满杯的窖藏白酒（这酒直接从场部加工厂酿酒分厂酒窖里，用木桶灌来）。他已经喝不多了，桂荣也不许他多喝。他只是要这点热闹，只是坐一边，穿着桂荣给他用土毛线织的厚毛衣，外边再加件黑粗呢制服，捧着他那小桶似的大白瓷茶缸，瞅着他的那些个班组长在自己跟前斗嘴逗乐，他心里痛快。奇怪的是，他并不显老，头上的白发还是恁多。要知道，他的头发起他三十岁在部队上当营长时，就开始花搭着白开了，那时叫他“少白头”。桂荣长大，从舅娘手里接过全摊家务之后，几间屋全变了样，干净了不说，也没添多少东西，但怎么瞧着怎么舒服，确实的像那么回子事了。

谢平呢，习惯了桑那高地的风，习惯了桑那高地的太阳（他晒得多黑啊），习惯了长在沙砾缝中那些坚硬的芨芨草，习惯了老爷子家那只被煤烟熏得恁黑的炖鸡的陶罐，习惯了闲下来，在老爷子家门前的木台阶栏杆上静静地一坐半天：啥也不想，啥也不做，一只脚跷在栏杆上，手里抓着根柔柔的马鞭，眯细着眼，去看净蓝净蓝的远天。这一刻，啥都没有，又啥都有。那种寂静，那种悠远，那种广大，那种永恒，那种原始，那种粗犷，那种记忆和遗忘……没有人再给他写信，他也不给任何人写信，除了妈妈。骆驼圈子再没有第二个上海人，从到骆驼圈子后的第二天，他就下决心忘掉自己是上海人。一过十三年，他已经不会说上海话了，舌头硬了。即便在梦中，跟人吵架，他说的也是那种在农场通用的河南官话。他常常想，我终于在骆驼圈子戳住了，待下来了，这就是我的胜利。

这些年里，他到场部去过一次，那是有人跌跌撞撞来报信儿，说，场部的学生和机修连、加工厂的工人“造反”，把场首长全圈起来，关在子女校菜窖里了……都吵着向他们要经费，要他们承认他们成立的“造反团”。场首长们开始不同意，说兵团没发这样的文件，被踢了两脚，虽然兵团还是没下文件，他们却同意了。也有继续公开坚持不同意的，那实在是少数，只好继续把他们关到菜窖里，还要让他们靠边站。骆驼圈子有新生员，上边有规定，这样的单位不许开展“四大”。老爷子让淡见三和于书田把仓库里五支步枪取了出来，让转业战士轮流值班，背着枪巡逻。最远的一个岗哨放到一公里外的扎扎木台高包上，不许外人闯骆驼圈子。这情势，叫谢平急煞。他这些年一直想：场里的领导慢慢地冷静些了，会觉得当时给他的处分太重。他们会念及他当时的年轻幼稚，念及他当时的热情，重新讨论这个处分，老爷子和赵队长也常这么安慰他。赵队长也常说，你跟我不一样。你到底怎么着了他们？没有呀！等他们觉得把你治老实了，他们会重新来处理你的问题的。谢平想想，也是的。我没怎么着呀！所以，总怀着一种隐隐约约的期望，在等待着。现在这些领导靠边了，谁来给他重作处理，重新考虑他的党籍问题？新人掌权，他们了解情况吗？从不了解到了解，又要一拖多少年。他已经拖不起了，也三十出头了！他得去找那些老领导。就这样，他到了场部。谢平到场部，两派已经打得很厉害。一派退到羊马河这头，死守场部的一派便炸断了河上木石垒的大桥，谢平也进不了场部。后来他帮着河这头的一派到骆驼圈子附近的三台子林场找来五卡车木料，把炸断的一截架起来。这一派得以冲过去，打了个人仰马翻，从菜窖里揪回被“明斗暗保”着的场长政委。谢平的原意是让这一派的人跟场长政委好好说一说，抓紧时间重新讨论一下他的问题。这一派的头却哈哈大笑：“你还要让他们批准你入党？你要入的是什么党？你真是‘桃花源’中人？还是在装疯卖傻？”他们不让他接近“看护”起来的场长政委。虽然，是他替他们到三台子林场找来五车木料后，他们才能冲过河去，占领场部。

还有一次，他差点到了场部。那是两年前。“上武天”（上海、武汉、天津）青年三千人聚集在废弃的柳树沟水库旧址里，开会请求返城。那时，各地文化革命中上山下乡的红卫兵们，作为知青都返得差不多了，上边惟独不承认这些“文革”前下乡的是“知青”，认为：中央批准知青返城的政策不针对他们。消息传到羊马河，好像冷水泼进滚油锅，在两个小时里，各分场各连队的电话全被“上武天”们占住，所有的汽车、拖车都让他们开去“串联”。没人敢拦，也没人想拦。队长指导员听着车子发动，一辆接一辆开走，都默坐在不点灯的办公室里，谁也不知道下一步还会发生什么，都在等总场的指示。三四天后，三千人便涌向柳树沟。水库的大凹坑里，燃起了几十堆彻夜不灭的篝火。这些差不多都已经结了婚、有了孩子的“老青年”，激动得浑身发抖，争论着如何打开缺口，争取重回上海、回武汉、回天津。他们差不多能背诵有关知青问题的全部“中发”文件的每一条细目。他们想，我们自己就这样了，但我们的孩子呢？孩子的孩子呢？孩子的孩子的孩子呢……永远永远地吃苞谷馍？三千人作出的第一个决定，派三十个代表，组成请愿团去乌鲁木齐和北京，要求认可“知青”身份；并根据他们这批“老青年”的特定情况，制定容得他们返城的政策。三十个名额的分配：上海十五，天津六，武汉九。这是根据到场的青年的籍贯，按一百抽一的原则定出。请愿团的三人领导小组，则由“上武天”各出一名。天津青年武汉青年很快选出了自己的代表，并报出了参加领导小组的人。上海青年却只选了十四个。留下一个名额，几乎一致动议，要去骆驼圈子把谢平请出来，也希望由他和秦嘉两人中出一个，代表上海青年参加领导小组。这时的秦嘉并不在水库大坑里，她还在场部，已任了场子女校的副指导员，没来集会。他们派人赶到骆驼圈子，被老爷子的岗哨截住。第二回又派计镇华、马连成去，事先还给谢平发了信，约定了时间。半夜，绕过扎扎木台高包，进了分场部，摸到干沟边那间小土屋跟前。敲敲门，里边没人。再敲敲门，还是没人应。这才发现，门鼻子上挂着将军不下马的大铁锁，足有半斤重。两次敲门，惊动了老爷子的游动哨，又是鸣枪警告，又喊“捉贼”，一下拥上来七八个人，还有新生员。虽然没有捆这两个人，但揪头发的揪头发，拧胳膊的拧胳膊，把他俩推下了干沟。他俩爬到干沟那边，留又留不住，走又不舍得走，看看天快亮了，一千五百个伙伴还在水库上等着他俩的回音，便拉开嗓门大喊：“谢平，我们是镇华、连成——你听到了没有？他们不让我们过来，我们只好走了。大伙儿等着你来拿主意呢。水库上见不着，我们就在乌鲁木齐等你。乌鲁木齐见不着，我们在北京等你——”他们反反复复足足喊了半个时辰。隔着干沟，在清晨的寒风里，听起来跟狼嗥的一样。直到这边不耐烦了，再次鸣枪警告，并派人追过干沟去，他俩才撒腿跑了。

谢平这时在哪里？在老爷子家里，在场的还有淡见三、于书田。他俩一个手里提着一根铁锹把，看在门口。老爷子对谢平说：“你让他们闹去。你给我老实些，你跟他们不一样，你丢了一回党籍，再闹你就得穿一辈子黑袄！”谢平刷白了脸，弯腰坐着。他求老爷子，让他开开窗户，答应镇华、连成他俩一声。隔了这样的十来年，伙伴们并没忘了他，他得答应他俩一声。哪怕不去，也得应一声："镇华、连成，我听见了，你们走吧——"但老爷子不让。老爷子说："他们来寻的，是过去那个谢平，你不是了。你敢朝窗前迈一步试试，迈哪条腿，我就打断你哪条。古往今来，在羊马河，不听话的，有一个有好结局的吗？你不想想你那个赵长泰！恁好忘事？"但这一回，却偏偏没让老爷子说中。三千个"上武天"闹腾一番，开始确有人被拘留，受审查。但不久上边催促下来，放人。又不久，为"上武天"们制订的文件传达下来了。他们中间，在政策杠杠里边的，便陆陆续续开始办理手续，返回他们阔别的上海、天津、武汉……有的去了香港、神户、美国的新泽西州、加拿大的多伦多，等等等等。土里再度泛洋，六十年风水颠倒过。

轰轰烈烈地来，又"轰轰烈烈"地回。

年轻人干什么都讲究个"轰轰烈烈"。

而谢平，慢慢地也到了三十三岁那年头上……

17

又是一个冬天。冬天比春天好。能烤火。猫着。

那年冬天，谢平带七八个新生员给福海县架电话线，租人家道班房两间窑洞式旧平房，在一百零五公里处的公路边住着。连着两三年的冬天，他都是这么过的。老爷子正在跟福海县拉关系。这也是赵长泰在死以前给他出的一个招：想办法向福海县靠。骆驼圈子离福海县近，让福海县要了骆驼圈子，让它给点支持和帮助，这样“你剩余的二十年，在骆驼圈子就还能干点事儿！”说也是的，这三几十户、百把来口子人、芝麻粒大的一个畜牧分场在羊马河确实让人觉得管不管它，都不打紧。淡见三常开玩笑说：“咱们凑钱给场长政委一人买一个放大镜吧，让他们瞅着咱们也是个玩意儿！”

过罢阴历年，这线就架到东戈壁第零三一七号标桩跟前了，远远地都能瞅见县公安局消防区队院里那木头瞭望塔的红顶子和县委大院的高坡上那一片白杨林的树梢梢了。那天，谢平带了几个老伙计查线回来——头天一场暴风雪，把刚栽起的电杆刮倒不少，发现住处门前的雪窝里扔着几个方口方底的柳条筐。他用脚拨拉拨拉，认出是工房里装瓷瓶用的。这几个筐筐条折了，昨天他让撅里乔修补来着。筐倒是修补好了，不知咋弄的，却扔外头来了。他虎起脸，大声喝问：“谁扔的筐子？”张铭学从工房间棉门帘后头探出脑袋来张张，恰被他叫住：“去给我把老瘸叫来。”不一会儿工夫，老瘸跟个老娘们儿似的，头上鼓鼓囊囊裹起条土毛线织的围巾，双手支在一个高脚板凳上，向后高高曲起一只冻坏了的脚，一步一挪，“橐、橐”的来了。兴许是因为刚出了暖和的屋子，让刀绞似的寒风刮的，兴许也是因为心慌，他脸色灰白，哆嗦个不停。这十来年，他真见老了。平心而论，这家伙在谢平成为老爷子身边的人以前，对谢平的态度就有了明显的变化。他开始觉出这小子是个“东西”，跟他真是两路子的人，而且绝不会跟他们似的，就这么在骆驼圈子窝一辈子，这小子总有一天能出得了这骆驼圈子。老家伙嫉恨这种人，又暗自佩服这种人。老家伙瞧不起骆驼圈子的许多人，其中一个很重要的原因，就是他觉得那些“尿货”跟他一样，都得埋在这达。他佩服老爷子，一半是因为自己的身家性命攥在他手掌心里，另一半就是因为他能出得了骆驼圈子而偏不出，极难得。他觉得谢平身上也有这么点“味道’。他在心底里把这种人都叫做“傻蛋”，但本能和经验却告诉他，在这些“傻蛋”跟前，可不能胡来，得留神，得哈着点腰，抿着点嘴唇，得“装尿”。

“这些筐子……咋弄的……撂这达吵……”他嬉皮笑脸，讨好地表示意外。他想挪动挪动那只伤脚，一阵胀疼，叫他嘶嘶地扭歪了老脸，嬉笑也就变成了苦笑。

“你不知道?”谢平斜了他一眼。谢平早觉出老家伙对他态度的变化。他为自己终于争得别人的这种变化而感到惬意，但他又从不把这种“惬意”外露。他知道撂筐子的事决不会是老瘸干的，这家伙是油，但凡能赖着不干活，就绝对地不干；但活儿一旦到了他手里，他也绝不干那种拉屎不擦屁眼的事。相反，活儿干得还真地道，真漂亮。老家伙这么想：既然干了，就得博个好，干吗跟个傻鸟似的，吃力又不落好呢？再者，他也怕谢平抓他的事。眼面前的这谢平，到底不是那会儿随你摸随你抽的那个了。且不去论力道、论手脚里的功夫，谢平早胜过了他；最当劲的是，这小子现在在老爷子跟前说话，真管点事。他要想把你再弄回五号圈，一句话！老瘸也是怕回那五号圈的啊。

这会儿谢平等着回答。老瘸不敢怠慢，忙答道：“真没瞧见……我这就把筐收进去。”他腾出一只手弯腰去捡筐子。谢平一脚把筐子从他手里踢飞，说：“那你就待在这达好好想想，想起是谁撂这筐子的了，再叫我。”谢平知道新生员互相之间惯会庇护，就像过去上海青年互相之间惯会做的那样。老癞年轻时惯会讨好管教，在背后捣伙伴的鬼；现在老了，再不想图个啥了，嘴倒紧了，也知道庇护同伙了。他要冻他一冻，叫他开口。所以当老癞在他身后连连哀叫“谢班长、谢班长”时，他有意不理会他，进了工房间。

工房间里好不暖和。红炉上吊着一个早被煤烟熏黑了的小钢精锅。这锅早给磕碰得圆不是圆，方不成个方，一个耳襻掉了之后，用粗铁丝拧了个环替代，里边煮着一锅甜菜疙瘩汤。这玩意儿，是他们上东边十来公里处一个农业连的地里刨来的。种这玩意儿，卖给糖厂，好价钱。他们刨来洗净了，切成块儿，煮汤，真甜。喝不惯的人，会嫌它有股子生腥味，他们自然是早喝惯了的。

正在给红马挂掌的张铭学舀了碗甜菜疙瘩，端给谢平，一边搭讪道：“老癞那家伙也真是的……”

谢平知道他想给老癞说情。老癞那只伤脚，裹着绷带，没套毡袜。这阵子冻，也是够他呛。但谢平心里有数，他对张铭学说：“是吗，你们都不想得罪人，那咋办？对不住了，只有我来得罪你们！”他一头说着一头轻轻给红马挠着痒，而后，挽起它的蹄，挨个儿检查过。红马的肚皮，肥软温热，跟缎子一般光滑，给他的手感，是那等的舒服、亲切。新打出来的铁掌，闪着隐蓝的黑光。真可惜了袁副校长，她不收藏新掌！

这时于书田拨弄着个袖珍半导体，慢吞吞走了过来，对谢平说：“筐子是我拿去涮了甜菜疙瘩，撂外边沥沥水，忘了收。跟老癞没关系，想剋就剋我吧。”

谢平倒不无尴尬了，没想到这事会轮到老于大哥身上，便忙捡起根细铁棍，回身挑开棉门帘，冲着老瘸喊了声，让他把筐子捡屋里去，并补了句："回屋去想想。"给自己找了个台阶下。

于书田去拾起筐子，陪撅里乔回屋。这时前边公路上开来一辆重载着铬矿石的"黄河"牌自卸卡车，到道班房前站住。小瘦个儿的司机，披着件蓝布面短皮大衣，带着条大黑狗，一路问到后头，找谢平，交给谢平一封信。信封是师印刷厂出的，薄软、粗糙、廉价。信瓤还不少，像是写在学生练习本纸上的。他先不看，把信往裤袋里一塞，用脚钩过一只小马扎，对司机说："暖和暖和……喝口甜菜汤。"那司机不稀罕这狗屁甜菜疙瘩，没喝也没坐，急着上路，就走了。

送走司机，谢平舀来一盆雪，替几个脸上冻伤的伙计，一一把伤处揉搓过；又煮上加了干蒲公英的黄珠子水，把老瘸的伤脚摁在里边烫过。而后，回自己住的那间小屋里看信。他自己脸上也冻伤了一块，拿毛巾在雪水里蘸过，轻轻揉着伤处，看着信。十分钟后，他带上那封信，叫上于书田，到公路边一家兼营酒食的小杂货店里，要了副座，随便叫了几样酒菜。店堂里昏暗，又要了半根蜡烛点上，把那封信放在于书田面前，要他也看看。

于书田用粗大油腻的手指慢慢展开信纸，瞟一眼那纸上粗黑、流利且又陌生的笔迹，不无疑惑地打量了打量谢平。

这几年，于书田过得不顺。先是老婆难产死了，后来又出了跟渭贞嫂这么档子事。人家说，他跟渭贞好了。说实在的，他咋敢？他跟老赵学机务技术，老赵就是他老师，渭贞便是师娘。况且她正经上过中技，多咋也算个"文化人"。他呢，一个扛枪当大兵出身的，哪般配？开始有人给他提渭贞的事，他拍着桌子跟人红脸，脖梗里的青筋一暴多粗，说："不知者不为罪。下回你要再说这鸟话，我就要你这骡操的好看！”是的，在老丁心里，渭贞跟赵队长同样都是神圣不可侵犯的。你看人家在赵队长死后，谨内慎外，拉扯大小那四个孩子。她笑过吗？她哭过吗？她叫喊过吗？真是默默地去，默默地来。一个强男人能做到的，也不过如此啊。对于她，怎么能想到那上头去？但时间一长，说的人一多，一起转业来的战友，旁敲侧击从中撮合，滴水石穿，在于书田那种对渭贞嫂的敬重、同情里，慢慢地便不由自主生出了爱慕。再想到自己也应该为她分担拉扯孩子的责任，一双不安、内疚的眼睛便常常离不开那外表看来柔弱腼腆，内里却冷静、清醒的嫂子了……自此，再有人向他提这档事，他便结结巴巴，低头不做声。后来，他木木讷讷还真找渭贞提过一回这事。渭贞先不吱声，后来坐在老赵的遗像前哭得要晕过去。他慌张，直骂自己是浑蛋。说他绝对没别的心思，只是觉得，这样对死去的对活着的，都要好受些……有几个月，他俩再没提这事。有一回，已经在场部修理连工作的建国回来，对老于说：“叔叔，分场长叫你到分场部那小屋去说事呢。”又对他妈说：“妈，分场长也叫你呢，去一趟吧。”两人慌慌张张到小屋，等半天，也不见老爷子来，才渐渐觉出这只是建国的一个“圈套”。两人心里明白，又不好说穿。一种难堪、一种慌乱、一种千言万语无从说起的茫然和惆怅，使他俩相对无言，既不愿走，又不想留……他们懂得建国这么做，是想表达作为一个晚辈对这事的态度。他是希望妈妈和弟妹能得到这样一个忠厚的叔叔的照顾……过几天，建国又回骆驼圈子，到老于屋里，把一双新做的鞋交到于书田手里，说：“于叔叔，这是我妈给你做的。你试试。看跟脚不？”于书田拿鞋的手不知往哪搁，脱口答了句：“不用试，大小都跟脚。”儿子回去，把它当做一个高明的回答，作了多种演绎，解释给妈听。渭贞红起脸，啐了儿子一口，说道：“滚一边去！他那么个老实人，会说出恁油嘴滑舌的话？”但自此，两家又开始了往来，而且，是大伙期望中的那种往来。事情摆到老爷子面前，他怎么也不相信，书田这么个老实头会馋上老赵的孩子的妈，不相信他俩会做出这等事。他忙找来渭贞，对她说：“你待在骆驼圈子，我不要你干啥，我只要你替我带大老赵的这几个娃娃，我给你发生活费。娃娃都恁大了，你还想啥呢？别迷瞪！”他骂于书田：“你什么女人不好找，偏要跟老赵过不去？你不撒泡尿照照你自己！你有那脸、有那份儿……有……”他结巴住了，说不出更多的理由来说服于书田。只是觉得他要批准了他俩结婚，就对不住老战友，对不住屈死的老赵，也害了书田和渭贞。这样，一卡两年，他硬是不给于书田和渭贞开结婚证明。于书田这人不会拐弯，认准了的事，头撞南墙不回身；见天去老爷子家硬磨软泡，把老爷子泡恼火了。从去年下半年起，就再不通知他参加每晚的干部碰头会，也不叫他管机务大组。阴历年前，又把他弄到谢平手下来架线，名义是“协助谢平工作”，实际上是把他一抹到底了……

没想到信是齐景芳写来的。

“谢平：想得到吗？是我。吓一跳吧？咋弄的？她这个‘烂脏婆娘’会想起给我写信？啧！是这么想的吗？让我猜到了吧？她也想，十三四年了，你也该把我忘得光光的了。我这么说，没一点想埋怨你的意思，你从来就没答应过我啥嘛。我要是埋怨你，也就不会先给你写信了。提笔算一算，都十三四年了，这日子咋会恁早、恁快、恁……容易地就过了呢？你倒好，还自己单过着。我呢？都要结第三次婚了。照别人嘴里说的，这些年，我都不知道跟多少男人睡过了。

我没法堵他们那些屁嘴，也懒得堵。三十出头了，我都老了，老得都煮不烂、撕不开了，再生恁些闲气，我还有个活头吗？不管他们咋说吧，我总算有了一个儿子，是做了母亲的女人了，跟那些爱说屁话的人的母亲一样。这一点，他们再说再扯再损，总抹不去吧！

“今天给你写信，不为别的。只为要告诉你，过些天，我可能要到你们骆驼圈子走一趟。为啥去？去了你就知道了。怕猛然间相见，你不肯认我这‘烂婆娘’，所以，先给你通个气。别到当场，见了‘老乡’，一扭头，叫我出丑丢份儿现世。另外，还有件大事我要告诉你。总场在三几个月前，就给你们分场发过一份通知，让你去场部办理回上海的手续，你明白吗？你在政策杠杠里面。你能回上海。全场的上海青年，在政策杠杠里可以走而莫名其妙还没走的，只剩你一个了。这份通知，据说让你们那个老爷子扣下了，锁在他抽屉里，不想给你，不想叫你走。我不明白，这么长时间，你咋会一点风声都没听到。这事就在你自己眼皮子底下嘛！你是真要给那位老爷子做倒插门外甥女婿？不想回你那花花绿绿的大上海？为啥呢（那小桂荣真那么迷人）？你还不懂？政策的门不会老这么开着。等上边觉得，他们希望弄回城的人都回齐了，他们马上就会关起门（大伙都这么传呢）。你要不赶早，就再碰不到这样的时运让你今生今世换个日子过过了。我记得你比我大两岁，你都三十三了吧！

“跟我透这信儿的人，死活叮嘱我，让我千万别再透给人。可我想，十四年前，你为我挨了那一闷棍，害得你什么都丢了，一直没能再抬得起头。我欠了你一笔咋说咋还也说不清还不尽的人情债。这么些年，我没忘记。她是想还的。给你透个信儿，也算是还上一部分了吧……

“本来，为了避免一些不必要的麻烦，我不想在信上写上真名大姓的。但又怕你疑神疑鬼，误了事，最后想想，还是写上吧。谢平，听我一回话，去找找你那位老爷子。这一个十四年已经没法子再说了，可还有下一个呢！”

署名“小得子”。

于书田问：“‘小得子’是谁？咋没听你说起过？”

谢平端起酒盅，在手里转着，答道：“知道十四年前，我在场部出的那档事吗？她就是那个齐景芳……”

“哦——”于书田拉长了调门，笑道，“那妞还有良心……”

“别胡扯。老同学，报个信儿。”谢平拣一颗花生豆，撂嘴里，只是用舌尖舔着那咸味，并不去嚼。

“想回分场部找找老爷子，要我替你照顾眼下这一摊？”于书田微微地笑道。

“你说，我该不该跑这一趟？”

“那就看你将来到底撇得下撇不下桂荣了……”

“别胡扯……”谢平嘴里这么说，眼皮子早耷拉下去，声音发闷，腔调也不是那么理直气壮。是的，场里当年的伙伴成千成百地走，他不是不知道。为了挤进那政策杠杠，去重新做个上海人，硬起心肠跟不是“上海籍”的妻子、丈夫离婚，撇下嗷嗷待哺的儿女的，又何止一个两个。他也知道……他在政策杠杠内。爸爸退休，有空位让他去顶替。妈妈有信来催问过：你还死在那块地方干什么呢？他知道，十四年了，也该出去看看那世界，那黄浦江，那轰轰作响东来西往的列车……那外滩海员俱乐部门前的嘈杂和人民广场两侧夜空中敞亮的霓虹灯标语……这些年，公路上过车，特别是过那客运的长途车，那些像甲壳虫似的在高坡上蠕动的长途客车，常常引得他眼神发直。它们常常引出他心底的不平静，嘈乱。它们去高地那边了，它们从高地那边来了，高地那边到底咋样了？他不能平静。但他没去找过老爷子，他连一次探亲假都没请过，老爷子离不开他。这不假，骆驼圈子再没第二个高中生。这些年，连老爷子的家信，都是他给代写的。骆驼圈子够他忙乎的，这都不假。但最主要的，还是因为自己丢了党籍，没脸面去见“江东父老”；也怕场部的那帮子还记着他，还会给他“紧鞋带”，卡他，不放他走。他不想去碰壁……他呢，也不服气，不认输，不肯就此走了。就此走了，这十四年算个啥？水流过还要在岸脚根上涮三涮呢，我这算啥？真全错了？鸟毛灰！再者，还有桂荣……咋办？大伙儿说他俩的事，也有两年了吧。先是悄悄地说，背着老爷子说。后来，当着老爷子的面也开这玩笑。老爷子笑笑，不表态。什么意思？是没把它当回子事，还是也有那么点想法？摸不准。谢平呢，一老认为，桂荣是自己的学生，是子侄辈的人。虽然从桂荣嘴里，这种辈分关系有过极其明显的变化，从“小谢叔叔”到“谢老师”，到“谢平哥”，到“谢平”……但谢平并没多大在意。因为在这些年改变了对他称呼的，远不止桂荣一个。拿桂耀来说吧，去西安上大学前，就拍着谢平的肩膀，叫“老谢”了。前年回来过寒假，头一天见面还叫了声“谢老师”，后来一直叫“谢平”：“谢平，你怎么还是那副老样子呢？”就这种口气。不过，说他真一点没有意识到桂荣在这期间感情上潜移默化的变化，那也是假话。不，他意识到了，在人们开他们的玩笑之前，就意识到了。桂荣常上他小屋里来。家里有啥好吃的，总端一碗搁他窗台上。过去做女孩时，总欢蹦乱跳拉着谢平上家里去吃。后来不了，宁愿端来，看着谢平吃，把碗洗了，再走。她什么都跟谢平说，什么都来问谢平。谢平要回答了呢，她就高高兴兴地说声："行，就这么着！我瞧着也是！"谢平要不回答呢，她心里乱，还会难过。过好几天，她都还会来问你："那天你咋不吭气？我咋惹了你？"特别是从场子女校念完高中，老爷子偏要留她在身边，不让她去考大学之后，她几乎把今后生活的希望全寄托在谢平身上了。从那以后，她对谢平的态度有了明显的变化和进展。谢平默默地接受了桂荣的这种种变化，它是无法抗拒的。桑那高地太空旷了，人们从来就习惯让许多事儿自然地发生，自然地消亡，随它自然地来，随它自然地去。从一个群体的素质来说，谢平再没见过，还有什么地方的人能有这般的忍受力，能这般宽容、放达。他们周围不管发生了什么，他们都能把它看做是应该的，自然而然要发生的。用他们自己的话来说："就该这么着。要不，你说咋办？"好比"飞机场"边起那几棵歪歪扭扭的沙枣树，到底是咋长出来，又咋枯死的，没人去问个究竟。就该这么着的嘛！

对待桂荣，谢平也是如此。自然而然地发生了，也就自然而然地接受了。至于，老爷子到底肯不肯把这"金疙瘩蛋"舍给他，他比她大十来岁，到底般配不般配，他都不去想。操！撒开了缰绳遛马，总会到一个地方的，还能走出地球去了？由它去！他一直持这种态度。得到齐景芳透给的这信儿，他觉得再不能由着"儿马蛋子"遛了，得有个态度拿个准主意了。场部发给他通知，这说明场部的人没忘记他，不再卡他，这使他大松了口气，他高兴。老爷子扣他通知，是舍不得他，是离不开他。这说明，自己在骆驼圈子的这十四年，没白待，苦没白吃。现在，他得让老爷子表明态度：到底是留他，还是放他。或者是放他，给个机会，去看看外边那个阔别了十四年的世界；或者是留他，那他就要成家了，得坦白地向老爷子伸手要桂荣了……三十三岁，也应该了。

18

风儿啊，你慢慢地吹……

大门上剥啄剥啄响，桂荣先没在意。她想：这么个大黑风天，又下恁大的雪，谁闲疯了，还来串门？所以，她只以为是漆布面子的棉门帘在风中甩打哩。但再听，便听到，在那剥啄声的间歇里，有脚步极不耐烦极焦躁地在木台阶上来回走动。是那笨重的毡筒踏着朽烂的木板，嘎吱嘎吱颤悠，才认定真有人敲门，还是个急性子人。她便嘀咕了一声："咋回子事吗，黑天也不让人安生！"便从床头板上用力抽下一根浅驼色挑花边的三角拉毛头巾，走去开门。走过大衣柜前，对着穿衣镜，又稍稍侧转过身去，看了看头巾顶角在肩后窝住没有；而后，用两只手轻轻带住头巾的两只前角，让它们往中间靠拢来点，遮住自己跟发面馍似的高高隆起的胸部。这些日子，淡见三去福海县办事，带桂荣走了几趟，认识了刘县长的儿子刘延军。延军带她到县委别的领导家串门。她看到那些有身份人家的女子，特别是那些跟她差不多年纪，身架刚长开了的年轻闺女，待在屋里的时候，根本不像她们骆驼圈子的女人似的，扒了棉袄，还穿褂子。人家就那么件贴身的细毛衣，但凡有客来，大不了，肩上再围块头巾，把自己胸前那块高得忒有些招眼的地方掩一掩，让人觉得又是那么自然大度，又是那么洒脱含蓄，真是又活泼又得体。真亏她们想得出的！叫桂荣羡慕死！也不知为什么，看见她们那大方的新鲜的模样，她的心就会慌乱得跟没定性的拨浪鼓似的，在她丰润的胸壁后头涌撞。离开县城时，吉普车（小刘派的车）都开到县税务局南头的镇市梢了，她又让折回去，到县百货公司买了这条三角头巾。在柜台前还真好费了番踌躇，在恁些真丝的、尼龙绸的、乔其纱的、印花的、夹金丝银丝的头巾里，挑半天，也拿不定主意。售货员见她那一身打扮，料定她不是县城里的姑娘，随手撂了这么条浅驼色的拉毛头巾，她倒看中了。倒不是一定认为它就有多么好，只是当别人撂出一条头巾，建议她买这条时，她的思想才活跃起来，也才有了定见。从小她就习惯了得有人给她拿主意。“我看也是。这颜色、式样都合适。我要围着那些水红翠绿的、金光灿灿的，咋在骆驼圈子走动？”就这样，她心悦诚服地买回了这条人家的“滞销货”。

桂荣拨开门销，见是谢平，惊喜万分，叫：“天爷！咋是你呢？”她仿佛被门外浓雾似的寒气重重击中了似的，微微地战栗着，小小的圆脸上，立马闪出那样动人的喜出望外的光彩。她把两只小手紧紧捏在一起，放在嘴前，真呆住了。而后她才想起该关门，该帮谢平去脱皮大衣，该去接过他扔下的皮帽、皮手套、那根她用自己捻的粗毛线替他织起来的土白色的加长围巾，还有那支步枪——黑夜起敏什托洛盖沙包群里过，是绝不能少了它的……

所有这一切，对十七岁以后简直就再没长个儿的桂荣来说，显然太庞杂，太沉重了。她抱不住了，步枪“嗵”的一声砸到了地板上。

“捡一捡呀，你！”桂荣撅起嘴，跺着脚，叫。胸前那一大抱衣物，抵住了她的下巴，使她根本低不下头，也难以弯下腰来看枪到底掉在哪儿了。

谢平没去捡枪。枪掉在老爷子家的地板上，还着什么急？一进门，骤然间极悬殊的温差变化，叫他脸上冻伤的那处一跳一跳地剧痛。“你舅爹呢，没在家？”他拱起个手掌，罩在伤疼的那半拉脸上，怕暗处再有啥戳住它。

“你脸咋了？”桂荣惊问。

“别大惊小怪。我问你，分场长呢？”

“回来就查户口呢？”桂荣见他不回答自己的关切，一心只在问老舅爹，便不高兴；把衣物抱进自己房里，拾起枪，撂给谢平，自管自进屋，不理谢平了。

“人家有急事！”谢平跟进屋，解释道。

“冻成那样，还急！”桂荣眼圈红了。她已经跟谢平吵过几回，不让他再去带队架线。谢平说：“我不去，让你舅爹去？”桂荣说：“骆驼圈子除了你跟我舅爹，就再没大活人了？”谢平说：“又不只是我一个在一百零五公里。”桂荣说：“行嘛！你去呀！你充好佬！挨冻的又不是我。我淡吃萝卜闲（咸）操心，干吗呀！”这样的争执每回都以桂荣心疼地掉泪，谢平闭口不言语结束。

“你呀，怎么老也长不大……”谢平掏出手绢递给她。

她狠狠地打了他手一下，把那手绢打掉在地上，恨恨地说：“你那‘抹布’是擦脸的吗？”倒也是。那手绢黑脏黑脏，团起，皱起，实在也是怕人。她骂着，扑哧一声又笑了，拾起手绢，撂床底下的脸盆里，重拿块干净的给了他，这才言归正传，问：“啥事恁要紧？这大雪天往回赶，不要命了？”

“你跟我说实话，你舅爹扣了我一个通知没有？”谢平问。

“通知？通什么知？”桂荣脸微微红起，她在装糊涂。她知道这件事，舅爹跟淡见三商量时，她是听见的。她还知道，这通知舅爹交淡见三锁起来了。她知道，这么做，对不住谢平，但她又希望舅爹这么做。一想到谢平要走，她的心都皱起来了。骆驼圈子本来就够空旷的了，她不能想象在自己的生活中再出现这样一块空白……

“场部让我去办手续的通知，回上海……”

“你想走？”她张圆了眼睛，屏住气，问。

“我得知道你舅爹到底扣了我的通知没有。”

“你到底想不想走嘛！”她急得又快要哭了。

这时病卧在床上的舅娘，支起半拉身子，冲着过道问：“桂荣，你跟谁嚷嚷呢？都几点了，也不去催催你舅爹。”老爷子被淡见三叫去，有半天了。

“我跟我自己嚷嚷哪！你睡你的吧！”桂荣不耐烦地答道，并“噗”的一声吹灭了过道里的油灯。过了一会儿，谢平听见她冲他走来，在黑暗中，久久地、久久地看着他，忽然依偎到他胸前，抽抽搭搭地哀求道：“别走……啊？别走……好吗……”

谢平一把搂紧了桂荣，把她小小的温软的毛茸茸的脑袋，捂到自己怀里，亲着她的头发和并不宽阔的额角。他还从没这么亲近过她，桂荣也是头一次这么“放肆”……但这却是真实的。她现在在他怀里，她的额头抵着自己锁骨下边的胸窝，由她的体香，她结实的乳峰透递过来的电击般的热浪，都是那般清晰强烈……

但谢平心里又是混乱的。在路边的小杂货店里，于书田曾提醒过他：“你要走，我自是没话可说。如果要留，我倒要问你，你那么死心塌地向着老爷子，就没扪心自问一下：老爷子真会把桂荣给你吗？如果你只是为了桂荣才留的，我劝你，还是抓把雪拍拍脑门子……”是的，老爷子没有制止过别人开他和桂荣的玩笑，但也从未表示过赞许和肯定。老爷子要有心入赘他，早该开口子，特别是通知来了之后，事情已是很“紧迫”，但他却依然一直回避着这事。这些年，老爷子确实重用、信任我，把分场里所有技术方面的事都交给了我，我跟淡见三成了他的左右手。但老爷子从来没给我一个正式的任命，也不提能不能让我重新入党……我把他当父亲，也以为他已经把我当了儿子。真是这样吧？他真想留我，明着说一声不就得了吗？干吗要在暗地里卡？他对待被他认为是“自己人”的人，从不讲究方式方法——老当面开销，爱怎么训就怎么训，连你老婆孩子的事他都要替你管上。熟悉老爷子的人都清楚，只有得到这等“待遇’，才说明他真把你当自己人看了。他暗地里卡我，说明他还是忌讳着我，说明他跟我……还是远着一层，没把我真的当自己人。想到这里，谢平心里隐隐地不舒坦起来，硌得慌……他慢慢松开了桂荣。

第二天，天色麻亮。淡见三上干沟边来叫谢平，说是有一辆场部来的车一头攮在飞机场东头的大雪坑里，得想法子拽它出来。

“那得找机务上，找我干屎！”谢平从被窝里折起，叨叨着，“你们就见不得我歇个天把，分场里人都死绝了？”

“老爷子早发过话，谁使拖车，都得经你我两个批准才行。”

“行，行。我批准了……”说着，谢平一扭头又往被窝里缩去。

“哎哎……别跟我犯懒。谁让你是赵长泰的关门弟子，使拖车比我在行。跟我走一趟吧，小老弟。”淡见三笑道。

谢平无奈，长叹口气，只得起来。白条条一身，去拿衣服。这些年，他也跟老职工一样，喜欢脱光了睡觉。老职工图俭省、方便，他图痛快，自在。套上空壳棉袄棉裤，趿上鞋，捂着还没扣上扣的襟片子，一溜小跑，到屋后原先盖房子打土坯时留下的大坑边上，一边哆嗦着小便，一边朝飞机场东头张了张。果不其然，在那灰蓝色的晨光里，在那灰白的雪包中，真有一辆南京出的跃进牌二吨半卡车，撅着草绿色的屁股，栽那达了；坑边上，模模糊糊好像还有人在走动，其中有个小模小样，还像是个孩子。于是他赶紧跑回屋，甩掉棉袄裤，重新从内衣内裤穿起。待他们急忙中来到三岔路口，机务大组的伙计开着“尤特”也过来了。过了干沟，淡见三对谢平说：“你先走一步，我系系鞋带。”便猫腰蹲下身子。这时离那雪坑边，只有二三十米。说是系鞋带，淡见三两只黄玻璃珠似的眼睛却死死盯住了寒风中耸起肩膀头，既没戴帽子，也没戴手套的谢平。

昨天晚上，淡见三带着人，为准备来骆驼圈子做客的福海县县委领导收拾客房。到十点钟左右，便请老爷子去过目，认可。福海县领导肯到骆驼圈子来做客，标志着骆驼圈子划归福海县一事，有了突破性的进展。这也是前一阶段，淡见三受老爷子委托，频繁相顾福海县的结果。骆驼圈子平日就少有大客人到，眼下，福海县的领导要来自然是件大事，自然得把啜奶的力气都使上，接待好，在这方面淡见三下了极大的功夫。客房就设在原先留给那位不肯到任的政委的房子里。其实早两年，这房子，就先让淡见三占了一间做卫生室，后来又占了一间做他的宿舍。大家心里也清楚，老爷子让淡见三搬进这大房子，实际上是默认了老淡的“代理分场长”地位。老淡转业前，在部队里就是个卫生员，又在野战医院当过护理兵，刷痰盂、擦玻璃、倒恭桶、背伤员……于书田跟他开玩笑："操！你那兵当的！就学会了怎么讨好女护士！"但淡见三这人聪明，鬼点子多，手条子辣。说干啥，一定要干成啥，也一定能干成啥；人又长得漂亮精干，爱干净，往那儿一站，两手往后一背，挺胸收腹，两脚分立成肩宽，两眼平视，炯炯有光，确实显得精神，挺秀。另外，他还能拢得住人。不管你是谁吧，只要你肯跟他干，他决不亏待了你，所以分场里，真有一帮他的"铁杆儿"。以至远至福海县几个老乡公社，都有他的心腹朋友。老爷子喜欢他，他待老爷子也好。他不仅是老爷子分场事务方面的总管，也是家务的总管。他甚至还管着老爷子的生活起居，每天总要到老爷子家去三四次。其中必有一次，是背着药箱去给老爷子打针、推拿、量血压。当然，在他身上，也有叫老爷子感到不足或为之挠头的地方。一、淡见三文化稍低了些，只念过初一吧。二、爱跟女人缠和，老单身汉，又是卫生员。关起门来给人打针摸肚子，该着他的。分场里又自有那么几个骚货，爱送上门。难管的……昨天老爷子检查完了客房准备情况，淡见三他们又拉开桌子推了几圈牌九，回家已是半夜过后。谢平还在桂荣屋里等着老爷子。老爷子没跟他说什么，只是叫他把齐景芳的那封信留桌上。待谢平一走，他立马让桂荣把淡见三从被窝里叫了来，把齐景芳的信撂在淡见三面前，骂了他个狗血喷头。当时齐景芳要在跟前，淡见三真能拿把斧子把她劈了。淡见三那年在场卫生队医士短训班进修，齐景芳跟四棵桩煤矿矿长的儿子结婚后（那已是她第二个丈夫），常带丈夫到卫生队看病，就认识了淡见三，后来又相好上了。直到前年，她才正式办了离婚手续……

淡见三常借机去场部看她，他什么都跟她说。淡见三从来没服气过女人，可在齐景芳跟前，他真服了。漂亮，能干，豁达，而且又那么年轻、那么的有“嚼头”。所谓“有嚼头”，是说她有主见、通情理，两岔着也说得起来，搭得上事儿。不跟另些女子似的，就那二两香油还全在面上浮着呢！撇去那一层，就见底儿！这就叫“没嚼头”。玩玩儿，可以，真长久过日子，乏味，难受。

那天淡见三跟她说了谢平这事。他一再关照她，这件事不能跟任何人说。老爷子下一阶段还要使唤谢平，捣跑了谢平，谁在老爷子面前也吃罪不起。齐景芳回答他：“我管你们谢平不谢平。我又不认得他，我犯得着给他通风报信吗？”当时她装得恁像，背后又来这手！而且她还要到骆驼圈子来。淡见三早就烦这种跟她“偷偷摸摸”相好的日子了，早就要她到骆驼圈子来亮个相。她死活不肯来，还不许他在骆驼圈子公开他们这关系，甚至在答应跟他结婚以后，还不许他公开他们的关系。他追问过她：“为什么？”她不说。他追问过：“到底到哪一天，你才许我正大光明上你屋里去？让我那头的战友、朋友知道我淡见三已经有这么个漂亮相好？”她只说：“等着，快了。”就是不肯给具体日期。两天前她捎信给他，突然说肯到骆驼圈子来了。他受宠若惊，暗自欢喜了一阵，却又纳闷：她到底动了哪根筋儿，开这个恩了？多疑的他又犯开嘀咕。一直到昨晚，他才彻悟，这骚货是为谢平来的。她跟谢平还连着一腿一脚呢！故而早起机务大组的人来敲他的门，说场部有车陷到雪坑里了，他就猜到准是齐景芳。一问司机，来的果然是她。他转身就去叫起了谢平。他得看看，他俩到底闹啥名堂。你真将我老淡当了肉头货？啧！

那雪坑边上“小模小样”的，果然是个五六岁的小男孩。那小男孩远远瞧见老淡就挣脱了他妈的手，跌跌撞撞踏着雪地跑来，一头还高兴地喊着：“三叔叔、三叔叔……”他妈三十左右，穿一件八成新的军皮大衣，敞着扣，里头穿件雅而不素的碎花点橘黄铺地花布罩衣。一条海军蓝粗呢裤，裁剪得当，可体地紧裹着她两条修长而圆实的大腿，一双中跟黑牛皮女靴则有效地使她原先就挺拔而匀称的身材更显出一种在骆驼圈子女人身上找不见的洒脱。她怕孩子跌倒，笑着也追了过来，手里还抓着根红头巾。啊，红头巾……谢平心一涨，立马认出，她就是齐景芳。分手这多年，齐景芳的经历遭遇，谢平也曾略有所闻，知道：黄之源那家伙后来受了处分，被抹去了计划科长职务，老婆也跟他离了。他到煤矿去找她，求她，哭诉他对她的“真诚”。他说他愿意调到煤矿来，陪她，只要她愿意跟他过。这样缠了有一两年，她心软了，想想，已经栽在他身上过，就跟他过吧。嫁给他没几年，两人又过不下去，离了。后来，她才又跟了矿长的儿子。由矿长走通关系，把她两口子一起调下山，回到羊马河总场场部，在总场商店土产门市部当售货员。说是又混得相当不错，跟商店指导员娄老头的关系特别好……有人甚至还说，她跟商店经理也睡过觉。要不，她咋能走红恁快？还有人说，她那小男孩，还不知是谁的呢。算时间，该是那矿长儿子的。但跟黄之源离婚后，姓黄的还常来找她。也没准，是她那当矿长的公公的，因为人都说那老矿长待她比自已亲闺女还亲……听到这块儿，谢平再听不下去。从此以后谢平便不再打听她的消息了，不想再打听。

故而，久久地，在谢平的印象中，小得子早已该是粗野撒泼，大脚裤管八尺八，敞着一半大襟扣，袖管绾老高，不锈钢罗马表亮亮地套到小胳膊弯里，脸黄白，唇黢黑，叼起纸烟，扑粉老厚一层直往下掉的那号女人。但眼前的小得子，不止是衣着得体、丰满、白皙、端丽，而且从她被黑短发衬托着的鹅蛋脸上，从她微笑着咧开的嘴角边上，从她并不在意地高高挺起的胸脯上，从她尚未转过身便先把眼光捎过来用力打量人的神情上……处处显示着一种压抑不住的生气，有一种在别的女人身上很少看到的自信，一种根本不想掩饰的自信，以及对这种不想掩饰本身所具备的自信，以至使谢平觉得，眼面前这个小得子，比十四年前的那个更加任性，也更显其自在。但同时，他又发觉，在她一瞥的深处着实还隐藏着叫人一时难以捉摸的什么。它们在她眼底的雾里闪忽、飘浮。那是什么呢？老到精明的微笑？揶揄自嘲的忧郁？谙练细微的探询？长途跋涉颠簸后的困乏？人前事后的自制？他说不准。但恰是她眼底的这层东西，叫谢平又觉得，她确实已不是十四年前的那个小得子，但又似当年的小得子……他心里好一阵鼓噪骚动……

齐景芳根本想不到眼前这个站在拖车旁边，黑瘦高挑，穿一件打了许多补丁的旧黄棉袄，腰间还束着一根麻绳，半拉脸上还冻肿了那么一块的"中年人"，会是谢平。已经跑过去两三步了，她才又收住脚步，回过头，装着拢拢鬓发，去瞄了瞄。她不是"认出"谢平来的，而是从这男人愣怔着诧异着恁样专注地张望自己的神情里，"感觉"出这是谢平。她呆傻住了，一时间那巨浪似汹涌而起的心绪，骤然间又好像给冻结住了似的，在高高升起到半空，刚要往下拍击的一瞬间，给冻住了，凝固了，木怔着了……不，他不应该是这样。头发恁长，恁乱，盖着耳廓和眉棱。耳朵冻得恁红。冻伤了的那半拉脸颜色发黯，使本来黧黑的他，更显粗陋。深陷的眼窝里，闪烁的不应该是这种不再轻易相信人的目光。你看它，在盯住一个物事以后，往往便定在那达，一时间又好像什么也没在看似的，显出许多空白，而后它才又像一只盯住了猎物的鹰隼似的锐利起来。为什么他的胳膊显得恁长，要半弯着垂在大腿的两旁？为什么他蒲扇一般大的巨手，半握半不握，黑黄黑黄？为什么他要略略拱着背，略略前俯着上身？为什么他要让旧毡袜袜筒从黑棉胶鞋鞋帮里戳出来，又用它去裹住蓝棉裤裤管？……为什么他总给人这么一种印象：他随时都在准备让人支到戈壁雪窝红柳林的最深处去，干一件最重的活……为什么，他对这一切都毫不在乎，无所谓？……

你是谢平吗？……小得子的心兀然抽紧了。她打了个寒战。鼻眼一酸……但当她发觉，淡见三抱着她的儿子宏宏走到离她四五米远的地方，正用心窥探她的神情时，便忙收敛了所有那些困惑、哀伤和自责，匆匆脱掉右手上用鲜艳的红白两色毛线织就的无指手套，上前跟谢平握了握手，大方地说了句："收到我信了？老朋友，回头上老淡屋里来聊聊，想不到我跟你们这位'代理分场长'还恁熟吧？"便跟淡见三走了。

"你到底在跟我搞什么名堂？"进了屋，淡见三"哐"的一声，用力碰上门，便大声问道，"耍什么哩格隆？"

"没什么哩格隆。"齐景芳静静地随口答道，一头给孩子脱大衣帽子。

"你跟谢平到底有过啥关系？"淡见三冲过来吼道。

"别吓着孩子。"齐景芳白了他一眼，用热毛巾给儿子捂了捂冻红的脸和手，而后冷笑一声说道："啥关系？睡觉呗，亲嘴呗。男人跟女人还能有啥关系？"

"你他妈的原来……"

"呸！"齐景芳狠狠地啐了他一口，"你以为所有的男人都跟你似的属驴？我和谢平坐一趟火车来的，他是我中队长。就这点关系！”

“没那么简单吧。你今天到底是看我来的还是看他来的？”

“看你呀。”

“恁好？”淡见三挖苦道。

“不好，你肯吗？”齐景芳揶揄道。

“那你给他写那鸡巴信干吗？”

“写信？给谁？给谢平？我吃饱了撑的！”齐景芳眯细着眼问道。

“你还给我赖！”淡见三把那封信用力拍在齐景芳眼面前的桌子上，把香肥皂盒弹起多高。

齐景芳斜起眼瞟了那信纸一眼，见它果然是自己写给谢平的，心里暗自叫苦：“谢平啊，傻骆驼，就算你不知道我跟老淡的关系，你也不能拿人家给你通风报信的字据，满处去张扬！恁些年了，你咋还没点长进吵？”齐景芳想着，眼疾手快，拿起信纸朝烧红了的铁炉盖上一撂，未等淡见三伸手去夺，信纸便一阵抽搐，蜷缩起来，转眼工夫变成团烟和火了。

“好吧，老淡，既然你已经知道了，咱明人不说暗话……”齐景芳见信据毁了，便松下口气来，“这些年，我恁样待你，你还老防着我，疑神疑鬼，觉得我总在跟别人睡觉，还相信那些从屁嘴里滋出来的屁话，我可受够了！告诉你，这回我是为谢平的事来的。我和他之间是有笔孽债未清，但这是正经得不能再正经的一笔债，我是为还他这笔债来的。你要恁没出息，抽风似的，大吵大闹，碍我手脚，坏了我的事，那就趁早给我滚一边去，再别在我身上想好事。结婚？跟你妹子结去！”

“你想撺弄谢平离开骆驼圈子？”

“你别管，这是我跟他的事。我决不替你在老爷子跟前添乱就是。”

淡见三疑惑地瞅了瞅齐景芳，不做声了。这鬼女子，咋恁难弄？

“你安排我住哪儿？”齐景芳又问道。

“放心，不会塞你到新生员屋里去，我这儿空床多得很……”

“去你娘的蛋！在这儿我可不跟你一屋住。”齐景芳脆绝地一口“掐灭”了淡见三的任何“奢望”。她不想头一次来这达，就给骆驼圈子人留下印象，她是个“烂货”。况且，这达还有谢平……她威胁淡见三道：“你要没地方安排我娘儿俩，我还跟车回去！”

“安排啦！我的老姑奶奶！在老爷子家，跟桂荣睡一屋。跟老爷子的心肝宝贝疙瘩睡一起，我就是老虎，还敢去找你麻烦？放心了吧！”淡见三以为，听了自己这么说，齐景芳准会高兴，自己便能趁宏宏跑到隔壁诊室去玩那人体针灸穴位模型的空儿，跟她亲热亲热，沾一手。却没料想，齐景芳听了，反而愣起神来，支起半拉眼皮，怔怔地半笑半不笑地问道：“那小桂荣……漂亮吗？真有恁迷人？我倒想见识见识。”叫他好不扫兴。

早饭过后，为了迎接福海县的贵宾，淡见三集合起全分场的男劳力，打扫场院；用竹笤把，也用人拉的刮雪板，要求各小家小户把房前屋后都拾掇净了。柴火堆也得重码过，不求一般高，但都得站在一条线上，码出棱角。谢平回来时，把撅里乔跟几个冻坏了手脚和脸面的老伙计也带了回来让老淡给瞧伤。这时他们也被淡见三叫出来，或者相帮拉刮雪板，或者督促检查各小家小户的柴火堆。撅里乔钻到二贵家柴火堆背后，用笤帚把挑出二贵媳妇晾那儿的内裤，故意满处吼道："老爷子有令，不叫在今天露这烂脏玩意儿。谁这么不听话？谁？"二贵媳妇红着脸，四处追，忙不迭用笤帚疙瘩砸那死老癞，要夺回自己的衣服。但在场院转了好几个圈儿，也逮不着他。男人们拄着长把笤帚，哈哈大笑。还是几个去大伙房帮忙的老娘们儿，前堵后截，把老癞按倒在地，一头掐他，一头解他裤腰带。老癞跟打挺的黑鱼似的，在娘儿们的腿杆中间扭动、挣扎、哀求："扒不得、扒不得，要冻掉的、冻掉的……""冻掉了才少作孽呢！看好喂狗！"四五个大嫂咬着牙，一齐用膝盖头死劲压实了老癞，叫他动弹不得，扒下他棉裤，又狠劲在他光屁股上各自踢了一脚，才四散开，算是出了口馊气！她们也是早恨透了一瞅见空子就想占她们便宜的死老癞。

齐景芳由淡见三陪着走上老爷子家木台阶，见这场面，拍着木台阶上的廊柱，哈哈大笑道："行，你们这达的'半边天'行！"进了屋，一见桂荣，便忙把她拽到窗前阳光地里，像个老外婆似的，左一拨拉，右一拨拉，拨拉得桂荣团团打转，又拉着桂荣的手，左右上下不住地打量，故意对老爷子说："我说呢！老爷子咋会恁喜欢这么个疙瘩蛋。我要是个老和尚，非半夜来背了她去，搂着啃着活吞了她才过瘾呢！你瞧那小鼻子小嘴的，咋恁可人心呢！"说着从挎包里摸出条丝光绸巾，拍在桂荣小手里，算是见面礼。

"哦，见三，你瞧你这位'对鼻子'的一张嘴……"老爷子高兴得嘴都合不拢来，点戳着淡见三笑道。头早起，淡见三来跟老爷子打招呼，就说了，待会儿要来的是自己的"那一位"，按骆驼圈子的习惯叫法，便是"对鼻子'。可不，闭起眼来想想，这称呼，叫得贼准！

这时，谢平从大伙房的柴火堆里，拉了满满一爬犁灰皮铁棍似的梭梭柴，来到屋前。桂荣见了，忙挣出齐景芳的怀抱，跑到门外，帮他往屋里抱柴火。

“给福海县客人那屋里拉了吗？”老爷子问，一头给谢平递了颗烟。

“拉了。”谢平用粗大的拇指和皴裂的中指慢慢搓了搓烟，答道。

“今天要使发电机。昨晚试了试，电压不稳。待会儿，你去看看，再给调调。恐怕还得给发电机房拉一爬犁梭梭柴吧？”老爷子又撂了盒火柴给他。

“行。”谢平闷闷地应了声，转身要走。他脸上搽过冻疮膏的地方，在阳光地里隐隐一亮。桂荣早起上他那小屋送冻疮膏去了，一头给他搽药膏，一头还心疼地骂呢：“冻死活该！省心！”

“你们还有发电机呢？我也去瞧瞧。”齐景芳想找机会单独跟谢平说话，这时便趁势“顺杆子爬”，跟着谢平往外走了出来。

“城里人，猎奇呢？”谢平拉着空爬犁，慢慢向大伙房后边的柴火堆走去，挖苦齐景芳。得知齐景芳就是大伙儿早在猜测、揣摸又无从知其底细的淡见三在外边寻的那位相好，谢平隐隐感到一阵说不出的刺痛，既不是为了自己，也不是为了她，只是感到一阵刺痛。

“你怎么恁笨？把我的信给了淡见三？”齐景芳没理会他的挖苦，责问道。

“很抱歉。到今早起，我才知道，你原来就是淡见三的相好。”

“怎么？不可以吗？‘中队长’。”

“怎么不可以。现在还有什么不可以的，大伙早等着想吃老淡的喜糖了。”

“喜糖当然是要散的，可也得给凑分子。骆驼圈子咋么个规矩？

一分舍得出多少?”

“那就看办事人的贵贱了……”

“比如像我这一号的‘贱货’呢?”

谢平从她话里忽然听到了一种让人心颤的尖刻和酸辛，便咯噔一下收敛起揶揄和嘲讽，回头去看她，却又只见她脸上淡淡地挂着一绺朦胧的、含义不明的微笑，似乎露着些怅然，又似乎痴痴地显着某种麻木和不在乎。

“去找过老爷子了?”到柴火堆后边，齐景芳问道。

“没有。”谢平不想跟她多扯这事，用脚蹬住柴火堆，用力去抽歪七扭八，相互盘压在一堆的梭梭柴。

“为啥不找?不打算走?”齐景芳相帮着去抽。

“城里人，你能给我通风报信，我就很满足了。别的，你就甭管啦。我自己还不知道该咋办呢。”

“咋办?上边让走，腿又长在你自己身上……”

“恁简单?我已经在这儿待了十四年，不是十四天。”

“有多复杂?不就是个小桂荣吗?”齐景芳突然变了脸色，拥起爬犁子，把已经摞到爬犁子上去了的柴火棍，一起都掀了个驴打滚马卧槽，还气咻咻地瞪圆了眼说道:“没想到你变得这么窝囊，这么没出息!”说着，一扭头便走了。走了没几步，又回头来冷笑着说:“‘中队长’，你真的连一件像样的衣服都没有?时到今日，你又何必再把自己打扮得那么‘革命化’呢?”这句话，把谢平噎得够呛。霎时间，他憋闷，憋闷得几乎喘不上气来。他扯开腰间的麻绳，解开领扣，凑手抡起一根青灰油亮的梭梭柴，死命朝柴堆上砸去。只听“咔嚓”一声，梭梭柴断裂开来，他的虎口处、掌心里也一并麻栗跳疼……

谢平给发电机房拉够了柴火，回头拉着空爬犁再经过老爷子家所在的小高包脚下，福海县的客人已经到了。老爷子家门前那一排齐刷刷的青皮杨树底下，停起了两辆崭新的北京吉普。但来的不是县委领导，他们临时被地区找去开会了，来的是县长的大儿子刘延军跟农林畜牧局、外贸局的两位科长。老爷子心里不免有些窝火，但经淡见三悄悄跟他说清个中事由，详尽介绍了刘延军的为人，说他极有头脑，在县里也极兜得转，后劲儿极大，老爷子才收敛了那许多气恼，高高兴兴待客去了。这刘延军两年前从北大毕业，主动要求分回县里，办了个实业开发公司。料准近期内，跟苏联那边的双边贸易关系会有相当幅度的松动，便想占地利人和之先气，先在边界小镇霍尔果茨克占了个地盘，盖了两间抗震保暖的活动板房，想做转口生意。而后，看中了紧靠老风口的骆驼圈子，作为霍尔果茨克的“后方基地”，他要把它办成转口货物的集散中心，支撑自己在霍尔果茨克的“贸易窗口”，统住这一片十来个县转口的生意。他从县里弄了辆北京吉普，三天两头地跑地区、跑自治区、跑师、跑兵团，当然，去得最多的是羊马河。他顶讨厌别人老看他是谁谁谁的儿子。他用他的公司跟人打交道，用他北大毕业生的资格。你要没来由地突然扯他那老爸，他可真跟你掀台面：“老兄，我可是从没打你父亲和爷爷的主意，你也别在我头上捞这一把。我不给任何人搭桥垫背。咱们都放自重了，我只给我公司办事。”要不，人咋说，县太爷的儿子脾气大呢！但也得亏他腿勤嘴勤，加上老爷子身边一些人使劲鼓捣，捅开了搁置多年的骆驼圈子归属问题的僵局，总算各方都觉得把骆驼圈子就近划给福海，是对谁都有利的一件大好事。犹如季春三月解冻的冰河，局面发生了根本性的变化。谢平早就从老淡嘴里听说了这位北大学生，早就想见见这位新起的经理，便摘下肩上的爬犁套绳，往路边的菜园栅栏上一搭，信步朝小高包上走去。

韩天有带人正从吉普车上往屋里搬东西。

“啥玩意儿?”谢平揭开一个纸板箱盖问。

“刘县长家的大公子给我们从县种畜场搞来的‘澳洲黑’种鸡雏。”韩天有耸耸肩膀头上的短皮袄，走过来说道。

“那箱子里呢?”谢平指指边上另一个纸板箱，问。

“刘公子送的广播器材。”

“给我们安广播!”谢平惊喜道，伸手过去也想揭开盖儿瞧瞧。不料，手指尖还没挨到箱板盖，却被韩天有一把捂住。“分场长说……谁也不叫动那广播……’韩天有不无歉窘地解释。谢平看看韩天有，那意思是在问：“连我都不让?”韩天有自然明白这一瞥的含义，但他那铁钳似的手却没松开半分。

“嗬，就恁金贵?”谢平尴尬中不无揶揄的成分，直起腰。韩天有却依旧未松手。

“客人和分场长在屋里?”谢平又问道。

“不清楚。”韩天有回答得很干脆，也绝情。

“你不是替他们在把门的吗?”谢平挖苦道。

“把门也不打听屋里的事。”

谢平不再问了。但他不明白，韩天有为啥还一直紧紧捏住他的手腕不放，叫他恁不自在。“那我进屋去看看。”他说。韩天有却先一步，横在台阶前，挡住谢平的去路，也使出更大的劲去扼住谢平手腕，说道：“你不用进屋了。分场长吩咐下，让你马上去机房。一会儿福海县还要来个技术员，给我们安广播，试机子，要用电……”

谢平想甩脱他的抓捏，说道：“韩班长，你今儿个是存心不让我进这屋啊……”

韩天有一点不肯让步：“不是我不让，是分场长不让。”

谢平红起脸逼问：“谁不让？不让谁进他屋？”

韩天有回答得很干脆：“他不让，不让你。”

这时，屋里的桂荣等谢平老半天不回，听见窗外有戗戗声，跑出来叫道：“你们这是干吗呀？不知道屋里有客人？”

谢平朝韩天有歪歪脑袋，说道：“他找我掰腕子呢！”

“什么时候了，瞎找乐！”桂荣瞪了韩天有一眼。不知道为什么，桂荣每回见到这个力大如熊、身宽如牛、对她舅爹绝对忠实的大车班班长，心里不由得总会有一股莫名其妙的戒备感，总想赶快从他那发散着汗酸气的身边走开。

韩天有被桂荣瞪了一眼，松开了谢平。

“我现在能进去待一会儿吗？见见福海县来的客人？”谢平故意问道。

“不行……”韩天有结巴道。

“你疯了，你不让谁进我家？”桂荣叫道。

“分场长有话……不是我……”韩天有在桂荣面前露出惶惑的歉意。

“他又没老糊涂，跟你布置这任务？你闲狠了，上这儿找碴儿来了？”桂荣狠狠地啐道。

谢平却没再坚持要进屋去。他很了解天有的为人，这是个绝对不会对别人使坏心眼的人，他今天之所以对他这样的不客气，绝对是因为老爷子发了话。老爷子一早起待他还客客气气，为什么翻掌之间要做此举？他疑惑。他拍拍天有的肩膀，笑了笑道："把好你的门吧。我不为难你。"说着便转身走下高包。桂荣追赶来问道："咋啦？又咋啦？"谢平没回答她，一直进了那间孤零零盖在机务大组车库旁边的机房，反手顶上门，才回身问桂荣："我去拉柴火这空当里，你跟舅爹吵过了？"

桂荣诧异地说道："这大早起都忙死人了，谁还有那工夫跟他拌嘴？"

谢平又问："这段时间里谁到你舅爹跟前叨叨过？"

桂荣说道："没有。你去拉柴火，刚走，福海县的小刘他们就来了，舅爹还张罗着要派人去叫你。后来，小刘跟舅爹厂房里说了会儿事，舅爹再出来，神色就不大对头。叫韩天有带人来卸东西，也不知他怎么吩咐的那韩大马屁！"

谢平再问："你没听见刘延军跟分场长说什么来着？"

桂荣说道："我去听那干吗？"

谢平又问："昨晚，我走了，你问过你舅爹我那事了吗？"

桂荣见谢平神色越发紧张，惶惑道："问了，也没跟他怎么闹。他老不肯跟我说死，到了是放你，还是留你。我火了。我跟他嚷嚷了两句，说你的事就是我的事，他要不跟我商量，就私定你的事，我就跟他没个完……"

"你这么说了？"谢平连连跺脚。他觉得自己起码猜到了老爷子忽然反目的一半原因了。

"咋了？我说错了？我是吓唬他的嘛。"

谢平垂下头，竭力让自己平静下来。而后对桂荣说："你没错。

没事，回吧。机器动起来，吵死人，回屋去吧。”

“那你呢?”桂荣仍不放心。

“我一会儿就来。”

“刚才小刘说，等骆驼圈子一归并到福海县，我们全家都要搬到县城里去住。他答应替我在县城里找个合适的工作，或许就在他公司里干个文书之类的事。我跟他说，骆驼圈子还有个挺能干的上海老高中生，人也挺好，求他一起给安排在他公司里。他说可以考虑。要这样，你还想着要去讨回你那通知，还死活要回你那上海吗?”

“随你。”

“真的?”

“真的……”

桂荣叫着：“军中无戏言。大丈夫说话可要算数!”兴高采烈地走了。走之前再三叮嘱，中午饭，她舅爹把分场所有的班组长以上干部都叫家去陪客，“他也跟你说过了吧？来的时候换件干净衣服。”

“行……”谢平这么安慰桂荣。但实际上老爷子根本没通知谢平去陪客，谢平根本不知道还有聚餐这一说。这进一步证实，老爷子的态度骤然间发生了三百六十度的变化。为的啥？自己没干什么对不住他的事！早起不就拉了两趟柴火吗？还都是按他吩咐办的。即便是跟桂荣的关系，自己也一直是有所克制的，从不敢越份儿去“伤害”他这个宝贝疙瘩蛋。倒是年轻的桂荣，在他俩单独相处的时候，总希望能从他那儿得到那种他一直不敢给的更强烈的亲热和爱抚。老爷子轻易不把谁当“自己人”，也不轻易拒谁门外，准有人在老爷子跟前捣了自己。他不安，但又安慰自己：“操！反正我对得住任何人。该死该活鸟朝天！管他呢!”便强压下一时急涌翻滚而来的心潮，在炉子里架起梭梭柴火，发动电机去了。

一直到天落黑前，淡见三才带着机务大组的一个老伙计来换他的班。他用旧铁桶剜来半桶雪，坐在炉子上化开，草草地洗了洗油手，刚出了机房门，便见司务长老关迎面走来。老关说：“辛苦你一天。走，上家去喝两盅。你那一份，老爷子吩咐给你留着呢！”“多谢！”中午没人来请他，谢平已然有气，他不想再去领“那一份”。但一想，这事，跟老关没干系，何必驳了他的面子，伤了和气？便还是跟他走了。老关这人绵绵的，心挺细。因为是江苏人，有个把姑表亲戚在上海工作，常到谢平屋里来聊天，拉半个老乡，也常把谢平叫家去喝两盅。应该说，这些年，他、老淡、老徐、老于，还有分场里恁些转业战士和新生员待谢平都不错。没有他们的这种相待，他那倏然去了的十四年还真不知又会过成咋副模样呢！

司务长家也是个泥巴房，里外两间。两间当中的门洞上挂着个脏兮兮的旧床单做帷帘，颜色褪净了，又染上许多个黄斑、黑斑，还有娃娃们玩火烫出的烟洞，大的连着小的。每回上老关家来，谢平都觉得好像是到了野战医院的地下急救所。

老关事先打发老婆带着孩子串门去了，屋里异样清静。叫谢平惊讶的是，一撩门帘，见老爷子在里边静等着他呢！因为老爷子来，屋里显然着意收拾过一番。大概也是因为老爷子要使这屋，老关才把他老婆跟孩子乖乖地支走了。大床，小床，木箱，白皮碗柜。大床极宽，得铺两条床单。靠外的那条床单皱缩着有多半拉从床沿上垂落到地面，遮去床肚里一片杂乱。仔细看，还能看出那床单是自己扯了黄绿点子的泡泡纱布缝的。在那不规则的黄绿点里，还规则地分布着一些水红的圆点和隐黄隐绿的长条……

老关端上酒菜，拿手心抹净了筷子，吹吹酒盅里其实并不存在的尘埃，摆整齐后便知趣地退了出去。老爷子坐在大床上。面前的方桌上，放着两碗肉菜，一碟油煎花生，还有一小碟专为老爷子准备的松花蛋和一碟切成寸段的雪白粉嫩的胡葱秆儿。一瓶原装的“伊犁大曲”，戳在另一边高高的五斗柜上。

“憋气了吧？”老爷子勉强笑了笑。

谢平一声不吭朝门边的墙根前圪蹴蹲下，歪拧着脖梗，只看地下，把两只手交叉着在怀里掖起。心想：这场面是存心请人喝酒吃菜？我谢平再他娘的不中用，不是个玩意儿，也还不是那号让人随便耍的驴粪蛋吧？我心平过大海。这十四年，不图远近，只图腿顺，心热。在谁面前拍胸脯，心都不虚，每一滴血都经得住检验。你今天干吗呀？把我当啥了？这会儿拿点“猫食”来哄我，要唱“鸿门宴”，趁早，惹急了，我大水一样冲你龙王庙！

老爷子掏出他那漆布小烟袋，“啪”的一声撂在桌子靠近谢平一头的犄角上。小烟袋收口处，缀着一圈只有小指甲一半那么点大的小骨珠，有一根绿丝绦从骨珠中空的洞眼里串过。丝绦两头各有一个小玉坠子，一块是半寸见方的福（蝠）禄版，一块雕着大拇指大的千寿桃。这还是那年谢平奉命护送回老家探亲的大婶、桂荣去乌鲁木齐上火车，到南梁一个小巷子里，在一个地摊上淘买到带回来送给老爷子的。

“卷一根，还是点一根？”老爷子问。所谓“点一根”，就是抽纸烟。谢平没吱声，老爷子便扔了根“恒大”过来。那雪白的烟棵在空中打了个旋，直直颤颤地落在谢平脚面前的地上。谢平先起没去捡，僵持了一会儿，捡起来，捏在手里，折断了，揉碎了，往火炉盖上一掼，瓮声瓮气地说道：“我嘴里苦，谢谢了。”老爷子见他把烟揉了，眼梢的皱纹便一抽抽，大声斥责道：“这烟又惹你啥了?”

谢平欠欠身，从上衣口袋里掏出包“恒大”，“啪”的一声掼在老爷子面前，自己却依然歪拧着脖子，只去看地下。

“大气魄!”老爷子挖苦道。

“哪有你分场长的气魄大。”谢平冷笑道，心里却一阵辛酸，苦涩。

“我今天变相关了你禁闭，知道为啥吗?”

“我又没当分场长。”

“有件事也是今早起福海县的那小刘来之后跟我说了说，我才知道这件事叫福海县的同志挺难办。希望在两家合并前，妥善解决了……”

“什么事?”

“一九六八年，你到总场场部去找领导……”

“那回，是你同意的。你说，那时他们处境困难，兴许好说话，能把我的处分撤销了，替我把党籍恢复了……”

“后来你在场部干了些啥?”

“没干啥呀。”

“你带人去三台子林场砍过木头。”

“是的……”

“三台子林场现在归福海管。三台子有人告了你，要追究责任。状纸递到县里。县里知道你是我身边的人，先给我打招呼。过去嘛，不是一个单位，他们可以推托不管。以后一个单位，他们就难以推托。”

“没什么要推托的。我自己的事，我自己了。五车木料，我没拿一根回家打箱子打柜。去三台子也是场部的人找的我，不是我主动……当事人都没死，查得清，问得明。”

“小傻虫，天下的事有时是说不清的。也可以这么说，也可以那么说……”老爷子口气陡地变硬了。

“你说咋办？”

“福海县有人拿这事反对我们合并过去。他们本来就嫌骆驼圈子人员构成复杂……”

“就算我是头顶生疮脚底淌脓的家伙，不才我一个吗？我代表得了整个骆驼圈子？”

“他们可以借这些事胡搅蛮缠，拖延时间。拖上两年，这黄花菜就凉啦！”

“那也需要你今天禁闭我？”谢平问道。

“那刘延军要找你呢。我能让他见着你？我只能跟他说你不在这儿了。我所以才派天有守在门口，怕你木格儿木格儿往里闯……”

“你要我离开骆驼圈子，好办。”谢平张嘴想说出“你把扣压了我的通知还给我”，又一想，还是等一等，先听听他的安排。

“我哪是要你走？真要你走，我还不早叫你跟那帮子去闹‘返城’了？这些年，你给我出了不小的力，可以说，任劳任怨。现在，我要你再帮一次忙……”

“什么忙？”

“咱们跟福海县合并后，他们在这儿办转口贸易基地，属于自负盈亏单位。初创阶段，恐怕养不起恁些人，有一部分得调到巴音台二牧场去，继续搞畜牧业。这儿只能留一个精干的有文化的可靠的小班子，人数嘛，不能多，也就十来个左右吧……论文化，论精干，你当然拔尖儿，得算在留下的这一拨里。可是，分场里绝大部分的家属孩子职工都得去巴音台，这工作不好做……”

巴音台，谢平是知道的。那简直就是在大山里边。从头年九月中旬，雪封住山，人畜就全堵在里头，到第二年五月发罢洪水，才下得了山。“因此，我需要一个大伙看来是我最亲近的人，带头到巴音台去。”老爷子说道。

“亲近的人……你不少。淡见三、徐到里、韩天有……再亲一些，桂荣！让他们去嘛。”

“老徐转业前就是个连级干部，是我让他跟我转业到这达。恁些年来总场一直不肯再给我们一个副场长的编制，也只好委屈他一直给我当个会计。他快五十了，又跟我恁些年，你说，我这回能再说让他带大伙去巴音台？’

“淡见三呢？”谢平气喘得越来越急。

“他得留在骆驼圈子带那一拨人。”

“带那一拨人不是有你吗？”谢平见老爷子一直不肯说出他要带全家去县城落户的事，便有意逼他。

“你……还想让我带人去巴音台？”老爷子往身后一大摞被子上一靠，眯细起眼反问。

“是啊，韩天有底子潮，于书田又闹僵了。只有我去了，是吧！”谢平快口端出“底牌”。

“你替我去一趟巴音台。待两年。我再想办法调你出来。”老爷子缓和了口气，“这样，你也躲开了三台子林场的追究……”

“我再问最后一个问题……”谢平打断了老爷子的话。老爷子执意不肯告诉他，他们一家要去福海县城，更没有半点意思要把他一起带到县城去，也没有半点意思来一起为他在三台子方面承担一点什么责任，这使他骤然地明白，老爷子扣他的通知，只是想再使唤他一次，只是想叫他带一帮人去巴音台。老爷子从来没想到把桂荣给了他，也没把他跟徐到里、淡见三那一号的等同齐重。这番的“明白”，使他处于极度的失望之中，他这时已无心再听他的那些了。“你知道我跟桂荣的事了?”他刷白了脸，故意逼问。事到这一步，谢平觉得该“破罐子破摔”了，他想最后再试一试老爷子的心。

“扯淡!”老爷子果然反应强烈、迅疾，立马跟松开的弓背似的，从床上弹起。

“所以……你一定要把我赶到巴音台去?”

老爷子避开谢平的视线没吱声。

“请你说实话。”

“不完全嘛。有你的实际情况，也有工作需要。你明白，只有你去最合适！我身边没有更合适的人了!”

“我可以去巴音台，但得让桂荣跟我一起去……”谢平全豁上了。

“谢平，你要是懂事，就不要再跟我提桂荣。你还真把大伙儿说你们俩的那些扯淡的话，当真了?”

谢平觉得没有必要再说什么了。一切都清楚了。他站了起来：“吕培俭同志，请你把你扣压我的通知还给我。我回上海，得亏还有党的政策给我留条退路。我回上海。我回……”他完全失去了控制，冲着老爷子吼了起来。

老爷子猛地抬起灰白的头，直瞠瞠地看着谢平。那细小但却闪着锐光的眼睛里，一时间显得那等的诧异、不满和惊疑。这一瞬间，他松皱的脸皮似乎全缩到两块高高的颧面上。上嘴唇微微地咧张开来，一绺白发柔软地垂落到他方形的额角上，遮去半边疏淡的眉毛和瘪陷得很厉害的太阳穴。整个身子都向上耸起，像个要向猎物扑去的云豹。

过了好半晌，他才咬着牙齿，很严厉地说："胡说八诌！哪来什么通知？不信，你去问场部知青办。还是考虑考虑我的请求，去巴音台。你想叫我吕培俭也罢，叫我老吕也罢，这回……算是我求你……求你撇开桂荣，去考虑考虑这件事……"

19

这里也有个太阳。我看到了。

谢平走后，老爷子完全像瘫倒了似的，坐倒在老关家的床铺沿上。终于进行了这场几个月来一直使他感到极其为难，但又不能不进行的谈话之后，他几乎心力交瘁了。他明白自己对不住谢平，但他又不得不如此。归并到福海，他跟县里提了一个条件，就是调他去县里工作。初步谈定，是去任县委办公室的主任。县里答应，除了他一家子，还能从骆驼圈子带一两个熟悉的干部放在身边。这名额自然太少了。在骆驼圈子跟他同甘共苦恁些年的人，哪一个他不想带在身边？不想让他们也到县城里安家？谁不该去？除了那些新生员。但这毕竟是办不到的事，排在这份他想带走的人的长长名单里，头一名，自然是徐到里。老徐这么多年之所以不跟谁计较啥，无非是看在他这个老营长、老上级的面子上，不好计较的。老兵嘛，就有这点好。这一点，老爷子心里是非常明白的。这一回，他决不能再撇下他亏待了他。如果县里只允许他带一个人，那么这个人也只能是老徐，这是他早定下的方针。如果允许他带两个，那么第二个，是兽医助理小范，这怕是谁也猜度不到的。小范是老爷子同一年转业到羊马河来的一个老战友的儿子。当年，老爷子在鸦八块分场值班营当营长，小范的父亲是这个营的教导员。范教导员原先是炮校的教员，转业后两年，一直也没放弃对炮兵战术的研究，写过好几篇论文寄给军委炮兵总部。后首，总部又把他要了回去，重新穿了军装。后来在一次大演习中，弹药库起火爆炸，牺牲了。“文革”中，小范插队。老爷子说，你要再没别的好去处，就上我这儿来。好歹，我还能代你爸爸照顾你。对于这样一个战友的孩子，烈士的遗孤，他自然要尽最后的责任。自己走后，骆驼圈子必须交给一个当过兵的人掌管，这在老爷子心里是早内定的。这个人选，便是淡见三。让他将来当个基地主任，不算亏待他。于书田，还留在骆驼圈子，他已经跟见三交代过，待个一年半载，也提他起来，当个副主任。这些老下属，他都有安排。惟有谢平，叫他为难。这么多年，老爷子一直为自己身边有这么个老高中生、大城市的青年，一心一意在分场替他掏力的小伙子沾沾自喜。他一老觉得，他自己这班人马，全盘端到福海去，也不见得就比县里那一茬人差到哪儿去。这也是别人当面开谢平和桂荣的玩笑，他不制止不反对的根儿。他虽然觉得他俩在一起不是最合适，倒也不认为就一定不可以。这段日子，他的心情变异很大。他自己也感到惶惑。他去了几趟福海，接触了刘延军这拨子年轻人，听他们交谈，跟他们商量骆驼圈子今后发展的设想，回过头来，路过一百零五公里，再找谢平，他十分惊讶地感到谢平竟是那样木讷，迟钝，说不出啥新鲜东西，像一副使了多年的犁头：有力，但却笨重。他为谢平难过，也隐隐为他心疼。他竭力不叫自己在谢平面前去流露这种感觉，也不让自己往深处想。但确实的，不好意思再去向刘延军和县委里的人开口，让他们招收了谢平去。当然，他要是以“外甥女婿”的身份把他带走，县里会收下这个人头的。但从发现谢平“太土”了之后，他开始犹豫、动摇。他给谢平另找过退路，想给场里打个报告，正式给谢平一个任命，比如，让他当骆驼圈子子女校校长，也算个脱产干部，一生有个交代。但场里不肯批这报告，他们还记得谢平被取消过预备党员资格。这件事，使老爷子更不敢在这时刻把桂荣给了谢平，谢平这一辈子看来是难以洗刷掉自己档案里的那一笔了，他不能让桂荣跟着谢平背这个包袱。桂荣比谢平小十来岁，到福海县，她什么人找不到？什么局面做不出？他觉得谢平自己是应该明白这一点的……牺牲谢平？还是牺牲桂荣？两者之间，如果只能选择一个，他只能选择前者。他只能这样啊……老爷子甚至想，索性放谢平回上海算了。但左盘算右盘算，还有谁能替他把那帮子新生员和他们的家属带到巴音台二牧场去呢？惟有谢平……

雪柔软地无声无息地飘洒下来。白天里打扫推刮过的地方，无一处能幸免，又渐渐白起了。

谢平站在干河滩宽阔蓝黑的洼地中央。这些年，当无端的思念和种种烦恼、郁闷、寂寞、不安汇并成骚动来袭扰他的时候，他就惯会在夜的这个时分，独自到这达来寻找那种能使自己忘却一切，又能联想起一切的寂静。在这寂静中，他总能慢慢恢复信心和自制的能力，使他躲进自己内心的深处，给种种来自身外的纷扰，找个平静安妥的出路。

老爷子从来没有让自己真正进入他划定的那个“自己人”的圈子内，这一点，现在谢平可以看得很清了。老爷子是有这个圈子的，这个圈，划得很小，很紧，拢得很牢。谢平一直以为自己理所当然而且早就是圈内人了，但今天他感到了、悟出了：他不是。不管老爷子这么做的理由究竟是什么，事实毕竟是事实，即便可以这样安慰自己：老头曾把他划进这个圈里去过。但今天发生的事再明白不过地证明：现在他已经又被划出来了。

为什么？因为他不是转业战士？因为他被取消过预备党员资格？因为他干得还不够漂亮？因为他还不够听话？不够知心？他猜不出还能有什么别的原因。他忽然感到了一种从来没有过的孤独，一种在赵队长死的那天，他曾经感觉到而没有清醒地理解它内涵的孤独。

是再次顺从他，还是跟他扯破脸皮，讨回通知？他抬起头，让雪花落在火烧火燎的脸盘上……要谢平跟老爷子扯破脸皮，实在不是件容易的事。这个常年在敞开的外衣领子里边露着一个发黑了的白土布衬衣领的老头，这个黄棉裤裤裆大得能钻进个牛娃子的老头，这个那年打第三练习，立姿，二百五十米，全身靶，单臂举枪，还三发二中的老头……对谢平有一种特别的感召力。这全不在于他是个“分场长”。不，不是的。那年中苏边界紧张，双方蔫不唧地在这一带闷打了两仗，羊马河奉命把武装值班营拉到骆驼圈子来驻防。后来实在凭空养不起这四五百人，决定只留十来个转业战士为底子，在这达组建畜牧分场，实行劳武结合。一宣布谁留下，可有大闹的。我自己来守备两年。吃这苦，光荣。因为我是一个兵，还是老兵。现在要老婆孩子一起在这儿干一辈子，凭啥？一个营都撤走了，就该着我们这几个人卖这儿？于书田和淡见三也在那留下的名单里。他俩一蹦八丈高，车转身就往桑那镇跑，要回总场。老爷子追上去说："要跑，可以，把军服给我脱了，你们没资格穿着它走。"淡见三和于书田心想：领章帽徽都摘了，还怕脱这身军便服？嘁哩喀喳，脱给了老爷子。老爷子说："给我脱光了。你们这一身衬衣衬裤也是部队发的，你们还有脸穿它？脱！"他们也脱给了他："老子光屁股，也不在你这儿干了。"老爷子一听，也跳八丈，说："好啊，你们能得厉害。撂嘛，把党费证也给我撂出来，滚！"这下他俩伤心了，光着屁股，蹲在地上，捂着脸哭了。他们说，老子当兵七八年，说要我们摘了领章帽徽上边疆，我们二话没说，就上了火车。到羊马河，说还需要你们到值班营去扛枪当大兵，好，再扛枪，反修防修嘛。撂下部队的班长不当，来你他娘的兵团农场值班营当大兵！当！说是要往骆驼圈子拉，说是跟苏修干仗，谁没写了血书遗书？谁没跟老婆父母交代了后事？谁孬种过？现在要留，可以，都留呀！操，那些连长、武装股长、参谋们上哪儿去了？你们枪挑小的挎，汽车拣小的坐，开会看戏找前排坐，留在骆驼圈子干一辈子这么个好事，怎么都没你们的分儿了？怎么就又都该着咱这些大兵了？你他娘的知道顾自己，我他娘的就不知道顾自己？你是人操的，我就是骡子操的？走啊，要走都走！这骆驼圈子也不是我淡见三、于书田从娘肚子里带来的。就我们这几个爱国，这国还爱得过来吗？他俩就这么跟个老娘们儿似的，一边哭，一边叨叨，反正到这一步了，也准备着让老爷子叫人来捆起他俩，撂到戈壁滩上喂一夜蚊子。但出乎意料，老爷子没有。听他俩叨叨完，他长叹一口气，让人把被风刮跑了的裤衩、背心捡还给他俩。他对他俩说：“你们错了。当官的也有留下的，明天拉家属的车来，头一辆上坐的就是我老婆和两个小外甥。麻烦你们帮我卸卸车，我家里缺壮劳力……”就是这最后一句，叫淡见三、于书田，叫那被宣布留下的十来个转业战士和他们的家属，再不闹了。还有啥闹的呢？营长他恁大年纪，也留下了嘛！就这一句话，叫这一帮子人服了他二十年，叫这一帮人心里得了个底儿，老营长在关键时刻决不会撇下当兵的先溜。这个真实的故事，也使谢平对分场里所有的转业战士、对老爷子产生了一种特殊的感情。这种感情，使他在十四年中，真心地把他们当自己的父兄，并以跟他们在一起吃苦、一起生活为荣，并也谅解了老爷子身上在这些年里发生的他能理解或一时还不能理解的所有那些个变化……

这是过去……

可我现在该怎么办？

第二天，他先去看了渭贞嫂。自从渭贞执意跟于书田好上以后，老爷子待她日渐冷淡。她不是个正式工，老爷子也不再让淡见三每月都派她活干。没活干，就没工钱。只是给孩子们的那一份救济金，老爷子从来没少过。孩子姓赵，老爷子这一点清醒着呢！渭贞知道老爷子憋在哪里。她不怪老爷子，也不去闹，有泪只往自己肚子里咽。好在书田的那些战友和机务大组的伙计们，偷偷地都能给些接济，或者拎半袋苞谷面，或者塞个三五块钱。好歹，这么僵持了下来。谢平觉得不管怎样吧，是回上海也罢，还是去巴音台也罢，自己总要离开她了，便掏出一个包着三十块钱的纸包，压在茶壶底下，叹口气对渭贞嫂说：“以后，我可能帮不上你们的忙了。这点小数，也实在拿不出手。权且只当哪一天你跟书田大哥办事，给你们喜桌上添碗荤菜吧……”

渭贞嫂撩起那靛蓝印花的土布褂，坐一边只是默默地擦泪。

到快开午饭的时候，天又渐渐阴了。那灰雾似的云层从阿尔津山口背后涌出，慢慢把高地整个都遮蔽了起来。谢平到食堂打碗苞谷糊糊，买了个馍，要了五分钱的土豆片盖在糊糊上。他又从柴火堆里撅了两根苇子，掐头去尾，折成一般长短的两根“筷子”，剥去外边一层浮灰带土的苇衣，攥在手心里来回捋了两捋，又从伙房柱头蒜辫上揪了一头生蒜，蹲到灶门口。吃完，见淡见三倒背着手，快步走来。

“你小子清闲，躲这达！”老淡装作什么都还不知道似的，打哈哈。

“你吃过了吗？”谢平寡淡地跟他打招呼，而后问他，“我那通知，你们给查了吗？”

“你着啥急。别人拿你这通知，既领不到油，也分不到肉，人家也不会让我们去上海落户。放心，要有，总是你的，我们不要。”他继续打着哈哈，扯了两句别的，便提出让谢平相帮去东风公社农机厂取加工好的后箱盖。福海县的客人还没走，他走不开。谢平想，这一半天，老爷子也不会有空再来找他，反正无聊，不如上东风公社遛一趟，便赶着淡见三已经为他准备好了的马爬犁，出分场后缘，向东北角方向而去。

这时，地平线上的云层，已经跟灰墙似的一长溜码垛起了，把个冬日里本来就升不高的太阳挡去掖起。白生生的阳光，从云缝间泄出，又无力达到地面，只能在紧挨云脚的一片山脊上，消散成一道半透明的薄雾，给这灰暗的旷野和沉重的云层带来一分光亮，一丝暖意。待谢平下坡，改走平道，升得越发高了的云墙，便弥合了所有的缝隙。而风也随之猖狂了，扑卷来许多雪粉团。他懒得理会，只是用围巾将脸上冻伤的那处捂起，斜躺在马爬犁上，随马自己走去。

前边是三个泉，有片胡杨林。这里并没泉，或者在很久很久的从前，曾有过。不止一个，三个，但现在没了，现在剩下个老哈萨们废弃了的冬窝子。出这片胡杨林，便到东风公社社部。但这片胡杨林不好出，十来公里长。他踢踢红马，关照声："小心走着。我躺会儿。"这儿只有一条道，岔不出去。不一会儿——大约二十来分钟，他眯盹着了。身下颠簸的感觉消失了，也听不见马呼哧呼哧喘气和马蹄扑腾了。梦中，他仿佛到了大裂谷的边缘，风在身下将自己托起，忽悠蹿越。他惊醒，见走近那座破旧半坍了的冬窝子。这里有个不起眼的岔路口，是往冬窝子后头苇湖里去的。他抖抖缰绳，提醒红马，却看见冬窝子里跑出两个人。一个是齐景芳，一个是她儿子小宏宏。

齐景芳要找谢平单独谈，又怕谢平的大嗓门吵得全分场的人都来看好戏，便缠住淡见三，安排了这"圈套"，把谢平套到这达来。

"你们在这儿干啥？"谢平不觉意外。

这时，风大了。"快带孩子回去，瞎逛什么！"他命令道。一边抖动缰绳，叫爬犁子掉转头，准备先送他俩回分场部去。

"你听我说……"齐景芳想解释。

"回去！会冻坏孩子的！"他跳下爬犁，去抱宏宏。宏宏向他妈身后躲。一阵狂风，便把宏宏打倒在雪窝里。"妈——"宏宏倒噎着带雪粉的风，挣扎着喊着。林子里的雪仿佛全给卷了起来，灰沉沉，雾蒙蒙，飞旋，扑腾，逼人睁不开眼，透不过气。整个地面都在晃动，好似要倒转过来。齐景芳想去拉宏宏，但自己也站不稳，向下倒去时，觉得那灰暗高大的林子和破败的冬窝子一齐压到她眼门上来了。谢平一把托住了她，半拥半拖，把她搿进了冬窝子里。黑暗中一股浓烈的烂毡子、陈年羊粪蛋、霉草和老鼠屎的气味，差点熏得她闭过气去。她没等自己站稳，发现宏宏不在了，忙狂叫“宏宏、宏宏——”向门外扑去。谢平一把搡回她，说道：“你瞎嚷嚷啥呀！”同时撩开他那皮褥子般宽大厚重的皮大衣衣襟。宏宏挣扎着从那里头跳下来，扑到齐景芳怀里。

谢平出去把马带到一旁原先圈羊的栏圈里拴起。回来后，扶正了歪奁在地上的门板，顶紧。这才解下围脖，掸掸头上、身上的雪粉粒，脱下皮大衣，搿给齐景芳，让她把孩子裹上。

齐景芳没拒绝。

谢平蹲一边去卷烟。

“谢平你真的就很满足你眼前的一切了？这骆驼圈子……”齐景芳搂着宏宏，悄悄打量谢平，问道。

谢平弹掉燃着后变成了焦皮的那一点卷烟纸，反问：“是你跟老淡串通好了，把我诓这达来的吧？”齐景芳不置可否地笑笑。谢平扭过头，从破败的窗户洞里看那越发灰暗低沉的天空，闷闷地说：“齐景芳，你能想着给我透这么个信儿，我领大情了。别的，你就真的别管了，你也管不了恁些！”

“还瞧不起我？”齐景芳淡淡一笑。

谢平真不知道该怎么对她解释。十四年不在一起，一时半时、三言两语无论如何也讲不清、说不透各自的处境和为难。此时，他觉得骆驼圈子以外的任何一个人，都无法来帮助他，甚至都不可能理解他。他苦笑笑：“好吧，咱们谈谈。这两年，场部三级莫合烟卖多少钱一斤？皮筒子多少钱一个？找谁批条子，才能买到散装白酒？”他故意用一种玩世的口吻甩出几句。

齐景芳心里一阵打颤。

他沉默了一会儿。他看出她心的颤动。他说：“我们十四年不在一块儿，能谈什么？你说吧，还有什么可谈的……”

齐景芳低下头去。

风渐渐地刮过去了。他掐灭了烟头，说：“走，送你们回去。”说着，他把没抽完的那半截，放回铁皮扁烟盒里，抱起宏宏。

齐景芳夺过宏宏，忿忿地说：“不麻烦你。”走到门口，她回过头来又说：“谢平，出去看看，外边那个世界大变样了，去看看吧。树挪死，人挪活。我真替你难过……”她竭力忍住一个劲往上涌的那点酸辛苦涩，踢开门板，跑了出去。

谢平在阴暗的冬窝子里站了许久，这才慢慢弯下腰去，拾起齐景芳撂下的他那件光板子老山羊皮大衣，拍拍上头的灰土草屑，去牵他的红马。他在三个泉那片胡杨林里，漫无目的地转到傍黑，才照准分场部的灯光，慢慢腾腾悠荡了回去。

桂荣在干沟边的小屋门前等着他。她哭过了，手里提着个旅行包，穿着老爷子今年给她新做的皮大衣，好像要出远门。谢平再三问她，“你咋了？”她只是哭，说不出话。今天一天，她忙着张罗招待福海县的客人。因为始终没看见谢平来家里跟大伙儿一块热闹，心里犯嘀咕，以为舅爹派他去干什么要紧事去了。手里忙着这，忙着那，眼睛却一老看着窗外，盼望能看到谢平走来的身影。后来，看见齐景芳带着宏宏一身雪一头汗，筋疲力尽从外边回来，听见她气鼓鼓地跟淡见三在厨房灶门后小声说着“谢平、谢平”的，才疑心到谢平出了事，便去找舅爹。福海县客人明天走。事谈得很顺利，老爷子想好好热闹一番，多请些人来家里吃晚饭，正跟司务长老关等人说晚上这顿饭的事。桂荣只好等着。等老关走后，老舅爹把她叫到她自己的房间里，关上门，劈头就是这么一句："你想说什么？要是还说谢平的事，趁早别开口，别再跟我这里添乱了……""他咋了？"她一下慌了，叫了起来。"他没死，你嚷个啥！"舅爹好不耐烦。他心里也乱。"你咋不许他上家来？他咋又得罪你了？他这一冬都在外头替你架线……"她嘤嘤地哭。"哭！也不想想他比你大多少！还真好上了！闹着玩儿呢？"舅爹的叫声还没落地，桂荣就去收拾衣物了。"你这干啥呢？"舅爹诧异地问。"你不是说我是在闹着玩吗？我叫你看看，我是真心，还是在玩儿。我今天晚上就去跟他过！"桂荣说着从床底下拖出旅行袋。"你找死！"舅爹劈手夺过旅行袋。过了好大一会儿，他才跟她说："谢平已经这个样子……别人也很难帮得上忙……你今后去了福海，路还宽得很……"桂荣叫道："可你也得为他想想，他这儿再没别的亲人了。"老爷子沉默了半晌，只是沉重地重复道："我帮不了他的忙……他……恐怕已经……只能这个样了……可你还年轻呢！"

"那你就放他回上海！"桂荣嚷道。

"你懂个屁！"老舅爹也嚷道。

桂荣把这些都告诉了谢平。他唇焦口燥。他想喊：十四年来，我听了你的，按你的调教，在骆驼圈子做了我应该做的和所能做的一切，现在你反倒先来嫌我没用。十四年来，我想用我的一切来证明我是你的"自己人"。我以为不管别人怎么看待我，你会原谅我，你已经容纳了我，不再计较我鲁莽、幼稚、单纯的以往所走过的弯路。我想我已经捐了一条虔诚的“门槛”，但没想到首先是你……我的分场长，我的老爷子，我的父亲，这十四年来我在活人中惟一认可的长辈，却始终没忘了我的过去。到今天，反倒由你来说，我只能这个样子了。公平吗？公平吗？那么，十四五年来，到底是谁让我这个样子的？仅仅是我自己？我真的就只能这个样子了？这就是我付出了十四年生命的代价后所应该得到的报应？

桂荣看到谢平的脸色由红变白，由白变青，眼神呆木、发直，牙关紧咬，身上一阵阵战栗，她不禁害怕起来。她抱住石柱般呆站着的谢平，连连叫着：“你别这样。别这样……不是还有我吗？你开口呀，你说话呀，我怕……”

听到桂荣说怕，谢平才慢慢缓过神来，眼珠有了错动。他的手本能地钩住桂荣抖动的背，把她轻轻拢进怀里，说了声：“别怕……”没待桂荣再说什么，他背上步枪，披上老山羊皮大衣，便朝老爷子家大步走去。

老爷子家的大客房里挤满了人。白皮长桌上铺起新桌布，一年里难得使几回的电灯泡明光锃亮。刘延军送的广播器材里有一台电唱机，正放送着“唔哪依呀嗨”的“常香玉”。齐景芳也在大客房里忙着，她的干练和善于跟人见面熟、喜欢在人多的场合周旋的特长，使她很快便俨然以今晚的女主人身份出现在大伙儿面前，而且她居然用小名，亲切地称呼着刘延军，称呼那两位科长，还指挥着几个帮工的娘们儿扫地抹桌摆椅子，招呼大伙入席。至于骆驼圈子那些五大三粗、黑不溜秋的班组长们，在外人看来，长相全差不离。可她，不仅早把他们分清了，记熟了，而且不时支使他们中的一些人，到外过去取个煤，抱个柴，下菜窖找个皮芽子，用小木臼捣个蒜泥，碾个花椒子……他们居然也以被她支使为乐事。她脱单只穿一件高领的浅蓝毛衣。毛衣裹着她耐看的腰身，衬着她雪白粉嫩的腕子；下午从三个泉冬窝子回来后才换上的深藏青中长纤维裤子，那么紧地收着裆；所勾勒出的线条，叫在场的男人看着都“害怕”。没有她，今天晚上的聚餐显然要冷落七分，连见过大场面的刘延军，也不时从忙不迭的交谈中，迅疾地用眼角的余光去捕捉齐景芳那轻快而又不时在他面前掠过一阵清香的身影。在大食堂和老爷子家两头忙着的淡见三，每回从客房里匆匆走过，总要十分得意地看看使满屋生辉的她。她终于这么坦然地在大伙儿面前亮相，真给脸。“谁也做不到她那样！”他暖洋洋地思忖，眼睛在暗处像猫似的闪着光。至于老爷子，有一会儿工夫听不到齐景芳的咋呼声，就会惦念地问：“见三那口子呢？又在忙啥呢？叫她别忙了，坐一哈、坐一哈……”他已经称她为“见三的那口子”了。

谢平进得屋来，淡见三正跟老关从大食堂抬来一笼屉刚做得的冷盘。淡见三看出谢平是来找事儿的，忙撂下手里的活计，上前招呼，想把铁板着脸的谢平领到隔壁屋去。谢平推开他，说道：“别再跟我来这一套，没你的事。我找老爷子。”在场的那些老伙计们，一天来也多少感觉出老爷子跟谢平之间有些不对劲儿，这时纷纷围过来打圆场，给谢平使眼色、拽衣角，要他别来硬的。谢平没理会大伙儿，只是把眼睛盯定了在一边白木圈椅里安坐着的老爷子。老爷子起先心里不免一怔，但他没让这愣怔外露，只是把手里的大茶缸往身旁炉盖角起一搁，笑了笑道：“来来来，我来给你们介绍介绍。这是延军……”

谢平仿佛没听见老爷子说什么似的，解开大衣扣，有意亮出怀里裹着的钢蓝钢蓝的步枪。一瞬间，满屋寂静死了。男人们立马觉得呼吸都发生了困难。谢平铁青的光突的颧骨、深陷的眼窝里迸出的蛮横的光，他那谁也不认的神情，都使他们看出，他随身带着步枪绝非偶然。谁也没敢轻举妄动。他们了解谢平的倔劲儿。那年，分场借来一头法国种公牛配种。也不知是因为围看的人太多，还是分场那头母牛太瘦弱，招它生了气，一下犯毛了，惊了。嘴边吐着白沫，横起一人多高、门板那么宽的身子，见人就挑。连着挑伤了几个想上前去扳住它的人，也在谢平的小肚子上挑开了一条六七公分长的口子，叫谢平一个跟头又摔出一丈多远。谢平在地上打了个滚，背抵住配种站土围墙墙根，半站起。那鬼牛大概是见了血的缘故，疯了似的，四蹄八叉，那两把尖刀似的牛角，直对着谢平的肚眼奔来。谢平后退不得，他惟一的选择是往一边起滚，让那牛角扎进墙土里去。因为牛跟人的距离太近，它又恁样狂奔，眨眼工夫，就到跟前。大伙儿都吓呆了。惟有老爷子还镇静，拼命提醒在那土墙跟前一动不肯动的谢平："往边起躲闪，趴倒了往一边滚！"但谢平只是不动。他恼火透了，来农场这多年，还没被人在自己身上开恁大口子过。这时伤口的疼痛，叫他腿肚子直转筋，肠子又蠕动着直想从那开了口的地方往外鼓，冷汗溻透了他里外三层衣衫。他不肯躲，他一把推倒拼命来拽他的淡见三，从淡见三手里夺过步枪。一手捂住伤口，一手抓着枪，单腿跪下，把枪紧卡在腿弯里，单手拉开枪栓推子弹上膛。而后，他抵住墙腾地站起，发了疯似的一边哭一边叫道："你来呀，我操你哥！你来呀，我操你哥！"（事后他不承认他哭过，但大伙儿都说他当时哭了）。而后就扣响了扳机。轰的一声，那牛冲天竖起，扒拉两只前蹄，水桶般大的牛头一下被掀掉半拉，在离谢平不到二尺的地方，地陷般轰隆一声倒下，黑血喷了他一头一脸……

这小子跟有的上海青年不一样，到时候，他真敢干！撅里乔这老浑蛋半真半假说过这么一句话：“你们别小瞧了谢平，是条汉子。没错，从五号圈出来的，含糊不了。”况且，现在枪又在他手中……

这样僵持了半分钟。淡见三想从一边悄悄上前去设法夺走谢平肩上的枪，但叫齐景芳死死地拽住衣角，不叫去。齐景芳也没想到谢平还会来这一手。她紧张得浑身簌簌发抖，但又为谢平高兴。她以为谢平经过这些年的磨难，只知“顺从”，而再不知“争取”。看来，她错了。她相信谢平有足够的理智，处理好这个场面，她不希望任何人去掺合。她敏感到，任何人的掺合反而会激怒谢平，帮了倒忙。她把全身所有的力气，都使在拽淡见三衣角的手指尖上。这样也可以帮助自己，控制那几乎已经是无法控制的哆嗦。

这时，老爷子开了腔：“谢平，你真会凑热闹。想干啥呢？把大衣脱了，坐下喝两杯……”

谢平摸着枪栓，直统统地说道：“分场长，求您了，把我那通知还我吧。”

老爷子端起茶缸，笑道：“我当啥了不得的事。行，我叫人再给你找找……”

“不是找找……”谢平冷冷地答道。

“我不找，拿什么给你？”老爷子火了，虎起脸。他相信谢平真会拿起枪来对着他的，但谢平走这一步，他却又隐隐地感到难过。

“行了，我的老爷子，别再把我当傻蛋了。”谢平叫道，火烫的泪水一下模糊住了视线。

“我给你找。这些公函信件早不经分场长手了，这你又不是不知道。着恁大急，劫法场呢？明天……”淡见三暗底用力，挣脱齐景芳的手，边哄着，边朝谢平走去。

“没有明天了，只有今天，只有现在。”谢平立马把枪口横过来对住淡见三，淡见三便识相地站住了。

“今天晚间就给找嘛。”淡见三圆滑地笑道。

“淡见三，这些年，我谢平从来没有亏对过谁。你姓淡的今天要诓了我，蒙我，就别怪我姓谢的不是个东西！”

“给他吧。把通知给了他算了，骆驼圈子少了谁还不行？地球照转！”齐景芳趁机上前劝道。

“给！给他！”老爷子失望地吼道。

“那就打搅了。”谢平说着顺起枪口，从地板上拾起滑落下来的皮大衣，走了。

一个小时后，齐景芳陪着桂荣到谢平的小屋里给谢平送去了通知。第二天，谢平回道班房取行李，淡见三、齐景芳和桂荣在马号前帮他套马爬犁。淡见三勉强地笑道：“祝贺你啊，到了还是走成了。”狠狠捶了谢平一拳。

齐景芳搂着桂荣，笑着对谢平说：“还不快谢谢桂荣。昨天晚上你走了，还是桂荣盯着她舅爹，把通知要出来的。”

桂荣却是一夜没好睡，想想，哭哭，哭哭，又想想；听着隔壁舅娘的咳嗽、打嗝、翻身、叹气，听着另一壁，舅爹一夜沉重的踱步、磕碰凳脚和摔打茶缸；她想想，哭哭，哭哭，又想想……到天亮前才睡着了一会儿。到这时，眼泡红肿，嘴唇发黑，脸色苍白，严严地包裹在皮大衣和加长的头巾里，脚上还套了个男人的毡筒。

谢平检查罢马具，把步枪和两根用红柳把子捆扎成的火把往爬犁上一撂，吆着黑马掉头，桂荣却一屁股坐到爬犁上了。

“你去干什么?”谢平惊问道。

桂荣不吭声。

齐景芳推了谢平一把：“你让她跟你去吧，她还能跟你在一起待多久?”

齐景芳这么一说，桂荣低垂着的眼睛里，刷刷地又淌开泪水了。

“你多嘴，非惹桂荣再鬼哭狼嚎一通。”淡见三瞪了齐景芳一眼。

齐景芳便去把爬犁上的干草拍拍松，垫垫匀实，关照谢平道：“快走吧。要不，回来，就黑天了……”

吃罢早饭，老爷子把于书田叫去了，也把渭贞叫了去。他端坐在白木圈椅里，指着早放妥在桌上的一张白纸，对于书田说：“拿去吧。”于书田迟疑地走到大桌子边上，低头一看，却是刚盖上红印戳的一张结婚证明。他不解地看看老爷子，一时间竟呆木住了。

“这两年……对不住你们了……得罪你们了……”老爷子冷冰冰地说道。

于书田脸涨得通红，两只手抓着桌子边沿，不知道是先去拿证明为好，还是再替自己跟渭贞辩解两句为好。但没等他想好，老爷子撂下他俩，便出门去了，走到门口，又沉重地关照道：“办事前，到‘飞机场’去看看老赵，去看看他吧，看看他……”说到这里，他艰难地喘起气，眼眶里竟涌起了泪水，而后便一扭头走了。从于书田、渭贞二人进门，到走，他一眼都不看渭贞，明明是他叫她来的，但他却一眼都不看她，不想看她。

等谢平和桂荣回骆驼圈子，天便透黑了。一路上，桂荣一直依偎在谢平怀里，谢平腾出只手来搂着她。后来她困了，谢平便轻轻把她放倒，枕住自己腿根，又替她掖紧皮大衣。后首，他俩还遇到了一回狼群。那是在拐进敏什托洛盖大沙包群之后。谢平忽而觉出，黑马跟神经失常了似的，一个劲儿斜起眼，想往一边胡杨林里钻。但那林子不在路上，它又跑得恁快，连过坡也不减速，谢平死劲扽缰绳也不管用。过那上坎，马爬犁一颠便飞了起来，又噔噔地砸落到冻瓷实的沟坎上，巨大的反弹力把他俩足足颠起有一尺来高。当他俩又重新被砸落到爬犁上时，谢平只听到自己尾尻骨端“咔嚓”一声响过，立马，那头便火辣火辣的疼了。他嘶嘶地倒吸了口冷气，没顾上去揉，只是撑起点身子，不让那疼处再跟硬木撑子擦着，又赶紧四处去摸好像不见了的桂荣。这时，他把缰绳拽恁紧，铁嚼口已经把黑马那粉红的肥软的唇角勒开了口子，勒出了血。血水顺着黑马嘴边的黄毛滴落，但黑马还是不肯听话，还是一个劲想往斜里冲去。真要让它带着他俩闯进那绵延数十公里的胡杨林，迷了路，这黑的大风雪天，后果就很难设想……谢平发急了。他用“河南官话”骂那马：“我操你哥！干啥呢？想算伙食账了？”一边狠狠地又踹了黑马一脚。他想再不行，就跃身跳下爬犁，跑到马的前头去带住笼头，来制止它那莫名其妙的失常。这时桂荣却紧紧扑到他背上，惊恐地叫道：“后边……”谢平一惊，反手搂住桂荣，迅疾地向后瞄睃去，心呼地往下一坠。操！至少有三只公狼，过了漫坡那大坎沟之后，不紧不慢地跟定在爬犁子后头了……

“难怪……”谢平愧然地看了看黑马，立即放松了缰绳，探过身去，歉疚地像对个老朋友似的拍了拍它。黑马从小是他调教的，他们一起对付过不少回狼的偷袭围攻。他的镇静，每回总能叫黑马镇静下来；黑马的镇静，也总能帮他摆脱或击退那些饿狼。刚才应该说完全是自己的暴躁，使马失了方寸。否则，这时它早该用有力、镇静的大走步，跟狼们周旋了。

“别慌……还是巴音台过来的那一群……跟咱们老打交道的了。对。别慌……稳住劲儿……又该咱们喝狼血了……好样儿的……悠着点儿……好样儿的、好样儿的……”

稳住黑马，他松开桂荣，抽出一直压在自己膝盖底下的苏式七六二步枪，子弹上了膛，单手端起它，把它举靠在肩上，这才笑着去吩咐还在哆嗦的桂荣：“拿火把，也在干草底下。别慌急慌忙点早了，听我口令。”并且故意去亲了亲她鬓发缭乱的额角，想也叫她镇静下来。

头狼走到前边小沙丘上，便等着了。黑暗中，它两眼闪出荧荧的绿光。风从它干瘪的肚子和尖削的脊背上刮起一缕缕杂乱、细长的灰毛，同时也刮来一股股腥膻难闻的骚臭。僵持了一会儿，它终于忍耐不住了，向右偏了下身子，好似蔫蔫地要率队回到那茫茫的风雪深处去。其实不然，它是欲扬先抑，突然一声长嗥，便纵身直扑黑马的脖梗。这时前后左右围追堵截的公狼、母狼们，也一齐扑了过来。谢平冲桂荣叫了声：“点火……”便端平了枪，轰隆一声，朝头狼扣响了扳机。

桂荣把火把夹在腿裆里，手抖得怎么也划不着火柴，划着两根，又让大风给刮灭了。她急得直叫：“谢平、谢平……”

谢平趁狼们在枪声的驱赶下，稍稍往沙包两厢的铃铛刺丛里退缩的空儿，拿过火柴，掀起大衣衣襟，熟练地划着火柴，双手捧着它，朝蘸过煤油的火把头上一扔，火轰地蹿起半尺来高。几分钟后，紧追不合的狼们突然放慢了脚步。已临近扎扎木台高包了，它们嗅到居民点的气息了。喔，翻过扎扎木台高包，分场部便在眼面前了……

谢平从爬犁上站了起来，把枪膛里剩下的几发子弹，全都扣了出去。他只想打个痛快。他知道，这很可能是自己跟狼们的最后一次交道了。一想到这是最后一次，他就想痛痛快快地嚎一嚎，痛痛快快地放他几枪。他挥动双臂，冲着一无所有而只回旋着狼们不甘心的长嗥的荒原叫道："你们来呀！狗日的！来呀……"而后，他跪了下来，紧紧地把桂荣搂在怀里，听着桂荣不绝的咽泣，自己也想哭……

两天后，谢平走了，全分场的人都出来送。一百零五公里处的那几个老伙计也赶了回来，走到扎扎木台高包顶上，他拦住大伙儿，说："就到这达为止吧。起风了……"

于书田夺他肩上的行李说："你骚包个啥呀！到桑那镇还有好几公里呢！"

搭车得到桑那镇。那是个只有七八户人家的"小镇"，一条土路，一家商店，一个邮政代办所，一根生锈的风向标。

谢平一把攥住于书田的脉门，对他说："你和渭贞嫂子的喜酒我喝不上了。到时候，从信封里寄块喜糖给我甜甜嘴，桂荣那儿有我上海家的地址。"说到这里，他觉到老于的手腕颤抖了。谢平松开了它，倒退着向高包下走了五六步，而后站住。在心里，他向依然在风雪中目送他的大伙，深深地鞠了个躬，也磕了个头，然后一拧身，向桑那镇走去了。

老爷子再没肯见他。

桂荣呢，一直跟在送行队伍的最后，跟淡见三、齐景芳走在一起。那天从一百零五公里取了行李回来，桂荣不肯回家，说啥也不肯下爬犁子，只是问："你走了，还会来接我吗？"谢平说："在上海混好了，就来接你。""那混不好呢？"桂荣紧着问，脸颊上还挂着晶亮的泪珠。“我没有理由混不好!”谢平说道。“万一呢?万一……”桂荣叫道。“混不好,我没这个脸来接你。你舅爹也不会让我带走你。”谢平说道。“那你就不要我了?”桂荣叫道。“如果真的是那样了,也不是因为我……”谢平沉重地说道。“你骗人。你不会再回来了……”桂荣扑到他怀里,使劲儿晃他,用头撞他。谢平由着她哭了一会儿,而后捧起她被泪水濡湿了的脸蛋儿,轻轻地吻着,吮去苦涩的泪水,对她说:“你跟我来。”他把桂荣带到干河滩坡脚下。那里扔着一些废铁件。他伸手去抓一根斜斜地戳起的铁棍。桂荣不明白他想干啥,忙推开他的手,叫道:“别碰它。要沾掉皮的。”是的,在这零下二十多度的夜晚,手一碰这铁家伙,就粘在上边了。但谢平还是抓住了那铁棍,而后用力往后一扯,手心上的一块皮便留在了铁棍上。桂荣忙去抱住谢平,血流了她一手。谢平对她说:“你看到了吗?我的血到底是红的,还是黑的……”桂荣心疼地把谢平的手捂到自己怀里,贴紧了他站着,再不言声,只是抽泣……后来,她跟他回到小屋里。谢平去点灯。她只是低头在床沿上坐着。后来看见她慢慢摘下头巾,脱了毡筒,又脱掉毡袜,拣去袜筒上沾着的干草屑,光着脚跪起,把它们烤在火墙上。而后……而后,他看见她解棉袄扣。头像遭了霜打的茄子,深深地低垂着。她脱去了毛衣,又解裤扣,这时谢平才明白她想向他表明什么。他浑身的血都涌到太阳穴里,他觉得自己好似着了火一般,在那灼人的热浪里,微微地摇晃。一种强烈的感动和向往,压迫得他透不过气。黑暗中,桂荣的毛衣摩擦着化纤的衬衣,打出电火花,“吱吱”地响。她又一次跪起,光着腿,叠齐了棉裤、毛裤、长衬裤,压到枕头底下。她一支一支地取下发卡,把它们放到窗台上。她做这一切,是那样的从容,舒缓,毫没半点的窘迫做作。是的。她只是要表明……要表明……要表明那只有这样才能表明的心迹……而后，拉过谢平的被子，脸冲里，躺下了。不一会儿她像发了高烧似的抖动，双手紧紧抱住自己的胸部，把脸埋进被子里。身子侧转蜷曲起，收紧的腿面都贴住胸口了。由于颤抖，她甚至低微地呻吟起来，嘶嘶倒吸凉气……谢平吹灭了灯，在床边坐了好大一会儿。而后，他轻轻地抚摸着她圆润的肩头，扳转她身子，长时间地把脸埋在她只穿着一层薄薄的棉毛衣的胸口里。他等待自己镇静，但那儿是那样的温暖、柔软。他寻找，他不知道自己在寻找什么，以至他冲动地把脸转向她尖突翘挺的乳峰时，桂荣激烈地挣扎了一下，他才吃了一惊，惶惶地松开了她，忙退回到窗前……后来，他几乎要用额头把窗框抵断，才算控制了自己，没再向桂荣走近一步……是的，他不知今后等待自己的会是什么样的一幅图景，他不知自己将来还有没有这个能耐返回骆驼圈子，从老爷子手里将桂荣接出去。回到上海的那许多青年，并不是每一个都重新找到了好日子。这一点，他早听说了。自己这一生里，从没欠过别人什么。眼面前，自己要走了，他更不能欠下什么，尤其不能欠下桂荣一笔无法偿还的债。她叫过他“小谢叔叔”，叫过他“谢老师”。他不能这么对不住她。又过了好大一会儿，确信自己已经冷静下来，他才走到床边，抱起桂荣，对她说：“回去吧……听话……”桂荣伏在他怀里哭了。隔着衣服，狠狠地咬着他的肩头……

我们还能再见面吗？骆驼圈子……

你们都将留下。你们中间，除了那些我眼见他们出生长大的孩子，没一个生来就是这块土地上的人。你们也是“外来户”。但你们将待下去，也许就一辈子了。随着我东去的脚步，我们之间将越离越远。隔开我们的将不只是那永不消失的扎扎木台高包，不只是骆驼圈子四周那广袤的黑色的干旱和板结的退化的戈壁荒漠，也不只是在开发之中的桑那高地本体，不只是那五千公里的空间距离，那乌鞘岭的寒夜，达坂城上的蓝天……不是的，隔开我们的将是一种更遥远的、更难逾越的一种什么……我撇下的那部分义务，将加在你们已经够沉重的负担中。我说过我要在高地上扎根，我食言了。我对不起你们，也对不起自己。我要加入这返城的大流，我们还能再见面吗？

再走出一里地，谢平回头看时，高包上只剩下几个女人和子女校的那帮学生娃娃。他们突然喊叫起来："喽啰嗽——嗽喽啰——嗽……"那么尖厉，那么悠长，那么粗犷，那么高昂……每回喊到尾子上那声"嗽"字时，便突然往上一挑，兀然煞住，而后又不甘似的再喊出声"喽啰——"拖得越发悠长。谢平到骆驼圈子来之后不久，就发现，骆驼圈子的人常爱这么喊叫。坐在牛牛车上，骑在马背上，站在干沟边上，有事没事的时候；暴风雨驱赶着压顶的乌云向羊群袭来的时候；雨停了，从倒坍的破羊圈里跑出来的时候，他们都爱这么吼叫。他不明白，他们为什么要这么喊叫。他们究竟感受到了什么，触动了什么，想召唤什么，表示什么，祈求什么。不明白，这究竟是本能的爆发，还是理念火光的折射返照？不明白……时间稍稍一长，他觉得自己也想喊叫，时不时地对着空旷的四野叫这么一叫。在这叫喊里，他感到这就是天，这就是地，这就是永恒，这就是活着和死去……他不能不喊，不能让自己心底发出的这一阵无法自抑的战栗和激奋掩埋起来。他只知道，如果连这一声都喊不出来，不敢喊，那么自己真的要爆炸了……

喊声压着地平线雄浑地远去……他再回头看，高包上没别人了。

在那破羊圈的土墙跟前痴痴地还站着桂荣，在她身边站着一个戴红头巾的女人，竟是齐景芳……

20

我不知道你为何一去不返。
当乌云遮蔽了天空，
我怎能将你追赶？
我知道，我在这里已是一无所有，
这荒原使我感到一片茫然。
但我要一直等下去，
等到你回来。
我要等待你醒悟的那一天到来。
你不会幸福的——
当你的心还在徘徊。
只有当你把心带回来，
带给绿色的田野和我，
你才会感到欢快……

21

是太阳，总还要升起。我坚信。

齐景芳带着宏宏赶回场部，想趁手收拾一下冷落多日了的屋子，赶紧去找秦嘉打听谢平到场部后的去向。一进土产门市部家属院的院门，邻居田顺玉出来倒炉灰渣，见了她，便嚷嚷道：“哎哟，大忙人，才回来？这些天里不知又来过多少辆小包车找你啦。快回你那屋去看看吧，这会儿就有一辆在你窗户眼哈等着呢！”

齐景芳这两年当了推销组组长，带着组里几个“女兵”，跑克拉玛依，跑阿尔泰，跑博尔塔拉，跑伊犁，跑独山子，在门市部忙死了，确也常有坐着车或开着车的人来找她。齐景芳抱着宏宏，急忙从炉灰渣铺起的路径上向后头走去。果然的，在她那屋的窗户眼跟前，停着一辆很旧的“嘎嘶 69”。齐景芳走近，车里走下一个四十岁左右、窄长脸条、黑皮肤色相、目光和行动都非常老到但又极其谨慎的男人。因为戴着一个脏兮兮的口罩，便认不出是哪方“土地”。倒是帽檐下、口罩上那双深褐色的眼睛，使她感到眼熟。她以为是来谈生意的户头，便忙把他让进屋。车里没司机，他是自己开着车来的。这种人一般比较随和，但又更老到，有其难缠的地方。话说到那七寸头上，他们还爱动手动脚。齐景芳不是没遭遇过。这客人倒显见得老实，一直也不肯坐，只是站着。待齐景芳打发宏宏上老田家去玩，他摘下口罩，齐景芳才看出，却原来是黄之源。

“你来……你来干什么？”齐景芳一阵痉挛。她刚想要生炉子掏炉灰，便一把抓起铁火钩，拧过身来，直瞠瞠地盯着黄之源。

黄之源跟齐景芳结婚后，在煤矿上当科员。他一直不让齐景芳要孩子，怀一个刮一个，刮过三个，也不许齐景芳采取节育措施。“我可不能太方便了你这破货……”他冷冷地苦笑道。婚后不到两年，他受不了这山坑里煤矿上的寂寞，他埋怨、寻衅，说这一切都是齐景芳造成的。他为了齐景芳，才毁了自己的家，自己的前途，毁了自己的幸福，成了个“废人”，成了一段没人要的“烂坑木”。他常常不回家住，在办公室里搭个铺。一出差，十天半月，有时个把月也不捎个信回来。他到林场去哀求过场长政委，在林场老场长面前掩住脸哭，在前妻跟前打自己的耳刮子。几个月后，他突然告诉齐景芳，他要回“林业系统”了。“你是跟我离，还是跟我走?”他问道。“跟你离！为了我那三个应该活下来而没能活下来的孩子，我也要跟你离！离！离……”齐景芳扑过去，一边哭，一边抓他的脸，把他赶出屋去。齐景芳独自过了两年。这两年里，矿上的人待她不错，矿长一家待她更好。她也常去矿长家，帮矿长老伴做针线活。矿长家的闺女索性搬到代销店小屋，陪她住。再后来，矿长吞吞吐吐地向她提出，要她嫁给他的儿子。他儿子是个中专生，一个比她还小三岁的“孩子”，一个总是怀疑别人瞧不起自己的男人，一个整天耷拉着脑袋，坐在窗前的忧郁症患者。他在红山嘴的精神病院住过半年，人倒长得还清秀。齐景芳觉得矿长亲自开了口，自己不好拒绝的。那“孩子”倒也不胡来，只是抑郁，不蛮横。想着婚后好好过日子，也许能治了他的忧郁，也想自己待在这偏僻的小煤矿上，能得到矿长一家的照顾，也不该小瞧了这一点。她就答应了。先起，那“孩子”待她，倒是百依百顺，温柔体贴。但不管齐景芳上哪儿，他都要远远地跟着。有时让他妹妹跟着，有时求他老娘跟着。他怎么也不敢相信，齐景芳会真心跟他好。他老是要问齐景芳：“你说，到底是我来劲儿，还是你那位黄科长来劲儿?”他总觉得她在跟人私通，翻她的箱子，翻她的书，翻她的柜台、钱盒、抽屉……偷偷地把她棉袄棉裤棉被所有的夹里拆开来搜。发起病来，还要扒光了她搜。起先，她可怜他。她知道，他从小让他爹管得太严，矿长动不动就飨以老拳，管得他出气也细弱了，总觉得自己这也不行，那也不行；走路都不敢抬头，快快地走，半道上也不敢逗留；上了学，他就害怕老师到他爹那儿告状。老师脸上不高兴，他就害了怕，就提心吊胆地在办公室门口转悠，希望找个机会，去跟老师说上一句：他下一回再不这么惹老师不高兴了（他总觉得老师的不高兴，全是他惹起的）。到中专里，他的这个毛病更厉害了，连同班的学生干部也怕。学生干部借了他什么书，他也不敢去要回，怕班干部记恨他。班长写信，他也总要设法偷出来看看，他怕班长给他爹给班主任汇报他的情况……老师开会，他也要到窗户根底下去偷听……搜过了齐景芳，便跪在齐景芳跟前哭，求她别跟人家好。

她企望，有了孩子，他做了爸爸，精神会得到宽慰，会自信起来。后来，他们果然也有了孩子。但他的病非但未见好转，反而变本加厉了。他讨厌宏宏，总认为宏宏不是他的。有时，他会恶狠狠地晃着宏宏，问："告诉我，你的爸爸到底是谁……"有一回，才一岁半的宏宏从托儿所回来，一进门，叫了声："爸爸……"他冲过去，用大力扇了孩子一个耳光，吼道："你的爸爸不在这屋里……"孩子一头撞到铁炉子尖角上，扎开了好长一个口子，流了一脸的血。也就是在那一天，齐景芳抱起宏宏跑到卫生队，找淡见三。淡见三慌急慌忙把娘俩扶到自己小屋里，替宏宏处理了伤口，缝了六七针，哄着他睡了，安慰着痛不欲生的齐景芳，头一回留住齐景芳，在他屋里过了夜……这得怪谁？难道她就没有权利为自己寻找一个真正的男人？随着齐景芳态度的变化，宏宏的爸爸病越发加重。他蛮横，但只欺负比他弱小的东西——邻居家的孩子、小狗小猫小鸡、矿上的劳改员、长得比他瘦弱的女人……

齐景芳觉得再不能跟他过下去了，矿长一家也都感觉到对不住她。后来便由矿长亲自出面，给他们办了离婚手续。

能说这后来发生的一切，跟黄之源都没关系？

黄之源摘下皮帽，拿在手里揉搓着，他在等齐景芳自制住。他来之前，就料到她会发怒的。

"请你出去。"她开开门。

他关上门，说："齐景芳同志，听我说……"

"没什么可说的……"齐景芳叫道。她不想再见他，不想再听到他那标准的、悦耳的、浑厚的男中音腔门，不想看到他惯会做出的歉然的微笑。

"听着！"他也发了狠劲，咬起了牙关，把皮帽往桌上一掼，"我刚被调到三台子林场，是去当副场长的。这回没人帮我忙，是我自己苦干了这些年，洗刷了我自己。我不是来向你表白我自己，我来告诉你，我到三台子林场看见有关谢平的一份材料，我要找谢平……"

"谢平！"齐景芳又一次叫道。你还有脸在我面前提谢平！那天，在西小院套间里，黄之源强按住她，要干那事。她求他，挣扎，甚至告诉了他，她喜欢了谢平。她不能再跟别人这样。她求他……他却喘着气教训她："谢平能给你带什么好？他对你能有什么用？能有出息吗？听我的……懂吗……听我的……"十四年过去了，他今天却还要来提"谢平"！

"我到骆驼圈子去过，他们说他到场部来了。我想，他到场部，总会要来找你。我得找到他，核实一个情况。也许，我就能把这份材料推翻了，让别人不能去告他，你要相信我。我们都年轻过，年轻时都干过蠢事。我不希望别人老揪着我年轻时干的错事不放，我也不想这么对待谢平。你要相信我，我这次来，确实是为了谢平……”

“滚——”齐景芳觉得自己都快要晕过去了，抡起铁火钩，便朝黄之源抽去。她看见铁火钩从他脸上划过，他痛苦地痉挛般地怪样地笑了笑。而后，向前踉跄了一下，又向后晃了晃，一手按定桌子，一手便捂住了那半拉脸。后来，她又看见从他粗大的手指缝里流出什么来了。红的？黑的？稠的？稀的？流动的……一滴一滴往下淌。她一阵痉挛，便跑出去抱起宏宏，趺趺撞撞一脚跑到秦嘉家门口，倚着门框，才哇的一声，哭了出来……

谢平从户籍室办了迁移户口手续出来，扛着行李，去找秦嘉家。走出场部门前那环形林荫道，就发觉有人在跟踪他。起先，他没在意，只以为是同路的人；但那几个人老不散，不远不近，不紧不慢走在他身后，他就不得不起了疑心。待走到加工厂锯木场附近，那几个人把圈子大散开，网开一面，从左后右三面包抄过来，逼近他，并且“刷”地都从大衣袖筒里抽出早准备下的短木棒，他才惊觉，有人来找他的事儿头了，要暗算他呢！

这时，已然有五点来钟。偌大个锯木场，人早走光，空空荡荡，空气里浮荡着浓烈的松香气息。黄圆冷浸的太阳搁到西山背上，使锯木场周围的木楞堆显得更加阴暗森严。一旁，锯木车间高大的板门敞开着，足有四五米高，黑洞洞张起。

他站了下来，一手插进腰间，抓住刺刀柄；论身板，论力气，论十四年来在骆驼圈子跟人跟狼打架的经验，他料定身后那几个高矮不齐的家伙，都不是他的对手。这一点，即便是行家里手的撅里乔，后来也是彻底服了气的。况且手里还攥得有这柄钢火上乘、磨得锋快的刺刀！小子哎，上啊！他等着他们发话，倾听着脑后的动静。

“谢平，侬想溜啊？滑脚了？回上海了？侬倒夏(惬)意格……”

上海话。上海青年？他一震。“倷……那……”他想用上海话跟他们搭腔，但舌头怎么也拐不过弯来。“你们是哪个队的？”他改用普通话问。

“不认得阿拉了？”为首的一个冷笑笑。这时谢平瞟清围住他的总数在七八个之间。木楞堆后边还缩着两个，不肯上前亮出脸面。

“不认得了？阿拉都是侬从上海动员来的。侬忘性倒不小！”他们逼近过来。谢平拖着行李，往后退去，背触到一样硬东西，给弹了回来。他退到锯木车间板墙跟前了，这是他需要的。这样，他们便无法从他不长眼睛的后方来偷袭他。

“进去！”一个小伙子过来一把抢走他的铺盖卷，扔进黑洞洞的车间，是要赶他进那里头，好关起门来，称心如意地做他。

“干吗？”谢平问道。

“赶马，还赶驴子呢！”又有一个小伙子上前来，把他的旧帆布箱子扔进了车间门洞里。

“请侬到里厢去谈谈。”为首的那个有礼起来。

“有话就在这儿谈。”谢平当然不上那个当。但他认出眼前的几个确是当年他动员来农场的。他似乎有点明白，他们来找他算那笔账了……

谢平脸一阵涨热，他尴尬地在板墙上蹭了蹭脊背。

“听说侬要走了，兄弟几个约好来送送侬。感谢侬当年动员我们一番苦心……”为首的那个阴阳怪气地数落道。

“不要再跟他废话了！做他！当初没有这赤佬，我们也不会到这鬼地方来……”一个小伙子红着眼，举起棍子冲过来，被为首的那个挡住了，“一年多之前，大家在柳树沟水库碰头，请侬出来帮大家出出主意。侬为啥搭架子，照面也不打一个……”他问。

“当时我出不来……”

“腿在你自己身上长着。”一个小伙子吼道。

“有时候，不在……”谢平说道。但没等他把话说完，一个小伙子蹿过来，吼着：“狗屁！孬种！王八蛋！”梆地朝谢平腿上砸了一棒，谢平一下子给砸蹲了下去。

“你出卖了我们。你把我们写给你的信，交给了你的分场长……”

“没有，我没有……”

“没有？为什么两次去人请你，分场里都有准备，都派了岗哨埋伏下……”

“当时我的信他们都拆看……我没法子……”

“叛徒的狡辩！没人会相信你！做他！”几个小伙子一齐扬起了短木棍要再度冲上来砸他。谢平拔出刺刀，猫下腰，把雪亮的刀尖对准为首的那一个，憋红了脸吼道：“我不是叛徒，我没有出卖过伙伴。谁要再敢碰我一下，我叫他认识认识什么叫从骆驼圈子出来的人！小王八羔子，想上天呢？”

他们几个一齐慌忙向后退去。

“他们把我们二十九个代表，抓去了十二个，铐了八个月，关在场部的大菜窖里。上边的文件下来了好久，他们还不肯放人！你当时为什么不出来替代表说话？你动员我们的时候，说农场里都是三五九旅的老战士，他们带我们劳动，会给我们讲故事。他们会跟我们一起住地窝子，一起啃苞谷馍。我们一年会比一年好。我们很快能在戈壁滩上建立'小上海'、'小江南'。你带我们去看《军垦战歌》，你为什么不老老实实告诉我们，那些狗日的拍电影的，是昧了良心，尽挑好的拍？”

“我操那些拍电影的祖宗八代！”一个小伙子红着眼吼道。

谢平的心淌血了，他开始冒虚汗。他知道自己无法回答这些同样在淌血的问题，他握刀的手慢慢低垂下来。

“你靠动员我们入党。关键时候，你又不管我们，出卖我们……”

“没有。我没有……”谢平的心抽紧了，碎尽了。

“没有？”两个小伙子蹿过来，梆梆又是两棍。谢平忙端起刀，他们又退了回去。

“十二个人……还关着吗？”他的手开始抖动。

“秦嘉就比你强！她出来为那十二个代表说话，就为了这一点，她也被拘留过。后来那十二个人放了，她还被押了半年多，说是审查她。一直到今年上半年，她的问题才重新得到处理……”

谢平不知道秦嘉也卷进这件事里去了。

这时那两个一直不肯露脸的人从木楞堆后边走了出来。而且还不止两个。走近了，谢平才看清，都是试验站青年班的伙伴。龚同芳、杜志雄、马连成，还有“阿憨”徐明华，他们手里也拿着棍子。

“你们……你们……你们也是来打我的？”谢平鼻根酸了，几根短木棍慢慢低垂下来。

“镇华呢?”谢平问。

“他回上海了。”龚同芳答道。

“还走了谁?”

“裴静静、乐文珍……”

“阿憨”徐明华走了过来。当时动员青年到农场，里弄里连徐明华这一号智力低下的也没放过。家长愿意甩包袱，里弄里为了凑数字。谢平当时忙于在外参加各种各样的座谈会，介绍动员的经验和自己思想转变的体会，忙于在万人大会上作典型发言……到编成“中队”时，才发现，名单里有徐明华。这次徐明华本可以“病退”返城，但在此前，他跟一个四川女子结婚了。那四川女子盲流到羊马河，为了急于在农场落户，就跟徐明华登了记。婚结罢，户落上，成了正式农工，有了固定工资，她便一个劲儿地虐待徐明华，逼徐明华跟她打离婚。开始，徐明华不肯离。“阿憨”晓得，他再找个老婆是几乎没有可能的了。他别的方面能力低下，但还是晓得爱女人。到“返城热”起，政策下来，政策杠杠中又有一条，跟非上海籍女子或男人结了婚的，不得返回上海。这时，在伙伴们的劝说下，徐明华同意离婚了。那四川女子又不肯离了，她说，要离，可以，拿两千块钱来，赔偿我的“损失费”。徐明华破破烂烂一身，都不知料理自己，哪来恁些钱?那会儿谢平在班里，谢平替他管工资。谢平走了，计镇华替他又管过一段。后来，青年班解散，站长亲自替他管。到“文化大革命”乱起来，他就没人管了。原先存下的钱，也不知咋花了。那四川女子说的这句话是事实：结婚那天盖的新被子，还是她想办法去弄来的，她实在是想逼他伸手向家里要。徐明华的父母原先倒是在洋行里做过，香港汇丰银行里还有一笔存了三十几年没动过的款子，拿两千块把儿子“买”回去，在他们，等于剔牙缝呢！但二老就是不肯出，怕再背上“阿憨儿子”这包袱。那四川女子咬咬牙，一脚把价码跌到五百，徐明华家里还不松口……

“侬叫我以后哪能办？侬讲！侬讲呀！”徐明华傻乎乎地鼓圆了浑浊的眼珠，挥动短木棍，朝谢平叫道。

他穿着的破棉袄，两个肩头都裂开了口子，灰生生的棉絮从口子里龇出来，隆起多高。如果不是腰间有根草绳束起，这些破棉片就难以在他肩背上裹得住了。

“侬叫我们以后哪能办？”徐明华板起脸吼道，冲过来。

“当心！他手里有刀……”一个小伙子叫道。

刀在谢平手里颤动。

刀，是的，我手里有刀。我拿它对付过疯狗，对付过饿狼，对付过像撅里乔那样人群中的“畜生”，用它剥过多少黄羊皮、狐狸皮、兔皮、狗皮……有六年的夏天，我带人挖大渠。有五年的冬天，我带人架电线。十来年的春天，我带人接小羔羊。我好几次带人护送马群，长途跋涉，把它们送上火车……十四年，我一直带着这把刀。这是你给的，杜志雄。那些年，你一直叫我“谢平阿哥”。只要我手里有刀，老马、小杜、小龚、明华，还有你们……我相信，你们谁也近不了我的身。但我不能用刀对付你们，你们是我的伙伴，我的兄弟。你们是我动员来的。我带你们到了农场，今天，我无法带你们走，我愧对你们。如果，你们因此要跟我算账，我愿意代所有有关的人，来接受你们的清算。

打吧……

谢平把刀“当啷”一声撂在地上。然后，解下腰里的宽皮带，皮带上还带着刀鞘，那铜的带五角星的环扣在夕阳里隐隐闪亮。他把皮带、刀鞘也扔在了地上。而后，他转过身去，把两只手高高举起，贴在了墙上。

先扑过来的是徐明华。他揪住谢平的头发，一往墙上磕，大声叫道：“侬叫我哪能办！侬叫我哪能办……”接着，那些人都扑了过来。惟有杜志雄、龚同芳、马连成，在尽后边站着、抽泣着……

打吧……但我还是要说，我没有骗过你们，我没有出卖过你们，我不是你们中间的“叛徒”。我还是要说，那时候，当我像传教士那样，走进你们家所在的小弄堂，走上你们家陡直的木扶梯，弯着腰走进你们家的小阁楼，一番又一番地劝说你们的爹娘兄姐，放你们来农场，我是虔诚的。我相信我自己所说的每一句话，我是决心要实行自己说过的每一句话的。我的妈妈，我的姐姐，我亲生的妈妈，我同胞姐姐可以作证……她们都跪在我面前，求过我，叫我别出这个头，可我……

打吧……

想看看我的血吗？

它不脏……

谢平慢慢倒了下去。兀然间，他觉得太阳很耀眼，木楞堆很烫，脚下的雪地裂开一道很深很蓝又很红的口子。他躺在牛牛车上，往下沉落，没有底。牛牛车又在走着，在铺满卵石的河滩里走着。他看见蓝天在牛背上升高，看见太阳在蓝天上融化。他看见干旱的退化的草原在燃烧，看见地平线上桂荣在向他跑来。别过来，他们要打你的。他向她叫道。但她不听，却叫着：别打了，别打他！他是我的人……

他是我的人……我的人……

八点多钟，天黑透后，那个为首的小伙子带着两个人又来过一趟。他们拿木棍拨拨谢平，听见他呻吟了两声，还用手电照了照他。他们带来一卷绷带、一团药棉、一瓶红汞、一小袋消炎粉，他们要替谢平包扎。谢平推开了他们。借着手电筒的光，他扑过去，摸着刺刀，对准了他们，叫道："走开！你们给我走开！"他用背支住板墙，才能半站起。额角上淌下来的血糊住了他一只眼，冻在脸上，成了冰坨和痂壳，使半边脸板结得难受。他摇摇晃晃地让自己站稳了，翘起刀尖，对他们吼道："所有的账你们都算了，别来发你娘的假慈悲了。滚！谁敢再往前走一分，我就捅了谁！老子这把刀是喝过人血的！滚！别来找十四年前的谢平了！"他拼命地吼道。

他们向后退去，把他的行李归齐在一堆，又把绷带、药物等都放在行李上。再用手电照住这些药，一动不动照了好大一会儿。好似在对谢平说："东西都在这儿，对不住你了。你自己好生保重吧。"

等他们消失在浓墨似的夜色里，谢平又瘫倒在板墙根下，头疼得要裂开来。他向车间里爬去，他知道，那里面有一个完全用耐火砖砌起的炕炉，炕寸板用的。他爬到炉子跟前，让自己贴住依然还散发着微温的砖壁，慢慢坐下来，他不能让自己冻死在场部。刚离开骆驼圈子，还没到上海，为什么要死？我错了吗？真错了？全错了？谢平闭上眼。背后的那点温暖使他全身每一个节骨眼里的疼痛、酸涩、疲倦都发作了。我错了吗？他抽泣。我全错了吗？疼痛又使他剧烈地抽搐起来。他真想在自己手背上再狠狠扎一刀，让血就这么流尽。他真想把自己钉在这高大的板墙上……耶稣不就是这么被钉死的吗？耶稣死，拯救了人类，我能拯救谁？

拯救你自己吧……

又一阵剧烈的疼痛，叫他深深弓下腰背，用力抱住蜷起的双腿，弯倒在地。他强迫自己不呻吟。他强迫自己什么也别去想，抗住这一时的疼痛，抗住这一时的软弱……没过多大一会儿，冻在脸盘上的血浆，痒痒地开始融化了……

秦嘉这两天正请了个游方的陕西木匠在家打家具。到月牙儿拱上树梢头，她面条擀得，水也开了；叫木匠收了家伙，这头便搬出面梢子、蒜泥、辣糊、醋跟黄酱，还有一盘粗粉条拌萝卜丝，两条蒸咸鱼干，摆整齐了两双竹筷，筛上两杯白酒，让自己的老头陪着那木匠，由他们自便。她呢，忙又去安顿玩得跟泥猴一般了的宏宏，而后，才端起堆尖两海碗面条，进了里屋。

齐景芳眼泡肿肿的，依然托着下巴，胳膊肘支在床前的桌子边上，呆呆地看着窗外的院落。

“来来来，尝尝我的小刀面！”秦嘉撂了块湿毛巾给齐景芳，叫她擦手。

“我……真不想吃……”齐景芳说。

“干吗呀！犯得着吗？放着捞面条不吃，那才傻呢！”秦嘉瞪了她一眼。齐景芳勉强地笑了笑，拿起湿毛巾象征性地擦了擦手指尖。秦嘉又去院子里收拾了刨花锯末碎板块，留着以后生炉子；在杨树跟前寻出一瓶白胶，把滴到瓶口外沿来的一点胶液用手指刮回瓶里去，用心旋上瓶盖，带到廊檐下窗台上；又在木匠跟前张罗了一阵，回到里屋，见齐景芳用筷尖慢吞吞地没挑了几根面条吃，还在呆看着那由于月色越发明亮而蓝得有些暗白的夜空，便“哗”地拉上窗帘子，抄起竹筷，狠劲在齐景芳碗里搅了几下，把面梢拌匀和了，把面碗重新推到齐景芳面前，啐道：“还想那姓黄的畜生呢?”

“不是不是……”齐景芳眼圈红红。

“唉，你呀……”秦嘉眼圈也红红，便在炕桌对过，盘腿坐了下来，“嗳，那姓黄的，会不会……吃了这些年苦，又有了家小，真改邪归正，悔过从善，想做点好事了……”

“你信他!”齐景芳拧过脸去，啐了一口。

“万一要是真的，他能替谢平推翻了那份材料，也叫谢平走得没后顾之忧。”秦嘉小心翼翼地试探齐景芳。

“就是要推翻，也不求他不靠他。不是他，谢平能到今天这一步?我……我……”齐景芳哽咽住了。

“他有责任。但这十四年，也不能全赖他……”秦嘉长叹一口气。

“好。他好!”齐景芳一撂竹筷，起身下炕，冲门外走去。秦嘉搂住她，看她气得脸上由红变白，呼哧呼哧直喘粗气，心里也不免难过起来，便低声说道：“我也没说他好。得，咱们不求那‘畜生’，不靠那‘畜生’。真金不怕火炼，咱们相信谢平不会做什么过杠杠的事……”

这时，秦嘉的老头敲敲窗户，叫道：“喂，再给下半斤面条，人家没吃够哩。”秦嘉回手也敲敲窗户眼，不耐烦地啐道：“我这厢跟小得子说话呢，自己下去。”老头子敲了敲窗户，提醒道：“说话，也用不着在大露天地里。冻感冒了，好玩呢?”“这句嘛，还算个人话。”秦嘉把齐景芳带到西头尽边上一间屋里，拉亮了灯，去端过她俩的面碗，还给宏宏抓了几块糖块去。

吃罢饭，齐景芳在灶间相帮秦嘉刷锅洗碗。秦嘉问她："你最近去了趟骆驼圈子?"

齐景芳答道："去了。咋样!"

"去了就去了呗。又咋样。"秦嘉缓缓笑道，"你不来我这达，我也想不着问你。来了，随便问问。"

"随便问问？恁简单?"齐景芳斜瞟了她一眼。

"有啥复杂的……不就是有人嚼舌头根，传闲话……"

"啥闲话?"齐景芳停下手里的短把扫帚，竖起眉毛问，"说我跟谢平?"

"你倒敏感……"

"十四年来，我一直躲着谢平。这些人还要我咋样?"

"那你就应该躲到底！你十四年都躲了，都熬过来了，你又犯什么浑？你又跑骆驼圈子去干屁?"

"我的相好在那厢!"

"可人家说你是奔谢平去的。一直到现在，场部还有人说，十四年前，你上卫生队刮掉的那个孩子，不是那个姓黄的，而是谢平的。"

"我还后悔不是谢平的呢！随他们咋说去！这回我上骆驼圈子，就是找谢平去的。我想找，我爱找，我就是要找。他们管呢!"

"小得子，你为了谢平，躲了他十多年，你为啥不能再躲他两天？你让他太太平平地走了算了，别再给他添麻烦……让他一切重新开始。他……需要从头来起……"说到这里，秦嘉眼角里便闪烁出两颗滚烫滚烫的泪珠，齐景芳的心也颤动了。

过了一会儿，齐景芳说："得想办法通知谢平，他到场部别让黄之源碰见了。我总觉得，姓黄的是不想放过谢平，来找碴儿的。”

“咋个通知法？”

“我想，他到场部，一是投宿你这儿，也可能找别的上海青年家。咱们给场直各单位的上海青年打个电话，让他们互相传一传，见了谢平让他赶紧先上这儿……”

“行。”

“别跟他们说，我也在你这儿……”齐景芳红着脸叮嘱道。

“那自然。”秦嘉会意地笑笑。

秦嘉在看守所被拘押了十四个月零七天，放出来后，又被免去场子女校副指导员职务。后来场干部股、组织股股长找她谈，当年的陈助理员、现在政治处的陈副主任也找她谈，说只要调换个单位，还准备使用她，比如到加工厂当车间副主任。“那也是个副连职的，等于平调。怎么也没怎么你……组织上还是很爱护你们这些知青干部的……”陈副主任伸出一根黑黑肥肥的手指，点定了秦嘉的鼻尖，温和地笑道。但她不干，要么还留在子女校当她的副指导员，要么什么也别干。谈多次，也不让步。陈副主任叹口气说：“那好，你挑吧。除了子女校，你挑吧。随你挑个单位。”她挑了油库，当个不起眼的管理员。油库离她家近，打电话得上油库办公室。她俩出了院墙门，云层灰暗，低低地压着地平线，洒出些许铁青的寒光，使眼前这片荒野更像块多少日都没沾水的笼屉布一样的生冷、陈旧、干皱……方圆几里，除过秦嘉家那片黄泥屋和七八百公尺外的那个油库，便再找不到一处人家。秦嘉还是去年在这片黄泥屋中间盖了一趟五大间砖墙瓦屋，坐北朝南，还安了土暖气，高台阶，六根廊柱全刷上了朱漆，这叫气派！花的全是自己的钱，跟政委住的那小院真有所不同。

打完电话，在回家的路上，齐景芳亲热地挽着秦嘉的胳膊，拿脸贴着她肩膀头，真诚地说道："秦嘉姐，真多谢您了。这事，没您出头，还真不行。"

秦嘉笑着揶揄道："跟我扇这马屁话！我要你说？谢平是你什么人？要你替他谢我？"

齐景芳红起脸，白了秦嘉一眼，笑嗔道："你！跟我耍贫嘴！烧你嘴皮子！"

秦嘉笑笑，再没续下去跟她闹，她早知道小得子心里没能把谢平撂开。有一回，她帮齐景芳翻晒旧衣服，从箱子底里翻出一顶男人的旧皮帽，齐景芳不让她细看。她绕到床那头，匆匆翻开帽衬，见里边是谢平的笔迹，写着他的姓名、单位（那时农场里的知青，都有这习惯，学军人，在帽衬里上写上自己的名字、单位和年月日）。看日期，是谢平离开场部前戴过的帽子。她问齐景芳："你藏起他的旧皮帽干啥？"齐景芳红起脸，夺过帽子，只回答了句："你别管！我爱藏！"她还问过她："你心里既然放不过他，干脆找他去嘛！"齐景芳苍白了脸，缩起身子，躲一边去不做声。她那副黯然失神的模样，搞得秦嘉再没敢这么问过她。

回到家，过十点钟了。秦嘉留齐景芳母子住下，把老头赶到儿子屋里去（儿子是老头前妻生的）。在那厢的床边给他临时加块床板，抱去他的被褥，另从被褥里给齐景芳母子抱出一床干净的碎花撒红点翠、孔雀蓝打底、攒心大绣球图样的八斤细洋布面子被褥，跪在铺上，用笤帚疙瘩细细扫过床单，拍松枕头，铺好床，打来水，让齐景芳母子洗脸洗脚，说："孩子都打盹儿了，你陪他先上床。"齐景芳想推拒，秦嘉那头已经在给宏宏脱开衣服了。待眠下了宏宏，齐景芳脱掉棉袄棉裤，捋起那粉红色的棉毛衫袖子，绞起把热毛巾，抖散去毛巾上灼人的热气，先大面上抹了一把，而后顺着尖下巴颏，向右耳后根使劲擦去；再低下头，撩起头发，擦后脖梗，而后再把毛巾浸湿，细细地打上肥皂搓过，让屋里弥漫廉价香皂的气味；再绞出一把，倒到左手上，去擦左边的耳根和左边的后脖梗；最后绞出第三把，抬起下巴，使劲地擦颈子，直搓到白皙、圆润的颈梗和脸面泛起淡淡的红。住了手，人都咻咻地细喘起气，才觉得过了瘾。秦嘉笑了。齐景芳问："笑啥?"秦嘉去叠她撂一边的袄裤，答："没笑啥……"其实她心里羡慕：这小得子，干啥都恁有滋有味，真叫人心爱。

洗过脸，齐景芳便把水倒到脚盆里，又掺上点热的，端一边去洗脚。虽说在秦嘉屋里，脱袜子时，她仍然背过了身去。秦嘉倚在门框边一动不动地出神地看她用脚背在水里互相搓擦。水哗啦哗啦响，两只手支在板凳边起，丰满的上身一撇一撇地晃，叫那圆实的胸部在绷紧的棉毛衫里诱人地波动。乌黑油亮的短发拂着脖梗和耳廓，弯起一点尖，在腮边摩擦。那匀称修长的腿，同样被棉毛裤裹紧，显出它的壮实和活泛。齐景芳大约感觉到了秦嘉这久长的热辣的注视，便抬起头，用湿漉漉的手背撩起滑落到腮边的短发，下意识地用一只光脚挑起脚布，轻轻掩住另一只细嫩肥软的脚背，啐了秦嘉一口道："看啥？你没有？还紧着看!"

秦嘉寡淡地笑了笑，轻轻叹口气道："名不虚传啊！小得子，你确实漂亮。"她倒换一只脚站着，把双臂抱在怀里，说道："景芳，有句话，我一直想问问你。今天就咱姐俩，关起门来说悄悄话。你别见气……"

“啥！”齐景芳擦脚，抬起眼皮反问。

“你喜欢过那个姓黄的家伙吗？人家说，谢平事先警告过你，叫你别跟他太接近了。你不听。那天晚上都十一点多了，你还是拎着暖瓶上那家伙屋里去了……”

齐景芳擦干脚，踩住盆边，缓缓转过身，把脚布晾在椅背上。秦嘉勾身到床底下，拣出一双她自己的海绵底拖鞋，撂给齐景芳。齐景芳把脚探进拖鞋里去以后，并没起身，只是用脚尖把脚盆轻轻推到一边去。“谢平没警告过我。他那时……还只是个‘大孩子’，跟我一样，哪懂得恁些……他倒是用心听过生理卫生课。但他哪想得到人会那样去运用这些‘常识’……”齐景芳刻薄地苦笑了一下。“不过，我……确实对黄之源有过意思……你别吃惊……”齐景芳平淡地说道，“他很有能耐。那么年轻，就在林场大拿，叫我们场长政委都围起他转，我一直羡慕这种人。他待我好，总能看到我的长处。不像谢平那样，老在提醒我、教育我，看到的总是我的缺点……谢平老想‘保护’我，可在这世界上，最需要别人‘保护’的，恰恰是他自己，他一直看不到这一点。有时，跟他在一起，我真感到乏味……”

“可你咋又老撂不开他？”

“是啊……我也常常这么问自己。为什么……为什么，我老也撂不开这个老也长不大的‘大孩子’呢？”

“你说谢平是老也长不大的‘大孩子’？有意思。”秦嘉笑道，“你从什么时候起就有这种想法的？”

“那年，在场部……也许还要早。从上了火车见他第一面起……我就想，我准能做他的‘小妈妈、大姐姐’……”

“不要脸！那时候你才多大？还不到十七吧？”秦嘉笑啐她一口。

“不到十七又咋了？我十六岁就差一点做了自己姐夫的老婆，你们都不懂。谁叫你们不是‘齐景芳’呢……”她垂下了头。秦嘉也垂下了头。“只有一回，我这个人算是害了怕，就是那个黄之源硬压着我，要我干那个事……我一直以为他只是闹着玩，他不会恁坏……后来我忽然觉出，我再也不能是从前的那个小得子了，我再也找不回来那个‘从前’了……我哭着求他……推他……咬他……求他别这样……”

“别说了……”秦嘉的心一阵打颤，皱了起来。

“后来，我想过：为什么不早早把自己给了谢平呢？那样，再怎么说，心里总还是干净的……回过头去想想，谢平从来没有强迫过我。跟他在一起，我不用装假，不用挖空心思去‘应付’，拐弯抹角去‘防备’，他把他心里的一切都搁在了自己脸上，哪怕要打你，他也会事先告诉你……他强迫不了别人，也强迫不了自己。他总是那样真心……可我……”齐景芳说到这儿，不往下说了。她说得那么平静，好像只是跟秦嘉在报一份流水账。秦嘉在炉盖上拄着铁火钩，把长长的下巴搁在手背上，她忽然觉得自己怎么也制不住地感到一阵寒冷。过了一会儿，齐景芳走过来，轻轻地搂住了她。

这时有人叫门。秦嘉披起大衣去看，是杜志雄和龚同芳他们，问半天，他们磕磕巴巴地不肯细说，只是让秦嘉赶快到加工厂锯木车间去把谢平弄回来，去晚了，怕他就活不成了。这番话，真把她俩吓一大跳，气急慌忙，由杜志雄、龚同芳他们带路，赶到锯木车间，谢平已不在那达了。行李不在，地上也不见了刺刀和腰带。血迹依然是明显的，绷带、药包一动未动，拖着那样一个伤残的身子，他能去哪儿？他会被冻死在哪儿？杜志雄、龚同芳跌跌撞撞地爬上木楞堆，向四处喊叫，没人应。杜志雄煞白了脸，爬下木楞堆问秦嘉、齐景芳："咋办？咋办……""咋办？你们这会儿知道着急了！亏你们下得了手！有种的，去打那些光知道在报纸上广播上哄人家孩子到'最艰苦的地方'，却一老把自己的儿子闺女往轻巧地方塞的家伙呀！谢平再咋样，他自己也来了嘛！他骗你，骗我，还骗他自己？就是错，他也是真心的嘛！狗还不咬真心待它的人呢！你们连狗都不如。你们就没见他这十四年过得比谁都困难吗？你们还有点人味吗？亏你们还是试验站青年班的呢！"齐景芳嚷着，鼻根酸了。

"好了好了。还是赶快去把附近几个队上的上海青年都叫来，分头去找，别真冻死了……"秦嘉劝道。

"冻死了也罢！劳改这几个狗日的凶手！"齐景芳咬着牙跺着脚喊道。

到天色微蓝那会儿，他们终于在汽车站前头戈壁滩上的破地窝子里，发现了谢平。谢平挨打后，在炕炉边暖和过来，用毛巾包了一团雪，在炉壁上慢慢化开，擦去脸面上的血污，取出走之前淡见三给他的消炎片，碾碎了，敷在伤口里。他怕自己打熬不住，在炉前一觉睡过去，冻病了，再爬不起来，便决意连夜爬也要爬到车站，到候车室过夜。这样，明天再咋样，已然到了汽车跟前，求人搭一把手，总能上得了车，误不了事。但一动弹，头涨疼得厉害，叫他睁不开眼，直不起脖梗。爬到那破地窝子跟前，他连张口喘气的劲都没有了，一头栽倒在雪地里，舔着冰凉清甜的雪，歇一晌，才长些力气索性爬进了那地窝子，在里边笼起一堆火。正是那微弱的火光和从破屋顶洞隙里冒起的烟柱，招来了秦嘉、齐景芳他们。

"谢平阿哥……"杜志雄愧疚地冲过去。

谢平拔出刺刀，对准他。

“谢平阿哥……我不是……不是……”杜志雄忙敞开大衣衣襟，表示他没带凶器，不是来打他的。

“走开。”谢平像个野人似的陌生地冷漠地看看他，看看十来米开外站着的那一片找了他一夜的人群。

“谢平，侬现在走不得。路上要出毛病的……”几个男青年试探着向他走去。

“走开！我不认得你们！我谁也不认得！”谢平翘起了锋快雪亮的刀尖，叫道。

“谢平，是我呀。秦嘉……”

谢平手里的刀颤抖起来。他嘘嘘道：“你也走开！我是‘叛徒’，我是他娘的‘叛徒’……”

这时，齐景芳照直走过去。谢平对她叫道：“谁走过来，我就捅谁！听到没有！”

“你捅呀，谁让你不捅！”齐景芳推开来拽她的那几个男青年，唇边撇出一丝冷笑照直走去。“你看你连站都站不稳当了，还想捅人呢！”她责备谢平。谢平往后慢慢退去，依旧在叫：“走开！都给我走开……”齐景芳一径走到谢平跟前，便用胸口顶住谢平手里的刀尖，说：“捅呀！这么点委屈都经受不住，亏你还是谢平，还是我的中队长！”

一提“中队长”，谢平终于支撑不住，刀，当啷一声，掉到了被烟火熏黑了的大卵石上……

十四年前，我被判为“太年轻、太幼稚、太鲁莽、太不成熟”而被取消了预备党员资格；十四年后，当我觉得自己已经不再年轻也绝不鲁莽、已经相当成熟了，我却又被同伴判为“叛徒”。我到底是什么？你们不是已经看到过我的血了吗……

22

神们举着火把，在天空等待。我却在地上站着，而且要永远地、永远地在地上站着……

黄泥屋。十来间，几乎都一个模样：低矮、敦实、粗糙，全像不圆也不方的泥团，只是个儿大些。它们散乱地分布在两个小土包之间，被一个起身并不高、方圆却不小的板皮院墙团团圈围住。那些板皮，灰白，带许多黑褐的疤结，被风沙和蹭痒的牛羊，打磨得秃光溜滑。院墙后头有马号，马号后头有机车库，机车库后头，那沙砾地便跟女人的奶子似的隆凸起，上头杵着一根鱼骨状的电视接收天线。还有引人注目的五大间新瓦房，红瓦，院门前四根木桩上拴着四只狼狗。它们早已注意到向这厢移动过来的那些小黑点，便不安地凶狠地狺叫，并把那在梆硬的沙砾地上摩擦得锃亮的镔铁链子，扽得“哗啷啷哗啷啷”。不远处，总场油库那几个庞大的贮油罐闪发银灰色的光。

这就是秦嘉的家？谢平从手扶拖拉机的小拖斗里勉强撑起半拉身子，迷惑不解地张望。开手扶的是秦嘉的“儿子”，大旦，看那模样已经有二十四五岁了吧，也好一副铁骨泥胎长相。

大院的主人，秦嘉的丈夫，五十来岁的李裕，这时刻，脱了上衣，正在院前空地上，码着弓箭步，推天举山似的练那石锁石担。看见来人中还有女人，他便喝住狗们，直起身，紧盯住她们从拖斗里半折起的肥大的臀部和在风中紧往前拱曲的秀美的脊背，馋馋地看了会儿。待看清，那裹着红头巾的是小得子齐景芳，那瘦得跟干瘪铁皮油壶似的是自己老婆秦嘉时，便立即皱了皱眉头，兀自笑着骂了自己一声："操！什么眼力！"丢下石锁、石担，抓起搭撂在一半拉碌碡上的皮大衣，上前去迎她们了。

这个李裕就是那年跟赵队长一起蹲看守所的那一位。早先，他在河南上蔡下四乡当副乡长。父亲在县城里开过饭铺，卖包子的主儿。高小毕业，跟着土改工作队去下四乡，后来就留那达了。那年，头一年实行义务兵役制，他弟弟想参军，不到年龄。他让乡里的文书给出了个假证明，改了出生年月。说实话，那时的人脸皮子薄，也真较真儿。让人查住后，闹了个大红脸不说，他弟弟非但没参上军，还从乡供销社给退回高级社去劳动，他自己也觉着再难在乡里待得住。正巧，那年组织青年垦荒队，支边，他就主动要求带队进疆。到羊马河，当过司务长。在场部招待所当过管理员，后来当副队长。一九六一年一九六二年，他被"下放"，当了个积肥大组的大组长。队里按规定，给每家每户一分地的自留地。他狗日的，到高包里边，伙同积肥组里几个"盲流"，东一片，西一块，刨了好些"小开荒黑地"。头一年偷偷耩上麦子，说是孩子馋白面馍。第二年，种紫皮大蒜和黄烟，倒到老乡公社的集市上去卖，还养了十六箱蜜蜂，贼大胆。你看吧，十六箱蜂子朝出晚归，黑压压一片，可说是铺天盖地。那一年，他们就得了千把块钱，几家女人的手腕子上都戴起了钢亮钢亮的上海表。到冬天，妥了，整风，他们就做了“典型”。队长到蜂房卡了火，蜂子全冻死。起出蜂箱和留种的紫皮大蒜、黄烟，拿到各分场巡回展览，也包括那几块锃亮锃亮的上海表。他呢，跟着“巡回”，现身说法，自我解剖。他也真痛哭流涕，表示要“悔过自新”。事情本来就此了结了，没想第二年，他大组里有个叫岳俊才的老小子，“贼心”不死，偷偷地又搞了四分地的黄烟。种那黄烟，最难弄的是育苗。那黄烟籽比芝麻粒还小，娇着呢！土得用箩筛过细了，育在脸盆里。深了不行，浅了不行；湿了不行，干了不行；热狠了不行，冻了不行；晒不着太阳不行，一天晒到晚不行；肥大了不行，肥小了蔫不溜不给你好好出，也不行……真他妈的比伺候个亲爹还叫人心烦。那几天里，岳俊才的小三子得了病，烧得厉害，直抽抽。他老婆让他骑上车，带着她跟小三子，到师部大医院去瞧瞧。他一想，去师部来回怎么说也得三天。这三天，黄烟苗交给谁？咋说，也没这决心在这节骨眼上离开，便让他老婆再等他三四天，等烟苗撑开身子来了，扎住根了，不那么怕冻怕晒怕干怕湿了再带小三子去瞧病。小毛娃，发个烧，又不是头一回，别恁娇惯孩子。他这么想。但没料到，这一回跟哪一回都不一样，拖了两天，孩子就抽得不行了，直翻白眼，连夜再往师部送（他那达去师部跟去场部，差不多远近），大医院的大夫摸到孩子的手，已经冰凉了。他老婆可活不了啦，没等出急诊室门就又哭又骂开了，大骂岳俊才不是东西，要黄烟不要儿子，事儿闹到人尽皆知岳俊才偷种黄烟害死亲生儿子。场部又查到李裕头上，说，这条人命怎么算也要算到他头上，是他挑头教唆组里人种的蒜和烟，岳俊才的小三子就死在他这点“资本主义”上。这样，他进了看守所，被“双开”。叫他回原籍，他不肯，带着妻儿老小在这高包中间盖了几间泥屋，靠给老乡公社几个大队打临工过活。后来，老婆死了。后来，儿子大了。后来，平反了，恢复了党籍和干部级别。他还住在这些泥屋里，跟三个儿子办了个“春明农工商公司”，烧砖、跑运输、开饭馆，给白河子城供时鲜菜蔬。不到两年工夫，起了五大间瓦房不算，自己的拖拉机、自己的车库、自己的马号……连老婆也续上了，而且是秦嘉……

秦嘉，你怎么就嫁给了这么个“糟老头”？

是的，你长得不漂亮，像个丑男人，精干黑瘦，脸长，鼻子尖，眼窝深，胸部扁平，手脚骨节粗大。你这一年多出了点事，但至于要这么跟自己过不去？这么拿自己开涮？谢平真想不通。

当时对这件事想不通的，又岂止谢平。政治处副主任陈满昌都给秦嘉打过电话，问她：“到底是怎么回事？”她说：“没什么事，李裕没老婆，我没男人，合理合法。”陈满昌当了副主任，说话更慢条斯理了，常是说到紧要处，只剩“嘿嘿”的干笑。他说：“合法嘛，当然是的……不过，你自己真觉得合理？嘿嘿……”秦嘉快人快语，一句推过去道：“那就看合谁家的理了，你陈家的还是我秦家！”陈满昌笑了：“秦嘉同志，陈家也罢，秦家也罢，我们都是共产党员。组织上培养你多年，不容易……不容易啊……’听到这里，秦嘉迸足力气叫了声：“够了！”挂断了电话。秦嘉知道陈满昌话底子里带着的是什么意思。当时，人传，秦嘉出拘留所，李裕带着一张三万元的存折去找她。还说，只要她跟他过五年，以后就随她的便。陈满昌是劝秦嘉，别“卖身”呢！

李裕确实找过秦嘉，不止一两次，甚至都不止十次八次。秦嘉关键时刻，肯替十几位“坐大牢”的同伴站出来说话，李裕觉得这女子“仗义”，大气度，难得。中国女子吃得起苦，但凡再长点学问又能仗义，这样的女子，实可顶得十个须眉。自小，常在镇街上蹲书摊、听评书摆古的李裕是很相信这个理儿的。他带到秦嘉屋里去的何止一张存折。他把分散存在十几处银行里的大小存折全撂给秦嘉看了，还有账本和别人打的欠条。他先还没敢提让秦嘉做他“孩子妈”这档事，只是求她到他“公司”里来管事儿。“你是一个蹲过拘留所的人。你在国营单位，他们再不可能信任你，这我比你有经验。上我这儿来吧，就算赶明儿，我李裕垮了台，我也留两张存折给你，够你保本的。他们一月不就支你五六十块吗？”

秦嘉开始时讨厌他，害怕他。十次、二十次后，她顶不住了。不知道为什么，李裕依然是那么粗鲁、精明、狡猾、过分自信、土气十足，但渐渐叫她又觉出了他的实诚、顽强，他的幽默、随和，甚至还有某种“幼稚”。当一个女人从她讨厌的男人身上开始觉出“实诚”和“幼稚”，这事情就很“难办’了。

秦嘉开始问自己：“我为什么不可以帮这老头子一把？如果我不想离开羊马河，一时也离不开羊马河，我为什么不可以走走别的路，舒展舒展自己？我得做自己的主，不能憋屈着。”她跟李裕提出：“我可以跟你过，做你孩子的妈。但有一条，你不能逼我辞退农场的职务，不能叫我全丢了……”

李裕高兴得恨不得打滚，但他表现得却十分镇静，眯起眼反问：“没瞎话？”

秦嘉这时不知为什么突然感到心慌，有说不清的怨恨，像无数小虫子在噬咬心窝。她头晕，脸色干白，又烧热，她冲着李裕吼道：“你还信不过我？你放老实点，是你来找的我，不是我去找的你。你懂吗？什么瞎话不瞎话？信不过我，就给我滚！滚！滚……”她倒在椅子上哭了起来。李裕没有“滚”，等到她哭停，把存折、账本交给了她，事情就这么定了。后来才知道，那天李裕交给她的还不是全部存折和账本。这几年，这家伙到底赚了多少，恐怕除了他自己，再没第二个人知晓，他也不会让第二个人知晓……

他们把谢平抬到一间暖和的小屋里。别看外墙是泥巴糊的，里头地板、天花板加上护墙板，叫谢平觉得，他们把他抬进了一只白皮大板箱。

李裕在谢平床对面的一个板箱上盘腿坐下。他长得粗憨肥壮，坐罢也不吭声，便低下他那牛脖梗一般顸的颈根，用心卷他的莫合烟去了，由着秦嘉、齐景芳忙着端茶送水。他不时把手伸到裤裆里挠挠，扶扶磨盘一般厚大的屁股；而后，佝下身，伸出贴饼似的大舌头，舔舔卷得的烟卷，而后极其熟练地用他强有力的牙齿“啪哒”一声咬掉烟尾上多余的纸捻。他把烟卷得很细，又不长，猛一看，倒更像根牙签叼在他两片肥厚暗褐的嘴唇中间。吸几口，就忙着去伺候一下他那根细卷卷：或者掸掉可能掉落在裤裆里的烟粒，或者再在细卷卷上舔上点口水，把它再粘牢实。不一会儿，大夫来了，场卫生队的。秦嘉派老头那个上过初中的小儿子三旦，开着手扶拖拉机去接来的。他俩下了拖车，一口气跑进来。

大夫给服了镇静解痉的苯巴比安钠，又对他额角上的伤口进行了清创处理，用百分之三的过氧化氢进行了湿敷。谢平昏昏地睡去，大概是因为屋里火墙烧得太热，也有些紧张，包扎完毕，那位年轻的实习大夫出汗了。齐景芳绞了把热毛巾给他。他谢了声，接过毛巾，对李裕说："你最好别在这屋里抽烟。"又一边打量着谢平，问齐景芳和秦嘉："他是你们什么人？"

"熟人，我们的老同学。"

齐景芳担心地问："不会得破伤风吧？"

大夫说："不是没这可能。不过我给他注射了血清……观察一段，我下午再来。"

李裕说："定个时间，我让儿子再开车接你。"

大夫笑笑说道："行啦。等你置备了'丰田'、'皇冠'，我再沾光吧。就你那破拖斗，我可领教够了，刚才差点把我眼镜给颠到车底下去。"

他们把他送到院子外边。齐景芳替他拎着棕色的猪皮药械箱，三旦已经突突地把拖车发动着了。

"你们都请回。病情有什么变化，可以随时来找我。"大夫说道。

"真麻烦您了。"齐景芳真诚地感激道。

大夫接过药械箱，并没立即上车，沉吟了一会儿，迟疑地问道："你们为什么不报告政法股……查一查凶手……"

秦嘉不置可否地苦笑了一下："哪来凶手……"

"也许是我多嘴。你们这位老同学体魄健壮，可说是一条少见的好汉。但从他头上的伤口看，是被人用钝器连续猛烈敲击所致，而且几乎都打在同一个地方。很难设想，这么一个壮汉，能一动不动让人用钝器在自己头部的同一个地方连续打这么多下。要么他当时昏迷了，要么他被捆绑了起来，又被人死死摁……这种明显的暴力行为，怎么能允许发生在今天……"年轻的大夫越说越激动。他那短皮大衣的毛领，在他不时扭动的肩膀头上，抖闪着。

“没人捆绑他，他当时也很清醒……”秦嘉叹气道。

“绝对不可能！”年轻的大夫激烈地反驳道。

“大夫，您今年多大？”秦嘉突然平和地这么问道。

大夫稍稍迟疑了一下，答道：“这跟我年纪有何相干？”

“随便问问……”秦嘉微微一笑，“您……大概也就二十四五岁吧？小我们八九岁，两代人啊，也就难怪您猜不透发生在我们这帮人中间的事了。回去吧，这事儿跟政法股没干系……”

到吃早饭时，大旦的老婆端来一碗白面糊糊，一碗苞谷糊糊，十来根油条，一碟泡尖椒，还切了一碟卤猪头肉。秦嘉端来一盆水，叫谢平和李裕洗手。而后，李裕把那碗白面糊糊端给谢平，自己喝那碗苞谷糊糊。他对谢平说：“我每天都得喝点苞谷糊糊，喜欢，那糊糊喝着香，不是装穷。你只管吃，在拘留所那会儿赵长泰常跟我说起你，秦嘉也常在我跟前念叨你，我们就算是老熟人了。在我家，你爱咋着就咋着。只是有一条，不许在秦嘉跟前说我坏话。我老夫少妻的，可经不住挑拨……”说着，他端起巨大的下巴，开心地笑了起来。

就这样，谢平像一条断了脊梁骨的蛇，蜷曲着，在床上整整躺了十天。就在这十天里，外边的雪，开始消融。窗檐上的冰挂日益变细，不时格巴格巴让风吹折，掉到地上。而那风，也不似冬日里那般干硬。南山群峰，也像怀孕少妇的乳房，颜色日渐变深，膨胀着在抻长抽条。有一天，他看见北归的大雁群从这片黄泥屋顶上飞过，便再躺不住了，下了床，扶着墙，去开门，发觉门从外边锁上了。他使劲拽了两下，纹丝儿不动。因为使了暗劲，他的头又似要裂开了一般，右边的眼窝和那半拉脸，同时一惊一惊地扎疼，恶心得地板都晃动了，好似站在风浪中的船甲板上一般，使他不敢睁眼。等这一阵头重脚轻的感觉过去之后，他便又去用力捶门，喊道："你们关贼呢？快开门！"捶了这几下，额角上便虚汗淋漓了，但头却反不似以前那般晕眩了，跳疼也不那么剧烈了；又砸了几下门，便听到李裕大儿媳妇喊着："来了来了……你别急……"说话间人已经到了门口，哗啷啷掏出一大串钥匙，去下了门鼻子上那把大铁锁。一进得门来，便去床底下够那从卫生队借来的白搪瓷便盆。谢平真是又气恼又可笑，说："你当我是你们家喂的一只大豚鼠呢？除了吃，就知道拉？"而后，他自顾自就出了门去，并且"赶走"了想跟在后头"监护"他的那位大儿媳。大门外，没狗，白天不使它们。一根高大的拴马桩上倒拴着好几匹骡马，鞍子磨得油光黑亮，马肚带依然紧勒着，大腿根上的长毛被汗濡湿了，结起一球球霜花，又打着旋。这一切，似表明，马的主人急匆匆来，还要急匆匆去。一边的墙根上，还靠着几辆老旧的满是灰尘的自行车，还停着两辆拉红砖的拖车。这一家，见天客商不断，对此谢平在这十天里是熟知的了。谢平慢慢向缓缓隆起的高包走去。不一会儿，秦嘉追了过来，臂弯里抱着谢平的那件皮大衣。"你怎么连大衣也不披就往外跑？"她气喘咻咻。谢平只管走上高包。原野起伏不平，那大洼处，横起一条宽宽的林带，时断时续，时隐时现，林带里掩藏的便是场部。

"别关我了，放我走吧。"谢平说道。

"待不惯？瞧不起我和我丈夫？"秦嘉苦笑了一下问。

"没的事……"谢平掩饰着。

"放心。我不会留你一辈子的。"秦嘉说着，把皮大衣往谢平手里一塞，扭头回院里忙她的去了。谢平不再去看林带和被阳光映照的场部，而只去盯着秦嘉。她瘦削的肩膀一耸一耸，快速地走着。昨天，谢平得知秦嘉相帮李裕在给下属人员发工资，大吃一惊。他问她："你和你……那个丈夫给人家发工资？""不给人家发工资，人家白给你干？"秦嘉当时正在替他换绷带。"你们赚的钱不全归场里？""公司是我们的。我们上税。""你们雇人了？""雇了。""你们是老板？""那又怎么样呢？"

那又怎么样呢……他真闹不懂……秦嘉当"女老板"？女老板……

好静啊。桂荣在屋里实在待不住，便撂下正在苦苦默记的中文打字机上的"字盘表"，走到空空荡荡的走廊上。自从到福海县来之后，刘延军就把她安排住这达了。这是县文化站后身的一个杂合院，下午三四点钟光景，正是院里最静最静的空儿。谢平走后，快一个来月了，她连着给他发了四封信，一封回信也没见来，她真快要急疯了。

前出很深的廊檐和下垂很宽的雕花护檐板，使走廊笼罩在极深重的阴影里。院墙外矗立着一圈二十来米高的大叶杨，那青灰色的粗干上留着的一个个疤瘌，活像许多个张开着的嘴，呆呆的。树们挡住视线，叫桂荣看不到多大一块蓝天。完全可以想见，入夏后，这里会更静。树叶婆娑和蝉的长吟低唱所衬托的静，会越发叫人无法抵御。骆驼圈子虽然也静，但那儿毕竟还有风的啸叫、沙石的撞击、云的奔涌、高地似动未动的搏动……我在那达长大。我就是它们——沙丘土包冲积扇冰碛大裂谷骆驼黄羊火成岩白日遥远干旱粗野悠闲和原始旷达……我就是静的本身，静的一部分。骆驼圈子的许多许多的静是从我心里流出去的，是我的一股血、一口气……再静，我也能感到它内里的搏动，就像在深夜里总能听到自己的心跳和喘息声一样……但这儿……沙沙……沙沙沙……沙沙沙……沙沙……它们只是它们，你只是你。你们就没有这样的体会吗？当你无法和身边的静融合，只能生受着它的陌生和挤压时，这种静，只会带给你寂寞。还有比这情景更寂寞的吗？没有了……

文化站陈旧的木门上，涂着猪血红的土漆。刘延军带公司的铜管乐队来文化站排练，他本人就是相当不错的圆号手。

“今天晚上有事吗？”小刘问。

“我能有什么事？”桂荣怏怏地答道。

“那好，今天晚上还跟我到老崔家去。”

这几天，刘延军常带她到他一个姓崔的老同学家去。这位“老崔”，原先跟刘延军在一个牧业大队里插队，后来当了马背小学的老师，一干七八年。去年，刘延军向县委推荐了自己这位老同学，调任县中的副校长。据说这一年多，刘延军连着推举好几位老同学进县的局、委领导班子。人家都说，这小刘心里是摆着个八卦九龙阵，深浅莫测。桂荣倒没去管他什么八卦九龙，还是九卦八龙，她只是犯疑。那老崔刚离了婚，自己一个女孩子家老往人那儿跑，算个啥？

“我……我还得背字盘表……”桂荣口吃起来。

“在我这儿，得学会自我调控，得会生活。看过《赤橙黄绿青蓝紫》没有？一个年轻人单色调可不行。”

“我……”

“我五点半结束排练，而后咱们上老崔那儿吃晚饭。那小子在蒙古包里学了一手拉画揪片子的好技术，今天叫他亮一手给你瞧瞧。我已经通知他了，叫他把面和上醒在那儿了。”

“别……”

“换件衣服！”

“我……”

“五点半！”他喊着，已经跑进了木门。

“别……”她呻吟般地嚷了声，他听不到也不想听她的拒绝。

“换一件衣服……干吗要换一件衣服？”她有些慌乱，两颊火烫，心像小鹿似的在胸壁后头乱撞，她恨自己没有勇气拒绝。如果小刘用商量的口气跟她谈这件事，她会表现得很任性，并坚持自己的意见，但他是命令“五点半”。

“我不去……”她心里想着，人却已经在回后院的路上了。圆号在吹奏一首旋律火辣的非洲摇滚乐《没完没了地跳》。该换上件什么样的衣服呢？穿那件中式盘香扣的两用衫会太老气吗？为什么要换衣服？我不去……可“五点半”……没完没了地跳……她像躲开可怕的梦魇似的，跑过来。推开房门，门缝里掉下来一小片白色的东西。天爷，信，谢平的信。

“桂荣、我的小桂荣：一进家门，就看到你接二连三发出的那几封信。顿时，这漫长的走了一个多月才了结的旅途生活所强加给我的困顿、疲惫，一下子全烟消云散了。我几乎再没心思跟家里人说话，就在窗前的八仙桌旁一口气读完了你所有的信。下了火车，我曾经异常激动过。我想，我回来了。我想告诉马路上那些打扮入时、长相细巧的每一个青年‘阿拉’们，我回来了。从新疆……你们知道什么是新疆、什么是大西北吗？老天，光是找无轨电车站，我就问了三个人。我走进我们家的那个弄堂口，一点不认识它了。我只能依靠弄堂口那块蓝铁皮路牌所唤起的一点回忆，追索它的以往。它变得那么窄，出奇的干净。木板楼的窗台快架到弄堂的中央，黑竹篱笆里的夹竹桃在这么个早春季节，竟绿得那么黑了。我在街道团委工作时，曾和这里的每一家打过交道。我想他们会认出我，我怕他们认出我。我心里潮热，我寻找，又低下头。但没有人认出我，没有人跟我打招呼。当回到离开了十四年的家门口，我才强烈地意识到，这个上海，这个家，离我是那样的远了……看到你的信，看到你的字，我确实比看见爸爸妈妈姐姐妹妹弟弟还高兴。虽然我离开他们足足十四年，他们也足足等了我十四年，而我离开你才一个月，你也才等了我一个月……这又是为什么呢？哦，桑那高地，我看不见的蓝色的太阳……

“现在他们都睡着了，时间归我自己支配。我想到的头一件事，就是给你回信。桂荣，这一路我为什么会走一个月，我为什么拖到今大才敢给你写信，这些你最想知道的，我要放在最后写。我现在迫切想告诉你的是，我心烦，我找不到人说话。我看到的，全是些似曾相识的陌生人。到场部时，我就有这种感觉。我曾跟你说过，那年，我头一次进政委家的门，产生过一种十分奇特的感觉，总好似十分眼熟。好像我来到这个世界以前，就见过那几面白墙和几个老旧的板凳。十四年后，我再度细细光顾场部，却是异常的陌生了，你还记得我常常跟你说起过的那位大姐姐似的上海姑娘秦嘉吗？连她，我也‘不认识’了……是我变了？还是他们变了？是骆驼圈子以外的那个世界变了，还是骆驼圈子落后了……我找不到人说话。桂荣，你明白吗？我找不到人说话。我想念老爷子，想念淡见三，想念飞机场，想念那该死的老畜生撅里乔，想念书田大哥、渭贞嫂和建国……我操心着有没有人再去给赵队长上坟……在这儿，没人跟我说话。他们张嘴，发声，也对我笑得那么热和。但我听不见，我听不懂，我不懂……”

谢平是一个礼拜前离开秦嘉家，动身回上海的。那天，他跟往常一样，早饭后，盘起腿，跟个老和尚似的，打了会儿坐（这是齐景芳教给他的方法，说可以治脑震荡后遗症）。然后披上衣服，想着上马号和车库帮忙去干点啥。李裕这老头爱玩马，还真喂了几匹好马，有一匹还真是纯种的奥尔洛夫走马，是老头从霍尔果茨克那边经检疫后弄来的。老头从畜牧连专门找了个退休老牧工来调教它，一天的工钱就是五块五，谢平跟这老牧工还能说得来。这些天里，倒是有不少上海青年来看望谢平。秦嘉时不时，也炒点菜，让他们喝两口。但谢平发觉，十来年不在一起，几句寒暄过后，跟这些伙伴也已经没多少好谈的了。杜志雄早已不在试验站，去水管站当了电工，同时还包了二支渠上所有的树，正筹款想买辆手扶拖拉机跑跑短途。谢平看得出，他一心想快些结束这“无聊”的喝，好去找秦嘉和李裕，谈借款买拖拉机的事，他来这达主要就是奔他那“小手拖”的嘛。龚同芳也不在试验站了，在基建队当了大工。那边，任务包到小家，男人当大工，老婆做小工。这样摊算起来，有活干的夏秋两季，他夫妻俩每月能拿一百八九十块，有时还要多些。但冬春没活，队里不管他们，他已经闲了一冬。现在想到秦嘉这里，给自己在春天里找点活。马连成倒是诚心陪谢平喝酒，但也是没话可说。他刚把老婆送回河南，他老婆的老家在比较富裕的豫西。这两年乡里搞得挺红火，日子比农场好多了，老丈人早有心让他们回去，他犹豫。但看来，这一步早晚是要走的。那么，今后他就是“豫西老乡”了，还说什么呢？

谢平独自上尽后头的高包上蹲着去。野地里，场总机班有两个壮工在往这达拉电话线，场里要给李裕家安电话。前天，听齐景芳说，总场想在白河子城火车站盖个交通食堂，搞点营业，手头短点头寸，来找李裕老头借了六七万去。当时谢平说死了也不信，总场倒过头来找……李裕借钱？陈满昌他们一直挺忌讳也挺讨厌这个李裕。可这会儿，谢平却不能不信了。李裕这老头要没这点谱儿，总场肯给他家安电话吗？要知道，到今天为止，在羊马河，还只有总场一级领导家里才安得上电话呢！

洼处里，一阵风过，苇湖边上簌簌响动，兴许是野鸭和狐子又出来寻食招事了。齐景芳骑辆旧自行车，上了高包，呼哧呼哧直喘，紧着拿小花手绢擦鬓发脚里的汗珠。“这会儿就出来乘凉，不嫌早点？”她笑道，“走，带你去见两位熟客。”“谁？”谢平见齐景芳嘴边挂起秘而不宣的微笑，便满腹狐疑地问。这些天，他已经充分领教了她和秦嘉。这二位，“鬼点子”之多，简直叫他目不暇接。“多问个啥呀！还能亏了你。”她使劲来拽他。他便往起站，因为起得太猛，脑袋里轰的一声，眼前金蝇子乱飞，差一点栽倒。亏得齐景芳一把将他托住，才稳住脚。“又咋了？”她急切地问，一头伸过手来轻轻捋摸他正在结痂的伤口。这语气、这姿态、这目光、这手势传递出的姐姐般的照护，是谢平这几天经常从她身上能看到又得到的。这既使他困窘，有时也叫他愠恼。他挪开她的手，稍稍离开她恁贴近来的胸部和温柔的呼吸，定了定神，才发觉，齐景芳的一条胳膊还半围半搂地贴住他后腰。他浑身一热，忙脱身先朝高包下去了。到前院，他看见门口停着一辆北京吉普。来了哈头儿？他不肯往里走了。“告诉我，到底要我陪谁？”他绷起脸，问齐景芳。“嚷！给你开广播！”齐景芳瞪他一眼，把他拉到他那小屋里，拿掸帚，替他掸去鞋面和屁股上的灰土，告诉他："秦嘉把陈副主任和郎亚娟请来了。你们见见面……"陈副主任自然就是陈满昌，郎亚娟现在也是组织股股长了。"干吗?"他警觉地问。"见面就是见面，有哈干马干驴的……""我没那闲情逸致。"他往墙根一圪蹴，冷笑笑。"我去叫秦嘉姐了。"齐景芳威胁道。"叫秦嘉爹也没用！我伺候不着他们！"他闷闷地吼道。这时秦嘉推门进来了。她刚出厨房，身上好一股肉香鱼香油烟香。"好，真人面前不说假话。今天安排你跟老陈见见面，郎亚娟是来当陪客的。见见面，了此一段旧账……"秦嘉说道。"秦嘉姐想替你做做工作，能让他们把当年的处分去了，把党籍还给你……"齐景芳说道。"叫我给他们磕头作揖求他?"谢平问。"你只管吃，别的哈也不用你做。我只求你别要孩子气，老老实实在边上坐着，连这一点也求你不到?"谢平不再吱声。秦嘉、齐景芳也没再往下说什么。三个人心里似乎都咽进了一口冷风似的，兜底起了一阵凉，唏嘘地只在那达抽气。谢平往床上一倒，硬撅撅地说："我头疼，真去不了……"齐景芳气急了，只待上前数落，却被秦嘉使了个眼色拦住了。秦嘉理解谢平，到这坎儿上，她又不忍心唆使谢平去陈满昌跟前低三下四。但她还是留陈满昌和郎亚娟吃了饭，只是把李裕拽出来作陪。趁便，也"调解调解"李裕跟陈满昌之间的那点"不匀"。吃罢、喝罢，秦嘉又谈笑风生送他们上了车，吩咐大儿媳收拾碗盏，她又来到谢平屋里。这段时间里，齐景芳一直守着谢平，怕他愣头青，还要闯到饭厅里去搅乱。"景芳，你去吃吧……"秦嘉说道。齐景芳没走。"你呢?绝食了?"秦嘉问谢平。谢平不做声。三个人就这么闷声不响，默坐了好大一会儿。

又过了两天，谢平发现自己装户粮关系、工资关系的那个小荷包不见了。当天晚上，秦嘉和齐景芳来找他，给他一张汽车票，一张火车票，说："你先回上海家看看，休养休养。我们在这头，再给你使把劲，看能不能再争取点啥。哪怕党籍恢复不了，能把当年的行政处分取消了也好。这样，你回上海重新安家立业也轻松些……"

谢平问："你们拿我那小荷包干吗？"

秦嘉答道："你先不能就这么把户口什么的都办走了。那样，他们还会复议你的事？这节骨眼上，你只有表示，问题不解决，决不离开羊马河才对。"

谢平："可我户口已经迁出来了。"

秦嘉："这事我来办。"

谢平："那我索性等在这儿得了，何必费那车钱来回折腾……"

秦嘉："你在跟前，反而碍手碍脚，碍我做不成事。趁这机会你去探家，养病，歇息，随你溜达去！到时候，我自会打电报叫你回来取手续的。"

她说得多么自信。

谢平似在迟疑。秦嘉笑道："来回路费，我都包了。我现在腰包里趁钱！再说，景芳还要替你负担一部分……她现在手头上也阔着呢，愁着没处花呢！"

"大阔佬，别挖苦我们这些'小户人家'！"齐景芳白了秦嘉一眼，笑道。

谢平还在迟疑。秦嘉火了："你咋学得跟个老婆娘似的，恁蔫乎？"

齐景芳出来打圆场："好了好了，秦嘉姐的钱是干净的。你要是连秦嘉姐都怀疑，那才真叫瞎了你的狗眼。"就这样，他走了……

谢平在上海家里待了二十来天，写信给秦嘉、齐景芳，问问那头的情况。她们说，你安心休养，有消息，我们自会通知你，别紧着催。三年桃四年杏，十月怀胎才成人。急啥？后来，妈妈跟他说："侬十几年没回来了，到乡下老家去看看，那里还有几家亲眷。他们常常提起侬。"谢平看看家里人都挺忙，连退休在家里的阿爸替外地乡镇企业小厂设计图纸，一个月也能赚个两百块的外快。市区里，该他看望的熟人都去看望过了。他又不想学那些外地人，挤百货公司柜台，抢购上海货。给桂荣、秦嘉、齐景芳、渭贞嫂各人买了一样东西，还是托妹妹雅曼去办的；想着应该给老爷子、淡见三、于书田、关敬春他们也买点啥，想了半天，也想不出啥，就给他们一人买了一个气体打火机，那也是在弄堂口的小店里买的，没上南京路、淮海路去挤。闷坐在前后都是杂七杂八高房子的小弄堂里，听着缝纫机台板厂抛光机轰轰，听着啤酒瓶盖厂冲压机隆隆，听着清洁车抽吸地下粪池轰轰隆隆，听着公用水龙头终日不断哗哗啦啦，高房子前边马路上电车、汽车喇叭，高房子后头操场里小学、中学广播，送传呼电话的喊叫，修洋伞、补套鞋、收购旧钢笔旧衣裳的吆喝，背着五颜六色塑料制品来换上海粮票的宁波小贩绍兴单帮……他头晕，他憋气，他着急。于是他给桂荣，给秦嘉和齐景芳各发了一封信，报告了他的行踪后，便到十六铺码头买了张统舱船票，动身去老家启龙镇了。

23

独自一人背靠着木缝开裂、油灰脱落的廊柱，幽静地坐到堂屋的门槛旁边，看暗淡的雨云从镇上正在修复的天主堂尖顶上慢慢移向河对岸。那厢，麦田碧波生青。风拂过来，他才知道这里的青苗也有同样一股淡而清久的香。菜园东南角的大粪缸边上，野长几茎油菜，菜薹抽得粗壮高茁。按说，早已过了它花谢荚起的时节，它却依旧开着一片明晃晃的黄花。菜园四角，有几棵高矮不齐的桃树。后门外的大河，正值汛期。桃花水漫过岸边早被水泡黑了的踏脚板，把冒出芦笋那淡粉红小尖芽的一片河滩，淹去许多。浑浊的水旋转着，冲下来破木板、树桠杈，害得女人们没法去河边淘米。她们肥大的青布长衫便被风鼓起。鸭们也只在岸上嘎嘎叫。那天启龙镇中心完小退休老校长施济之指着疾流而去的大河，对谢平说："'难道人生再无少？门前流水尚能西'啊!"据说，这两句是苏东坡的词。谢平没学过。但大概的意思，他是懂的：谁说人生再没有青春年少的美好时光？你看门前的流水不还在哗哗地向西淌着吗？

苏东坡的河，向西淌，倒是桩怪事。

谢平就住在这位老校长家里。老校长早年鳏独，膝下只剩一个女儿，叫小英，在镇上做电话接线员。那五十门的电话交换总机，就安在她的闺房里，包给她了，一月也有七八十块进账。好在有退休赋闲的老父亲做帮手，她要到镇市上走走，他便替她当班。这一幢带菜园的老宅，是祖传的私房，连堂屋带厢房，也有五六间。用不了恁些，空关了两间。老校长对谢平说：“你索性把户口办到我这块来算了。上海有啥好？螺蛳壳里做道场——人轧人。启龙镇镇委机关里不少干部都做过我的学生。你到这块来，啥事体我都可以帮你安排……”小英似乎也有这个意思：“谢平阿哥，到镇上来，跟我们一道过吧。你看，镇上安电话的单位和人家增加那么快，马上要帮我装一百门的交换总机了。我一个人也忙不过来。这老宅、这菜园……就是堂屋里那张红木八仙桌，还空着两面呢……”对于父女俩这善意、真挚的邀请，谢平总是笑而不答，但他也不是一点不动心。是的，为什么不就落户在这小镇上呢？将来，即便自己在上海能立住脚跟，十年八年里也很难将桂荣的户口迁进上海。索性跟桂荣迁到这镇子上来过，也不失为一万全之退路。

在失去那样的十四年之后，我还想干什么？我还能干什么？留下吧……这深巷背后的深宅，这青砖庭院里的青苔，石板路，枇杷树，玉兰花，白粉墙，到处能闻到酱厂腌酱瓜的酱香，随时能品尝老戏院唱老戏的老味……留下吧，这宅子，这菜园，这镇市，对我来说，已经足够大的了。我还想要什么呢？我还能要什么……给厢房的地板换木条，给菜园的粪缸做铁皮缸盖，给河滩头的踏脚板重钉几根高脚桩，在河沿上再栽一排刺槐、紫槐、龙爪槐。五月，槐树开花，会像桑那高地的沙枣，乳白，乳黄，一串串，在湿润的晨雾里，幽幽地香来香去……再过十五年，我就小五十了，我还企望什么？

有一天，他正在菜园里给刚间过苗的青菜秧子浇粪，小英子跑过来告诉他：“你们新疆来人了，是个姓齐的女人……”谢平忙不迭地撂下长柄粪勺、粪桶，拔腿就往前门口跑去。果不其然，是齐景芳。

齐景芳呢，听见谢平杂沓、急促、沉重的脚步声，想到自己如愿以偿地竟要在离羊马河万里之遥的江北小镇上跟他过一段，一种搅和着新奇的急渴和忐忑不安，使她浑身的血都涌上来，压迫着她那对一个少妇来说可以认为是极其完美的胸脯。她放下手里的旅行包，顺了顺齐耳的短发，镇静住自己，缓缓朝脚步声连连叩来的方向，慢转过身来。

八天前，她和秦嘉接到谢平一封谈他想落户在江北小镇的信。秦嘉着急。她并不是认为谢平就一定不该到小镇上落户，她担心谢平是因为无法适应外界的巨变，失去起码的自信，由消沉而想给自己找一条退路，去躲到这么一个僻静的角落里，了此一生。“你马上给我跑一趟。要真是那样，你给我狠狠敲打敲打他！”她对齐景芳说。齐景芳得知谢平去了陌生的启龙镇却暗自欢喜。谢平前脚去了上海，她后脚就准备也要跑趟上海。她要花些钱在谢平身上，让他在过了那样的十四年后，好好歇息歇息，调养调养，也算是“还债”吧。她甚至都跟姐姐发了信，叫姐姐把二楼亭子间给她腾出来。现在谢平独杆子去了那偏僻的小镇，岂不更好了！她虽然不如秦嘉有钱，但她那个推销组跑外勤，成交的净是大笔生意，销售额要占到全门市部的一半还多，一个季度全组净拿奖金七百多。淡见三那头，时不时还给个二十三十，贴补了她跟宏宏的伙食费，她手头上好有笔活钱。她早就想到一个没人认识她齐景芳的小地方，陪谢平歇息几天。为什么要陪他，为什么要上那样个地方，她说不清。她只是希望有这么几天，有这么一个小地方。那儿，没有人计较他们的过去，没有人暗算他们的现在。他们会把他俩当兄妹，当夫妻，当同道……不仅他可以好好休息几天，她也可以松松心，真正地舒坦一下。她愿意拿自己全部的积蓄来换取这从来没有过的几天。在这几天里，她做给他吃，做给他穿，忙着给他洗，跟他疯头疯脑，也惹他生气，让他一本正经给自己讲一大串道理。而后，买上两包椒盐五香瓜子，挽着他上戏园子，在门口等退票……多少年来，她一直梦想能得到这样的几天。她知道，在她所有熟识的男人中间，惟有在谢平身边，她才能得到这完全的放松和自如的舒坦……她只要几天工夫……

"天哪天哪……咋会是你呢?"谢平一见齐景芳高兴得简直不知说啥好了。哦，快两个月了，这是他见到的头一个来自桑那高地的熟人。

"喂，'老先生'，还是先问问，给我找到住的地方没有。我这一个多礼拜没脱没洗的身子，脏得连我自己都不想沾边了。昨晚上又晕了一夜的船……"她无力地笑道。

谢平这才注意到她清秀丰润的瓜子脸，由于旅途的困顿，气色确实不太好。

"让景芳姐住这儿吧。我那屋里厢，再搭张铺，地方还宽舒……"小英子上前来说。

"小齐住这块，不碍事的。在外头吃住，也不干净……"正在替女儿当班的老校长，摘下耳机，跨出门槛，也热诚地邀请道。几天前，这父女俩听谢平谈自己在农场的经历，听说过这位齐景芳，他俩对齐景芳真是产生了莫大的同情。

"不麻烦了。"齐景芳并不明白这父女俩的邀请里包含的诚意，一头婉言拒绝，一头伸手拿背包，示意谢平陪她到镇子里去找旅馆。这难得的几天，她自然想单独跟谢平待在一起。"我替公家出来办事，顺便来看看谢平，反正住店好报销的……"她微笑着向那父女俩解释道。

“阿爸，那么，你带他们到街上去寻一个干净点的旅馆……”小英赶紧提议。

“镇上就这几家旅馆，我都认得了，不用大伯再跑一趟了。”谢平说道。

“那也好。我们就不相送了……”老校长觉得既然他们二位都不愿别人挤在身边，也就无需勉强。“谢平，你领小齐到大同街第二旅社去。我这里给它经理挂个电话，叫他在后楼腾一间清静点的房间出来，那位经理也做过我学生。”等齐景芳前脚刚走过，他忙做了个手势，把谢平叫到照壁后身，悄悄地问：“你……就不住旅馆了吧？”谢平被他问得脸上烘热烘热，忙答道：“我住什么旅馆……”“对对对……你还回来住。”老校长欣然地松口气低声笑道，下意识地又回头去看看女儿小英。小英也颇有些不安地在等待谢平的回答，看到父亲在注视她，她好像被人在后背上猛击了一掌，脸一红，忙垂下眼睑，掉头回身进房去了。好一阵，心还在莫名其妙地扑腾……

办妥住店手续，由服务员领到后楼房间，谢平对齐景芳说：“你洗洗吧，好好睡一觉。我待会儿再来。”齐景芳把肩上的挎包往床上一撂，瘫倒在一把硬木框藤条靠垫的沙发椅上，指住对脸的一把太师椅说：“给我坐下。颠跶这七八天，就是来问你话呢……”

“你刚才说是出公差……原来是蒙人呢？”谢平笑道。

“我能对人说，就为你谢平花这几百块？”她蹬掉皮鞋，收拢脚，轻轻地揉着被新鞋挤疼了的脚趾，“你到底咋回子事嘛。怎么连上海也不想待了？是不是又在这旮旯里找了份倒插门女婿的肥差？你的命咋恁好？走一处，插一处！”

“谁又做倒插门女婿了……”谢平脸红起。

“啊，别谦虚了。我都看到了。叫啥来着？小英子？名字倒怪甜，就是个头和屁股太大了点……”

“小得子，你说话别恁阴损！”谢平忙去关门扇。

“阴损？我还要找你报销车船票哩！赔我这一个礼拜的劳累费！”

“说正经的，你到启龙镇，究竟干啥来了？”

齐景芳撩起三层衣襟，从毛衣里头的褂子口袋里，掏出一个小巧的缀着一粒粒小珠子的钱包，取出秦嘉的一封信，甩给谢平。秦嘉信上，总的意思也是问谢平，到底发生了什么事，促使他产生这种想法；并且说明，齐景芳是专为他这件事去的，希望他有什么想法，都能跟她商量。

“最后那句，恐怕是你要秦嘉加上去的吧？”谢平笑道。

“随你咋说。反正我要觉得不对劲儿，对不住，抓过你往旅行包里一塞，先带你回桑那高地再说！”

“那你也太小看我了……”谢平笑道。

“别瞎打岔。说说，你咋又起了这么个混账想法，想留在这小镇子上……”

谢平捏着秦嘉的信，慢慢在太师椅上坐了下去。他真不知道该怎么说、怎么解释，才能让齐景芳明白了他这些日子内心所经受的又一番冲击，能理解了他由此所发生的微妙而又几乎是难以逆转的变化。离开骆驼圈子时，他告诫过自己：对于世界的改变，要做足够的思想准备。要去适应，并且还要争取被这变化了的世界接纳。他想，再咋样，我不也才三十三岁吗？我不就是在骆驼圈子待了十四年吗？我相信自己，一定能理解也能接受在情理之中的任何改变。他这么警惕地志忑地向外走去，他遇到了那么多的“没想到”，一个又一个“没想到”，往一起加，使他清楚地强烈地感到，这十四年，使他从已经和继续在发生剧变的世界上消失了……这世界没有了他的位置，他处在这剧变之外。于是他省察，老爷子去了几次福海县后，回过头来再看他，态度为啥会有那一种叫人伤心的变化。在场部，看到变化了的秦嘉那么有力地周旋在各种人之中，他迷惑，他心慌，他知道自己办不到，甚至再给些时日让他见习，也办不到。在委屈和不服气中，他又暗生起嫉恼……而后，他回到了上海，他去看计镇华。头一回，没找到，坐车坐过了头。不知咋搞的，他一坐公共车就打瞌睡，犯困，也紧张，老怕坐过了站。二一回，找到了。镇华家在一幢石头砌的西式旧楼房的地下室里。过道恁黑，而且潮湿。厨房里的油烟散不出去，味好重，窗户很小。他看见好大一间屋（有三四十平方吧），被一些高矮不齐的立柜隔成用途各异的空间。一个头发花白的老妇人披着一条黑色的纱巾，坐在轮椅上，在属于厨房的那一小窄长条空间里，接待了谢平。他听见别的空间里还有人，镇华有弟弟、有妹妹，但他们都只管自己开着盏小灯在各自一隅的空间里向壁看书。老妇人自然是镇华的妈妈，她生硬冷漠，不知为啥，保持着高度的戒备，先是盘问，而后就是一问三不知：“镇华在家吗?”“不在。”“上哪了?”“不知道。”“今天回来吗?”“不知道。”“什么时候回来?”“不知道。”“他在外边住哪儿?”“不知道。”“有谁知道他的下落?”“不知道。”“您看我最好什么时候再来?”“我看你最好别来了。”老妈妈说着一口很纯正的普通话，显然是极有文化教养的。后来，到居民委员会，才问到，镇华被公安分局拘押着，案由是他拿刀砍了人。“他砍了谁?”“侬不晓得？他砍了他亲阿弟。这孽畜!”

过几天，计镇华被放出来了，说是他妈妈去保的他。当天，镇华去看谢平。他们到南京路人民饭店去吃饭。谢平抢着去开票，镇华捏住谢平，笑道："你不要露怯了，让上海人笑你'阿乡'。这儿是服务员到桌子上来开票，不是新疆交通食堂。你又不会点菜，你积极啥？留着你的钱，你的日子还长呢，前途无量。这顿饭吃我的，我的案子没了结，恐怕还要进局子。"谢平问："你真拿刀砍了你的……"他不忍心说出"兄弟"这个字来。"那还有假？"镇华若无其事地笑笑。谢平说："你发神经了！"镇华说："家里正托人帮我搞医生证明，要证明我在农场里时间待得太长，神经有点不正常……"他又问谢平："你家里人待你怎么样？"谢平说："很好。爸爸妈妈弟弟妹妹待我都很好。我回来的第二天，不在一起住的姐姐姐夫专门请我到'绿杨村'去吃了一顿……'镇华一听，马上显得十分紧张，说："你不要相信他们，没有一个是真心的……能真心相待我们的，只有我们这些脚碰脚一道在农场待了十几年的朋友……"他把谢平的手腕抓得恁紧，松开后，竟在谢平的腕子上留下四个发白又发红的手指印。谢平问他到底跟家里闹了些啥事。他说得很激动，但谢平听来听去，觉得都是些小肚鸡肠的事。比如他回来那天，妈妈翻他的行李，见他只给家里带了些葵花子土豆和葡萄干，便说他都这么大了，还不懂事。推着轮椅出去买了两瓶酒，两瓶养容膏，买了一套三件头的儿童套服。酒给爸爸，套服给妹妹的孩子。从立柜里翻出两个装潢精美的食品包装盒，换上干净衬纸，把镇华带回来的散装葡萄干满满装上两盒，让弟弟带给他未来的丈人丈母娘。那两瓶养容膏，她给了自己。对人却说：这是镇华送的见面礼。她对镇华说："家里的人也不是计较你这点东西。不过上海现在时兴这一套，你也应该想到给大家这点面子。”到晚上，全家人都睡着了。他听见在另一个空间里，妈妈跟爸爸躺在床上一直低声在叨叨着啥。声音很低，听不清他们在说啥。但她在叹气，爸爸也在叹气，却是分明的。有一天星期六，下雨，大家都出不去，老在那隔开的空间里转悠也没意思。镇华问：家里怎么不买个电视机？阿弟笑笑说：就缺侬这一股了，凑足了钞票，明朝就看得上电视。家里早就想买电视。起头，隔壁邻居都没买电视，他们家不敢买，不想出这“风头”。后来，隔壁邻居陆陆续续都买起来了，他们家也想买。妈妈说，现在大家都工作了，买电视大家看，大家出股子。爸爸出差的日子多，看得少，她和爸爸算一股。小妹、小弟各算一股。阿弟说，妹夫住在我们家，他也应出一股。小妹说，爸爸妈妈出一股，我和我男人也应该只出一股。侬还没结婚，负担小，出一股也不亏侬……就这样摊来算去，电视机还没买回来。还有一次，他听见妹妹对妈妈说：“玻璃柜里一罐头奶白糖都粘纸了，囡囡不肯吃，还有两包酥糖也生虫了，扔掉它算了。”阿弟说：“扔掉它做啥。给大阿哥吃。他在新疆吃不着这种奶白糖和酥糖……”有一天，是停电了，全家摸黑坐着。阿弟抓着头发发牢骚，讲上海最近常常停电。镇华想起农场连队里摸黑坐着的日子多的是，便给他们讲农场的事。还没讲两句，妈妈说声：“罪过罪过……”去冲开水了。阿弟拍拍掉在肩上的头皮屑，要去接快下班的女朋友，也不想听了，只有妹妹装作还在听。过了一会儿工夫，她却突然问：“阿哥，你这身架，上衣穿二尺七还是二尺八?”问得镇华哭笑不得。这时，阿弟走过来拍拍他的肩，笑着说道：“算了，‘祥林哥’，不要给我们忆苦思甜了，留点精力消化消化侬今朝吃的夜饭吧……”他一听镇华讲农场的事，就挖苦地称他“祥林哥”，叫他不要再来念叨“那年春上，阿毛被狼吃掉”的老故事。“没有人再想听你们这班农场的事，不要倒阿拉胃口！”

“就这点事？”谢平问。这些事，谢平在家里也不是一件都没遇到过。难道他也得为出这种气，去拿刀砍家里的人？“拿刀，总归是你不对。过了十几年工夫，我们又来吃这‘回汤豆腐干’，也是叫家里人难熬……”谢平叹道。

“那天我看见阿弟冲我冷笑。事后他说他没冷笑，可我看见了，明明看见了。他叫我‘祥林哥’……我知道他嫌我没本事，赚不到大钞票……”

“他这样说过你？”

“我自己看出来的，那天他明明冲我冷笑了……”

“你多心！”

“我看得很清楚！”镇华叫了起来，又颓然坐下，“可他死不承认……全家都叫我‘祥林哥’……我讨厌他们……”

一个星期后，镇华又被分局拘去了。拘去前，谢平去看过他一次。他问谢平：“班长，你说，我们当年到农场去，到底是错的还是对的？就算我们什么也没得到，有文化的人应不应该到农民中间去？沙俄时代，还有个巴扎洛夫，大学生，还知道回到乡下，回到父亲身边，给农民看病，最后被农民身上的病毒感染，死在自己钟情的女人面前，也没后悔嘛！我们又到底咋了……”

谢平没回答他。镇华便叹了口气道：“班长，你也学得圆滑了……”

谁来回答这些淌血的问题？

谁？……

为什么一定要我来回答？我已经三十三岁了……

那天，谢平也同样没有回答齐景芳一句紧似一句的追问。

24

有人说：对于任何一个正活着和认识着的生物，本没什么太阳和地球。永远只是眼睛，是眼睛看见太阳；永远只是手，是手感触地球……

齐景芳在旅馆里独包了一间带八仙桌、太师椅的房间。茶几上放着的斗彩掸瓶，认真还是民国初年景德镇窑里的出品。谢平问她："这么贵的房钱，你上哪去报？"她笑笑，不答。第二天傍晚时，谢平再来看她，刚走到黑魆魆的木扶梯口，她赶紧跳出来给他开亮楼道灯，倚着木栏杆，佝下腰去问道："吃了吗？"

"也算是吃了……"他随口答了句。因为外头下雨，便带来一脚烂泥。"脚！脚！"她惊呼，把他拦在房门外，要他换拖鞋，还不高兴地啧责道："我说好今天给你包馄饨的，你就爱扫人兴！"她使着小性子，仿佛是妻子在跟丈夫说话。昨天谢平走的时候，她确实关照过的，但谢平怎么会把它当真呢？在旅馆里？包馄饨？寻开心呢？但等谢平换了她给撂过来的拖鞋，进了房间，见那擦得精光锃亮的八仙桌上，在那洁白的搪瓷方托盘里，果真整整齐齐放着一排排、一行行早包得的馄饨，他惊讶了。这小得子，真是想干啥就一定要干成啥啊！她还买来个炭炉，买了几斤钢炭包在草编的篓子里，买了些油盐酱醋，用一只只广口细口的小瓶盛着；还有一只从羊马河带来的小钢精锅、两个一模一样的搪瓷碗、两双一模一样的带铜箍头的烙花圆竹筷、两只一模一样的青花汤匙；再看看房间，竟完全按她的意向又把家具重新布置挪动过了……他暗自佩服：这家伙，真任性得可以！想在旅馆里居家过日子呢！

“你到底还吃不吃？吃，我就多下一碗。”她还板着脸呢。

“吃。干了一下午活，三四点钟的时候，老校长（他不敢在齐景芳跟前提小英）才给了两块方糕垫饥。哪算正顿？”谢平去揭锅盖。

“真吃？”她又兴奋起来，打了谢平手背一记，提起暖瓶哗哗地往钢精锅里倒水。斜瞟着谢平笑道：“下午，又给‘老丈人’去干啥了？”

“你要再这么瞎嘞嘞，我就再不来了。”谢平跳起来，撂下锅盖，装作要走。

齐景芳拽住他，趁势把他拉到怀里，轻轻地问道：“你跟那小英，真没事？”

“你把我当什么人了？小英人家……”谢平结结巴巴解释道，顺便轻轻推开了她。

“告诉你，你要不老实，我可要到桂荣跟前告你的刁状！”她一头说着，一头在谢平肩上轻轻抚摸着。谢平感觉到她圆鼓鼓的富有弹力的小腹和柔软结实的乳房贴住了他身侧。一时间，他竟不敢动弹了，怕再触住它们……

她却一转身去下馄饨了……

炭炉，使客店早春薄寒的夜晚变得那般温暖，也真给这客寓增一分“家”的情围。自然，使谢平不安又亲切的，是齐景芳本人，是她流盼的目光、轻捷的身影、爽朗的语调和有时故意做得浅薄的微笑。这会儿，在他身边的假如是桂荣……在这没人认识他们的小镇上，在这僻静的客店后楼房间里，这个早春的夜晚那就会有怎样一番暖意和激奋……想到这里，他竟放定了眼珠，呆直了，只是把齐景芳当桂荣般认真看起来。到启龙镇以后，他给桂荣写了两封信，桂荣迟迟地却只回了一封……

“不认识？紧着看！”齐景芳踢他一脚。他醒转来，慌慌拿起从服务员那儿借来的一把破蒲扇，蹲到炭炉前，“啪哒啪哒”扇将起来。齐景芳忙盖住汤锅，用膝盖头使劲儿抵了抵他宽厚的脊背，笑嗔：“轻点！加胡椒面呢？恁笨！”

“我明天回上海去一趟……”馄饨端上来时，谢平告诉齐景芳，“镇华的案子交到法院了。不是后天，就是大后天审理，我得去听听。”

“他们审，你别插嘴。”齐景芳关照道。

“在法庭上挨得着我说话吗？”谢平苦笑笑。

“有件事差点忘了告诉你，骆驼圈子跟福海合并的事，大概要告吹……”齐景芳说道。

“为什么？”谢平一惊，囫囵吞下个馄饨，烫得他直抓心。

“为什么？总是不称老爷子的心呗。原说合过去，福海县给老爷子一个县办公室主任当当。后来又说那位置有人占了，是刘延军荐举的另一个‘小伙计’。他们改口让老爷子去当城关镇的副镇长。老爷子火透了，不干了，不肯合了。”

“桂荣呢？她已经去了福海……”

“她归她，合并不合并都碍不着她的事。”齐景芳变着腔调说话，好像话里还套着话似的。

“你这话咋讲?”敏感的谢平听出味来了。

“桂荣没给你来信说点啥?”齐景芳迟疑了一下，又给谢平碗里加了一漏勺的馄饨，问道。

谢平不想让她知道桂荣已经有一二十天没来信了，便只吞吞吐吐答了句:“信是有……可没说啥……”那边，水又开了，齐景芳收住话头，嘴里还裹着个滚烫的馄饨，忙着去往锅里添冷水了……

谁也料想不到，刘延军在县百货公司仓库后头、塑料制品加工厂的旁边还掌握着恁大一套房子。一个空关着的独门独户大院，单有一个披着黑棉袄的老汉给看门，院里槐荫匝地。刘延军带桂荣逐间看过房子，回到院当间，诚恳地对桂荣说:“公司住房的紧张程度你是耳闻目睹又身受了的。可这个院子，我一直控制着，谁也不给，专门留给你老舅爹。我是诚心的……提议他当副镇长绝亏待不了他。办公室主任听起来场面大，实际上无非是个大秘书，跑腿的差使。他恁大年纪，我怎么想，也不合适。县里几个领导也不忍心那么使唤他。再说，搞办公室那工作，在地方上，横里竖里，得有一大把关系才行。他老人家初来乍到，这盘‘石磨’恐怕也难推得转。城关镇工副业生产的毛利占全县的百分之三十八还多，在这位置上，你老舅爹进可影响全县，退也有实地可据。镇长明年到年龄，该办离休手续，再往后，城关镇就全交在你老舅爹一人手上，不就让他‘副’这一年吗?他慢慢把人事熟悉起来，我又在县里，以后什么话不好说的?”刘延军想让桂荣回去做老爷子的工作。他恁着急，是因为有消息说，羊马河的“暴发户”李裕也在打骆驼圈子的主意，似有那个意思，要抢个先手，把桑那高地左近十几个县对霍尔果茨克口子的生意先揽那么一把过去。趁老爷子对归并福海有后悔之意之机，这李裕派人频频去骆驼圈子活动，还打通了工商银行和农业银行的关系，真要跟刘延军较量一番。消息还说这老头一脑门子的生意经，还有个贤内助，尤其能干，特别年轻，是个上海女青年，这自然使刘延军不敢粗疏怠慢。通过霍尔果茨克转口生意，把他公司的实力扩展到左近这十几个县去，只是他那小“五年计划”中奠基的一步。他还认真有几步好棋跟在后头要走呢，怎由得这位老爷子在这节骨眼上别他“马腿”？他快速地（简直该说是“神速”地）在三两天里，设法搞到这套房子，并且说服了县委内的几位叔叔伯伯，当然也说服了父亲，实在不行，就再让一步——把城关镇的“镇长”给这位硬倔的老爷子，不让这位老爷子“副”了，这总可以了吧？

他俩出得院来，穿过县百货公司中心店的店堂往街上走去。店堂里有几块地板糟朽了，在脚下咯吱咯吱颤悠。做得粗笨的柜台旁边，戳着根糟黄的柱子，支撑着低矮的天花板。玻璃橱窗上贴着一些用红绿纸写起的新货露布，店门前有条沙石铺起的丁字路。三四月间近午的阳光，从黄泥屋顶、黄泥围墙、细沙石路面上漫开。路旁瘦弱的榆树、毛驴、麻袋、沙石料堆……都黄黄地蒙着层暖烘烘的灰土，还弥漫起一股马粪、驴粪的气味。沙石料堆跟前，停着辆北京吉普，看车号，知道是县委小车班的车，吉普车旁边站着那位黑瘦的崔副校长。未待桂荣发问，刘延军体贴地微笑着对她说：“我派他陪你回去。路上说说话，解解闷。遇事，也有个人替你参谋参谋。我本来想亲自陪你去的，不过，还是你先单独去一下的为好，留个回旋的余地……”

一见那老崔，桂荣的心又怦怦地跳了起来。她曾跟小刘明说过，她不想再跟这老崔来往了。小刘总故作惊讶地问："他咋了？他为人不老实？"老崔老实，心地好，办事地道，这些都没得可说的。可是……

桂荣在柜台边又站了会儿。她觉得背上一个劲儿地在出汗，濡湿了的胸褡细带，勒得她有些透不过气。亲近自己的人（包括刘延军），都跟自己说过，不用苦等谢平了。人家去了上海，还能回头喝你这碗"苞谷糊糊"？但她不信这话，却又没话去反驳。不管怎样，自己没做亏心事。小刘这一帮也是正经做事业的，虽然有些新派的脾气爱好，倒也不至于胡来。自己头一回为公司执行任务，又要去说服自己的舅爹。他派个人帮我在身边参谋参谋，还是对的。派老崔，不比派别的谁强？也真是的！干吗要往歪里斜里想人家？于是镇住自己内心的不安，并感激地看了看小刘，略略仰起头，甩松了黏附在脖根上的短发，平静下一时慌乱的心绪，抻抻前后衣襟，舒口气，去推开了那不怎么灵便的店门。

齐景芳连着三天到码头上都没接到谢平。早晨，梳洗罢，看看窗外被风推起堆叠上来的乌云，忙到楼下营业室，打了个电话，问明昨天从上海过来的客轮今天依然按时到港，便上楼换了胶鞋，带上雨伞，在镇市梢一家茶馆店门口，叫了辆二等车，在船到达前个把小时，又往码头去了。

码头上空空荡荡。不多的几棵树，显得孤孤单单。一些伸进海滩去的岬角上，堆着不少准备用来砌护坡的大石料，横七竖八，堆垒杂陈。海原先褐红，今天却那样的灰暗。海平面原先谐和浑圆，这时却起伏骚动，发着连环的裥皱。它不绝地把一排排涌浪赶到岬角脚下，訇訇然发出一声声巨响。倒卷起的许多青白的浪花，在扑回海里去之前，又让风吹到了岸上，连同那些细珠碎沫，纷纷洒到齐景芳身上、手背上，叫她一阵阵起颤。即便如此，也还总有那样勇敢的小木船，在浪褶里颠进，总有些海鸟在云端翻飞，还有些铁壳火轮呜呜地远去近来，叫海奈何不了它们……

忽而，齐景芳看见一个眼熟的身影，打着伞，挽着个竹篮，朝海边石堆旁走来。她认出是老校长的女儿小英子。这几天，她也常往码头上跑，齐景芳每回都能遇见她。她对着灰茫茫的海面，张望了一会儿，到停泊着七八艘小渔船的滩脚处，买了斤海虾，用张残荷叶包上，看到齐景芳在等谢平，便赶紧走了，肩上的黄油布大伞遮去了她大半个丰厚的后背。

轮船晚点，谢平又最后离船。真把齐景芳急坏了，也冷坏了。斜雨早打湿了她半边衣裤。“怎么去恁些天？”她大步上前接过他手里的挎包，问，把伞侧过半边盖住他头顶。

他没有回答。

“咋回子事？”她看他这一个多星期，也黄瘦了，头发也显长了，心里暗暗一惊，便挽起他胳膊问道：“是家里老人……出啥事？”

谢平看看齐景芳，又回过头去看看轮船，好似还有什么东西落在船舱里了……

“镇华被判了三年刑……”谢平呆呆地说道。

“三年？”齐景芳一惊。

“恐怕还要吊销上海户口，送西北服刑……”

“他家里不是给他找医生写证明了吗？”

“找了。他妈妈也找法院恳求不判，把儿子交还她来管教。可是镇华自己不承认有病。他情愿由法院来审理自己的这案子……法院也找了精神病大夫，给他测试。测试的结果说他是人格不健全引起的轻度解离性意识障碍，对自己的行为应负法律责任……”

“天爷……”齐景芳轻轻地呻吟道。

就这样，在度过了那样的十四年之后，刚回到上海，镇华又要离开上海，去西北服刑。宣判结束后，谢平赶忙离开旁听席。囚车停在法院门口，法警不许谢平靠拢。他推他们，叫道：“我是他亲哥哥，我要跟他说句话。”镇华戴着手铐出来了。

“你来干什么？”镇华生硬地问他。谢平强压下心头的哽咽，赶紧对他说：“你放心。家里，有我们……回头你要告诉我服刑地点。一定要给我写信……”镇华却说：“我家里那帮子用不着你去替他们操心。老兄，照顾好你自己。听懂我的话没有？照顾好你自己。学会替你自己着想……现在要的就是这个！”他叫得那么响，引来不少路人，法警不得不把他推进囚车。谢平看到他被绊住了，跌倒在囚车车厢里。但即便这样，他还是马上翻过身来，扒住车门不让关，叫道：“班长，你去问问那些理论家，我们上山下乡到底错了没有？我一生就只做了这一件大事，让他们告诉我，我到底错了没有……”

雨，绵绵的雨丝，穿过法院门口那棵高大的合欢树发黑的枝杈，洒落……洒落……

他看见镇华的老妈妈坐在轮椅上，还有他的兄弟姐妹，远远地远远地站在马路那边，看着囚车启动……

一幢石库门房子二楼的窗户里传出刚走红的女歌星的喘息：“一样的月光，一样地照着新店溪；一样的冬天，一样地下着冰冷的雨；一样的尘埃，一样地在风中堆积。一样的笑容，一样的泪水，一样的日子，一样的我和你……什么时候蛙鸣蝉声都成了记忆？什么时候家乡变得如此拥挤？高楼大厦，到处耸立，七彩霓虹把夜空染得如此俗气。谁能告诉我？谁能告诉我，是我们改变了世界，还是世界改变了我们……”

走上客店小板楼陈旧的朱漆楼梯，谢平对齐景芳说：“我在门口等一会儿，你先去把湿衣服换换。”

“我又不换衬衣衬裤，你害什么臊嘛！”她把谢平推进房去。

换罢衣服，齐景芳从帐子背后走出来，把湿衣裤撂到床底下脚盆里，取下毛巾，往脸盆里倒瓶热水，让谢平洗洗，暖和暖和。但谢平只是看着那歪着扭着向上蒸腾的热气，发呆。她捧起谢平冰冷的手，紧紧地捂着，担心地劝慰道：“别这样……”

“齐景芳，你姐夫没离休吧？还在街道当党委书记？能求求他给帮个忙吗？”

“谢平，你这是干啥呢？”齐景芳听谢平用这种口气说话，心里一紧。

“帮帮我，让我干成件事。”谢平失神地看着齐景芳，脸颊上泛起不正常的潮红，眼光却贪婪地饥渴地闪烁着，“现在只有你能帮我忙了。我不能在桂荣，在我妈妈、爸爸、弟弟、妹妹跟前失信，我跟他们说过我这一辈子一定能干出名堂来。我不能让老爷子说中了，觉得我就只能这个样子了。我也不能让老校长、小英子失望。他们认为我们这些到大西北去闯荡过的汉子，都是了不得的人……我不能什么也干不成……不能……”

“谢平、谢平，你说啥呢……”齐景芳惊恐起来，用力看着他。

“帮帮我。小得子……帮帮我。景芳……我也会像镇华那样……

可我不能……我是中队长……”

“谢平，你不会的……你不会的……”齐景芳把谢平紧紧搂到怀里，抚摸着他的头，安慰着。

“别光给我说好听的了！我听够了!”谢平推开齐景芳，朝楼下跑去。齐景芳怕惊动隔壁住店的客人，不敢出声吆喝，只是紧起追赶。雨，这时已经不小了，像小豆点似的沙沙洒在青石板街面和两厢黑瓦房檐上，很快把齐景芳的头发和外衣再度淋湿。拖鞋跑脱了，光起袜底板。出镇市梢，二里地，就是海，谢平疯了似的朝前冲。一种几乎是绝望的感觉，叫齐景芳拼出最后一点劲，追上去抱住了谢平。她哭着，捶他：“你干吗呀？干吗呀？干吗这么没出息？你这是干吗呀……”

谢平不再挣扎。也许是冰冷的雨，也许是冰冷的海风，也许是齐景芳的捶打，也许是她紧贴住他的身子上的温暖，使他从一时内心的虚脱里渐渐缓转。他知道羞愧、内疚了。他无言地搂住簌簌发抖的齐景芳，用自己宽厚的脊背替她挡住雨。“回去吧……”他把她拥在怀里，愧然地说。她点了点头，抽噎着。那红色的塑料拖鞋，还一正一反一横一斜地躺在青石板街面上，他弯腰拾起它们。幸亏客店里的人都挤在女会计屋里看电视，他们便蹑手蹑脚快步穿过暗黢黢的天井，上了小板楼……

第二天大早，天井对过的屋顶上漂浮着一层潮湿黏重的灰雾。明知谢平不会来恁早，齐景芳还是赶紧起了床，忙着漱洗，把头晚换下的衣裤洗了。她又到客店附近的个体户早点摊上，要了碗豆浆，要了两根“油炸鬼”，吃罢回屋等谢平。等到明晃晃的太阳光把对过屋顶上最后几片雾脚从瓦楞子缝里驱尽，天空显出春日少有的净蓝，还没见谢平来。她疑惑了。便关照了柜台上的服务员一声，锁了门，交了钥匙，匆匆往老校长家走去。谢平的倔强，谢平的热情，谢平身上种种总也脱不尽的“大孩子气”，齐景芳早有所感受，但从未见他像昨晚恁样脆弱，恁样失常。离开客店时，他虽然已经恢复了平静，她还是不放心，悄悄跟在他身后，一直送他到了老校长老宅的大木门前。她本想留他下来的，跟他谈桂荣的事。这一向，羊马河和骆驼圈子都有人传，桂荣在福海县跟县中的一个副校长好上了。为了证实这一点，秦嘉还让她专门到福海去看过桂荣，问桂荣，这姓崔的副校长到底咋回子事。桂荣没正面回答，只是抽泣，只是问：你们告诉我，谢平还会回来吗……齐景芳相信，昨天，在发生了那样的脆弱之后，一旦得知桂荣又“变心”，谢平会留在她房里的。他需要安慰，需要一个女人的安慰。她要尽自己所有的温柔，来安抚他，亲热他……她需要这样一种真挚的亲近……但到末了，她没这么做。她不忍心在这时刻，再用桂荣的事伤他的心，她更不能利用他一时内心虚脱造成的脆弱，“诱惑”他，她不想让他清醒后留下剜挖不去的遗憾和悔恨。假如他亲近她拥抱她，她也要他是清醒的，清醒地明白自己在拥抱什么，在亲近谁。她不要那种窝窝囊囊迷迷糊糊的寄托。

况且，桂荣到底咋样，也还难说。她不能像别人曾经对她做过的那样，把“脏水”无端地朝桂荣身上泼……更不能借着向桂荣泼“脏水”，来赚取谢平。那样，她成个啥了？

谢平在菜园里搭扁豆架。刚换上的干净衣服，褶痕还很明显。除了唇边会意地对齐景芳淡淡浮起一丝歉疚的微笑，昨天晚间那场骤起的“风暴”，已经消失得全无影踪了。

“吃了吗？”他平静地问，并递给齐景芳一小根半透明的塑料纸绳，让她相帮把边上一枝扁豆绑在小竹竿上。而后，他突然放低了声，关照道："别对老校长和小英说什么……"齐景芳忙点点头，悄悄应道："我恁傻?"

一会儿，小英来叫齐景芳上她房里。谢平也要去，小英钩住齐景芳的肩头，急红了脸，对谢平说道："我们姑娘家的事，你跟来做啥?"

到屋里，小英插上门闩，忙反身问："景芳姐姐，谢平昨天晚上到底出啥事情了?"

"没啥呀……"齐景芳装出很纯真的样子。"他回来淋着雨了吧?弄得挺狼狈的……是吗?"她故意反问。

小英半信半疑地看看她。这时老校长敲敲门。小英半掩住门，放他进来后，又立马把门插上，告诉老父亲："景芳姐姐说，他没出啥事情。"

"小齐同志，希望你能告诉我们真实情况。谢平家里把他托给了我们……我们对他要负责任的……"老校长诚恳地说道。

"真的没事儿!"齐景芳笑着挥了挥手，"他在农场闯荡了十四五年，还用得着你们这么替他提心吊胆?实话对你们说吧，那可是匹百里挑一的'好马'。你们还不了解他……这家伙能干着呢!"

上午，谢平跟老校长和小英说，要陪齐景芳去联系件公事，让他们中午不必等他回来吃饭，便带着齐景芳朝天主堂那厢走去。走过同仁堂药房门口，见摊头上有卖栀子花白兰花的，他替她买了一串。"好香!"她没闻过这南方的花。他替她别在领尖上。"美味鲜"餐馆小吃部一个大圆煤炉上烤"蟹壳黄"，他买了一包。好烫，他用手绢包起，让齐景芳提着。走过"泰昌糕团店"，他又站在深深挑出的旧檐下，全神贯注看了会子糕团师傅蒸那桌面大的圆糕。而后，过顺祥布店，小德林香烛杂货铺，镇西老虎灶，培新小学，大石桥，小石桥，前边才是天主堂。修缮时用的脚手架还没全部拆除，但已露出修整后全部由灰砖砌成的哥特式尖顶，门窗上部都装饰着白大理石拱的花边，朱漆木拱门虚开着。他俩走了进去。里厢倒都已装潢得差不多了。正前方的主祭台宽大恢弘，上头竖立着无数枝白烛形的灯管，供插着一丛丛永不凋谢的绢花。刚漆得的朱漆栏杆，则在庄重暗淡的光线中，人为地界分着“人间”和“天上”。两侧，一是圣母玛利亚的祭台，一是圣父若瑟的祭台。后身是可容百把人坐的唱经楼，上楼的梯子做在两根双人也合抱不过来的空心的大柱子里。而那些拱卫着三个祭台的花窗，则用彩色玻璃巧妙地拼出耶稣和他那十二个门徒的圣像。哪个是犹大呢？谢平认了半天也没找出来。

他和齐景芳轻轻穿过尖顶彩窗投下的那片光影，走出主祭台一旁的边门，屋后是个花园。

齐景芳不知谢平干吗要带她上这儿来。

“想找神父忏悔？做坏事了？”她轻轻笑道。但她喜欢这一路沉默地走，喜欢这沉默中无声的交流，喜欢他给她别上那幽香的花，喜欢他今天的沉静，深邃。

他没回答她，只是看着她。齐景芳今天换了一身素净的衣服，浅色的衬衣领子翻在藏青色毛衣外头，白袜子，圆口黑布鞋，领口上还别着支钢笔。“你今天真好看……”他说。不等她红起脸啐他，他又真诚地说了句：“真的。认识你十五年，我还从来没想过，你到底好看不好看……坐吧。”他们在平房前的台阶上坐了下来。阳光移到了他们的脚上，照着她的白袜黑鞋。

“昨天晚上，我真不想再离开你房间，真想求你别让我走了……真的……我从来没这么过……没有那么强烈地希望一个女人来收留我……”他毫不困难地突然这么告诉她。她反倒有些不知所措了，只得低下头，轻轻把脸贴住了他肩头。他一动不动，由着太阳把暖洋洋的光线移到他俩的腿杆上手背上。矮围墙还没全垒齐，越过墙的缺口可以看到外头一方方生机盎然的麦田笼罩在被阳光蒸腾起来的水汽中。远处的地平线上，一簇簇高树攒拥，掩蔽着农宅的草房瓦房、新楼旧楼、砖墙土墙。鹁鸪在竹林里悠游地叫着：“布谷谷——谷，布谷谷——谷……”湿润的泥土的气息真能醉了人。他娘的！永恒……就这么死去……就这么活着……他真想喊叫。

“我要走了。”他告诉齐景芳。

“上哪儿?”齐景芳抬起头。

“回羊马河，取我的手续。”

“秦嘉姐没来通知……”

“我不能等了。石破天惊，孙猴子要出世了……”他一把握住她温软的小手，“我昨天真丢人。这是头一回，也是最后一回，你给我作证。昨晚回去，我半宿半宿睡不着。天哪，我就那样倒在一个女人的怀里，像一个要奶吃的孩子哭着，哆嗦着。我谢平怎么了？发生了什么了不起的事？不就是在骆驼圈子待了十四年吗？不就是有人瞧不起我们，认为我们这一拨子已经完蛋嗝屁了吗？想来想去，这十四年，大方向，我没错。镇华说得对，连沙皇时代的民粹主义者，都还提倡到农民中间去为农民服务嘛。我们上过当，受过骗，干过蠢事。谁年轻时没‘蠢’过？耶稣圣明，还上了犹大的当嘛！固然不错，我一事无成，已经三十三岁了。但不就是三十三岁吗？还不是四十

三、五十三、六十三嘛！我起码还有四十年好活嘛！这十四年，算交学费。操他妈的，有什么哭天号地的？再不能像镇华那样乱了自己阵脚，再不能出第二个计镇华……”

“取了手续你上哪？”齐景芳急急地问道。

“想通了，提上劲儿来，上哪都一样。想不通提不上劲儿，请你上人民大会堂，不也得跪着往里爬？”

“再待两天。行吗？再陪我待两天，我们一起走……”齐景芳十分艰难地说道。她不能再把话说得更袒露了，她只能说到这一步了。一切的一切，都在这委婉的恳求里已经表达得够清楚的了……她双手撑住冰冷的台阶，低低地垂下头，耸尖了两只肩膀，让刘海儿和鬓发都搭下来遮住自己烘烘地烧热的脸颊。由于期待、由于羞赧、由于激烈的自制，她全身竟像热病中的寒战似的抖栗起来。

过了好大一会儿，她才觉出谢平跟木人似的坐着，一动不动，同样拿两只手去撑住身两边冰凉的水泥台阶，拱起腰脊，侧过半拉脸，定定地望着自己。她便忍不住地一头扎到他怀里，呜咽道：“我只要你两天……”

谢平既没推开她，也没搂起她。这些天，他自然早觉到了齐景芳对他的种种的好，但这些毕竟到来得太迟了。他得尊重这十四年给他俩造成的种种既成事实。特别是昨天自己在镇华事件的冲击下，流露出恁些脆弱和歇斯底里之后，他开始警惕自己。如果自己还要争取一个新的十四年、二十四年，就不能允许自己感情的防线再出现一次溃败的缺口，决不允许自己再软弱。不能了！已经没有这个多余的时间、多余的精力，让自己节外生枝地去陷入某种“无端”的纠缠。

他明白，景芳对他的好，是真挚的，但到三十三岁还没有跟任何一个女人深入交往过的他，在这种越轨的“好”的面前，依然是惶惑的。一旦接受了这种“好”，在他和她的心灵上会产生什么后遗症呢？会给她带来什么损害？他无所适从……

况且，他又想起了桂荣和老淡……

这样，整整过了十几二十分钟，他轻轻抚摸着她的肩头，装作什么也不明白似的，淡淡地笑着：“别小孩气了。这镇子僻静得都叫我腻味了，你还待个啥嘛！走吧。不过，就是走，我们还得分开走。我得去上海再待一段，你先回吧……”

回到老宅，天黑许久了。老校长和小英还在灯下等他。小英烧好洗脸水，洗脚水，热来三四块方糕，两碗用上等粳米熬成的清亮的稀粥，给父亲和谢平当夜宵吃罢；又沏杯清茶，让他俩过了过嘴。老校长还嚼了口茶渣，清了牙缝，三人才各自回屋安歇。但这一夜，谢平却依然睡不着。月亮久久地在老宅灰黑的檐角上悬浮，堂屋条几上那对青花寿字双耳细颈古瓶和当堂挂起的那幅文徵明的“瘦石三友”六尺中堂，都蒙上一层轻烟似的氤氲。搁板上一尊高白瓷的观音，从暗处温柔地看着谢平，仿佛在问：我能帮你一点什么忙吗？小施主……

谢平朝她笑笑，这才摊开被窝，倒头睡了。一早，他起身告诉老校长和小英，他今天要约齐景芳来吃饭。老校长和小英见他气色顺畅、平和，也格外高兴，叫他快去请。他把小英叫到照壁后头，给她两张十块的钞票，让她去买一点有江北特色的菜。小英看着那两张钞票，难堪地脸红起来。她说：“没有你这两张钞票，我们就不会给你朋友准备好吃的了？下回，你再这么没意思，我报告老头子去了。”

谢平忙收起钞票，走了。大同街上还清静着。一夜风雨，落下不少槐花，在檐角、风火墙、门背后、护窗板和街面上铺起，像煞一场“春雪”。第二旅社里，赶早班车船的人早走过了。用不着赶车船的，则密闭门窗，还在尽情享受这一会儿最惬意的“回笼觉”。只有做夜班的服务员，收拾走廊里的痰盂，做交班准备，碰出丁点钝响，反倒衬得这小客店重檐深院清晨忙中偷闲的一片寂静。谢平未及上楼，就被服务员叫住了：“谢同志，齐同志有一封信留给你……”谢平一惊，忙问：“她人呢?”服务员递过信来，答道：“一早去船码头了。”谢平车转身，向船码头跑去，磕碰着不少挑担赶早市的人。启龙镇码头水浅，客轮靠不过来，只能停泊在二百来米开外的水域中，客人上下船还得靠平底驳船“摆渡”。待谢平追到码头，第一只驳船已经开出三几十米，突突地排开那褐红色的浊浪，平稳地向客轮驶去。第二只驳船上客人不多，只坐半船。检票的不让谢平上驳船找。谢平只得绕过检票口，跑到更加接近驳船的岬角头上去细眺，并出力叫了几声：“景芳。”驳船上的客人朝他瞟过几眼，没有人回应。过一会儿，倒是那只渐渐靠近铁壳火轮的驳船上站起一个女子，细看看，谢平认出那便是齐景芳……

她走了。信上说：“谢平，我一直等你到这会儿。我想，今天晚间你会到我屋里来的，不为别的，只为把白天在天主堂里刚开始了的那场谈话再继续下去，你也应该来。我一直等着。一边等，一边回想我们在一起、不在一起所经历过的那许多事……等到天亮那一刻，没见你来，我只有走了。不，应该说，我是高高兴兴地走的。在天主堂后院，你装作什么都不明白，但我清清楚楚地感觉，你是明白的。正因为明白了，才要这么装。我已经得到了我想要得到的（虽然，不是更多、更充分)。我终于知道了我一直想知道的(虽然你不肯明说,怕说出口)。我也让你知道了,我一直想告诉你的那点心事……最后,我又清楚地看到,哪怕过了这样的十四年,你不会是计镇华,不会是秦嘉,不会是马连成,也不会是我齐景芳。你依然是你谢平。我为你高兴。我想,我回去,也能向秦嘉姐交代得了啦。你几时动身回来取手续?我们还能见上一面吗?我悄悄地走了。我真怕等今天早起见到你,我又没了走的勇气。说实话,今生今世,我还头一回这么不相信自己。还有句话,我几次想说,都不敢说。你回来时,一定要先去福海找找桂荣,羊马河有些关于她的风言风语。我和秦嘉姐是不相信的,希望你亲自去核实一下。

"好了,就这样分手吧。十几天,我这荒唐人,办了件荒唐事,但也总算了了自己一生一世的一桩心愿。从此,我安心去做'老淡媳妇'。不要多久,我要跟他结婚了。在你离开骆驼圈子之后,我又朝骆驼圈子走去。只不知,在你生活过的戈壁滩上,我还能不能找到你留下的脚印。我想我会用心去找的,我的中队长……"

25

对有灵魂没躯壳的人、有躯壳没灵魂的人,有血管没血可流动的人、有血但没血管供它流动的人……他们统称之为"人"。别大惊小怪。

老爷子把于书田叫到自己的大房子里来时，淡见三那瘦高、匀称、有力的身影也出现在于书田家地窝子的门口。这是他俩安排好的。老爷子找于书田谈，而刚被正式任命为骆驼圈子分场副场长的淡见三则来找两位女将谈。这两位女将，一位，自然是渭贞，另一位，倒是齐景芳。

齐景芳从启龙镇回羊马河，到秦嘉家接回宏宏。恁些天不见儿子，真想死她。抱着儿子滚到床上，又是亲脖梗，又是拱脚底心，两人笑做一团。后来渭贞带着闺女来找她，她蓬松着头发，从床上坐起，都记不起来，这女人是谁了。

“我……骆驼圈子老于……于书田家的……”

“渭贞嫂！你瞧我这记性！”她叫道。这才赶紧往屋里让这娘俩。

“你忙，我们就不进屋了……”渭贞谦和地道。

“忙啥？刚出差回来，跟儿子在开心哩！”齐景芳大笑道，拢拢鬓发，生着炉子，沏茶。渭贞带给齐景芳一张于书田写的便条：“齐景芳同志：我是谢平和淡见三的战友，你大概从他们嘴里听说过我吧。我们只在送谢平离开骆驼圈子的路上见过一面，连句话都没说过。今天倒要这么麻烦你，真不知咋样开口。我一家的情况，你一定也略知一二。我们这么干熬下去，恐怕长久不了，总得想个法子才行。我让渭贞去找你，一切由她向你面谈。你要觉得她说的还在理，符合党的政策，就请帮帮忙。要是觉得不妥，这件事就到此为止，不必再告诉任何人。我连老淡也没说，也请你代为保密。我只是不忍心看着别人吃肉，让赵队长的几个孩子跟着我和渭贞干啃苞谷馍，一切拜托了。”这边齐景芳看完便条，那边渭贞眼圈已然红起。齐景芳说：“还没找住的地方吧？就在我这达挤挤。那招待所，干净房间你住不上，给你住的，真不是人住的。”

“那……不太麻烦了……”渭贞忙站起嗫嚅。

“我跟老淡、谢平啥关系？再不许你说那等见外的话了！”齐景芳笑嗔。有人来求助她，她总是开心的。但又想：假如是谢平在骆驼圈子，他会把书田大哥一家的事托给她来办吗？想到这一点，她心里又不由一阵隐痛。当然，此刻，她决计不会把由此产生的种种怅惋流露在渭贞娘俩面前。

“这两年，我给老于添恁些麻烦……害得他……”渭贞一开口，眼圈又红了。

“嫂子，你又来了！两口子，一个被窝筒里的人，谁麻烦谁呀！”

渭贞带来的“计划”是：想拉一帮在家闲着的妇女，在骆驼圈子办个“贸易货栈”，替人到霍尔果茨克拉货、提货、存货、送货。“老于懂点机务，我过去也学过。开个车什么的，能凑合。只是希望你妹子能给找点钱，让我们攒辆车。”

齐景芳真没想到，看着这么个文弱腼腆瘦小的女人，一开出口来，气派不小。“攒辆车”！一辆卡车万把块还打不住呢！她真高兴。哦，好嫂子！早该这么着了！虽说自打上外头转这一圈，她一直觉得乏力，胃里胀满，虚火上来退不去，她还是马上去找了秦嘉。想不到秦嘉和李裕早就想在骆驼圈子找个“代理人”了，这事就这么一拍即合。秦嘉和李裕只是不放心把万把块钱的车交给一帮陌生女人（里边不少还是新生员的老婆），提了个附加条件，要齐景芳做中，还要兼做这货栈的经理。齐景芳开头不肯。她说：人家挖空心思“占山为寨”，我哪能平白无故去坐人家的头把交椅？我要这么干了，不让人说死？满天下也没这号理呀！后来经不住秦嘉劝渭贞求，她答应做保，在货栈挂个副经理兼营业主任。当然这件事先还得跟场部土产门市部的领导请示过。领导跟李裕有交往，就答应她去帮一把忙。真和她自己后来又说的那样：借恁些钱办事，这对渭贞嫂和那十几个女人，是把身家性命都豁了出来的一件大事。她们既然这么信得过我，求到我门上，我要不把自己这几十公斤都撂定在那锅里，死活跟她们就做那一堆了，我就算白吃五谷杂粮长恁大的！自那以后，她两头颠簸。没要多久，这货栈就鞭炮齐鸣，正式开了张。前天，渭贞托人捎口信，要她速去骆驼圈子。说得还挺邪，好像是非去不可。搅得她心里虚乎乎，火急火忙处理掉手头上几档子门市部的大笔生意，剩下些鸡零狗碎的事撂给组里另二位，便带宏宏直奔骆驼圈子。

渭贞那头究竟什么事？说来也真好笑煞人。她们做了头几笔生意后，没想“恁容易”赚了五百来块钱。现金到手，她们一个个全傻了。十来个娘们儿，在渭贞的地窝子里，靠墙排排坐着，看定那桌上纸包里刚反复点收过的大沓票子，都不敢出气儿了。孩子想哭，赶紧掏出奶头堵住。天爷，这钱拿得吗？没到徐会计那达上账，没经老爷子批条，没在关司务长那花名册上签字画押，不打欠条，不说好话，不给笑脸，只凭俺们十几个“臭女人”的十几身臭汗，在车上颠肿了屁股、挂破了后背、晒黑了脸蛋儿，就能分恁些钱？五百啊……天爷，过去向男人要五毛钱买几粒晶光闪亮的有机玻璃扣子，还得挨剋：“什么扣子不能扣？偏花那钱！”还得再趁男人高兴时，在枕头边顺他意的那工夫开口……可这是五百啊……在骆驼圈子，除过老爷子和徐会计，谁经手过恁一堆花花绿绿的票子？这些放过羊、喂过马、打过土坯、盖过房、生过娃娃做了娘的女人最后决定，先把钱封存起来，生意也先别做了，赶紧把她们的“军师”小得子叫来商讨个决策……

这可真把齐景芳气炸了："就你们这号尿包货，害我赶这一路！我还真当是出了什么天塌地陷的大事，叫我这'中人'没法给苍天交账。就为这五百块呀！不要，都给我！天底下有你们这么贱的吗？"骂完，鼻子酸了；鼻子酸过，想想又要笑。末了，十几个人滚到一块，笑着哭着，拼命擤鼻涕往墙上擦，嘴里呜呜哇哇还叨叨个不清，直把她们自己的那些孩子都吓傻了……

淡见三进屋时，又来议事的女人们刚散去，只剩齐景芳帮渭贞烧锅做饭。这回齐景芳来骆驼圈子，为了商量个事方便，把于书田赶到淡见三屋里住去，自己带着宏宏住渭贞嫂屋里了。老天，不是一天两天。八天了！这叫于书田、淡见三急上了火。渭贞有时还准许老于关起门来，单独跟她"说个事儿"，齐景芳真不让淡见三沾她。从启龙镇回来，一来身上老有病，倦倦地，心里也真有些讨厌这种事；又想到自己现在正经是这帮女人的头儿，干啥，都更得讲究些那个了。自己还没跟老淡登记，不能平白无故让人抓话把。臭了她尚可，臭了新起的货栈，臭了那十几个好不容易才干起点事儿来的女伴，良心上怎么得过？于是，她任凭淡见三跟发了情红了眼的公狼似的，早晚来这达门前屋后转悠"扒墙根"，她也不肯跟他单独照面。连渭贞都看不过去了，笑她："你干吗呀，这么罚他！男人总归是男人，反正是自己的人了，你就别叫他遭那罪了。"

"你可怜他，你跟他搭伙睡去！"齐景芳笑着啐她。所以，淡见三这两天，见她时，可说是恨得直磨牙槽，又奈何不了她。

这时，淡见三挨挨擦擦进得屋来笑着去揭锅盖："做什么好吃的，我瞧瞧。"齐景芳给了他一记，笑嗔道："贱！滚一边去。这是你这爪子碰得的吗?”

“副场长,坐。”渭贞忙端来板凳,又给沏了碗焦米粒茶,底下还给卧了两个鸡子。

“嘿!到底是发了。也喝炒米茶了,还给鸡子。”淡见三话里捎带上了意思,稀溜溜喝了一口,嚼起那半烂不烂带着黏性的米粒。

“没瞧她们发得有多难受吗?十来个人分那几百,还不敢伸手。”齐景芳替她们打着掩护。

“你两口子说话,我去拌个凉粉。待会儿,副场长您就别走了,一块儿在这儿凑合一顿。”渭贞说着,就想腾个地方给他俩。

齐景芳一把拽住了她,笑道:“你也不老实!给我坐哈!”然后回过头来问淡见三:“喂,老爷子叫老于,啥事?”

“谁知道呢?大概总是上头来了什么新精神!要向他传达传达。现在骆驼圈子是两大摊,一摊是国营的畜牧分场,一摊嘛书田渭贞你们这个体货栈……”

“副场长,我们可‘一摊’不起。十来个臭女人,不就混几个零钱花花,哪有心跟分场分摊儿干呢?再说,我们也是‘集体’……”渭贞忙解释。

“又来啥新精神?”齐景芳敏感地追问。

“你们拿那五百块,交税了?”

“交了!”渭贞脸色变了,忙掏税单。

“恐怕还得多交一些……”

“那精神具体咋说?”齐景芳问。

“我哪记恁多,有文件。”

“走,瞧瞧文件去。”齐景芳说道。

淡见三说，文件就那一份，放在办公室里了。齐景芳犹豫了一下，解下围腰，拍打拍打身上和脚面上的灰土，跟着淡见三上办公室去了。

淡见三说的“办公室”，是老分场部的办公室，在高包脚下北壁角一趟平房里，早不用了，一直空关着。也是最近新任命了一批分场级干部，才又启用，重新粉刷。到老乡公社苗圃买来几百棵响叶杨，在屋前栽一圈，围出个一崭齐的长方形大院。这会儿，几个窗户都黑着。淡见三掏钥匙，进了屋，点上油灯，从抽屉里把文件拿给了齐景芳。

齐景芳随手翻了翻，对淡见三说：“恁多新规定！你拣几条主要精神给我讲讲嘛。”齐景芳最没那耐心看条条。

淡见三点着烟，眯起眼，瞅着齐景芳：“什么精神？就是要你们别搞什么鸟货栈那些邪门。”

“什么邪门？也是大集体。上边有政策……”

“政策！”淡见三笑笑，“北京好倒是好，太远了，……”

“你这话咋说？”

“咋说？”淡见三冷笑笑。

“这新精神到底是啥嘛？”

“要重新规定上交、留成比例。不能太肥了你们。”

齐景芳迅速地翻开那文件，找到淡见三早已用红笔勾出的那几条主要规定，看了数字。“上交比例恁大！”她惊呼道，“人家老乡公社搞承包，一亩地才交六七块，七八块……”

“咱们是农场。咱们上上下下恁大个机关，恁些干部，恁些脱产人员……光说恁些吉姆、皇冠、上海、华沙、伏尔加、吉普……烧的汽油钱谁给出？国家不负担，羊毛不还得出在羊身上？你搞承包，总场部机关的就喝西北风？想得倒美！”

“上交比例定得恁狠，还包个屁！”

“不能包就别包嘛！……”

“可承包是中央的政策！”

“行了。小乖乖，恁认真干啥呢？没承包不也过了几十年嘛！”淡见三说着反手去把门上的暗锁放开了。听到暗锁声响，齐景芳震抖了一下。她拾起文件，忙说：“我带去细瞧瞧，再跟你们论说。”

“上哪？”淡见三拦住了她的手。

齐景芳挣扎：“别讨厌。人家没心思跟你干那事。说正经的……”

“我说小得子，你也太狠心了，也太不把我放眼里了……”淡见三一头说着，一头挪开油灯盏，站起来，朝齐景芳走了拢去。

“老淡，窗外边有人……”齐景芳向后退去。

“对，外边有人。我叫来的。他们早就在挖苦我，说你那口子来，怎么就光待在别人家，不上你床上去……你淡见三是属那一号劁了的，还是咋的。我叫他们来看看，我淡见三到底是属啥的……”

“毛驴子！”

“对。我是属毛驴的。我得毛驴你看看……”

“老淡……老淡……”

“再叫响点……叫呀……”

“你让我把灯吹了……畜生……”

“这还算句人话……”淡见三喘着气，稍稍松开手，侧转身。齐景芳从他身下跳起，掩住被他扯开的衣襟，一掌把油灯打翻在地，趁窗外那几个起哄的人失望地叫喊的当儿，朝门口扑去，却又被淡见三一把拽住。

“老淡，让我把文件给渭贞她们送去……”齐景芳只得哀求。

“文件……我这儿有的是……仔细看吧……好好看吧……”他把她紧贴住，压倒在办公桌上，手从她捂住的上衣里死劲探了进去。他那刮得光光净净的、喷射着滚烫气息的嘴，迫不及待地在她扭动的脖颈里和脸盘上乱拱。齐景芳一阵阵痉挛，缩到办公桌后边，瘫软到地上。她不敢出声挣扎，不敢出声呻吟，不敢再出声抱怨、哀求、詈骂……这时她发出的每一点声响和反应，让窗外那几个听去了，隔天就都会成为全分场的趣谈。这种趣闻，会十年八年地谈下去，传下去，带着经久不衰的兴奋。骆驼圈子的许多人都叫别人这么谈过，而后，又来谈别人。在那样漫长的冬夜里，这是最能解闷的……

坍了吧，平房。坍了吧，高包。坍了吧，你熟视无睹的星空……坍了吧，悠远而古老的桑那高地。你生生息息而又莽莽苍苍……我在这里给你叩头、给你下跪了……

班车只到桑那镇。从桑那镇到骆驼圈子这六七公里，谢平只有步行。这段路，他曾经无数次地步行过。那时日，披着棉袄，卷着莫合烟，什么也不想，什么也不什么，一会儿就到了。哪当回子事？今天却恁难。当地平线上刚刚显出扎扎木台那浑圆得跟女人乳房一般的穹窿时，离分场部足还有三公里多路，谢平已然觉得腿软了。他靠在半道上的一个破羊圈土墙拐角上，歇了会子。四五月间下午的阳光把灰黄的戈壁映照得那般宽广、苍凉，蓝玻璃似的天空贴着地平线，突然又弯下去，干燥的热空气使远处低洼地里的草木看起来好似在扭动。

阿尔津山体上棕红、黑褐的岩层褶皱曲线，绵亘数公里，显示四百万年前这一带造山运动发生时，曾有过的一场剧痛和伟烈的震荡。现在它们凝固了。强风不时从它庞大的躯体上吹落下风化的石片和石块，引出一阵阵空旷的隆隆震响。

谢平是回来接桂荣的。那天，齐景芳走后，他极不安宁。桂荣又让人在背后说啥了？对羊马河的了解，使他立即想到准是那种事。如果由于自己的无能和疏忽，桂荣也被一个“黄之源”糟蹋，那么自己下半辈子就再别想安生。他挂了长途电话到秦嘉家里。秦嘉开始不肯说，只是劝他别听那些货瞎叨叨。他说：他们叨些啥，你跟我说说嘛。你不说，我不撂听筒，我每天都给你挂。你就忍心让我花这电话钱！后来秦嘉就说了……谢平出了邮政局，在那狭窄的青石板老街上，来回徜徉。他拿不定主意。他不相信桂荣会那样。但听秦嘉说，这事有小刘掺和，那姓崔的又是小刘的老同学，他开始相信事情确在逆转。现在他只有一条路，尽快把桂荣也接到自己身边。他再不能像当年失去小得子那样，再失去个小桂荣。如果说当年的谢平，事发前还不明白自己对小得子的责任，那么今天的谢平，是十分清楚地意识到了这一点。他找老校长谈了，把事情整个摊在老校长面前，请老校长允许他把桂荣接来。老校长当天没给答复，第二天也没给答复。两天里，老校长撂下饭碗，就扛起抄网，穿着一条连胸的黑胶皮裤子，上河边捉鱼去了。但两天里，他没捉到过一条鱼。这两天里，也只有在饭桌上才能见到小英。她文静而并不好看的圆脸，老也低着，不出声地用筷尖挑着那用上好的粳米熬的清亮的稠粥，脸格外虚黄，好似一夜一夜都没睡踏实过。她的目光总在回避谢平，说不出的失望和哀怨使她那平日常见的温和和微笑都消失了。以前，谢平总不相信，恁腼腆的她会有三十岁，但这几天里，她却简直像个四十岁的妇人了。老宅里整日没有声响，死静得像傍黑时分河滩里的水曲柳丛。又过了两天，吃罢早饭，谢平帮小英收拾碗盏。小英说："谢平阿哥，你去把桂荣小妹接来吧。"后来，老校长扛着沾上不少水草、碎蚌片的抄网从河边回来，也叹着气说道："小英跟你说过了吧？那你就快动身吧……"

现在，骆驼圈子又将出现在自己面前了。但越接近骆驼圈子，谢平却越发无法掩饰自己的一种惶惑，一种自责。从离开启龙镇那日起，他就发觉自己一路上，除了急于见到桂荣，还不时地甚至是更为强烈、更为急迫地在牵挂着另一个人，那样地渴望见到她。他不时想象再度走上老爷子家木台阶，桂荣激动又多少带些内疚地扑向他的场面，他为之感奋。但这场面却一次次被另一个身影、另一个声音所扰乱。起初，他以为这是偶发的，没加在意。但随着火车过了尾垭车站，他就不能再认为这种对另一个人的渴念是偶发的了。特别是昨天，他去了福海，见到了那个姓崔的小伙子。初初地交谈和了解告诉他，这小伙子完全能像大哥哥那样爱护桂荣，为人实诚，绝不是黄之源式的人以后，他对桂荣的焦虑和渴念不知为什么明显地减弱了。相比之下，他更想知道，那一个，跟淡见三到底咋样子……淡见三待她好吗……他们真的已经登记了？

谢平走到干河滩里，就被子女校的孩子们发现了。他们吼叫着冲出教室，嚷着："谢校长回来了——"新来的女教师才十七岁，慌得不知咋办，却去敲钟。她原来想用钟声命令学生回教室，事与愿违，钟声把孩子们的爹、孩子们的妈都惊动起了，一起拥到了干河滩里。

"哎呀，谢平兄弟，你咋又回来了呢？"几个老伙计跑着叫着，还把他的胳膊捏得生疼。

“走走走，上你书田大哥家去住。”贸易货栈里的几个老娘们儿上前一把拽住谢平，往那头拉。分场部下令，不让动那五百块钱。咋个分，分不分，等决定。到手的钱，又叫封了，人心惶惶。谢平是从口里来的，大家都想听听口里关于这一类事是咋个处理的。口里的领导也封人家正经靠承包得来的钱？拽得最狠的是二贵媳妇。新老师来了后，她就不教学了，也去了贸易货栈，渭贞收留了她。

“喂喂，你苍蝇跟在马腿后边瞎嗡嗡啥！”撅里乔在娘们儿堆里乱扭动，拨开二贵媳妇的手，趁机还在她粉嘟嘟的腕子上好捏了一把：“谢平老弟那头有桂荣在哩，你来什么劲？”

“你妹子才跟人来劲呢！”二贵媳妇狠啐了他一口。这时于书田也跑来了，连连催着渭贞：“还愣着干啥？快回去给谢平蒸米饭！”说着，从谢平肩上接过旅行袋和挎包。谢平从挎包里掏出糖果分给女人和娃娃，掏出“前门”烟，散给老伙计们。偌大个人圈就在嗡嗡的说笑声中，慢慢向高坡上挪动。漫到坡脚跟前，淡见三带着桂荣跑来了。老爷子也听到了钟声，他想不到、也想不出什么缘故，谢平偏要在这节骨眼上又踏了回来。预感使他不安。这段日子，分场里麻烦事成堆。那个鸟货栈先不去说它，上边又来了个精神，各畜群也要往下承包。但总场把承包指标定恁高，上交恁多，一般的劳力一年三百六十五天满打满干，也很难拿回原先那点工资。总场到底是真心在搞承包吗？老爷子实在捉摸不透，不敢轻举妄动，分场里人心已然惶惶。他怕谢平不探深浅，不识好歹，瞎说一气，再给火上添油，又给上边落下什么话把。所以，就赶紧让淡见三去叫住谢平，哪怕先吩咐他几句，打一针预防针，也是好的。这时老瘸却凑到谢平耳朵跟前，斜起眼瞟住桂荣，咬着牙悄悄对谢平说道：“别理那小骚货！臭婊子听说在福海又跟个小当官的干上了！”于书田反手一掌推开老瘸，熊他：“你见她跟人干了？瞎掺和个啥呀！惟恐天下不乱！”于书田话声不高。但桂荣这件事，近些天来，是全分场的热门话题，谁对此都敏感着哩。今天赶巧谢平回来，大伙预感准要闹点事出来。于书田那两句话，不胫而走，早让大伙收到耳朵里去了。但等桂荣跟在淡见三身后气喘吁吁地跑近，人圈里便出现了一种异样的沉默和轻蔑，但他们还是乖乖地往后退了退，习惯地给淡见三、桂荣让出条道。

桂荣感知这异样的沉默和冷蔑是冲着她来的，她结巴着对谢平说：“舅爹和舅妈都在家门口等着你呢……”

“那……你先去见见分场长，我们等你回家吃饭。”于书田迟疑了一下，不好意思当场去驳桂荣的面子，便这么关照谢平。

“谢平的家在哪达？不在桂荣身边咋会到你地窝子里去了？书田，你也太那个了……”淡见三说着便去于书田手里抓谢平的行李。

于书田劈手逮住淡见三伸来的腕子，出劲一拧，压根儿就没让他沾着谢平的东西。

淡见三没想于书田还跟他动起真格的来了，在恁多人面前，驳了他这位新任副场长的脸面，心里老大不痛快，窝起一脑门火。但此时此地，不便计较，他也明白老战友为那五百块钱憋着性子呢。那天老爷子亲自找于书田谈，叫他思量思量，一个转业战士、共产党员还是别去掺和那什么“货栈”，于书田没听。老爷子的话他都没肯听，况且他淡见三呢！淡见三知趣地缩回手，没露半点声色，只是笑道：“那就看谢平自己啦，到了觉得哪个碗里的饭香！兴许你书田老哥家里的饭能做得比桂荣的还香！”

“香不香，他也住我那儿了，定了。”老镢把似倔的于书田冷冷地丢了一句。

淡见三见他今天跟自己真较上劲了，赶紧豁达地一笑：“行行，他住哪儿都行，只别叫咱们谢平老弟睡露天就行。”

果然的，老爷子、大婶都在木台阶下等着他呢，在一边站着的竟还有齐景芳。

“你好……”齐景芳勉强地笑了笑。

“你好。”谢平握着她冰凉的小手，像见到了一位阔别多载而又时刻在思念的老朋友，他甚至都不想掩饰自己的这种兴奋。齐景芳一离开启龙镇，谢平就发觉，她的走，给他留下的空白竟是那样的广大，那样的绵连，那样的无法填补。他确实为此困惑过，也深深地不安过。他想用对桂荣的回忆来驱散这种空白感，把自己从难堪的困惑、不安以至内疚里解救出来。回忆过了，但那块空白却依然是那样的渺然……甚至于，越发广漠和强烈。他不理解自己为什么会对齐景芳“突然”地产生了这样一种思念，他无法强迫自己中断这种思念。每每走过大同街第二旅社的高台阶门口，他都忍不住要朝里张望，他总觉得她会拖着红拖鞋走出来的。有一次，他还上了后院的小板楼，在她住过的那间客房前不知所措地待了一会儿……幸好的是，在这种种难以摆脱的困惑不安里，他没有像往常做的那样，简单地把自己谴责一通，以后就关死了思绪之门。这回不，他由着自己的思绪飘浮，终于发现，自己在“回忆”中召唤桂荣，但通向齐景芳的却是“思念”。对于桂荣，自己时时忘不了的是“责任”，为了完成这应尽的责任，他会忘掉自己。但对齐景芳，却认真是一种日渐炽烈的“向往”。这种向往……是邪念吗？他问自己。不！他明确地回答自己。是“突然”被诱发的欲望？不！他更断然地否定这样的猜想。十五年，他和她走着同一条路，他们之间能得到那样一种默契。这恰恰是在他和桂荣之间没有的。齐景芳不是个够标准的贞洁圣全的女人，但她在生活面前从来不服软。她总想折腾点什么。她总在寻找，像一只小山羊，眼睛总盯着陡峭的岩壁，盯着岩壁上那棵小酸枣树和酸枣树背后那一蓬结满凉粉果的青藤。即便生活有时浑浊，像不可抗拒的泥石流那样涌来，她也总想找到自己应有和能有的一个位置。她找错过许多次，她头破血流过，也“身败名裂”过，但她没有泄气。她没有被那样一种苍白的“完美”折服，她不稀罕那种苍白的“完美”。我一直自以为比她高洁，可实际上，我在接受身外各种各样的调教和戒度中，早失去了自己来调教和戒度自己的信心、愿望和勇气。而她，却一直在这么做，在努力地通过自己去调教戒度自己……不管怎么变，她还是她自己，我却什么也不是了……在一千个女人中间，她也许只能排到九百九十九位，但她……是我熟悉的、亲近的、理解的、共通的……她让我想她……但她今天为啥笑得那么勉强呢？她好像病了一场，鬓发和刘海儿略有些松乱，下巴也显得格外尖小。上身穿着一件紧袖口的毛蓝布工作服，翻领里露出的是一件很旧的花布棉袄。下身穿着一条黄军裤和一双旧的翻毛皮鞋，深陷在眼窝里的眼光也显得那样的疲乏、谦和。她怎么了？

如果不是齐景芳及时把手抽回来，谢平还会握着不放。所有在这一刻里，在谢平心头涌出的思绪，都化做了一种沉稳、亲切的微笑，由他唇边浮出，并用这种微笑，在告诉齐景芳：我来看你了。她似乎是明白这个意思的，感激地红了红脸，眼睛也明亮起来，甚至还顽皮地眨了眨。她回头对老爷子说："分场长，好好招待招待你这位稀客吧。"但老爷子今天对她的反应却是勉强的冷淡的。

桂荣到菜窖里抱出两棵剥得只剩下嫩心的白菜，又抓了几个土豆、皮芽子，割块咸肥肉，筛出瓶老陈酒，到子女校后身的温室里，好不容易找出两个番茄，青皮上还刚泛出点红晕，找出的几个茄子呢，还只有鸭蛋大；又到代销店里买了两个五香鱼和原汁猪肉罐头。到饭桌上，谢平没喝两盅，便倒扣了酒盅，让桂荣给他盛饭。"喝好啊，你。"老爷子用筷子尖点点谢平面前的酒盅底，说道。"路上没睡好。不行……"谢平欠欠身，婉辞。老爷子猜到谢平是为桂荣来的，但谢平不开口，他也不想主动问。这一顿饭就是在这种多少有点尴尬但还勉强过得去的气氛中完事。

"行。等你缓过劲来，咱们再把见三、老徐（他没提齐景芳）叫来，好好聚聚……"他也想聚聚。从出了鸟"货栈"那档事，分场里人心再聚不拢来，他也没那兴趣再招人上家来喝了。喝不痛快，还不胜不喝！

老爷子撕块面饼，蘸蘸原汁猪肉里的油汤吃了，又呷口酒，油汤顺着他的胡子往下滴。这两个月，他也突然显得老多了，动作更加迟钝。谢平心里不觉一阵难过。看到老爷子，他总要想起赵队长，想起自己刚到骆驼圈子时，老爷子对自己的种种爱护和关照，想起他们之间确曾有过的那种父子般的谐和……

吃罢饭，撤去碗盏，老爷子还告诉谢平，桂耀回来了，外出办事会友去了，今日没在家。随后，他打着饱嗝，大略对谢平讲了点分场里的情况："见三现在是分场副场长。老徐是分场副政委。还准备提一批。你不走，倒也好了……"老爷子顺口给了这么一句。谢平对此未置可否。末了，老爷子郑重关照道：“你刚从外头回来，别拿外头的事跟分场里的人瞎叨叨……要说个啥，先跟我打打招呼……”

“我明白。”谢平顺口应道。

老爷子要谢平给他说点外头的事情。桂荣沏上茶来。谢平刚说了个开头，老爷子却渐渐软耷下窄长又醺红的脸，靠在木圈椅宽大的靠背扶手里，呼呼打起鼾来。

谢平和桂荣便悄悄离去。

26

一行脚印，一声奏鸣，一条弯弯曲曲的车辙，一次强烈的扭动颠踬。我看见红的烙铁向马臀上戳去，有人却说，这就是拂面不寒的三春杏花雨……

过道里恁幽暗。刚掩上大客房的房门，谢平就觉得桂荣贴紧了他。那回，她被刘延军派回来做舅爹的工作。舅爹根本没容她开口，只问她：“那姓崔的是你什么人？你跟我老实说！”她说：“什么人？朋友，同志，送我回来……”“恁亲！要他送？”舅爹吼道，“他刘延军把主意打到你头上来了，还想拿你去做人情送给他的帮手。我吕培俭还没下贱到那一步，拿外甥女换官做！”他让韩天有带三四个壮汉把崔副校长撵走了，而且不许桂荣再回福海。桂荣哭过：“我要考大学，你不许；我要跟谢平好，你又不许；这回你又赶走我这些新交的朋友。你要我一辈子就老死在这幢大房子里。你忍心……”但到末了，她还是顺从了。她不能怀疑，老舅爹一片真心为了她好。二十四年来桩桩件件她经历的事，无一不证明了这一点，她得接受舅爹对她的这点好。习惯了……

桂荣依着谢平，轻轻地啜泣着。这时，从远处射过来一道雪白的车灯光，横过窗楣，扫到这寂静的过道里，倏忽又灭了。这是桂耀回来了。他跳下车，用力碰上车门，跟司机招了招手，车便猛地回挡起动，倒了十来米，呼的一下掉转头，开回夜的深处去了。

桂耀去福海看刘延军，他们早有联系。凡是从桑那高地上考出去的大学生，刘延军都有他们的地址。桂耀快毕业了，关于毕业以后的去向，去年刘延军给他亲笔写过几封信，劝他回高地来效力：“没有人能比我们这一拨人在这块高地上更容易站住脚，能更快打开局面，更早形成力量。我认为，每个人只能面对这世界的一个部分，只能通过一个窗口、一个聚焦点把自己生命的信号和能量，反馈、传输到历史的运算器中。高地便是你我的窗口和聚焦点，我们无法超越这个界限，因为我们还太年轻。我们又处在一个像以前那样难以捉摸的超稳定结构中。我们充其量能做到的，是像电磁波理论的奠基人之一、英国佬麦克斯韦那样，当举世都怀疑是否真有电磁波那玩意儿存在的时候，当世界上只有两个学生愿意跟他学习这理论的时候，他能坚定地说，我面对这仅有的两个学生，同时也面对整个世界……”这封信，打动了桂耀。

“桂荣、桂荣……”他大声叫门。他从来不称她“姐姐”，上小学时就这样。有一回还说：“你叫我哥。我比你高，比你有力气！”

“谢平来找过你没有？”他喘着气问来开门的桂荣。

“你消息可真灵。”谢平快步走过去，把手伸给这个长得又高又胖的小伙子。

“我听说你去过福海……”桂耀用力晃了晃谢平的手，招呼道。

“你去福海了？”桂荣一惊，忙用湿润的眼光看定谢平，苍白的面颊顿时绯红起来。

桂耀脱下军便服上装，拍打灰土，笑道：“家里剩吃的没有？我连中午饭还没吃呢，饿得我路上真想把那司机嚼巴嚼巴咽了！”

“小刘咋那样！连顿饭都不舍得管？”桂荣忙去给他端来饭菜。

“谁顾得上。他们请了新疆大学两个刚从国外回来的研究生作讲座，连讲了六七个小时。我听完就闹辆车跑回来了。”吃罢饭，他往躺椅上一靠，呷了口浓茶，当着谢平的面，问桂荣：“是你先跟老谢谈呢，还是我先跟他谈谈？”

桂耀回骆驼圈子，听说了舅爹跟福海县之间发生的那些事，跟舅爹吵过一场。他对老舅爹说：“你想干什么，我不想多嘴。但是你堵死桂荣求发展的路，是绝对不人道的。为了你，她没去考大学，这就够错误的了。现在你要再一次剥夺她自己去争取自己未来的权利，去获得他人承认的能力，这简直就是残忍！”他也责备桂荣：“你太缺乏自理能力了。老舅爹死了你咋办？你应该迅速在自我导向中定构。我不想干预你的私生活。你爱谁都可以，只要你在真爱。但我要劝你把握住现实，谢平没有这个能力把你接到上海去，这恐怕不是我小瞧他。看他这封来信，他好像有意把你接到什么小镇上去，陪他去守江北老宅，跟在桑那高地上陪舅爹守大房子，是同一层次上的东西，你本来就缺乏冲劲。那样，你很快会成为他屁股底下的一张旧板凳。从绝对的意义上来说，他不是我们这一代的人，你应该回到我们自己的这一代人中间来。跟我来。我想办法还让你回福海，那里有我们一帮子人、一层人……Let’s try，应该让每个人都大胆去试一试嘛！”现在他又想来开导谢平。

“随便吧……或许你们先谈……我先去把锅和碗刷了……”桂荣说道。她似乎知道他要跟谢平说什么，也知道谢平要跟她说些什么。她不安。她怕和谢平单独谈，她觉得说不清，一切的一切都说不清……

“好，那就我先谈！”桂耀叫道，从躺椅上坐了起来。

“你要跟我谈什么？你的事？我的事？还是我和桂荣的事？”谢平问桂耀。他不太喜欢也不大能适应桂耀那副颐指气使的神态，有时也听不大懂他满嘴乱蹦的那些新名词。

“当然谈你和桂荣的事。”桂耀很坦率。

“那样的话，是不是让我们自己先谈。你相信我们能解决好自己的事吗？”谢平的话里已是绵里藏针。桂耀显然没料及谢平会拒绝由他来先跟他谈话的。但聪明的他已然品出了谢平话里的不满，便端起茶杯，打着哈哈说：“那当然，那当然。不过，如果你们需要，我还是很愿意向你们提供必要的咨询，随时都准备向你们……”

“谢谢。”谢平的客气，反而叫他不无尴尬，在门口犹豫了一会儿，瞟了一眼他的姐姐桂荣，只好走了。

关上了房门，时间消失了，她不知道过了多久，他也不知道过了多久。他刚想开口，她叫道：“别说了……你别说……”

“桂荣，我到福海去过，我找了那位小崔……”

“你别听他们的。那些都是瞎掰的！”她尖叫了起来，脸色灰白，嘴唇上一点血色也没有，“我没做过对不起你的事。小刘和老崔……

都是他们来找我。我从来没有去找过他们。一次也没有……我跟他们在一起只是听他们聊天。我一个人在福海，我没别的熟人……”

“桂荣，我没责备你……”

“你在责备我。你在……”她哭了。许多天来，她一直不敢出大房子。她不愿看分场里恁些疑询、调谑、好奇、挑逗的目光。不管它们是善意的还是恶意的，她都不愿看。她说不清，一切的一切都说不清……“不管你去哪儿，我都愿意跟你去……”她抽噎地下着保证。

谢平心酸了。“桂荣，我原来也是这么想的，不管自己咋样，也一定跟你好到底。我已经作了各方面的努力，要把你接到自己身边去。但我到福海去后，我跟小刘、老崔他们谈过之后，我觉得你还是应该回福海。你应该到他们中间去，你应该回到你的同代人中间去。我能给你的，他们也能给你。但他们能给你的，我一时……也许很长很长时间之内，都不可能给你。”

“我什么也不要……”桂荣跺着脚说道。

“你为你舅爹作了太大的牺牲，没有必要再为我作恁大的牺牲，我也没有这个权利要求你作这样的牺牲。”

“我们一起……为什么就不能好好生活？为什么要说到‘牺牲’？”“桂荣，我的今后，会很难很难。我还要走很长一段路，颠簸、晃荡……我相信我这条船将来总能靠岸，不会一辈子都这么颠簸。就算要颠簸一辈子，我也会找到我该驶去的那个方向的，但我不能带着你颠簸，我不能让你受那颠簸、动荡……”

“你就再不娶老婆了？”她不服地问道。

他怔住了。怎么回答你呢？桂荣。你是那样的善良，那样的单纯。是的，我会娶老婆的。但我需要的是一个像我一样的“水手”。

她的手上被木桨磨起的茧应该跟我的一样厚，她嘴上也应该跟我一样卷起被太阳和海风烤焦的皮，她也必须能光着身子让咸涩的海水泡三天三夜，让咸涩的海风吹三天三夜，再让那咸涩的太阳晒三天三夜……她必须能受得了没人理睬的寂寞，没有指望的摸索；饿了，能吞得下那活的金枪鱼，渴了，能迎着那狂暴的雨柱解渴……我怎么能让你，让那样善良、那样单纯而又那样娇小的你，去做我这样人的“老婆”呢？还是回到你自己那一代人里去吧……我还要去为我们这一代人已逝去的那十四五年付那必须付的代价……因此，当桂荣哭着再次扑到他怀里来时，他咬住了牙根，用手死死地把住了她，只是到她也渐渐镇静下来以后，才慢慢地把手从她肩头上滑落下来……

> “多少次歌唱，你唱出了希望。多少次散场，你忘记了忧伤。你知道现在已经散场，在黑漆漆的晚上。现在已经散场，在陌生的地方。歌，人人都欢喜唱。唱，美好的阳光。散，就将散场。歌，就在你身旁……忘了吧，让我们尽情地唱。忘了吧，是否散场。忘了吧，过去的悲伤……记住，明天还会有明天的阳光……”

他走到高包后边的槽子地里，整整坐了一夜。那是块老苜蓿地。现在割头茬苜蓿，早了点，但也不是就不能割。马拉割晒机都拉到地头子，那长长的铁连杆，斜支在草坡上。

他想他可以走了……

第二天，他想去跟大伙儿一起割苜蓿，最后一趟。可惜太早了点，否则，那地里黑绿色的苜蓿中间便会开满一层鲜紫鲜紫的小花。

有马拉割晒机割苜蓿，是所有的活里叫谢平最难忘的：人们在草地里，成散兵线，互相间隔一两米，站成一个很大的封闭起来的椭圆。每人手里都得拿件工具，或者羊角耙，或者三齿钉耙，或者长把扇镰，有的干脆只拿根树棍或工具把。只待割晒机被马拉着从自己跟前过，那一米六七宽的割剪，剪下一片清香的苜蓿，就赶紧把倒在自己那一两米地段里的苜蓿挑拢到一堆。得赶紧。因为第二辆、第三辆……割晒机紧跟着喀嚓喀嚓剪过来了……往年，干这活，是最热闹不过的了。以畜牧为主的骆驼圈子，一年四季，活都分散在四角。惟有这割苜蓿，男女老小能聚到一块地里来。天还不太热，冬天却已经远远地离去。风从阿衣敦格尔台地那边吹来，带着雪峰上的凉爽快意，又越发叫脚底下那片绿金般的草地香得浓馥诱人。妇女们摘几朵小紫花插在衣襟上，衣襟上的小花被鼓起的乳房耸得高高。当她们直起肥厚的背部时，那花和乳房一起抖动。割晒机手瞅准了机会，等割晒机从她们身边经过的一刹那，便会到那耸起的地方去夺小花。她们会追着骂，追着笑，又会去把夺走的小花补上……割晒机不坏，马跑得起劲，地里便响起一片“喽喽——啾”的叫声。那叫声绵绵不绝，叫你血管发胀，心跳加剧。那叫声是粗犷的尖细的原始的充满了欲望的……如果割晒机坏了，椭圆形的散兵线是仍然散不得的。男人们在原地坐下，卷烟抽。有的拄着长把搂草耙，一手叉起腰歇息。有的便倒头躺倒在草垛上眯盹，让阳光在自己痒酥酥的脸盘上爬。只有女人们悄悄拢到一块，或者结伴到高包背后去解手，或者依偎在一起翻看各自的针线活，伸直了粗壮的大腿，你的头搁在我怀里，我的头倚在她肩上，轻轻地哼着什么。什么歌一到她们嘴里，都会变成无字的吟。没有“情郎”，没有“妹子”，也没有“革命”和“红旗”，只有像云丝、像长河、像奔马、像落霞似的曲调，伴着那一群群从地平线上低低掠过的黑雀远去。男人没有唱歌的。“公驴”叫，要让人笑掉大牙的。哼哼下流的“十八摸”之类的邪调，那也只能是喝醉了酒，关起门在自己家里干的勾当。这会儿，他们只是听着。这是他们的女人的声音，他们心里很舒坦……

但今天，地里鸦雀无声。一直等到太阳爬恁高，也不见个人毛，他纳闷。他哪里知晓，骆驼圈子出大事了。

今天起早，老爷子让徐到里敲钟集合人开会。他要宣布分场第二批提干名单，还要宣布场里有关承包的具体规定，并再一次让淡见三把于书田叫到自己家里。老爷子告诉他：准备把他也提起来，当机耕队队长。“机耕队？”老于大惑不解。骆驼圈子统共才恁些人，小猫三四只，还要成立啥机耕队？“这你就别细问了，我也没工夫跟你细说。”老爷子说道。背景情况是：因为要搞承包，总场机关先从师里得到风声，陈满昌马上通知干部股查一查，还有多少积压的提升报告，叫他们马上送党委讨论；还要干部股通知各分场，尽快再让一批多年来“勤勤恳恳”、确实在领导周围起了“桥梁带头作用”的骨干分子填表提干。“这些同志多年来为组织做了大量工作，我们得对他们负责，不能让他们也像一般农工那样去靠承包来养家糊口，该提的赶快提。这次面可以宽一点，口子可以开得大一点。”陈满昌掐算，政委再往下干，多不过三年。去年，政委已经把袁副校长和儿子的户口转回京郊去了，已经为自己的离休找退路了，他必须把他的人抢先提上来。在这个节骨眼上，提谁，谁都会一辈子念他的好。想到在政委走后，自己完全有可能接管羊马河，陈满昌就觉得更要抓紧把这件事办妥了。他甚至亲自给各分场打电话，要他们“把提干的口子放宽点，再放宽点”！

老爷子得讯后也很高兴，他马上想到那十几个当年跟随他一起留在扎扎木台高包这边厢的转业战士。他不仅要求配齐分场领导班子，还让淡见三报了个方案：要求像其他分场那样，在分场和班组之间，也设一级生产队。搞一个“机耕队”，种草种料；搞一个“畜牧队”，还营老本行放牧，这样至少可以增加四个脱产干部的名额。方案报上去，石破天惊头一回：总场照准！淡见三问：“这四个新争来的名额里，提谁？”老爷子头一个就想到了于书田。在这个关键时刻，老爷子还是捐弃了前嫌，没忘这个老兵，而且还要任命他个正职。（老爷子后来得知，于书田待赵长泰的几个孩子特别好。这也使他消了不少气。）

“是给渭贞当开车的小伙计，还是到我这儿当机耕队长？”老爷子问道。

“你让我考虑考虑……”于书田喘了口气，答道。他俩的关系今天到这一步，老爷子还能待他这样，这是他万万想不到，也是根本不敢想的。他心里一热，暗自叫道：分场长啊分场长，你到底是我的老首长啊！但老实巴交的他，总觉得这顶“队长”帽子得来太容易了。上南山捡蘑菇，还得弯弯腰，他这顶“帽子”可是连腰都没弯一哈，就到手了。它来得正吗？他怀疑……

“你他娘的真是个榆木疙瘩，快吱声呀！”先来开会的班组长们，哄他。

“我再考虑考虑……”他喃喃道。

“咋恁难？老娘们儿上产床生娃娃呢？”老爷子挖苦道。

“要回去请示渭贞娘子吧！”有人揶揄道。

“商量商量也没啥嘛。”他脸红起，为自己辩解。

“那么，我今天，到了是宣布你还是不宣布你？”老爷子不耐烦了。他张开胳膊，由着桂荣在给他穿钢甲背心。桂荣一夜没睡好，眼泡虚肿。

“那就……先别宣布我了吧。”于书田格棱棱，巴巴吃吃，憋出这么一句。

在场的人都一怔。真有你于书田这号傻鸟！老爷子也一怔，以为自己听错了，推开桂荣，直走到于书田面前，问：“你再说一遍。”于书田倒吸口凉气：“还是先别宣布我吧。”

“你于书田……真有一手！”老爷子咬着牙，憋半天，冒出这一句。“开会。人咋没到齐？叫你们去集合人，人都死绝了？”老爷子显然把对于书田的不满、愠恼，都撒到徐到里、淡见三头上来了。徐到里刚去分场各角落里催了一圈，但窗户外头，稀稀落落依然只到了不足三分之一的人。

徐到里不无为难地看看于书田，吞吞吐吐半天，终于说道：“书田，你跟见三一块儿去看看吧，有不少人都在你家里呢……”

“我家？”于书田一怔。

“好像也在开会呢……”

“于书田，你也找人开会呢？”老爷子一下光火了，“你也跟我太过不去了。你要找人开会，什么时间不成，非得在这裉节儿上跟我唱对台？”

“我没……”于书田急白了脸。他离开家时，他那两大间地窝子里还根本没旁人，他也没约过谁。他于书田干吗要找人开会，他算老儿？

“到底咋回子事？”老爷子厉声问道。

这时心里尤其焦躁的还有一个人，便是淡见三。刚才听徐到里让于书田跟他一起去于书田家里去看看，他就意识到那一伙人中间，肯定有齐景芳。徐到里只是照顾他的面子，才这么点而不破地提了半句。老爷子已经让他往外“赶”齐景芳，赶了几次了。老爷子也亲自找她谈过，叫她别和那些新生员女人搅和在一起。国营农场到底咋弄，恐怕谁也还说不上个准头呢！别赶时髦！齐景芳嘴头上答应走，可就是不走。连土产门市部经理捎信来催她走，她也不走。她觉得她肩上担着那十几个女人的“身家性命”。货栈办砸锅了，还不起借李裕和银行的那万把块钱，她还真得找十几条绳子来供她们上吊呢！想想，心里也发虚。这几天，她吃不好、睡不好，还得在渭贞和那些女人们面前充好佬。她倒是想得到老爷子的支持，想：老爷子过去待她不错，兴许还能扶助她。所以，即便发觉老爷子的态度也已冷淡下来，她还是强作不知，常到大房子里去搭讪。她希望能帮这些娘们儿一把，平安地过了这一关。淡见三那天，把她“诓”到办公室，一方面，自然是想跟她亲热一回，给那些老挖苦他的老伙计们看看，另一方面，也是想劝她趁早回场部算了，别再在这达给他惹事添乱。那天，他差不多把她的内衣都扯烂了。她紧紧地捂着自己的胸部，愤恨得都快上不来气，一口紧似一口地对淡见三说：“好你个淡见三……你……你要我把你当个畜生……当那个最早欺侮过我的那个姓黄的混蛋……那你今天就来横的！你以后就给我滚远点！别想再碰我。婊子养的才跟你去登记！你……你……你听到没有！你起开！”淡见三泄了气，到了还是松开了她，恼怒地把几乎已经精赤着身子的齐景芳撂在办公室里，在窗外那些老伙计的起哄声中，忿忿地走了……

他真担心她这会儿，也在于书田家里……

一点没错，齐景芳在于书田家里。一点没错，于书田家里满满登登挤着一屋子人。说起来，还真叫人不敢相信，这把火还是撅里乔这老家伙点起来的。今天一大早，老瘸赶着个毛驴车到桑那镇上拉“六六六”药粉，那是准备过些天给羊群洗药浴净身打虫子用的。到镇上，正赶上到邮车。邮车昨儿个歇庙儿沟兵站，今天就到得早，邮车前围着不少人。这老小子平日爱凑热闹，尤其爱往女人堆里挤。今天邮车到得恁早，女人们在家忙早饭，邮车跟前偏没一个女人。他本不打算多待，便死乞白赖，从跟车的老邮递员荷包里挖了一把上好的一级莫合烟，撕块报纸包上，揣兜里，就想去镇西头土围墙里头的班车站，搬那早卸下十来天了的几袋“六六六”粉。他刚转身，老邮递员在后头紧着叫他。他一起先还当是那老家伙追着讨他多半年前借的那五块钱呢，便装着没听见，一个劲儿只往前快走。老邮递员赶上来，拍了他一巴掌，他还装着趺趺撞撞快倒了似的，趔趄到街边（所谓街，也就是几十米长的一条被土房子们围着的土路），扶住矮墙，回头来冲着老邮递员傻笑，故意做出一副可怜样。没想老邮递员没跟他提那五块钱的事，却交给他一封秦嘉捎给齐景芳的信。老小子早馋齐景芳那“骚娘”的“风流”，但碍于她是淡见三的人，从不敢跟齐景芳来点邪的。今天捏着她的信，他心痒痒了。左摸右摸，躲到那满是苍蝇的厕所边上，小心地拆开来看，想找些女人间私下的悄悄话。没有。倒是看到了另一档子同样叫他心惊肉跳的事。秦嘉告诉齐景芳，最近场党委开了扩大会，那承包方案被正式确定，不日下发。

据说，各家各户住的土房，以后都要折价卖给个人。过去盖那房子，用的是公家的时间嘛！场里还想从这里收上些头寸来。一时掏不出现大洋的，该着，以后慢慢拨还，还说了那方案上的许多具体规定。信看了就看了吧，别嚷嚷了。不，他沉不住气。他一算账，按那方案包，谁也难把自己的工资赚回来。“你他妈的场部弄那一大摊非生产人员，养那些演出队、警卫队、小车班。招待所还东小院西小院呢！这一两个月又拼命把向着你们的‘自己人’提恁一大批，让他们捧住了铁饭碗，来砸我们的啊？还想从大伙住烂了的泥巴房子上来拆头寸！那叫房子吗？就算是房子，也是我自己打的土坯，自己砍的檩条椽子，早晚突击盖起的。当年不也是你们领着学大寨，嚷那‘先治坡后治窝’，盖住房哪占用过一点正式工时？今天还要让我们掏钱赎自己的汗水。操！赚外国人的，那才叫本事！你们这算啥呀！操！我说的，句句都是实话，谁要不信，找淡见三那口子问去。信是我亲眼见的，板上钉钉子，铁准！”他嘴角泛着白沫，一肩高一肩低，拖着那条瘸腿，像条快要倒下的疯狗似的，在院子里漫转着，连自己也不知到底想往哪儿去，一句一个“操”的，声嘶力竭地嚷嚷。人们便涌向于书田家，因为齐景芳住那儿。

老爷子带淡见三、徐到里直奔于书田家。“老瘸，你要什么疯病？你见那信了？”老爷子一进屋，便问。

“你去问淡见三那口子！”撅里乔今天也豁上了。他心想：今后反正承包了。谁管谁呀！凭自己一锤子买卖挣钱活着，我凛你个鸟！

“有那信吗？”老爷子立马掉转身问齐景芳。淡见三急得跟热锅边上的蚂蚁，直给齐景芳使眼色。齐景芳这时好不为难，她知道说出信，便把事扯到了秦嘉身上，再让人去追查秦嘉，她不干；说出信，也会叫老爷子当场下不来台。老爷子是料准了齐景芳不会偏袒老瘸，怎么也要护着他这边，才会在众人眼前这么跟她对质。老爷子不能让老瘸恁狂蛮，要不，这骆驼圈子以后还咋治？更乱得没法收拾了。但这样，对齐景芳来说，可真是出了茶馆又进澡堂——里外挨涮。说假话吧，对不住在场恁些眼巴巴瞅着她的伙计们。说真话吧，得罪了老爷子，也了不得。渭贞嫂那一大摊子事，那十几个女人，节骨眼上还得要老爷子帮衬着才行……（她已经感到在眼面前这么个变动中，只靠她，是救不了她们的）。左右权衡，她决定得先顺着老爷子来。她看了一眼老瘸，看了一眼大伙，这么回答老爷子："信倒是收到一封，是老瘸给我捎来的。胡扯八扯了些女人家的事，没说别的……"老瘸一听，齐景芳这不是想瞒天过海，不肯出来作证吗？他慌了。他叫道："我倒是想看看女人家的事呢！信上有吗？信上到了说那承包的事没有？"

"说了承包的事了吗？不记得了。这不是，还没发文件，秦嘉她哪会知道恁多？"齐景芳摊摊双手，说道。

撅里乔真急了，拨开众人，冲到齐景芳面前，眯细着眼，冷笑道："景芳妹子，您没顾得上细看，麻烦您这会儿细看看，我求您了。你们的男人一个个都在编脱产，'旱涝保收'，我们可都灰孙子判了'无期'。您这么着，是想叫分场长派人把我那一只脚后跟上的筋也剁了？你拍拍胸口，说句良心话，我老瘸今天，有半句瞎话没有？"

"我想你是记错了……"齐景芳侧转身去，躲开他满嘴的烟油臭。

“信呢？请你拿信出来。”撅里乔不想让齐景芳躲他，便转到她跟前追着问。

“那信没啥意思。看完了，随手一团，撂火炉里了。”她的话音还没落地，老瘸就蹦了起来：“老姑奶奶，你真想要我的命啊！”他的脸色一下煞白了，上前一把就想揪齐景芳的领口，跳着脚骂道：“好你个小婊子养的……”

“捆上！”在一边早听着不耐烦的老爷子下令了，“造谣生事。破坏改革……”

立马，几条大汉把撅里乔掀翻在地，跟捏水饺似的，把他腿脚胳膊给拧一块，用根羊毛绳拴上了。

“我操……我操你们祖宗八代！”老瘸在地上乱滚乱骂。

小土包上孤单单有间直筒子房。高高的房身，平塌塌的房顶，像个老和尚帽，房顶上还搭了个瞭望棚。几张破席片被风刮得像黑老鸹的翅膀，在空中扑扇扑扇，那就是分场的禁闭室。不用它，也真有些年头了。

老瘸被关到禁闭室里，一路上他骂个没歇嘴。

这一刻，在韩天有家里也聚集着三四十人，他们全是新生员和他们的家属，清一色。

“天有，你死活给大伙吭个气。你是咱这一伙子里，混得最得法的，在老爷子跟前多少能说上句话。你给咱们拿个主意。这么个承包法，把咱们全剁细了烙成肉饼，也不够喂那些‘旱涝保收’的。咱们他娘的一家老小都去喝狼血？”二贵跳出来吼道。他是那年因为赌博，给判了二年零六个月。新生后，分到此地直到如今。

天有圪蹴在屋檐下的墙根前，两手搂紧着自己的脑袋，眼角结着眼糊，直愣着，一声不吭。近期内，老爷子提了恁些人起来，没提他。他知道，这不是疏忽，不是遗漏，不是无意。他现在知道，自己是提不起来的。累死累活，他这辈子当个大车班班长是封顶了。过去他也并不是没预感，但他不时这么企望、也这么安慰自己：老爷子跟别人不一样。我只要干得好，对得起所有的人，听话，老爷子会让我进他身边那个圈子的。天有是多么希望有朝一日能和那些“战友们”平起平坐，放开了声气谈笑。我也曾穿破过两套军装呀！也曾挂过领章帽徽！但一次又一次宣布名单，都没有他，老爷子根本不找他谈。他也不好去问老爷子。咋问？他韩天有能开那个口吗？一直到听说老爷子连于书田都想到了，都没落下，他顶不住了，他病了。这些年，他不能比淡见三，不能比老徐，不能比关敬春，但终于把子书田比下去了。他暗自庆幸过。但末了却……却……还是有他于书田没我韩天有……

二贵推推他：“大伙儿问你呢！”

他吼起来：“别问我！我他娘的除了照捅我的马屁股眼，屌事不管！喝狼血又咋啦？我韩天有到时候连人血也敢喝！”他双脚一蹦多高，眼睛里布满了血丝，干裂的嘴唇倒卷着黑皮。那铁耙子一样精干瘦硬的大手，把大腿拍得山响。

“去问问嘛。上边兴许没让他们这么干……”

“就是抽头，也不能抽恁些恁狠……”

“咱们是去问问，闹个明白。要真是上头叫他们那么规定下来的，咱也就死心塌地了……”

几十个人低声地一起嗡嗡……

“问？你们都头一天到羊马河？头一天断奶？要我再找个奶头给你们嘬嘬？问了又咋的？上边没让他们这么干，他们偏干了，你又能咋的？除了宪法不敢改，他们什么没改过？你们他娘的光知道围着我嗡嗡，叫我围谁去？”韩天有一发收不住地吼着，泪珠吧嗒吧嗒摔到让太阳烤焦的地面上，吱吱地生响，冒烟。

几十号人蔫了，不做声了。

等人散尽之后，韩天有却披着个破棉袄壳子，去找老爷子了。

“啥事？”老爷子颔首指指长桌那头的椅子，叫他坐。

韩天有瞅瞅在老爷子近边坐着的谢平和齐景芳，大嘴张了张，半天，憋出一句：“我等会儿吧……”

“有事，你先说。”老爷子说道。

“我……身子骨不行了……带不了大车班了……”说着，一低头，泪水潸潸地直往下淌。

“我知道，委屈你了，得罪你了……”老爷子叹道。

“不是……不是……”他忙抬头解释，一注苦涩的泪水却淌进嘴角。

“天有，但凡我有这权限提你，我能不提你吗？”老爷子恳切地说道，“我这分场长也不是想干啥就能干啥的啊！我不就是个分场长吗？谁让你有那么顶‘帽子’的呢？”老爷子说真心话了。

韩天有只得垂下头去。

“你能不能别再给我添乱了？你觉着分场里这两天还不够乱乎的？还得你来再凑把火？”老爷子继续叹道。

“不是……我身子骨实在不中了……”

这时，徐到里匆匆进屋来，脸色发灰，平时不那么显眼的几颗麻斑，都凸突地加深了颜色。他瞟睃着在场的几个人，附到老爷子耳根上，背过身去紧张地说道：“有几个人闹着要给老瘸送吃的。”“谁们？”老爷子一惊。关禁闭，分场里管着吃喝。他们要送吃的，想干啥哩？他推开窗看去，小土包上不止“几个”，黑压压一片，吵吵嚷嚷，还威胁着要砸锁撬门，要“揪出”淡见三那婊子养的女人对证。

“别砸、别砸……”内心谋虑老辣的撅里乔在门里边着急地叫着。他知道，一砸锁，这事的性质就过杠杠了。砸锁的人倒了霉，一跤栽过那“半步桥”，他也得跟着进“鬼门关”。他几乎要把拳头擂烂了，也制不住外边那群人。

韩天有跑了出来。“别……别……”他大口大口喘着气，脸色焦黄。跑上高包那最后十来步，差不多是连滚带爬冲过去的。他扒拉开人群，一头攮到禁闭室门板上，护住那门锁，嘶哑着叫道：“你们一回新生员没做够，还想回炉做第二回？谁他娘的要砸锁，我要他的命！”

人们垂下了头。带铁杠来的，往后退去，女人们跑来哭着叫着骂鲁莽的男人，孩子抱着腿往回拽爸爸，人群终于散去。韩天有慢慢瘫倒在直筒子屋门前的沙地上，这时他听见老瘸在门板后边的地上，凑近门缝，一个劲儿地叨叨着：“韩班长……天有老弟……多亏你啦……要没有你，咱们这一伙今天全完蛋了……多亏你啦……你可救了我啦……那帮子没心眼的家伙，脑袋全他娘的长到胯巴裆里去了……我谢谢你了……”说着说着，这个无赖，这头“瘸驴”，竟跪倒在门槛那边，趴在地上，呜呜啦啦禁不住地哭将起来。

不一会儿工夫，分场里的人都听见发电机房轰轰地响了，又看见淡见三、徐到里爬到房顶上摆弄天线。他们知道分场要向上边发电报，报告“骆驼圈子分场新生员闹事”(从“文革”后，总场就给骆驼圈子发了这设备)。他们的心一下像坠了铅块沉到天池底里去了一般。不到天黑，家家户户便关紧了门，都呆坐着，没几根烟囱冒烟见火星，也没几家点灯，整个骆驼圈子仿佛都在等待一场预告的“大地震”。没过多大一会儿工夫，整个分场部便被从阿依敦格尔台地背后慢慢漫过来的浓重的夜色，严严实实地吞没了……

27

我寻找过地平线，没想到它就在我脚下……

老爷子早料到那帮子人末了会死活来找齐景芳对质，还要找谢平打听口里搞承包的情况。待韩天有往外一跑，他就让他俩躲一躲。他也追问齐景芳：“你那信呢?”齐景芳稍稍犹豫了一下，答道：“真烧了。”老爷子虎起眼珠子，一错也不错地瞪住她半天，才说道：“真烧了就好。”

谢平和齐景芳到桂耀那个满处堆着书和剪报资料、乱扔着盒式录音磁带的小房间里待了个把小时，都没敢点灯，耳闻着外边嘈杂鼎沸的人声渐趋平息，便想出去。老爷子不让，他说：“等场里回了电报，对这事有了明确处理意见之后，再出去。”

又熬过个把小时，仍不见场里回电。齐景芳待不住了，黑暗中，她疲软地搀住谢平，悄悄对他说："走，要憋死人了，带我到野地里走走。"

月亮刚从扎扎木台高包顶上那个破羊圈窝棚背后升起，弯弯地悬挂在黑蓝得那般清冽的天顶上。他们向西，走到槽子地里。地里净是一堆堆还没来得及撒开的厩肥，夜晚，清新湿润而又甜滋滋的空气里，散布着淳厚的干马粪气味，叫人心神一净。老苜蓿地里进水了，一片一片，在月光下黝黝发亮。不发亮的便是苜蓿丛，是上不去水的老碱包。他俩没进苜蓿地，在地头一个隆起的芨芨草地上坐了下来。

"你真把信烧了？"谢平问道。

"你总算开口了，我以为你这一辈子就不再过问我们骆驼圈子的事了呢。"齐景芳叹口气笑嗔道。她胸口里有些隐痛，一扎一扎。

"骆驼圈子是我的。"谢平闷闷地答道，狠狠地拔了根干黄干硬的芨芨草在手里折着。他理解她当场瞒起那信的难处，但总又觉得这么做太对不起那些老伙计。他们没错，他这样想。这一天多里，所见所闻使他震动。他没想到渭贞嫂能带起这班子女人办货栈，抢在县长的大公子刘延军前，跟霍尔果茨克那边把生意做上了。没想到撅里乔这老混蛋还能干这种人事儿，又有恁些老伙计会不顾一切冲上小高包，壮起胆为平日最讨厌的老瘸说句公平话……骆驼圈子在变，那些最不起眼的人，在变。他真高兴，真感慨。他真动摇了、犹豫了：回骆驼圈子吧，哪儿也甭去了。渭贞嫂、老瘸、于书田、韩天有……他们都会需要我的。就是老爷子，也会明白，谢平在这情势里，绝不可能也绝不会甘心就那样一辈子。谢平也要变，会变得更好、真正能干起来……骆驼圈子，你要真变了，那该多好……他心里轻轻地呼唤着。

齐景芳见他依然不做声，以为他是为她拿那信瞒了众人，看不起她，不想跟她说话，便红起眼圈，叹了口气，慢慢低下头去。老瘸给关起来之后，齐景芳不无尴尬。她在于书田家的空屋里，独自呆站了好大一会儿，淡见三让见习兽医小范把她叫去了。

淡见三在自己的卧室里等着她，和宏宏在一块儿搭积木。淡见三喜欢孩子，他在宏宏身上花了不少钱。

“什么事?”她问淡见三。她站定在门口，没往里去，从被诓过那一回，她处处小心着他。

淡见三把宏宏搂到怀里，用他那漂亮的光净的略有些向上翘起的下巴，轻轻摩挲着宏宏柔软的额发，盯住她的眼睛，说道：“老爷子让我再跟你说一遍，赶紧带宏宏回场部去。这一两个月里，再别来了。”

“我的事没完……”

“得了！你以为抓个老瘸这事儿就打住了？下一步可能还得抓二贵……”

“还抓谁?”

“你要不走，那没准，再下一个就是你。”

“我今天可护了他老爷子，昧着良心护了他!”齐景芳冷冷地说道。

“你功劳还怪大哩！没有你起头搞那贸易货栈，骆驼圈子人不会恁不老实！到时候，按总场的规定把畜群往下一分……”

“是嘛。你们这一拨提了干的就松快了，坐等着人家来给你们交‘租’吧。可你替别人想过没有？叫他们怎么背得起你们这么多脱产吃干饭的?”

“大佛三百五，各有成佛路，你叫我又能咋办？咱们别跟老爷子过不去，就行了……”

“我没跟谁过不去。可谁要真跟我过不去，我就把秦嘉的信亮出去。跟大伙说，撅里乔根本没错，我看你们还抓谁！”

“信你没烧？”淡见三吃惊了。他忙放下宏宏。

“我恁傻？”

“把信给我。”淡见三站了起来。

“休想！”齐景芳去穿鞋。

“给我！”淡见三扭歪了脸，低沉地吼道。他用力一拨拉，虚弱的齐景芳一个踉跄，手里的鞋早朝天花板上飞去，人连连倒退了好几步，后腰嗵的一声撞在新做的还没来得及上漆的高低柜柜角上。那一阵钻心的疼痛，叫她几乎闭过气去。她摇晃了两下，要不是一手紧着戳住眼前一把椅背，她真要整个儿一段木桩似的栽倒那儿了。

“妈妈、妈妈……”宏宏哭着扑了过来，把木的“城堡”撞一地，自己也绊倒了。淡见三忙去抱他。齐景芳挣扎着扑过去，推开淡见三，叫道：“不许你碰我儿子！”

“撞哪儿了！我他娘的手是重……”淡见三见齐景芳疼得连着几口气都喘不上来，即刻间脸色青白，也慌了神。除了爱她疼她那些时候，平素他还真没在她身上下过恁重的手。齐景芳再次推开淡见三来搀扶她的手，拉着宏宏，挣扎着向门口走去。淡见三摁住门，不让她走。

“原谅我……”他低声说。

齐景芳不理他。

“我知道，你从来就没有真正喜欢过我。可我……我可以当着任何人的面这么说，自从跟你好上以后，我再没碰过其他女人一根手指……你觉得我们这些在骆驼圈子的都不是个玩意儿！可你听着，你要替我、替老爷子想想。你不要瞧不起我们。让你在骆驼圈子待二十年，你也要变成那样……二十年……你懂得什么叫二十年吗？而且我还要待下去，我得待下去！”淡见三一口气说了那么多，总算把这些日子积在自己心里的委屈、恼恨，一起喷发了出来。而后，他关照她：“不要说我事先没警告过你。总场就怕下边借着承包闹独立，正在四处想找个典型处理处理。你要在总场没下最后决心处置老瘸和二贵他们之前，亮出秦嘉那信，叫场里和老爷子都下不了台，别怪老爷子和我翻脸不认人。你要往这热火头上凑，那是你自找。我护不了你，老爷子到时候也护不了你！’说着，他便跑了出去。待齐景芳抱着宏宏一步一挪也走到台阶上来，看见他，用肩膀头抵住被西晒的太阳烘热的干裂的木柱，在阴影里低垂着头，那黑色的额发遮去鹰似的眼睛，牙齿咬得铁紧，恨不得把这根在高包上戳立了几十年的木柱打断了才了结。他那生牛皮似的脸颊上掠过一阵阵抽搐……浑身绷紧的骨节，也在发出喀吧喀吧的声音……

月亮大得像牛车轱辘，红得像个快烧化的石磨，向中天浮去。

齐景芳把手探进衬衣袋，窸窸窣窣地掏了一阵，掏出那封信，交给谢平。“你也看看。除了老瘸和我自己，得再有个人知道确有过这么封信……”

“我来替你保存这封信……”

“你别再掺进来。”齐景芳去夺信，手被谢平摁住了。他觉得她手冰凉，身子在微微地战栗着。“冷？”他问。她摇摇头。他脱下外衣，让她裹上。她却把脸埋在衣服上那股浓烈的男人气息里，静静地哭了。她说："谢平……货栈要砸了锅，我怎么对得起那十几家老小……"

"哪会！"谢平安慰道。

"我真累了……十几年……我再撑不住了……"她咬住谢平的肩头，抑制住一阵阵越发难以抑制的呜咽。

这时有人弯着腰向这边找来，还在轻轻地叫着"景芳妹子……景芳……"他们听出是渭贞嫂。齐景芳应了声，想上前去迎。没待起身，后腰上一阵剧疼，她便扑通一声跪了下来。

"你咋了？"谢平去扶她。渭贞也同时闻声趟着齐膝盖深的草，扑了过来。

"我没事。你咋了？"齐景芳靠着谢平有力的依托，咬着牙，忍住疼，站了起来，忙问。

"咱们的车……"话还没出口，渭贞的眼泪就止不住地滴落下来。

"车咋了？"齐景芳惊问。

"也不知道李裕跟秦嘉在场部听说了啥，他俩把我们的车扣下了。景芳妹子，你们的秦嘉不能这么做……我们借了钱，总要还的，把我们的车扣去了，再做不成生意，我们拿什么还这债？一万多啊！"

"谁说车被扣了？"齐景芳的腰也不疼了，只感到身上一阵阵虚冷。

"开车的玉柱回来了。他说，李裕夫妻俩看场部下那新精神，估摸咱这货栈以后没多大油水可赚，怕我们再还不起债，就把车扣下了……"

“秦嘉不是做这种事的人。”谢平说道。

齐景芳对渭贞说：“你替我看着宏宏，我这就回场部找他们。叫玉柱跟我一路去，我要开不回那车，我就死在她秦嘉门口！秦嘉……好你个狼心狗肺出尔反尔的秦嘉……”

“你冷静些。”谢平说道，“还是我去找秦嘉。也不用玉柱去，我自己就能把车开回来……”

“我自己去。我要找秦嘉，我要再好好地叫她一声，我的秦嘉姐……”齐景芳咬牙切齿地嚷道。

“你的腰咋经得起一百多公里颠？”

“颠折了颠死了才好呢！省得再去看这不值得再看的世界了……”齐景芳一点都控制不住自己了，两颊泛着潮红，眼窝里辣辣地闪着干热的光。

“齐景芳！你自己在启龙镇咋跟我说的？”谢平恼火了，真想给她一个巴掌，叫她清醒清醒。

齐景芳低下头去，依偎在渭贞嫂的怀里抽泣去了。

“只许你在渭贞嫂面前这样嚷嚷！听到没有！如果你真心为那十几个嫂子大婶们着想，你得咬碎了牙根往自己肚里咽。你再哼哼、再抽抽我瞧瞧！站直了！没出息的窝囊废！”他一把把齐景芳从渭贞怀里拽了出来。他这么凶狠，连渭贞都害怕了。渭贞伸手要去劝阻，一抬头，却看见谢平那瞪大的眼睛角落里同样挂着两颗恁大恁圆的泪珠……

谢平整去了三天。到秦嘉家，是早起。从苇湖里吹来的微风，加重了这一片低洼地里的雾气，使李裕家大院那团团一周的板皮围墙，看起来益发显得灰暗凝重。院后身那些响叶杨默默地在雾里直挺着连成一片，像块板筑的高墙。他扒开板皮院墙的缝隙，看到那辆草绿色的卡车，车头上还蒙着一大块苫布。谢平没惊动大门口那四只狼狗，悄悄蹬住后院墙板，翻将进去，摸到车上，掏出玉柱给的车钥匙，开开电门，试试车。见一切完好，他便在点着支烟后，这才突然开亮前车大灯，揿响喇叭，他这是故意的。车，他今天是肯定要开它走的，但他要看看秦嘉的态度。他不能相信，他当年的“中队副”，自己一直当大姐看待的秦嘉，会把自己的钱看得比那十几个女人的身家性命还紧要，他不愿意相信真是秦嘉让人扣的这辆车。如果秦嘉真是这态度，今儿个，他要开起车，撞倒了她李家大院的板皮围墙，教训教训她……跟料想的一样，先跑出来的是秦嘉。她抬起胳膊躲过那刺眼的光柱，跳上驾驶室踏板，扒住车门，很紧张地透过车窗玻璃朝里张望了一下。谢平在暗处，瞪住她，看她能说啥。那年，在火车上，他们几个中队干部安排了大家睡下（女生睡在座位上，男生钻到座位底下地板上），已经累得话都说不响了（从早嚷到晚，时时得带头唱歌）。中队委们在车门外的空地上倒下，这已经是第四个夜晚。车过尾垭，早进入新疆境内。一天来，车窗外净是一望无际的焦青、黑褐、赤红的大戈壁，没半点人影。听到列车疾驶中不断发出的“空空”声，秦嘉突然坐起，问大伙：“列宁会不会感到寂寞？”她的问题，把大家吸引住了，都把愣怔的目光从车外掉转回来。大家争了半天，结论是：列宁任何时候也不会感到寂寞。大家问她：你怎么想的。这问题是你提出来的，你自己的答案是什么？她没回答，只说了句：“也许吧……”现在，十四年过去了，谢平今天要重新来问问她，你这么对待那十几个女人，会让列宁感到寂寞，感到伤心吗？……总有半分多钟时间，秦嘉紧着朝驾驶楼里瞅。她看不清里边黑咕隆咚坐的到底是谁，后来看清了，她惊喜地连连砸着车窗。但叫谢平奇怪的是，她却对谢平叫了声：“你咋才来？”好像她早盼着骆驼圈子方面该来个人把这辆车弄回去似的。她没再顾得上说别的，慌慌地跳下车，去用力推开院后一个不为常人注目的大木门，指着门外渐渐灰白起来的旷野，连连跺着脚叫道：“快走。快从这门里走……”谢平愣怔住了，她这是干啥？在唱哪一出“失空斩”？

“快走呀……”秦嘉叫道。她是消瘦了，慌忙中穿起的大衣，只顾得上扣起两粒扣子。下边还露着半截贴身穿的毛线裤，光脚趿着拖鞋，头发蓬松着。由于谢平迟迟没启动车，她脸都急黄了。但等谢平明白过一点什么来，却又晚了。李裕跟他的三个粗壮的儿子一头朝大衣袖管里伸着胳膊，一头已经跑出来围住了车头。谢平索性关掉车灯，悠悠地把烟头吸得吱吱的亮。李裕先不跟谢平搭话，先过去把死死把住大门的秦嘉扳倒，让三个儿子轰隆关上木门，这才拍拍手上的灰土，慢慢地迈动两条又短又粗的腿，向谢平走来。他那三个儿子同时摁亮了三支手电，交叉照住驾驶楼。

“把秦嘉姐给我搀起来！”谢平摇下车窗，冲他们吼了声。他见李裕只是干笑，不答理他，便一咬牙，轰起油门，一松离合器，让车朝李裕冲去。倒是把秦嘉吓着了，她从地下跳起，扑到车前头，叫着：“谢平，别胡来。”谢平赶忙急煞车。李裕在连连后退几步后，也冲谢平嚷嚷：“你活腻味了？干啥呢？”那边继后跑出来的三个儿媳慌忙上来给秦嘉拍身上的土。秦嘉推开她们，又去打开木门，冲着谢平叫道：“你走。这家有我的一半，今天我非得做了这车的主！”而后又转过身来骂李裕：“说一千道一万，你是那些年蹲看守所蹲怕了。政策还没变嘛，上头还允许承包嘛。就是变了，我们也得替那十几个女人想着点，不能做那绝子绝孙的事。你这么着，叫我咋在人前做人嘛！”她叫得那么响，得亏四周空旷、偏僻、寂静……

喔，原来是这样！秦嘉，列宁是不会寂寞的，他老人家不会伤心……

谢平心里一热。

谢平这时下得车来，摔上车门，慢慢走到李裕跟前说道：“看来，在这件事情上，是你不是东西了。跟你，我只有一句话：我瞧不起你！在这么个时候，给十几个无依无靠的女人落井下石，你李裕他娘的真有两下啊！跟你说，这种事，连替你把门的公狗都做不出来呢……”

李裕却寡淡地一笑：“骂够了？”

谢平冷笑道：“骂你？我还嫌臭了我的嘴！”

李裕回头对呆站在远处的儿子和儿媳喊着：“弄桶水来，给你小谢叔叔清清嘴。他好像是没顾得上做点清洁工作，就上这达撒野来了。”而后，他干笑着回过头来，对谢平说：“我真替你可惜。恁些年，咋就没点长进呢？还那点水平！翻墙板，骂山门，痛快！这就救了你那十几个‘无依无靠’的女人了？赵长泰那时咋会看中你的？呸！”继而，又回头去说秦嘉：“我懒得再在儿子儿媳面前说你了！归了齐，你人嫁给我了，心还掖在你自己裤腰带上，你到了还是信不过我这大老粗。你们就知道一条道直着走，直着走，才是走道。可这世界上有过一条照直走，就能走通的道吗？你上茅厕不还得拐几拐吗？活着，不想头撞南墙，就得学会拐弯，绕着走！”他涨红了脸，激烈地挥动着他那又短又粗的发面团似的手。“我住在羊马河地面上，还有恁大个家当，我不能不把羊马河场部那帮人放在眼里。在这儿，他们说了算。就你们知道为那十来个女人着想？我就光顾自己？得罪了场部那一帮，他们随便找个碴儿，都能叫我李裕好瞧的。等我蹲了班房，我那公司里的人咋办？那是多少个‘十来个’？你以为场部那帮子人就真那么喜欢我了？真心给我安电话机？我脸白？万一地动山摇政策要真有个变，在羊马河头一个挨枪子儿的还是我！不会是你！也不会是你！这些道理上不得广播，可我跟你说过多少遍了！”

“多少遍不顶饭吃！你叫渭贞嫂她们咋办？”

“我过了关，才有她们！”李裕嚷嚷道，而后转过身来对谢平说，“现在只有这么办。你去福海找刘延军，叫他给我开个条，就说这车他买下了。然后，他愿意把车给谁，我就管不了啦，叫渭贞她们跟他挂钩。这小子早就想把脚伸进骆驼圈子去了，你们送上门去，他求之不得。他不尿羊马河场部那些人，他有本钱这么做，我没后台！没那么硬的辙！找他去吧……”

“你舍得就这么把骆驼圈子那货栈转到那姓刘的小子手上？”秦嘉问道。

“咋办？他们又不肯等。再不然，那十几个娘们儿寻死寻活，我更不得安生……”李裕横起眼白，扫了谢平一下。

“那咱们不就等于在刘延军跟前认输了？”李裕的三儿子迟疑地问道。

李裕干笑笑：“现在论输赢，还早吧。热油锅煎豆腐，得翻那么几翻哩！”他“喀吧”一声合上了他那又肥又厚的大嘴，背起手回屋去了。

秦嘉给谢平做了顿好饭。谢平对秦嘉说：“我错怪了你。”秦嘉不在意地笑笑："你不是已经叫过我'秦嘉姐'了吗？这就够了！"谢平不好意思地笑了。说真的，他跟秦嘉相处恁长时间，过去还真一直没叫过她一声"秦嘉姐"。秦嘉又问了些齐景芳的情况，赶着给齐景芳写了封信，交给谢平前，还特意拿胶水来，把信封封死了，不许谢平看。谢平说："恁保密？我都看不得？"秦嘉说："景芳要肯，回头让她自己跟你说。"

秦嘉亲自到油库给谢平找了辆路过桑那镇的便车，送谢平上车时，秦嘉的眼圈忽然红了，长叹口气对谢平说："还是得要有实力啊，空有一番好心是不行的。你明白我的意思吗？"

谢平默默地点了点头。回到骆驼圈子，他四处找不见齐景芳和渭贞，又不想去问淡见三。还是二贵告诉他，她们到槽子地那边的高包上割芨芨草去了。"割芨芨草？"谢平纳闷。"唉，想割出点钱来，还账……"二贵苦笑笑。"那玩意儿一斤才几分钱？""一分，也是钱嘛，就一分一分地还吧……"

谢平没心思跟他多说，便赶紧拖着又累又饿的身子，去寻那有女人们身影的槽子地高包了。

28

如果，白的真是雪，红的真是血，跳动的真是友爱，燃烧的真是真诚，太阳真的在当空，春天真的不老，那么，我该跪下来哭，还是该站起来笑？

渭贞猫着腰闷头往前割了十来米，不见身后有声，再一回头，才发现，一直割在她后头的齐景芳晕倒在地了。慌得她撂下镰刀，连滚带爬，抱住齐景芳，死劲拿指甲掐住人中，才见脸无半点血色的齐景芳抽抽着缓过一口游丝般细弱的气息。

“你干吗呢？这么糟蹋自己，不是跟我们姐儿几个过不去吗？”渭贞呜咽。齐景芳跟着连割了三天，一步也不肯离开这片芨芨草地。她也知道，即便把骆驼圈子四周荒野上所有的芨芨草都扎成笤帚卖了，也难以凑足一辆卡车的钱，这件事得慢慢儿地悠着点劲解决。但她还是不肯走，似乎只有跟那些嫂子婶子们一起累死在这芨芨草丛里，自己才过意得去……昨天，割到中午，她就流鼻血了。这大天四下，一片说深不深、说浅也不浅的硬草，连个遮荫凉的地都没有。渭贞用凉茶水蘸湿了毛巾，擦去她脸上嘴上的血迹，让姐妹们并排站着，用她们的身躯，挡住阳光，投下片阴凉，让景芳歇息了一会儿。今早起，都劝她别跟着来了，她不听，好赖算是熬过了大半天，这又晕倒了。

“我又带累你们……”齐景芳轻轻地抓住渭贞的手，难过地说道。

“闭嘴。”平时那么谨慎和木讷的渭贞，这会儿说得恁干脆利落。

“渭贞嫂，这么一折腾，你又不能好好地操办自己的婚事了……”齐景芳不无愧疚地说。

“还想那？咋办不都是个办？再不成，把两个枕头往一处一合，这事儿不也办了吗？都是二婚头，俏个啥！原说好好办一场，是想跟老爷子憋口气！憋不成，就不憋了呗。”渭贞笑道。渭贞越发做得大大咧咧，越发叫齐景芳觉出，是装出来安慰她，好叫她心里轻快些。想到这儿，齐景芳心里反而一阵酸热，挣扎着起来，要去寻她的镰刀。

渭贞抱住了她，她也抱住了渭贞。

月亮当顶了。

女人们一个个弓着腰朝高包上走来，像野地里的一群野牛。

“收工吧。”渭贞说。

齐景芳说：“我歇过一气，你让我再割两捆。”

渭贞说：“你不走，谁肯走？”

齐景芳说：“你就让我再割两捆，让我再割点……”

渭贞说：“景芳妹子，你要管住点自己，你不能这样，你是咱这一伙的主心骨。天没坍下来……至于这会儿就要这么糟践自己？”

齐景芳跪下来呜咽道：“渭贞嫂，我管不住自己了……这是为什么呀！他们干吗不让我们干？我们招谁惹谁了？我们害谁坑谁了？我们没有，我们没有呀！……”

谁都不做声。

齐景芳慢慢抬起头：“你们走吧。我自己待一会儿……谢平也该回来了。这儿离公路近，我在这儿再等等他……”

女人们正想劝她几句，她往高包下赶她们。远处有来回拉苜蓿草的车开过。渭贞还叮嘱了一句：“别往草堆跟前去。当心那车压住你。”

高包上只剩下了她自己。她扔掉镰刀，慢慢屈起一条腿，在地上坐了下来。腰眼上的撞疼越发剧烈，刚才，没割多大一会儿，她就弯不下腰了，她一直是跪着割的……她捶了捶腰，又揉过红肿的膝盖，去草窝里找镰刀。重新挨着镰刀把，才感到手掌心像是从油锅里捞出来似的，火辣火辣，大约是在前两天破了皮的血泡旁边，又磨出新的血泡来了。

这时，她听见有人朝高包上走来。她直起身子去看，却被草挡住了。她忘记自己是坐着的，草高过她头，而且恁密。

“齐景芳——”那人大声叫道。是谢平。她忙挣扎想站起，腰却好似浇铸了铁水那般死沉，僵硬。稍稍的扭动，都能叫她疼得直冒冷汗，一个趔趄，差点又摔倒在高包上。

“见秦嘉了吗?”她急急地朝他伸出手去，半条身子还在地上瘫着。

“你咋还不收工?”他强硬地问道，并来抱她。他在来的路上遇到渭贞嫂她们，听说了她的情况。

“别管我，别管我……”她扭动，推搡，呻吟，却没半点力气。他抱起她向高包下走去。她不无失望地呜咽道：“别管我，我不要你们管……”

他站住了，喘气。她稍稍离开点他的肩头，赌气似的扭过脸，呆呆地看着高包另一侧的苜蓿地。夜色朦胧，苜蓿垛发黑。过了好大一会儿，她觉得他呼吸一直是那么沉重。“让我到苜蓿垛上躺会儿……”她觉得他的目光温和下来。

他在地中间找到一堆并不那么太高又有足够厚度的草垛，替她把“枕头”絮得高高的。

“车咋了……”她小心翼翼地重提话头。

他把情况简略地谈了谈。

“那么……你什么时候去福海?”她问。

他不做声。

她闭上了眼睛，她也不想再谈它……

他替她捡去额发上的一枝草根，她忽然抱住他的那只大手，呜呜地啜泣起来：“你带我到启龙镇去吧……我给你看老宅、做饭……我们在一起……你别撂下我，我……真累了……”他把她搂到怀里，说：“从你离开启龙镇，我发誓再不许自己说‘累了’。你也答应我，再不说‘累了’。不管怎么样，咱们都得咬住牙关干下去……别管别人怎么说我们，怎么看我们！”他捧起齐景芳的脸。柔软、散乱的短发，跟她的泪水一样冰凉，滑腻。他擦去她的泪水。她突然抬起了头，伸手搂住他的脖颈，轻轻地问：“你还觉得我这人坏吗？”谢平没让她说下去，把她贴住自己的颈窝，她那滚烫的泪水便不断地从他颈窝里淌出。他轻轻地抚摸着她的头。当他抚摸到她灰白的唇角边时，她战栗了一下，像婴儿触及母亲的乳房似的，马上侧过脸亲着他的手，并把脸整个埋进他硕大发烫的手掌心里，他身上烧热起来。她越发勾紧了他的脖颈，要把身子挪到他也快躺平了的腿上。她不住地呓语般地嗫嚅道：“谢平……谢平……谢平……”谢平从来没有像这一刻那样，觉得自己完全变成了一团能照亮一切的圣火，去接受一个人的生命，并把自己的生命交给她。他从来没有这么忘我，那么强烈地想融进怀中这股暖流里去。他要跟她一起御风飞向太阳，一起乘一艘宽底平头的木船，任凭缆绳断了，浪又高高托起它们……任凭信天翁和海鸥在云际线的附近那样的盘旋，任凭一无所有的他们必须去面对浩瀚的无穷无尽……他们也将手拉着手，肩并着肩，像图腾时代由原始人刻出的两根虔诚的神灵的木柱：没有开始，没有结束，每一刻都是永恒，每一点都是全部。不是两个，只是一个。不是一个，永远是无数……屹立……生存……这里有“自己”，有“宇宙”，有“太阳”，有“洁白的雪地”，有一堆火……圣火……

他觉得她忽然从他臂弯里滑落到草垛上了，一只很旧的丁字皮鞋也从她脚上滑脱下来，掉在草垛下边。她那样柔软地蜷侧着身子，弯曲着丰腴浑圆的腿和腰。她把脸埋在了鲜嫩芳香的草叶和草梗里，又像溺水的小姑娘那样，伸着一只手，紧紧地抓住谢平的膝盖，抓住他的腿，哆嗦着。他没再去想，他不愿再去想，便搂过她来，向她俯下身去……帮她脱去了另一只皮鞋……不知所措地吻着、亲着……

飓风消失了。日珥般喷发翻卷的热浪退去。伏在齐景芳身上的谢平，好长时间都没敢动弹。久久地，他依然把自己的脸埋在齐景芳的颈窝间，由着齐景芳把手指插进他的头发中，轻轻地整理着被汗濡湿了的散乱的头发。她不时亲吻着谢平这时已被夜风吹凉了的湿腻腻的额角，一阵阵地呜咽着。后来，她平静下来，推开谢平，转身窸窸窣窣去穿衣服和鞋子。谢平则低垂着头，弓着在月光下看来如此宽厚、巨大的肩背，木木地坐着。她感到冷，又去依偎到谢平的怀里，把一柄总也随身带着的小牛角梳塞到他手中，背过身，要他替她梳头。谢平笨拙地梳了两下，便僵直地不动弹了。齐景芳轻轻地搡搡他，侧过半边脸来看看他。他木木地惶惶地笑了笑，再拿起小牛角梳，却并没去梳，只是把它紧攥在自己粗大的手心里。他不知道这一刻该跟她说句什么？感激？道歉？保证？或者像有些男人惯会做的那样，装作若无其事，伸个懒腰，坐一边去卷支烟抽抽，由她在一边发怔……这一切，他都做不来。他只是被一种说不出来的感动、满足和想报答的感觉，堵塞住了，这种感觉在心间涩涩地热热地涌动。齐景芳觉出他的这种愧疚、困惑、激动、不安……觉察出他笨重的身躯上所发出的那一阵阵不由自主的战栗，便一头替他合起敞着的衣领，一头轻轻说道：“别傻气了……”

“我们……一起到启龙镇去……”谢平终于找到可说的了。

齐景芳叹口气笑笑。她轻轻地抚摸他那凑得恁近的脸盘，从近处看，他五官的轮廓越发犷达，皮肤的质地也更显粗糙。毛孔的细粒高低不平，凸突在那些初初出现的鱼尾纹周围，粗黑的汗毛则似冬日地里留下的片片拉拉的高茬。她纤细冰凉的手指停留在他右半拉脸面上，曾经冻伤而痊愈后依然还留着的一大块暗斑。她没有回答他，她知道，他也会像她一样，到完全冷静下来时再一想，这个提议是多么“幼稚”、多么“孩子气”又多么不负责任……

“别傻气了……”她轻轻地叹道。

“那我就不走了，我做宏宏的父亲。”他说。

她别转身去。疲惫、虚弱和内心的绞疼，使她默默地闭上了眼睛。她不愿再听谢平说这样的话，太晚了，所有这一切都来得太晚了。周围所有的人几乎都不会允许他跟她这么过，她已经没有这个勇气再去反对这所有的反对。如果他俩任性，那些接踵而来的反对，会伤及谢平今后的道路，伤及她惟一的骨肉——宏宏今后的发展（她多么希望宏宏能顺利地宽裕地度过自己的一生）。想到十四年来自己曾经遭遇的一切，将可能换个模样，再度出现在她、谢平和宏宏的生活里，她就简直不敢再深想下去……虽然以此为代价，她将得到谢平，她也不敢……不敢……真的，她再不敢了……

“哦，差点给忘了，秦嘉还让我捎封信给你。”谢平坐直了说道。

“是吗？”她忙接过信撕开封口。

谢平摁着打火机，给她照亮。一会儿工夫，信纸从她手里轻轻飘落下来。“啥事?”他问。“你自己看吧。”她别转身去。他看见她又在默默地流泪了。他重新摁着打火机.迟疑地拿起信纸。信上说了两件事:一、谢平的党籍,总场已答应交给骆驼圈子分场自行处理。处理结果,报总场备个案就行。这是一个很大的“让步”,也是总场给自己找的一个极巧妙的台阶。总场已将此意图通知老爷子。秦嘉让齐景芳督促谢平去找找老爷子,还要她监督谢平,不要卷进目前的风潮里,惹恼了老爷子,党籍问题就再难以解决了。二、她请齐景芳,在谢平最后离开羊马河前,认真再考虑一下,到底让她的宏宏以后姓谢还是姓淡。“你为什么不面对自己心灵的现实?为什么不把阴错阳差了这些年的生活端正过来?你为什么还要让它错下去?你要是个诚实的女子,就把我对你的这个责备,亲口告诉谢平。”

打火机里的气体燃尽了。修长的火舌迅速收缩,然后,便毫无声息地熄灭了。谢平攥着温热的机体,信纸飘落在腿根上。

“景芳……”谢平叫道。

“别说了……我以后,带着宏宏……上口里去看你。”

“你听着……”谢平一把搂过她,叫道。但齐景芳死力挣脱,喘息道:“你还不明白?我现在更不能跟你好了。你的党籍问题交到骆驼圈子分场,我们更不能得罪老爷子和淡见三……你干吗还要在我身上付第二次代价呢?我能给你的,今天晚上……都给你了……你走吧……你应该无牵无挂地出去走一走……‘中队长’……”

谢平松开了她的手,嗓门嘶哑起来:“今天晚上……这就是你……你就只想这么跟我……”

“谢平……你……”她一下急出了眼泪,捂住他的嘴,再不许他往下说。她不要听那样的气话、伤心话……

他推开她的手，起身走去，一脚把身边的镰刀踢飞。

拖拉机开过来，到高包那边的一块苜蓿地里拉草。月亮歪了西，拖拉机又远去。他听见齐景芳蹒跚着向这边走来，给他送大衣。他不想理她，但还是过去扶住了她。走这几步，她额上又出许多虚汗，便依在他怀里咻咻地喘……

庞大的山体在深蓝的天际越发黝暗、凝重，月亮的沉落，使天穹上原本就不多的几颗星星也隐到漫天的黑暗里。山脚下，布满荒草、片石、沙砾、沟壑的宽广的缓坡，开始被一层渐渐灰白起来的薄雾所笼罩。现在，所有很远的都似乎变近了，而原先很近的，却又在飘忽中隐退到捉摸不定的地方去了。他用大衣裹起她，对她说："睡吧。"她说："你也睡会儿吧。"他说："拖拉机在地里拉草，闹不好会碾着我们。我给你看着……""那我们回去吧……""你走得动吗？"她不做声。她不想走，她不想离开他，不想离开这静无一人的荒野，不想离开这所剩无几的夜晚。他总是要离开骆驼圈子的，至于到明天……到明天，她又得装着十分正经的样子，只能远远地看看他。还会有这样的夜晚吗？如果明天老爷子果真批给了他失去了十四年的党籍，说不定他明天就会走了……她蜷缩起身子，深深地钻进大衣里，深深地依在他怀里。而后，她就睡着了。他就那么坐着，像一只守夜的头鸭，像一头游弋累了的公狼。他听着拖拉机还在很远很远的地方，他终于支撑不住，让她枕住自己的肩窝，自己也倒下来睡了。他对自己说：不睡。只合一会儿眼。一会会儿……一会会儿……

一个多小时后，她被迫近的拖拉机惊醒。梦魇里，她不知道发生了什么。天空被什么照亮，地面在某种震动中抖颤，一股越来越强烈的隆隆声直扑草垛而来。她不得不向草窝深处退缩，她摸着了谢平的脸。她不敢动了，她知道他累了，她不忍心去惊醒他，她以为一切都会过去的。她甚至勉强直起酸疼的腰脊，把谢平向一侧翻落去的脑袋抱到自己怀里。出于一个女人做妻子和做母亲的本能，她还弯下半跪起的身子，去护住他。但就在这一刻，好像有个怪物把触角插进了草垛下边的泥土里，猛劲儿往起一拱。那些草便都像得着灵气，活了似的，纷纷跳起来，向两旁散落。到这时，她才看清，迫近眼前的，是那辆拉草的拖拉机。她只来得及拼出全身的力气，把谢平朝一边推去，再要跳起来救自己，她已经跳不起来了。她没有了一点力气。她跌回到草窝里。她不愿沉落到那无尽止的黑渊里去，想叫一声："谢平，救救我……救救我……"也没叫成。她先被拖车猛地从散草中撞了出来，在地上滚了两滚。本能的力量使她爬起来，张扬着手，向谢平滚落的方向扑去时，拖拉机又一次撞翻了她，并从她身上碾了过去……在她第二次倒下的一瞬间，她看见面前很红很红地一亮，满天下像被火烧着了似的，她觉得自己被那一阵灼人的热浪托起，只来得及想："我真的就要这么给碾死了？谢平，救救我……"

哦，太阳……

蓝色的太阳……

芬芳的太阳……

齐景芳被抬到卫生室，体检床的白床单很快被她的血染透。不知所措的淡见三无法使自己镇静下来。他几乎把所有的药瓶都从白漆的药柜里翻了出来，也找不到一样是适用的。分场里没有输血设备，没有化验设备，他不知道她的血型。他那样地跟她亲热过，却不知道她的血型。这些天，他一直怨恨她。这时，他才开始怨恨自己。现在她毫无血色地躺在那儿。她需要帮助，需要救援，每一分钟，每一秒钟对于她都是剩下的最后一个世纪……但自己却束手无策地只能呆站起，看着那无可挽回的生命从她往下滴落的鲜血里淌走……而叫他更不能忍受的是：当她像一只野兔被人从草窝里碾出来时，机车上所有的人都看到，她竟跟谢平卧在一起……

她死了……

她被埋在骆驼圈子的“飞机场”上。她的用白皮木板竖起的墓碑，正对着那条残破不堪的“跑道”。落葬以后，谢平是最后一个离开墓地的。没人来劝他，劝也没用，他悔恨不已……不，仅仅说用悔恨二字，是无法说尽当他看见人们从拖拉机下抬出齐景芳那一刹那间的自责和内疚的……他扑过去抱起她，她的血流了他一身。她一直还在喃喃道：“谢平，救救我……”而自己就这么报答了她……

现在，他只想到了宏宏。他决定不管谁会作出什么反应，他都要把宏宏带在自己身边。他走进卫生室，看见淡见三在翻齐景芳的行李，脸色铁青。

“你翻什么?”他问淡见三。

“不关你鸟事!”淡见三恨恨地冲了他一句。谢平理解老淡对他的这种恨。他想避开他的恨。他觉得自己无法向老淡解释清那一夜在他和小得子之间所发生的一切。他不祈求原谅，也不祈求谁的理解……

“你……是在找那封信?”他问。

“在你那儿?她交给了你?”淡见三马上直起腰，敏感地问道，随手把一件刚从齐景芳旅行包里翻出来的薄花呢两用衫朝地上一撂。

谢平弯腰去拾衣服。淡见三一脚踩在衣服上，眼睛血红血红地斜乜着，啐道："你这个伪君子。臭不要脸的'上海鸭子'！你说，那一夜工夫，你都跟她干了些啥？你说！"

谢平一把推开他，拾起衣服。淡见三索性拎起旅行袋朝谢平头上砸来，吼道："伪君子！"

这时，窗外头，吵吵嚷嚷围过来许多人，大部分是分场里的新生员和他们的家属，为首的是二贵媳妇。昨天夜间，总场来了回电，要老爷子把撅里乔押送场部，并且把继后又带头闹事的二贵也先扣起来。不知谁给老瘸透了这个信儿，他便在禁闭室大叫："找淡见三那个臭相好的，她要还是她爹妈生的，让她出来说句良心话！那封信，她不会烧，找她要信去。二贵媳妇，你要不想当活寡妇，找那小婊子要信去！"

他们来了……

他们觉得齐景芳在临死之前，一定会把信交给一个人，或者是淡见三，或者就是谢平。徐到里看见恁些人把淡见三的卫生室团团围了起来，怕出更大的事，忙去报告了老爷子。老爷子便派人把情绪激昂的众人挡在十来米开外，不让走近卫生室。"文革"后一直奉命分解保管的几支步枪，也都起了出来，重新安上了撞针。

老爷子一进卫生室门，问他们两个："那封惹事的信，到底烧了没有？要在，究竟在你们谁手上？"他盯了淡见三一眼。他故意不去正眼看谢平，垂下眼睑，让目光从谢平胸襟上第二颗扣子前滑了过去。从齐景芳出事的第二天，老爷子便只想着让谢平尽快离开骆驼圈子。前一段，得知谢平主动跟桂荣断了之后，他甚至想到过再去做做他工作，留住他。无论怎样，他对他的能干、肯干和能吃大苦，是极赏识的。谢平在骆驼圈子毕竟是尽心尽力地干了十四年，这一点，老爷子是非常明白的。这样的干家，也不是哪儿都能找得到的……但现在，他不想见他。仅两天的工夫，桂荣便瘦成了个衣架子，连走路都晃晃悠悠起来。得知那晚出事，跟齐景芳在一起的，是谢平，桂荣木呆了。老头不知怎么去劝桂荣。他真恨，也不明白为什么这一切偏偏接二连三要发生在他的骆驼圈子里……他真希望这里的人都走，全走空了才好！只留一块安静的地皮在他脚下。他只图这一点……只需要这一点……他为让谢平赶快走，他甚至“压服”了坚决不同意给谢平恢复党籍的淡见三，以分场党委的名义通过了给谢平撤销处分的决定。他说：“让他走。看在他这十四年的分儿上，把他带来的还给他，让他走。人已经死了，你再报复他，再留下恁些恨给子孙？干吗呢？这些年都还没恨够？这么些年他跟我们都处得不错嘛……把他带来的还给他……让他走吧……”

谢平是觉察到老爷子对他突起的这种冷漠、轻蔑，以及这冷漠轻蔑里的怜悯、通达，这怜悯、通达中的怨恨、困惑……那天，他抱着流血不止的齐景芳，坐在大车里，跟淡见三他们一起，把她急送到福海县人民医院。齐景芳当时还能说话，从手术台上下来，还没死。上午，分场里的人都赶去了。于书田开着车跑了两趟，那些转业战士和新生员都是经历过这种场面的，都懂得这时需要血源。在他们中间没人因为齐景芳跟谢平睡了一觉，就小瞧她。况且现在，救命更要紧。连桂耀都去找了刘延军，要他给人民医院院长递个话，用最好的药救齐景芳。但大家对谢平多少都有些冷淡，有些尴尬，这一点，连齐景芳都感觉到了。在病床前，谁也不跟谢平说话。当病房里只剩下谢平时，她说：“我要死了……又给你惹下这个麻烦……”

他说：“别瞎说了。”

她歇了一会儿，又说："你后悔了吗？"

他木直地坐着，看着窗外。

"真的不后悔？"她极为艰难地移动细长纤弱的手指，想去摸摸谢平。但她的胳膊上插着输液管，动不了，也没那力气动。谢平便把手按在她手上，反问："我干嘛要后悔？"

她慢慢转过头去，哭了。后来，她把信交给了他。如果场里真的要以"造谣生事"为名处罚老瘸的话，她要谢平把信公布给大家伙儿。

这时，他对老爷子说："信在我这达。"

老爷子说："给我瞧瞧。"

谢平说："分场长，放了老瘸和二贵。这事不怪他俩……"

老爷子说："先把信给了我。"

谢平说："分场长……"

老爷子说："我是听你的，还是听场里的？"

谢平说："分场长，眼面前这档事，责任到底在谁那儿，你心里最明白。你听一回你自己的吧……哪怕就一回……"

老爷子说："谢平，甭再扯别的啦。场里知道你又回来了，已经来过两回电报，查问你在这件事上的态度。他们要我在这件事平息前，没看清你的态度前，先别放你走，更不能撤销了过去对你的处分。虽然他们也明白，那处分对于你是不公正的。三台子还有人来追问你那五车木料的事。你到了是想赶快走呢，还是脱了鞋袜，往这烂泥坑里插？"

谢平说："分场长，齐景芳觉得自己做了件对不起老瘸的事。她死了，我们……我们还是替她平了这块心病……让她正正大大地在所有人跟前都抬起头死去……”

“你是不想离开桑那高地，还是怎么的?”

“随便。”

“随便?什么叫随便?”

“你就再开除我一回党籍吧。”谢平说道。他说得那么平静，却用尽了这十四年积攒的全部力气……

谢平很快睡着了。他已经没有什么可抱憾，也没有什么可期待的了。什么都没有，反而又无所谓了。当他从老爷子面前走过，开开卫生室的门，拿着那封信，走下木台阶，向二贵媳妇他们走去时，他料到现在这一刻的结局：老爷子立马让人把他关进了干沟边他曾经住过的那间小土屋里。他已经不在乎这些了，不管将来怎么样，他今天得对得住桑那高地。

半夜过后，一阵开锁的稀里哗啷声，惊醒了他。于书田和渭贞进得门来。

“快走，车在飞机场那头等着。”渭贞嫂说。

“上哪儿?”谢平愣怔着带着睡意迷蒙地问。

“走吧……”于书田低声催道。

“你们哪来这门上的钥匙?”谢平还盘腿坐在床上发问。他知道，关起他来后，这门上的钥匙是老爷子亲自收起的。

他俩互相看了一眼，答道：“这你就别问了。”

“老瘸、二贵的事没了结，我往哪儿跑?跑哪儿，老爷子不得去‘请’回我?”

“你咋恁傻?分场长要还想‘请’回你来，这钥匙能自己跑到我俩手上吗？”于书田不能把话挑得再明了，只得这么暗示道。

“是他让你们来放我的？他不好意思在众人面前放我，就来这一手？”谢平追问道。

“你就别打破沙锅问到底了！”渭贞嫂急急地替他收拾东西。

“老瘸和二贵呢？”

“押场部了……”

“还是押走了？”谢平惊道。

“这也得说句公道话。分场长他也是没法办……他确实跟场里说过，老瘸是误抓，他作为分场的领导愿意承担这误抓的责任，他说趁早放了比将就错下去好。但场里不答应，说，即便是误抓，现在也不能承认。哪怕等半年再给这老家伙‘平反’呢，也不能在这节骨眼上承认是误抓。半年以后形势会有什么变化，上边还让分场搞这样的承包不，都还很难说……”

“原来是这样……”他喃喃。

“你还是趁早走吧，场里确实一直有电报在探问你的动静。三台子林场也有材料来，老爷子一直替你承担着呢。”于书田再度催他。

“就是要走……我也得把景芳的儿子带走。”

“孩子在门外呢……”

“我还要到福海去一趟，找刘延军，把那辆车的事办妥了……”谢平忽然想起来，又说道。“车办妥了，是桂荣亲自去找的小刘。”“桂荣？”谢平一怔。这时候听到这个亲切的名字，他愧疚地一颤。他想问，桂荣是怎么来帮忙的，但又不好意思多问，书田和渭贞嫂这会儿也没心思跟他多扯。他只得从光秃秃的铺板上拾起大衣披上，跟书田和渭贞走到门外。皎洁的月光水泻般把远山近野清洗得一片幽蓝洁静，土屋没房檐，月光直接洒到泥墙上，格外明亮，也清清楚楚地显出掺和在墙泥里的那些砻糠和铡细的麦草。他张眼去找宏宏，却见在山墙把角的黑影地里，站着一高一矮两个人。他本能地往后缩去。渭贞却冲那两人低低叫了声："宏宏。"那高的便搂住了那矮的（肯定就是宏宏了），替他整理了裹得那么严实的围巾，帮他翻起大衣领，戴上小手套。四五月间，桑那高地深夜里的寒气，依然跟薄冰似的，谢平打了个冷战。这时他已看出，那位给宏宏整理衣物的，竟是桂荣。他的心震动了。她……跟宏宏在一起？他当然还不知道，这些天，自从齐景芳出事，渭贞嫂他们跟去县人民医院以后，桂荣就把宏宏领家去了。

但谢平无论如何也想不到，她这会儿又会亲自把孩子送到他跟前，更没想到自己还能见上她一眼。昨天，桂耀到"禁闭室"来看他，他问起过桂荣。桂耀只说了句："她好着呢。"便岔开了话题。他没请桂耀带话给她。他知道，再说什么，她也是不会信他的了。但无论如何，桂荣是他在那个漫长的岁月里，清醒地意识到自己想爱一个女子后，所爱过的第一个人。虽然现在回过头去看，他对桂荣的爱，更实在的是老师和哥哥的爱，是一种纯自然的接近。但这种爱在那岁月里给他的温暖、遐想，所起的那种净化生活的作用，是那样的巨大和无与伦比，以至他无论如何也不能否认这一点：她确是他第一个爱人。如果说，现在他终于不得不走了，要离开桑那高地了，十五年来，他没有欠过任何人的什么"账"，没对不住过任何人，那么，他在桂荣跟前，是欠了"账"的，他是深深地对不住她。他知道，她真心地爱过他，绝不止是把他当老师当哥哥……

桂荣蹲着，替宏宏右边袖管上戴上块黑纱，又把孩子搂到怀里，亲了亲，看着他一步一回头地往谢平跟前走去了，才扶着墙慢慢站起来。她从于书田手里接过开这小土屋门的钥匙，又把一个大牛皮纸信袋交给于书田，一转身，便走了。没有跟谢平说一句话，没有看谢平一眼。她仿佛要告诉在场所有的人，她只是来送宏宏的。她低着头，走得很快。从小土屋，到老爷子家所在的小高包，中间有一片不小的开阔地。月光在这片开阔地里那么清晰地勾勒出她纤小的身影。她走得很急，好像在躲开一场噩梦，一场灾难，又好像决心要闯到一片陌生的丛林里去，寻找新路……谢平总以为她会在走完这片开阔地前停一停的，会回过头来再看他一眼。他要跟她说……说什么呢……他等待她停下，等待她回头……但她却没有。在最后走完那月光地，踏进小高包阴影前的一刹那，她浑身战栗过一下，放慢过脚步，似乎很冷的样子，抱住了自己的胳膊。谢平以为她这时会转过身来的，但她终于没转过身来，急匆匆在那黑的深处消失了……

于书田把那信袋交给谢平。谢平急急地抽出信瓤，有两页纸，一页是骆驼圈子分场关于撤销谢平同志原处分的决定，一页是开署给他的正式党员关系介绍信：都盖着鲜红鲜红的印章，像太阳。谢平慌慌地再度把手伸进信袋去掏。他觉得里边应该还有一页……哪怕半页，是桂荣写给他的几句话，临别的话。但没有，掏遍了信袋，没有。

他知道他该走了。于是，他就走了。

1986 年 2 月 21 日

后　记

我老早就想写这么一部小说，表现我那点西部的生活和体验。但一直不敢动笔，只怕写来没大的把握，糟践了这些积攒。为了获取这些积攒，我确确实实流过泪，淌过汗，出过“洋相”。拖到去年，终于写了出来。并不是因为自觉已有了十分的把握，倒是因为算算自己的年纪，再不使用这些积攒，怕要来不及使了，便着起急来。前几天，开会讨论这部小说。会上，有一家名声颇不小的报社的年轻记者说了这么两句话：“从历史的观点看，这一代人实在又算不了个什么”、“受过‘十七年’熏陶的人，是不是人才，大可怀疑”。这两句话的头一句，明显指的是我这一拨的“老知青”；后一句话，我想，他是指小说中的主角谢平一类的人的。在会场里，他坐在我背后。听他这么说罢，我真想回过头去瞅瞅，这个极年轻的人此刻的神情、气势和姿态。但我转不过身去，浑身十分的沉重，动不得。一时间，我周身的血确乎地都冻住了。哦，从历史的观点看，我们这帮子“实在又算不了个什么”。我忽然觉得自己该是“很老很老”的了……散场的时候，我嘱咐自己笑着去跟他握握手，嘱咐自己，得让他看到自己在笑。我深信他是看到了的。他把冷静的目光审视地注在我脸盘上，停了一两秒。哦，他是多么年轻。我也曾这么年轻过……后来，编辑部的同志告诉我得为小说的单行本写个几百字的后记。为这几百字，我迟疑了几天。说什么好呢？在已经写了这二十来万字之后……只有一句话：是的，我不年轻了，得快写，写下去，写到底。算得了个什么也罢，算不了个什么也罢，反正得让世人知道我们这一代人弯弯扭扭曾经走过了一条什么样的路，特别是为了给肯定将瞧不起我们这一拨的后人留下这点轨迹……

1986年11月13日于北京劲松